Laura Gallego

Todas las hadas del reino

Laura Gallego ocupa un lugar de honor entre los autores de literatura infantil y juvenil de España y Latinoamérica. Doctora en Filología Hispánica por la Universidad de Valencia, empezó a escribir a la temprana edad de once años. *Finis Mundi*, la primera novela que publicó, obtuvo el premio El Barco de Vapor, galardón que volvería a ganar tres años más tarde con *La leyenda del Rey Errante*. Además de algunos cuentos infantiles, ha armado hasta el momento veintisiete novelas, entre las que destacan *Crónicas de la Torre*, *Dos velas para el diablo*, *Donde los árboles cantan* (distinguida con el Premio Nacional de Literatura Infantil y Juvenil), *El Libro de los Portales* y su aclamada trilogía Memorias de Idhún. En 2011 recibió el premio Cervantes Chico por el conjunto de su obra. Las novelas de Laura Gallego han sido traducidas a dieciséis idiomas.

Todas las hadas del reino

Laura Gallego

Todas las hadas del reino

VINTAGE ESPAÑOL
Una división de Penguin Random House LLC
Nueva York

Todas las hadas del reino

Totalmente injustificable

La reina observó con atención a la muchacha. Ella enrojeció y clavó la mirada en las puntas de sus gastados zapatos. El príncipe, a su lado, hacía heroicos esfuerzos por mostrarse sereno y seguro de sí mismo. Pero tragó saliva cuando su madre volvió sus ojos inquisitivos hacia él.

—¿Dónde dices que la has encontrado, Aldemar?

—«Conocido», madre —se atrevió a corregirla el joven—. La conocí el año pasado, en una aldea junto al bosque, río abajo. Sin duda recordarás el día en que me perdí durante una cacería, ¿verdad? Bien, pues...

—¿Una aldea? —repitió la reina, enarcando una de sus bien perfiladas cejas.

El príncipe tragó saliva de nuevo.

—Una aldea —confirmó—. Los padres de Marcela son granjeros. Gente muy decente y trabajadora, si me permites la observación.

—Marcela. Qué... rústico.

La reina volvió a centrar su atención en la chica, que se retorcía las manos sin saber muy bien qué hacer con ellas. Tras un incómodo silencio, que la reina parecía dispuesta a alargar indefinidamente, el príncipe carraspeó, alzó la cabeza y anunció:

—Voy a casarme con ella, madre.

El rey dio un leve respingo sobre su trono. La reina se limitó a alzar la otra ceja.

—¿De veras? En ese caso… entiendo que has visto algo especial en ella. De lo contrario, no osarías plantear algo así en nuestra presencia.

—Naturalmente, madre. —El príncipe asintió con ardor.

—¿Y bien?

El joven se mostró desconcertado; todo su aplomo pareció esfumarse en un instante.

—¿Bien…? —repitió, sin saber qué responder.

—Será adoptada, supongo —lo ayudó la reina.

El príncipe respiró profundamente, comprendiendo por fin a dónde quería ir a parar.

—No, madre. La comadrona de la aldea puede confirmar que es hija de sus padres.

La reina frunció levemente el ceño.

—Con estas cosas nunca se sabe —comentó—. Seguro que tiene alguna marca de nacimiento que sugiere lo contrario.

—No, madre. Puedo garantizar que no tiene ninguna marca de nacimiento en ninguna parte de su cuerpo.

El rey carraspeó con suavidad. La reina arqueó de nuevo la ceja y el príncipe fue súbitamente consciente de lo que acababa de decir. Miró de reojo a su prometida, azorado; ella se había puesto completamente roja de vergüenza.

—Recuerdo la época en que este tipo de asuntos no salían del pajar —le comentó la reina al rey en voz baja.

Este se encogió de hombros.

—Los tiempos cambian, ya ves —replicó con el mismo tono.

Marcela parecía muy dispuesta a escapar corriendo de allí, por lo que el príncipe se apresuró a interrumpir la conversación y a declarar por segunda vez:

—Quiero casarme con ella.

Los dos se volvieron para mirarlo, esa vez con cierta suspicacia.

—Quizá lo haya hechizado —le dijo la reina al rey.

—No estoy hechizado, madre —respondió el príncipe; empezaba a mostrarse menos turbado y bastante más molesto.

La reina frunció el ceño.

—¿Estás totalmente seguro de que no has comido nada cocinado por ella? ¿No llevas puesta ninguna joya que te haya regalado, ninguna prenda que haya tejido con sus propias manos…?

—No, madre.

—Hummm —dijo la reina—. Bien; si no es adoptada ni tiene marcas de nacimiento, sin duda será la tercera de tres hermanas. —El joven negó con la cabeza—. ¿No? Pues la séptima hija de un séptimo hijo.

—Eso explicaría lo del hechizo —apuntó el rey.

—No estoy hechizado —insistió el príncipe—. Y Marcela tiene una hermana mayor y dos hermanos menores.

—¿Solo dos? —se extrañó su madre—. ¿Seguro que no son siete?

—No, madre. Seguro que no son siete. Ya os he dicho…

—Sí, sí, has dicho muchas cosas, pero ella todavía no ha dicho nada. ¿Acaso no sabe hablar? ¡No será una sirena! —aventuró, alarmada.

La aludida se aclaró la garganta.

—No, majestad, yo…

Pero la reina no la escuchaba. Seguía haciendo cábalas, cada vez más alterada.

—¡O una de esas horribles chicas-foca! —Miró a su hijo con aprensión—. ¿Seguro que no guardas su piel bajo tu cama?

—¡Madre! —protestó el príncipe—. Marcela es una joven normal y corriente; nos hemos enamorado y vamos a casarnos. No hay más.

Pero la reina ya volvía a conferenciar en voz baja con el rey.

—Esto es incomprensible y totalmente injustificable.

—Totalmente —coincidió el rey.

—Nos aseguramos de que la lista de invitadas al baile estuviera completa, ¿no es cierto?

—Cierto, querida. Y todas las jóvenes casaderas de sangre real acudieron al palacio aquella noche. Esta chica no estaba entre ellas.

—¿Estás seguro? Mírala bien. Imagínatela con un atuendo especialmente espectacular. Un vestido de oro…, unos zapatos de cristal…

—No, no. Ella no vino al baile, estoy convencido.

—¿Es posible que hubiese alguna muchacha de sangre real que no tuviésemos localizada? Ya sabes, un bebé cambiado al nacer, una niña perdida en el bosque… Esas cosas suceden a veces.

—Estoy de acuerdo. Pero, si no tiene marca de nacimiento, ¿cómo vamos a saber…?

—Ah, no es imposible que la tenga. Recuerdo el caso de una princesa a la que creyeron ilegítima porque no tenía el lunar con la forma del blasón familiar con el que nacían todos los niños de su linaje. Luego resultó que estaba en su cuero cabelludo. Tuvieron que raparla para descubrirlo.

Los reyes miraron a Marcela con cierto aire de aves de presa. Ella se llevó involuntariamente las manos a su cabello castaño, alarmada.

—No voy a permitir que le rasuréis la cabeza —les advirtió el príncipe, perdiendo la paciencia.

—No será necesario llegar a esos extremos —lo tranquilizó la reina—. Hay otros modos… y, naturalmente, mientras este asunto se resuelva, tu… Marcela… puede alojarse en palacio.

—No hace falta, madre. No vive lejos de aquí.

—Una sola noche. Insisto.

El príncipe se mantuvo firme.

—En tal caso, madre, solo lo voy a decir una vez: nada de guisantes bajo el colchón.

—Oh, no pensaba poner un solo colchón.

—Podrías ponerle un guisante bajo cien colchones o cien nueces bajo un colchón, y no habría ninguna diferencia. Marcela no es una princesa perdida, y mucho menos una bruja o una sirena. Es una muchacha acostumbrada a trabajar mucho y a dormir en un lecho duro y humilde. Una joven del campo, sencilla y honesta, a la que adoro. Y voy a desposarla.

La reina lo taladró con la mirada.

—Ya conoces la costumbre: si no demuestra que es de sangre real, no puedes casarte con ella. Así que yo en tu lugar investigaría su árbol genealógico hasta encontrar raíces como mínimo nobles, porque de lo contrario…

—No será necesario —intervino entonces una voz femenina.

Los cuatro miraron a su alrededor, sorprendidos; pero los guardias de la puerta parecían tan desconcertados como ellos. Y, justo cuando la reina iba a hablar de nuevo, alguien se materializó de pronto en el salón.

Más ventajas que inconvenientes

Se trataba de una joven que parecía derrochar eficiencia y seguridad en sí misma. Lucía un vestido verde, sencillo y práctico, que hacía juego con sus ojos y contrastaba con la brillante capa transparente que le caía por la espalda. Llevaba el pelo, de color castaño claro, pulcramente recogido en un rodete en torno a la cabeza; no obstante, un par de mechones rebeldes que parecían resistirse a mantenerse en su lugar resbalaban sobre su frente.

El rey pareció confundido; la reina fingió sentirse solo ligeramente molesta. No cabía duda, no obstante, de que el príncipe y su prometida habían reconocido a la recién llegada, porque el rostro de Marcela se iluminó al verla, y el joven se mostró visiblemente aliviado.

—¿Quién eres tú? —demandó la reina.

La desconocida del vestido verde señaló a Marcela.

—Soy su hada madrina —declaró; y entonces desplegó tras ella lo que los reyes habían tomado por una capa, y que no eran sino unas alas diáfanas y centelleantes.

El rey dejó escapar un «oh» admirado; la reina, en cambio, recuperó la compostura al instante y trató de retomar las riendas de la situación.

—¿Su hada…?

—… madrina, sí.

—Disculpa, creo que no te he entendido bien. ¿El hada madrina de…?

—… de Marcela, majestad.

La reina contempló a la amada de su hijo con un renovado interés.

—¡Tiene hada madrina! —exclamó, esperanzada—. ¿Seguro que no es de sangre real?

—Puedo garantizar que no lo es, majestad —respondió el hada—. De modo que no os molestéis en buscar marcas de nacimiento extraordinarias, porque no las encontraréis. Nació en una familia humilde, en la misma casa donde fue criada y en la que vive actualmente. Y ama sincera y profundamente al príncipe Aldemar. —Hizo una breve pausa y añadió, con un leve atisbo de sonrisa—: De lo contrario, yo no estaría aquí.

La reina entornó los ojos, rumiando la nueva información.

—Pero ella no fue al baile.

El hada se encogió de hombros.

—En su caso no fue necesario tratar de llamar la atención del príncipe de esa manera —explicó—. Él y Marcela ya se conocían. Y ya estaban enamorados.

El rey montó en cólera.

—¿Quieres decir que organizamos el baile para nada?

—Intenté decíroslo, pero no me escuchasteis —se defendió el príncipe.

—Ni lo haremos ahora, con hada madrina o sin ella —declaró la reina con rotundidad—. Si esta chica no tiene sangre real...

—Madre, por favor —interrumpió el príncipe—. Escuchadla.

Los reyes accedieron de mala gana a prestar atención al hada, que se había calado unos anteojos sobre la nariz, había sacado un cuaderno de notas de su faltriquera y pasaba las páginas con expresión reconcentrada. Pareció encontrar lo que buscaba, porque asintió, satisfecha, y alzó la cabeza para mirar a la reina por encima de sus anteojos.

—No, Marcela no es de sangre real —confirmó—; pero este hecho aporta más ventajas que inconvenientes a su futura unión.

La reina arqueó una ceja.

—¿Cómo has dicho?

—Consideradlo así —el hada repasó con el dedo índice varios puntos de la lista que tenía anotada en su cuaderno—: al ser de origen humilde, nunca ha sido importante para nadie poderoso, lo cual significa que está libre de todo tipo de hechicería, maldición o mal de ojo. No ha llamado la atención de ninguna bruja, dragón o demonio. No ha acordado con ningún ser sobrenatural la entrega de su hijo primogéni-

12

to. No posee ninguna reliquia mágica que pueda ser codiciada por otras personas. No se le concedieron dones especiales cuando nació, por lo que nadie va a tratar de secuestrarla ni de utilizarla para fines siniestros. Tampoco ha despertado la envidia de ninguna madrastra malvada. Y, ya que hablamos de la familia… —Pasó una página de su libreta y continuó—: Como ya saben, no tiene siete hermanos. Ni humanos ni hechizados. Así que no se verá obligada a realizar ninguna tarea para levantar el encantamiento. Sus padres viven y gozan de buena salud y, en lo que respecta a su genealogía…, veamos…, no he hallado antepasados sobrenaturales en su linaje. Ni hadas, ni elfos, ni sirenas. Nada que pueda hacer aflorar características indeseadas en el momento más inoportuno.

»En resumen —concluyó, cerrando la libreta con un chasquido—: lo que vengo a certificar aquí es que Marcela es normal. Completa y absolutamente normal. ¿Y qué se supone que significa eso? Pues es muy simple: nada de problemas. Una boda, una vida larga y feliz, hijos sanos. Sin hechizos de por medio, ni maldiciones, ni ningún ser sobrenatural…, salvo el hada madrina, claro está. —Y les mostró de nuevo aquel amago de sonrisa.

Hubo un breve silencio. Entonces el rey dijo:

—Hummm… Visto así…

Pero no sería tan sencillo convencer a la reina.

—¿Insinúas, hada madrina, que debo permitir que mi hijo se case con una *plebeya*?

—Están enamorados —respondió el hada—. Pero, si os cuesta imaginarlo, quizá esto os ayude un poco.

Alzó la mano, en la que se materializó de repente una varita mágica. Hizo una breve floritura con ella y Marcela se vio de pronto envuelta en un manto de luz que obligó a los reyes y a su prometido a cubrirse los ojos. Cuando pudieron volver a mirar, descubrieron con asombro que la muchacha había cambiado su sencillo traje de aldeana por un magnífico vestido dorado, cuajado de refulgentes piedras preciosas. Marcela contempló con cierta incredulidad los zapatos de cristal que aprisionaban sus pies.

—Sí, en efecto; también sé hacer estas cosas —confirmó el hada ante el estupor de la reina, con un cierto tono divertido en su voz—. Como podéis comprobar, a menudo la diferencia entre una princesa y una plebeya no es tan fácil de apreciar.

—¡Por supuesto que lo es! —estalló la reina—. ¿Y qué hay de su porte? ¿Y de sus modales? ¿Y de su acento?

El hada madrina restó importancia a todo ello con un gesto displicente.

—Tendrá tiempo de aprenderlo antes de la boda. Y, en cualquier caso, al pueblo le gustará que conserve cierto… sabor plebeyo, si entendéis lo que quiero decir. La adorarán por ser de origen humilde. Se sentirán más cercanos a la familia real. Apreciarán al príncipe, su futuro rey, como a alguien capaz de escuchar a su gente y de ver más allá de las apariencias. Alguien capaz de casarse por amor.

La reina entornó los ojos y abrió la boca para hacer algún comentario. Pero, justo en aquel momento, el hada dijo, como si se le acabara de ocurrir:

—Aunque, naturalmente, la boda debería celebrarse cuanto antes. Después de todo, hay que pensar en el bebé.

—¡¿Bebé?! —chilló la reina, ofuscada.

—Por supuesto —asintió el hada, haciendo caso omiso de la agitación de los reyes—. No querréis que vuestro hijo tenga un bastardo por ahí perdido, ¿verdad? —Movió la cabeza en señal de desaprobación—. Los bastardos solo dan problemas. Puedes intentar hacerlos desaparecer discretamente, pero siempre se las arreglan para salir adelante, nadie sabe cómo. Y luego regresan cuando menos lo esperas, se levantan en armas, organizan una revolución y se quedan con el trono por la fuerza, así que… ¿por qué no hacer las cosas bien desde el principio?

—¡¿Bebé?! —repitió la reina.

Tan alterada estaba que no se molestó en observar a la pareja con atención; de haberlo hecho, probablemente habría descubierto que estaban tan perplejos como ella.

Os toca a vosotros ser felices

No hubo mucho más que decir después de aquello. La reina trató de recomponer su dignidad perdida asegurando que organizarían la boda más fastuosa que se hubiese visto jamás. De modo que se puso a correr de un lado a otro gritando órdenes para iniciar los preparativos, mientras el rey y su hijo discutían sobre la fecha apropiada y el hada madrina quedaba en un segundo plano.

Esta sonrió para sus adentros y retrocedió unos pasos. Cuando se aseguró de que nadie le prestaba ya atención, dio media vuelta y salió al balcón.

Desplegó sus alas y se dispuso a marcharse. Había sido un largo día y estaba demasiado cansada para utilizar su magia de nuevo.

Estaba ya en el aire cuando la voz de Marcela la detuvo.

—¿Te marchas, madrina?

Ella se dio la vuelta y la vio allí, apoyada en la balaustrada. Se la veía feliz, pero de un modo poco convincente, como si creyese en el fondo que la capitulación de la reina solo había sido otro bonito truco de magia. Y era obvio que se sentía incómoda con su traje dorado; pero el hada no la había vestido así por casualidad. Cuanto antes se acostumbrase la gente a verla como una princesa, antes comenzarían a tratarla como tal. Y también ella debía habituarse a su nueva vida. Porque ya nada volvería a ser como antes.

—Sí, lo siento —respondió el hada—. Tú ya no me necesitas, y yo tengo cosas que hacer.

—Pero ¿por qué le dijiste que esperábamos un bebé? Sabes que eso no es verdad.

—Entonces ya podéis daros prisa, porque si vuestro primer hijo se retrasa, tu futura suegra podría sospechar.

Y le guiñó un ojo; Marcela sonrió.

—Dime, madrina, ¿volveremos a verte?

—Es posible.

Iba a añadir algo más, pero en aquel momento el príncipe salió también al balcón.

—No sé cómo agradecerte lo que has hecho por nosotros —empezó, mientras enlazaba con el brazo la cintura de su flamante prometida; ella asintió, con una amplia sonrisa—. Si hay algo que podamos hacer por ti... Oh. —Se interrumpió de pronto, y una arruga de preocupación apareció en su frente—. Te hemos invitado a nuestra boda, ¿verdad? Y al bautizo de nuestro primogénito... ¡y de todos los hijos que tengamos en el futuro! —añadió con cierta precipitación.

—No os preocupéis —los tranquilizó ella—. A las hadas siempre se nos invita, de una manera o de otra. Y os lo agradezco, pero no voy a poder asistir.

—Oh. —Extrañamente, Aldemar pareció decepcionado y aliviado al mismo tiempo—. Es una... ejem... lástima.

—Yo ya he hecho lo que tenía que hacer. Ahora os toca a vosotros ser felices.

—Muchísimas gracias por todo, madrina —dijo Marcela con calor—. Nunca te olvidaré.

De nuevo, ella les mostró aquella breve media sonrisa.

—Pero hay algo que me gustaría saber —prosiguió Marcela—. Después de todo este tiempo... aún no me has dicho tu nombre.

Por primera vez, el hada se mostró confundida. Los dos enamorados lo notaron.

—¿He dicho... he dicho algo malo? —titubeó Marcela.

—Tal vez las hadas no tengan nombre —aventuró el príncipe en voz baja.

—Tengo nombre —atajó ella—. Lo que ocurre es que... —vaciló un instante; pareció que iba a añadir algo más, pero debió de cambiar de idea, porque por fin alzó la cabeza y concluyó—: Camelia. Me llamo Camelia.

—Camelia —repitió Marcela—. Es muy bonito, madrina. Lo recordaré siempre.

Ella no respondió. Los obsequió con otra sonrisa fugaz y, por fin, emprendió el vuelo.

Se elevó hacia las alturas, dejando atrás a los dos enamorados en el balcón, despidiéndola con la mano.

No se volvió para mirarlos. Normalmente, su cabeza estaría ya ocupada pensando en los otros ahijados que tenía repartidos por diversos reinos, y a los que debía atender. Pero había sido realmente un día muy largo, y se permitió reflexionar sobre la última conversación que había mantenido con Marcela y su príncipe.

No la había sorprendido que la invitaran a la boda. Muchos olvidaban hacerlo explícitamente, aunque el protocolo de todas las cortes incluía siempre una invitación abierta a todas las criaturas sobrenaturales, para no correr el riesgo de que alguna se ofendiera: otros sí se acordaban de convidarla, pero solo porque eran conscientes de la importancia de la tradición. Y finalmente había algunos que, cuando decían que querían que su hada madrina asistiese a su boda, al bautizo de su hijo o al resto de su vida en general… lo decían de corazón.

Camelia no dudaba de que Marcela y su prometido pertenecían a ese último grupo. Pero no tenía tiempo de asistir a las celebraciones; tampoco le gustaba demasiado ser el centro de atención, y estaba convencida de que la reina trataría de utilizar su asistencia en beneficio propio. Después de todo, un hada madrina no la tenía cualquiera.

Camelia suspiró. Conocía a otras hadas que estaban encantadas de figurar; Orquídea, sin ir más lejos, era toda una especialista en la materia. Se preguntó si podría enviarla en su lugar, pero descartó la idea. Probablemente la reina no notaría la diferencia. Pero Marcela sí.

Al fin y al cabo, había sido la primera en trescientos años que le había preguntado su nombre.

Un dragón con todos los colores del arcoíris

Apartó aquellos pensamientos de su mente. Pronto llegaría a casa y podría sentarse a leer en su mecedora mientras tomaba un chocolate caliente.

Aquella tentadora visión se vio interrumpida, no obstante, por una apremiante llamada a dúo: «¡Hada madrinaaa!». Naturalmente, no la oía de verdad, puesto que las personas que la requerían se encontraban demasiado lejos para que sus voces llegasen hasta ella; no obstante, había un vínculo secreto e invisible que unía a las hadas madrinas con aquellos a los que protegían y, por esa razón, todas ellas sabían con certeza cuándo las necesitaban.

Camelia suspiró. Conocía lo bastante bien a todos sus ahijados para estar segura de que se trataba de los mellizos de Corleón. Otra vez.

Estuvo tentada de no acudir a su llamada. Pero se recordó a sí misma que ella nunca, jamás, en los más de tres siglos que llevaba ejerciendo como hada madrina, había dejado de atender a la llamada de un protegido suyo. Por exigente o insufrible que fuera.

Utilizó la magia, pues, para materializarse en la habitación de los mellizos; ellos no se sorprendieron al verla, detalle que a Camelia no le pareció una buena señal. El hecho de que con solo seis años ya se hubiesen acostumbrado a las apariciones instantáneas de su hada madrina indicaba que ella se dejaba caer por allí con más frecuencia de la que sería deseable. Arlinda, de hecho, golpeó el suelo con el pie, con impaciencia.

—¿Dónde estabas? —exigió saber, con aquella vocecita chillona que Camelia empezaba a detestar—. ¡Te hemos llamado hace siglos!

—Dudo mucho que tengas idea de lo que es realmente un siglo —le contestó Camelia amablemente—. ¿Qué necesitáis?

La princesita señaló a su hermano con gesto teatral.

—¡Arnaldo dice que le vas a dar un elefante! ¡Si él tiene un elefante, yo quiero un caballo alado! ¡Que sea el caballo más blanco del mundo, con alas de pluma de cisne!

—¡Eso no es justo! —protestó el niño—. ¡Madrina, yo también quiero que mi elefante tenga alas! ¡Y que sea de color dorado!

Camelia suspiró para sus adentros y se esforzó en recordar por qué era el hada madrina de aquellos dos pequeños monstruos.

—A ver…, ¿se trata otra vez del desfile del centenario? —En realidad no tenía mucho sentido preguntar; los mellizos no hablaban de otra cosa desde hacía semanas. Si lo había contabilizado correctamente, la habían llamado no menos de diecisiete veces en el último mes. Siempre para lo mismo—. Ya lo hemos discutido: la misma mañana del desfile haré aparecer la montura que me pidáis, siempre y cuando vuestros padres la aprueben, naturalmente. Así que pensadlo bien y ya me diréis en su momento qué habéis decidido.

Eso pareció apaciguar a los niños…, pero solo por un instante.

—¡Mi montura será mejor que la tuya! —exclamó de pronto Arnaldo.

—¡Ni lo sueñes! —saltó Arlinda—. ¡Porque ya no voy a llevar un caballo alado, sino un dragón con todos los colores del arcoíris!

—¡Pues yo también llevaré un dragón! ¡Y será más grande que el tuyo, y de color rojo, y echará fuego por la boca y te achicharrará el vestido, el pelo y hasta las cejas!

—¡¡¡Hada madrinaaa!!!

Pero Camelia ya no los estaba escuchando. Porque otro de sus ahijados la llamaba, y en esa ocasión podía tratarse de algo muy serio.

—Hablaremos el día del desfile —concluyó, tratando de imprimir una nota de alegría a su voz—. Princesa Arlinda… Príncipe Arnaldo… —Se despidió con una inclinación de cabeza antes de desaparecer de allí.

En este lugar olvidado del mundo

Se materializó, casi sin aliento, en el interior de la torre donde mantenía oculta a la princesa Verena. Respiró hondo antes de volverse hacia su protegida, una adolescente que languidecía en un diván con aire de profundo aburrimiento.

—¿Qué ocurre, Verena? No te habrán encontrado, ¿verdad?

Ella le dirigió una larga mirada.

—No, madrina. Por aquí no ha pasado nadie…, igual que ayer, y que anteayer, y que la semana pasada, y que la anterior…

Camelia se relajó. Y se irritó. Todo al mismo tiempo.

—¿Y por qué me has llamado con tanta urgencia? Pensaba que estabas en peligro.

—Sí. En peligro de morir de tedio —se quejó ella—. Oh, venga, madrina…, ¿cuánto tiempo más tengo que quedarme aquí?

—Ya lo sabes: hasta que cumplas dieciocho años y seas la reina legítima. Mientras tanto, no podemos arriesgarnos a que tu tío te encuentre.

—No sé por qué tiene tanto interés en quitarme de en medio —replicó Verena con desgana—. Después de todo, ya hace y deshace a su antojo en el reino.

—Pues con mayor motivo. —Camelia suspiró—. Sé que es duro, Verena, pero cada vez me resulta más complicado encontrar escondites seguros para ti.

—¡Pero esta torre ni siquiera tiene puerta! Parece una prisión.

—¿Necesito recordarte por qué no tiene puerta? —replicó Camelia. Verena calló, avergonzada, evocando sin duda el día en que había atendido a una amable vendedora de fruta sin sospechar siquiera que se trataba de una asesina enviada por su tío—. La manzana envenenada, Verena —le reprochó Camelia—. ¿Cómo pudiste caer en un truco tan viejo? Si yo no hubiese llegado a tiempo…

La princesa no dijo nada. Parecía sinceramente abatida, y Camelia se ablandó un poco.

—No te preocupes —la tranquilizó—; por el momento, aquí estás a salvo. Aguanta un poco más, ¿de acuerdo? Algún día podrás volver a casa.

Verena respondió con una mueca mientras jugaba con un mechón de su largo cabello rubio.

—Me estoy dejando crecer el pelo —informó a Camelia como quien no quiere la cosa.

—No funcionará —le advirtió ella con una fugaz sonrisa—. ¿Tienes idea de lo que pesa un caballero? Te arrancará la melena de cuajo antes de que logre trepar siquiera hasta el primer piso. ¿Por qué crees que lleva peluca la reina Celina?

Verena abrió mucho los ojos.

—¡No! —exclamó.

—Oh, sí. Además, su enamorado ni siquiera tuvo el detalle de quitarse la armadura primero. Ciento veinte kilos de hombre y acero. Imagina el resto.

Verena compuso un gesto de dolor y dejó de jugar con su cabello.

—Me estás tomando el pelo.

—Qué expresión tan deliciosamente apropiada.

—Venga, madrina, dime que es una broma.

Camelia no se lo dijo. Solo le dedicó una de sus breves sonrisas, sin confirmar ni desmentir el chisme que acababa de contar. Verena se hundió en el diván, confundida y abatida a partes iguales, sin duda preguntándose si de verdad sería posible utilizar su melena como escala, y sabiendo con certeza que, después de aquella conversación, jamás se atrevería a intentarlo siquiera.

—Eres cruel, madrina —se lamentó—. Me condenas al encierro en este lugar olvidado del mundo y encima te burlas de mí.

21

Camelia sonrió de nuevo, condescendiente. Agitó su varita e hizo aparecer un gatito minúsculo y encantador que maulló desconcertado cuando lo dejó caer sobre el regazo de la muchacha.

—A ver si esto te anima.

—No vas a comprar mi silencio con un gato —le advirtió ella; pero Camelia había detectado en sus ojos un cierto brillo de ilusión.

—Hablamos mañana. Que descanses, Verena.

La princesa no respondió. Se esforzaba por parecer indiferente mientras sus dedos acariciaban el suave pelaje del animal. Camelia sacudió la cabeza y desapareció de allí.

Un breve momento de autocomplacencia

Pero no reapareció muy lejos, porque no tenía fuerzas para llegar por medios mágicos hasta su casa. Se materializó en lo alto de la torre y contempló el horizonte mientras trataba de recuperarse un poco.

Estaba atardeciendo ya. Si se daba prisa, podría llegar a casa poco después del anochecer. De modo que irguió las alas y echó a volar.

Sí; había sido un largo día, pero no muy diferente a otros muchos. No obstante, cada año que pasaba se sentía más cansada. Se preguntó cuál sería la razón. ¿Tenía tal vez demasiados ahijados? ¿O los problemas que le planteaban eran más complejos con cada nueva generación? ¿Eran los jóvenes actuales más exigentes que los del siglo anterior? Quizá lo que le sucedía, simple y llanamente, era que el tiempo no pasaba en balde, ni siquiera para las hadas.

Apartó aquellos pensamientos de su mente y trató de animarse pensando en que, al menos, había solucionado el asunto de Marcela. A Verena le quedaban solo dos años para cumplir los dieciocho, proclamarse reina legítima de Rinalia y enviar por fin a prisión a su pérfido tío. El príncipe Alteo, por su parte, no tardaría mucho tampoco en elegir esposa; con un poco de suerte lo haría antes de que naciera el bebé de la reina Clarisa, a quien debía otorgar un don y su protección hasta que fuera mayor. En cuanto a los mellizos de Corleón, en fin…, todavía le quedaban bastantes años de lidiar con ellos.

Pero lo importante era que el sueño de Marcela se había hecho realidad por fin. «Un nuevo éxito en mi historial como hada madrina», pensó Camelia. Se permitió un breve momento de autocomplacencia y decidió que se había ganado un descanso. «Mañana por la mañana dormiré hasta tarde —pensó—. Iré a visitar a Alteo y Verena después del mediodía.» Solucionar el asunto de Marcela le había consumido bastante más tiempo, energía y recursos de lo que había calculado en un principio. Sí, de acuerdo, la muchacha era plebeya, y él, nada menos que un príncipe…, pero lo cierto era que no habían tardado en enamorarse. El problema había sido siempre la reina. Le había costado casi un año entero convencer a Aldemar de que plantase cara a su madre.

«No voy a darle más vueltas», resolvió finalmente. Pronto llegaría a casa.

Sin nombre, sin historia y sin descripción

Era ya noche cerrada cuando alcanzó su bosque. La luna apenas asomaba tras un tenue manto de nubes, pero el hada no tuvo ningún problema en localizar su hogar entre los árboles. Descendió, con un suspiro de satisfacción. Por fin estaba en casa.

Vivía en una cabaña rústica pero coqueta, que se alzaba entre las enormes raíces de uno de los árboles más vetustos del bosque. Hacía tiempo que el tejado se había cubierto de musgo, pero a Camelia le gustaba así. Adoraba cada rincón de aquella minúscula casita, su huerto, sus ventanas adornadas con flores, su chimenea un tanto retorcida y, sobre todo, su refugio favorito: aquella mecedora ante la lumbre.

Camelia entró en casa y cerró bien la puerta tras ella. Se quitó los zapatos y, tras calzarse las zapatillas, encendió el fuego y preparó algo sencillo para cenar. Después, tras dejar calentando el puchero con el chocolate, se detuvo ante la estantería donde guardaba lo que consideraba su mayor tesoro: su colección de libros de cuentos, que había acumulado a lo largo de toda su vida y que nunca se cansaba de releer, a pesar de que ya los conocía de memoria. Algunos de aquellos relatos aparecían en diferentes recopilaciones, pero a Camelia le gustaba saborear los matices, las diferencias que podían apreciarse entre una versión y otra, las interpretaciones que variaban según el texto, el lugar o la época. Disfrutaba descubriendo cuentos que hacían referencia a algún acontecimiento en el que ella había participado o del que había oído hablar, o los que narraban los hechos de alguien a quien ella hubiese conocido. Seguía con verdadero interés cada cambio en la tradición, y le llamaban particularmente la atención los cuentos más antiguos, los más cercanos a su fuente original. Pero, conforme pasaban los años, era cada vez más difícil encontrarlos. Cada nueva generación reescribía la tradición y relataba su propia interpretación de las historias que había oído contar a sus padres o a sus abuelos.

Aun así, a Camelia todos los cuentos le parecían maravillosos en todas sus versiones. El hecho de encontrar variaciones no la molestaba. Por ejemplo, era consciente de que mucha gente atribuía a Orquídea, a Azalea o a Magnolia muchas de las cosas que ella misma había hecho, pero aquella circunstancia solo la divertía. Al fin y al cabo, en todos aquellos cuentos el hada madrina era siempre… el hada madrina, sin más. Sin nombre, sin historia y sin descripción. A veces se hacía referencia a los hermosos vestidos del hada, o a su palacio de cristal; y era obvio que esos detalles se ajustaban más a las circunstancias de Orquídea que a las suyas propias. Pero Camelia lo encontraba natural; después de todo, ningún mortal había visitado nunca su casa. Quizá pensaban que todas las hadas vivían, como Orquídea o Magnolia, en fastuosos y elegantes palacios.

Y Camelia habría podido permitírselo también, naturalmente; la magia daba para eso y para mucho más.

Pero el caso era, simple y llanamente, que prefería su casita en el bosque. Y no había mayor misterio en aquello.

Sabía que, mucho tiempo atrás, antes de que a las hadas madrinas se les hubiese encomendado la tarea de ayudar a jóvenes desamparados, todas las hadas habitaban en los bosques. Quizá en castillos encantados, tal vez en los árboles o en un reino mágico bajo tierra; las hadas eran criaturas de gustos variados y volubles.

Pero no vivían entre humanos. Las que abandonaban a su estirpe para convivir con ellos acababan perdiendo sus alas… y su inmortalidad.

Las hadas madrinas eran diferentes. Su misión las obligaba a tratar con mortales a menudo, sin perder por ello sus poderes ni su esencia feérica. Eran, de alguna manera, las más humanas entre todas las hadas.

Y, no obstante, Camelia aún se sentía mejor en el bosque.

Su dedo índice recorrió los lomos de los libros, desgastados por el uso y por el tiempo. Eligió uno de sus favoritos y se lo llevó hasta la mecedora. Una vez allí se puso los anteojos y, bien acomodada frente al fuego, con una taza de chocolate caliente y el libro abierto sobre su regazo, lo abrió por una página al azar y se dispuso a dejarse llevar por la magia de las palabras.

Un asunto muy complicado

Y justo entonces se oyó un breve estallido, hubo un fogonazo de luz de colores y la casa se llenó de pétalos de flores y un exquisito aroma a jardín.

Camelia suspiró. Orquídea era muy aficionada a las entradas espectaculares.

—¿Sabes qué hora es? —le reprochó a la visitante que acababa de aparecerse ante ella.

Orquídea cultivaba una perfecta y estudiada apariencia de hada de cuento. Lucía una larga y espesa cabellera dorada que despertaba la envidia de Verena y de casi todas las princesas de su generación; ceñía su frente con una diadema que parecía hecha de estrellas en miniatura; y vestía trajes centelleantes y vaporosos que eran todo tules, gasas, perlas y piedras preciosas.

—No te quejes tanto; aún no estabas dormida —señaló Orquídea despreocupadamente.

—Aun así, no creo que... —empezó Camelia; se interrumpió cuando sus ojos se fijaron en la recién llegada con mayor detenimiento—. ¿Qué es eso que llevas en la cabeza?

Orquídea se llevó una mano al alto sombrero cónico que lucía, con una sonrisa de orgullo.

—¿Te gusta? Es la última moda en la corte de Grandolín.

—Me parece extravagante y poco práctico.

—No esperaba otra cosa de ti —replicó Orquídea sin ofenderse mientras paseaba la mirada por la estancia en busca de un lugar para acomodarse. Camelia se alegró de estar ocupando el mejor asiento de la casa y sonrió para sus adentros cuando la visitante descartó con un gesto el taburete del rincón—. No sé cómo pretendes que quepamos todas aquí, la verdad —comentó finalmente con disgusto, apartando una capa vieja que reposaba en el respaldo de una silla para sentarse en ella.

Camelia parpadeó desconcertada.

—¿Todas, has dicho?

Orquídea suspiró.

—No puedo creer que te hayas olvidado de la reunión.

Camelia se quedó helada.

—¡Pero si no era hoy!

—No, claro que no; es la semana que viene. Solo estaba adelantando acontecimientos.

Camelia empezaba a enfadarse.

—Sé perfectamente que es la semana que viene. No me confundas.

—Yo no confundo nada. Y no pongas esa cara; no habría sido tan sorprendente que hubieses olvidado una reunión que solo se organiza cada siete años. Especialmente si te toca ser la anfitriona —añadió, guiñándole un ojo con picardía.

—*Tú* lo habrías olvidado, no yo —replicó Camelia; se estiró sobre su mecedora y reprimió un bostezo—. Y entonces, si ninguna de las dos se ha equivocado de día, ¿qué se supone que haces aquí?

—¡Ah! —Orquídea se dio unos golpecitos en la barbilla con la punta de su varita que, para no desentonar con su aspecto general, tenía el mango recamado en oro—. Pues verás, es que tengo un problema muy serio y necesito que me ayudes.

—Ah, ¿sí?

—Sí, es sobre uno de mis ahijados; me temo que yo no puedo hacer nada por él. Es un asunto muy complicado, ¿sabes? Y lo cierto es que no estoy segura de cómo enfocarlo. Creo que es algo más… de tu especialidad, no sé si me explico.

—Perfectamente. —El tono de voz de Camelia podría haber helado la sangre de un dragón—. El pobre muchacho tiene la desgracia de no vivir en un palacio.

—Oh, sí que vive en un palacio, más o menos —replicó Orquídea con viveza—. Pero es el mozo de cuadra, ¿comprendes?

—Por supuesto. Debe de ser muy enojoso que tus preciosos zapatos se manchen de boñiga de caballo cada vez que vas a visitarlo.

—Pues sí —suspiró Orquídea, totalmente inmune al sarcasmo de su compañera—. Y el muy ingrato no solo no valora todo lo que hago por él, sino que, por si fuera poco, me pide cosas imposibles.

—Los humanos piden a menudo cosas imposibles —observó Camelia—. Por esa razón a veces necesitan de la magia de las hadas para hacerlas realidad.

Orquídea negó con la cabeza.

—No serviría esa clase de magia. ¿No me estás escuchando? Se ha enamorado. De la princesa.

Hubo un breve silencio.

—Oh —dijo Camelia solamente.

—Y ella ni siquiera sabe que existe. ¿Cómo va a fijarse en él?

Camelia frunció el ceño.

—Bueno, estas cosas no suelen suceder por casualidad. Seguro que no es plebeyo en el fondo. Investiga sus orígenes; no sería raro que descubrieses que es huérfano, que sus padres son los reyes de un país lejano, que lo perdieron al nacer o fue secuestrado… Y sin duda tendrá una marca de nacimiento o una reliquia familiar que lo demuestre. De lo contrario, no… —Se interrumpió de pronto al darse cuenta de que estaba hablando igual que la futura suegra de Marcela.

—No, Camelia; es plebeyo del todo. Estoy convencida.

«Habrá pasado algo por alto», se dijo ella; pero estaba demasiado cansada para discutir y no pronunció las palabras en voz alta. Además, tampoco quería dar a entender que el asunto comenzaba a interesarle.

—Es difícil, pero no imposible, Orquídea. Solo tienes que esforzarte un poco más…

El hada la interrumpió negando enérgicamente con la cabeza.

—¡Pero es que no es solo eso! El muy loco no se ha enamorado de cualquier princesa, ¿sabes? ¡Ha ido a fijarse nada menos que en Asteria, la hija mayor del rey de Vestur!

—Oh —exclamó de nuevo Camelia.

—Has oído hablar de ella, ¿verdad?

Camelia no respondió, porque estaba reflexionando intensamente.

Todo el mundo había oído hablar de Asteria. Era la heredera de un reino próspero y estratégicamente situado, por lo que había no pocos nobles y príncipes que tenían los ojos puestos en ella. Pero la joven los había rechazado a todos, incluido el hijo del sultán de Kalam, que había cruzado medio mundo para pedir su mano, acompañado por un cortejo que incluía cien carros cargados de oro, plata y piedras preciosas. Se decía que de niña había jurado que solo se casaría con su amor verdadero; y, por lo que parecía, no lo había encontrado aún.

Las malas lenguas afirmaban, no obstante, que aquello no era más que una excusa, y que en realidad la princesa no tenía la menor intención de casarse. Pero lo que nadie se explicaba era por qué sus padres no la habían prometido aún. Dado que los reyes de Vestur solo habían tenido hijas, Asteria sería la futura soberana y, por tanto, su matrimonio representaba un asunto delicado y de vital importancia para el reino.

—Se case con quien se case, no le permitirán hacerlo por amor, me temo —murmuró Camelia para sí misma.

—¿Lo ves? Incluso aunque se enamorara del mozo de cuadra, ¿qué posibilidades tendrían?

Camelia frunció el ceño e inclinó la cabeza, pensativa. Pero Orquídea interrumpió sus reflexiones antes de que pudiera llegar a ninguna conclusión:

—¡Solo tú puedes ayudarlo! —le aseguró con vehemencia—. ¡Se te dan muy bien estas cosas!

—No me digas —murmuró Camelia. Una vez más, su compañera no captó la mordacidad de sus palabras (o quizá sí lo había hecho, pero fingía lo contrario, o tal vez le fuera indiferente; Camelia nunca sabía a qué atenerse al respecto con ella).

—¡Naturalmente que sí! Las noticias vuelan, ¿sabes? ¡Todo el mundo se ha enterado ya de que el príncipe Aldemar está prometido… con una plebeya! Y sé que ha sido cosa tuya, no puedes negarlo.

—No lo niego. Pero eso no te da derecho a desentenderte de un ahijado tuyo y tratar de engatusarme para que haga tu trabajo.

Orquídea se llevó la mano al pecho y parpadeó, dolida.

—¿Quién se desentiende? Yo solo quiero lo mejor para él. Y tú eres la mejor en asuntos plebeyos, Camelia. Ya lo sabes. —Ella abrió la boca para replicar, pero Orquídea no había terminado de hablar—. Además, te sentará bien un poco de actividad. Tanto apoltronarse entre libros polvorientos no puede ser bueno para ti. A ver si te vas a quedar dormida y no podremos despertarte en cien años.

Camelia se levantó de un salto, irritada.

—¿Qué estás diciendo? ¿Tienes idea de lo mucho que trabajo?

Orquídea le quitó importancia con un gesto al enfado de su compañera.

—Todas trabajamos mucho, querida. A menudo tengo la sensación de que los humanos cada vez pueden hacer menos cosas sin nosotras.

—Claro. Qué sería de ellos si no pudieran extasiarse con tu radiante presencia en todos los fastos de las mejores cortes.

—Exacto. Y tú ni siquiera te molestas en ir a las bodas y bautizos de tus ahijados. Siempre me toca a mí asistir en tu lugar, así que no es mucho pedir que a cambio te encargues de tender tu varita al pobre Simón. Te garantizo que, si se casa con la princesa, haré todo lo posible por estar presente en los esponsales.

—No me cabe la menor duda —gruñó Camelia.

Seguía furiosa, pero era muy consciente de que no lograría que Orquídea cambiara de opinión. Podía negarse a hacer lo que ella le pedía, naturalmente. Pero sabía de sobra que, en tal caso, el único perjudicado sería aquel desventurado mozo de cuadra. Orquídea le había informado de que no iba a ocuparse más de él, y para ella eso era suficiente. Si Camelia no acudía en ayuda del muchacho, nadie más lo haría. «Bueno —se dijo—. Después de todo, el asunto de Marcela me ha llevado bastante tiempo, y ya está solucionado.» Y, por otro lado, tal vez Orquídea no había tenido valor para decirle a su ahijado que sería mejor que pusiera sus miras en un objetivo menos… inalcanzable. Quizá una sola conversación, seria y razonada, bastara para hacérselo comprender.

—En fin. —Orquídea se levantó, dispuesta a marcharse—. Me alegro de que estés de acuerdo conmigo. Ya me contarás en la reunión cómo te ha ido con el muchacho, ¿de acuerdo? ¡Hasta pronto! —se despidió; agitó graciosamente su varita y desapareció de allí con un estallido de luz dorada y pétalos de rosa.

Soy tu hada madrina

En aquella parte del mundo existían muchos pequeños reinos. Camelia recordaba la época en que solo había siete, todos ellos tan vastos que contenían frondosos bosques, estremecedoras cadenas de montañas y praderías interminables. Y, según le habían contado, aquellos siete procedían en realidad de uno solo, enorme e inconmensurable, que las leyendas llamaban el Viejo o el Antiguo Reino. Pero en aquel entonces había también muchos monstruos terribles, malvados hechiceros y poderosos demonios, por lo que los reyes tomaron la costumbre de ofrecer, como reclamo para héroes y aventureros, la mano de su hija y la mitad de su reino en recompensa por llevar a cabo alguna hazaña particularmente notable. Como resultado, al cabo de varios siglos había muchos más monarcas, por supuesto; pero gobernaban sobre territorios mucho más reducidos que los de sus antepasados.

Vestur era uno de esos pequeños reinos. Sus últimos soberanos lo habían administrado de forma inteligente y eficaz, por lo que se contaba entre los más ricos y florecientes. Se encontraba situado, además, en el centro mismo del continente, de modo que por allí pasaban algunas de las rutas comerciales más importantes.

Aunque Camelia estaba al tanto de la situación política y económica de Vestur, hacía tiempo que no visitaba el reino, por lo que no recordaba con exactitud dónde se hallaban las caballerizas del palacio real. Optó, pues, por aparecerse en los jardines del palacio, en un rincón discreto. Dejó caer las alas, para asegurarse de que quien la viera las to-

33

mara por una capa vaporosa y no por lo que eran en realidad. Aunque a Orquídea le encantase ser el centro de atención, Camelia detestaba que la distrajeran cuando estaba tratando de hacer su trabajo. Y la presencia de un hada madrina, aunque fuera en un palacio, siempre resultaba todo un acontecimiento.

Rodeó los jardines en busca del establo; a lo lejos paseaba una doncellita seguida de una nube de sirvientes. Era demasiado joven para ser Asteria, por lo que Camelia dedujo que se trataría de su hermana menor, la princesa Delfina. Se aseguró de que no la habían visto y se dirigió a la parte delantera del palacio. Allí, junto al patio principal y no lejos de la entrada, se hallaba el corredor que conducía a las caballerizas.

Se detuvo en la puerta de los establos y miró a su alrededor. Vio a un muchachito de unos diez años que barría afanosamente el suelo, pero que se detuvo al ser consciente de su presencia.

—¿Buscas a alguien? —le preguntó, sin duda extrañado de verla allí.

Aquel no podía ser el ahijado de Orquídea; Camelia trató de recordar si ella había llegado a mencionar su nombre en algún momento.

—Simón —dijo por fin—. Busco a Simón.

—Al fondo, a la izquierda —señaló el niño.

Camelia siguió en la dirección que le indicaba. A su paso, los caballos resoplaban suavemente, saludándola.

Los animales siempre reconocían a las hadas, dondequiera que estuviesen. Incluso aquellos que llevaban milenios siendo domesticados por los mortales conservaban aquel raro instinto que les permitía detectar lo sobrenatural mucho antes que sus amos humanos.

Camelia se asomó por fin a una caballeriza en la que había un joven cepillando con brío a un hermoso caballo ruano.

—Buenos días, ¿eres Simón? —lo saludó.

El muchacho se detuvo un momento y se volvió hacia ella, ligeramente sorprendido. Tendría unos diecisiete o dieciocho años, cabello oscuro y ojos claros. Camelia lo repasó con la mirada, examinándolo con detalle. Sí, era bien parecido. Podría llegar a llamar la atención de la princesa, aunque Orquídea tenía razón: se notaba de lejos que no era de noble cuna. Le faltaba elegancia en el porte y tenía la piel demasiado bronceada, los hombros demasiado anchos y las manos demasiado grandes y encallecidas por el trabajo. Volvió a fijarse en su rostro; carecía de la nariz recta y aristocrática típica de los príncipes, y sus cejas eran muy espesas, si bien se arqueaban de forma interesante. Y sus ojos, de color pardo, quizá tuvieran una tonalidad más verdosa a la luz del sol. Y…

—¿Quién eres tú? —dijo el joven entonces, sobresaltándola.

Camelia parpadeó un instante y volvió a la realidad.

—¿Yo? —Carraspeó y adoptó su pose más profesional—. Bien; si tú eres Simón, entonces yo soy tu hada madrina.

El chico entrecerró los ojos y la miró con desconfianza.

—¿Cómo sabes que tengo un hada madrina?

—Porque yo soy tu hada madrina. Te lo acabo de decir.

—No, no, yo conozco a mi hada madrina, y no eres tú. Ella brilla como una estrella, y tú… tú ni siquiera pareces un hada.

Camelia suspiró con impaciencia, echó un breve vistazo al pasillo para asegurarse de que estaban solos y entonces desplegó las alas. Las hizo vibrar levemente para que dejaran caer una fina lluvia de polvo dorado y sonrió con satisfacción al ver el gesto asombrado de Simón.

—Soy un hada —reiteró—. Por motivos que no vienen al caso, tu hada madrina habitual no va a poder seguir ayudándote. Así que yo la sustituiré.

Simón pareció confundido; pero, en cuanto hubo asimilado las palabras de Camelia, montó en cólera.

—¿Qué…? ¿Y por qué? ¿Es que no merezco un hada madrina de mayor categoría? Ya sé que no soy un príncipe, pero…

—Escúchame bien —interrumpió Camelia con frialdad—. Tú esperas que tu princesa se fije en ti a pesar de que no eres un príncipe, ¿no es cierto? Esperas que sea capaz de amarte por tus cualidades y no por algo tan superficial como tu aspecto o el tipo de ropa que llevas.

—Sí, pero… —Simón calló de pronto.

—Ah —concluyó Camelia con acidez—. Veo que empezamos a entendernos.

El joven se apoyó contra el flanco del caballo; se había ruborizado levemente, avergonzado.

—No quería ofenderte —murmuró—. Es que todo ha sido muy repentino, y tú… tú…, bueno, te has presentado aquí por las buenas y no sé quién eres…

—Por tercera vez: soy tu hada madrina. ¿Hace falta que lo vuelva a repetir?

—Pero… pero… ¡si ni siquiera tienes varita! —farfulló Simón, todavía confundido.

Camelia le dedicó una de sus breves sonrisas y extrajo su varita de la faltriquera.

No era más que una rama de avellano, recta y flexible, sin ningún adorno. De hecho, no valía para nada, pero eso no tenía nada de extraordinario: la varita dorada de Orquídea era igual de inservible.

En realidad, las hadas no necesitaban varitas para hacer magia. Pero habían aprendido con el tiempo que a los mortales les costaba asimilar que pudieran utilizar sus poderes así, sin más. No comprendían que las hadas eran esencialmente mágicas, y les resultaba más sencillo aceptar que fueran capaces de obrar prodigios si creían que lo hacían mediante algún tipo de objeto mágico. La varita era, por tanto, parte de la puesta en escena. Camelia la encontraba inútil y engorrosa, pero ya no se atrevía a salir de casa sin ella.

De modo que la agitó en el aire y dejó que brotaran de ella unas cuantas chispas. Eso bastó para alarmar a Simón, que retrocedió precipitadamente hasta que su espalda chocó contra la pared de la cuadra.

—De acuerdo, de acuerdo…, te creo. Pero, por favor…, no me conviertas en sapo —suplicó.

Camelia puso los ojos en blanco.

—No voy a hacer algo así. ¿No me has oído? Soy tu hada madrina, estoy aquí para ayudarte.

Dejó que Simón terminara de asimilar la situación. Cuando lo vio relajarse un tanto y sentarse, desconcertado y abatido, sobre el suelo de la cuadra, asintió para sí, guardó la varita y sacó su cuaderno de notas y sus anteojos. Se los caló sobre la nariz y buscó una página en blanco en la que escribió el nombre de su nuevo ahijado.

—Bien, comencemos. Tengo entendido que eres plebeyo, pero te has enamorado de una princesa.

Simón dio un respingo, se incorporó, alarmado, y miró a su alrededor. Camelia sacudió la cabeza y lo tranquilizó con un gesto.

—No te preocupes, no nos oye nadie. Y cálmate, ¿quieres? Sé muy bien lo que hago. Así que siéntate otra vez y empieza a contarme tu historia, ¿de acuerdo?

Si deseas algo con suficiente fuerza

imón asintió y obedeció. Apartó con suavidad el morro del caballo, que olisqueaba entre su ropa buscando alguna golosina, y murmuró:

—Yo…, bueno, no siempre he trabajado en palacio. Mi familia vive en el pueblo. Mi padre es porquerizo. —Se detuvo un momento y observó a Camelia de reojo.

Ella no se inmutó. Simplemente asintió y tomó nota de lo que decía, aunque sonrió para sus adentros. Imaginaba perfectamente a Orquídea arrugando la nariz cuando Simón le había comentado este detalle.

—Vi una vez a la princesa en su carroza, cuando era niño —prosiguió el muchacho—. Me enamoré de ella, y desde entonces he soñado con verla, con conocerla… —Suspiró—. No tardé en descubrir que las princesas como ella no se casan con el hijo del porquerizo. Así que trabajé duro y conseguí este puesto en las caballerizas. Sigue sin ser gran cosa, pero al menos puedo verla de vez en cuando. Aunque nunca me ha dirigido la palabra.

Camelia asintió de nuevo mientras seguía tomando notas.

—Déjame adivinar —dijo—. Alguien te comentó que, si deseas algo con suficiente fuerza, puedes conseguir que se haga realidad.

—Sí —confirmó Simón—. Y un buen día se presentó mi hada madrina…, la otra, no tú. O al menos dijo que era mi hada madrina. —Frunció el ceño, confundido—. No sé cómo alguien puede tener una madrina… o dos… sin saber que las tenía.

—Bueno, a veces las hadas protegemos a nuestros ahijados desde que nacen, y otras veces los elegimos cuando son mayores —le explicó Camelia—. Tú no tenías madrinas entre las hadas cuando naciste; pero has deseado nuestra ayuda con tanta intensidad que esta te ha sido concedida.

Simón suspiró; parecía tan abatido y desvalido de pronto que el hada se compadeció de él.

—Pero ella me dijo que mi deseo es imposible, que la princesa nunca sentirá nada por mí.

—Eso es lo que ella piensa —hizo notar Camelia con suavidad—. Y por eso soy yo la que está aquí hoy.

Quizá no debería haber dicho esto último, pero no había podido evitarlo. Orquídea se lo tenía bien merecido, pensó.

No obstante, Simón apenas la había escuchado. Ante la insistencia del caballo, rebuscó distraído en sus bolsillos, extrajo una manzana y se la dio, perdido todavía en sus pensamientos.

—Nunca he querido a nadie como a la princesa —confesó—. Es la criatura más perfecta y radiante que existe sobre la Tierra.

Camelia enarcó una ceja, pero no hizo ningún comentario al respecto.

—¿Puedes hacer que se enamore de mí? —preguntó Simón, súbitamente animado.

—Las hadas podemos hechizar a las personas para que crean que están enamoradas —respondió ella con precaución—, pero eso no es amor de verdad y, de todas formas, tarde o temprano el hechizo termina por desvanecerse. No obstante, puedo ayudarte a acercarte a ella. Aunque, la verdad —añadió, consultando sus notas—, será complicado.

—Pero es lo que hacen las hadas madrinas, ¿no? En los cuentos, la muchacha plebeya consigue la atención del príncipe gracias a la ayuda de su hada madrina…

—Claro, no hay problema —cortó Camelia con cierto sarcasmo—. Puedo hacer aparecer el lote completo: un vestido de rayos de sol, otro de luz de luna y otro de brillo de estrellas; una carroza-calabaza y unos zapatos de cristal. Seguro que te sientan divinamente.

Simón frunció el ceño, herido.

—¿No ayudáis entonces a chicos plebeyos?

—Bueno, para los chicos puede ser un poco más complicado. En primer lugar, porque a menudo no solo hay que convencer a la princesa en cuestión, sino también a su padre, que suele ser un hueso duro de roer. Por otro lado, la mayor parte de las veces los candidatos ni siquiera son plebeyos de verdad, aunque lo parezcan; fueron secuestrados o perdidos al nacer, pero en realidad tienen sangre real. Es eso por lo que logran realizar grandes proezas, derrotar al dragón, conseguir el objeto encantado que les otorgará el favor del rey…

—¿Estás intentando decirme que es completamente imposible que yo haga esas cosas?

Camelia alzó las manos, tratando de calmarlo.

—Estoy diciendo que lo tienes bastante más difícil. Pero no debemos descartar que seas de sangre real o estés destinado a ser un héroe; porque, si así fuera, facilitaría enormemente las cosas. ¿Estás dispuesto a responder a unas cuantas preguntas?

Un rato después, Camelia ya sabía que Simón no era adoptado; que no tenía marcas de nacimiento ni poseía ningún objeto misterioso, ninguna joya ni pañuelo bordado con su nombre que indicara que pudiera proceder de otra familia de rancio abolengo; que no había nacido de pie, ni con el cordón enrollado, ni se había producido ningún suceso significativo en torno a su llegada al mundo; que su madre era fértil y lo había demostrado con creces, y que no le había hecho falta pedir ayuda a ningún ser sobrenatural para engendrar a sus hijos; y que, de hecho, Simón era el cuarto de cinco hermanos, entre chicos y chicas.

—Ay, esto no es bueno —murmuró el hada, anotando este último dato en su cuaderno.

—¿Por qué? ¿Qué tienen de malo mis hermanos?

—Nada, por supuesto; pero suele suceder que un joven de origen humilde destaca con mayor facilidad si es el menor de tres hermanos. Ya sabes; los dos mayores parten a buscar fortuna y fallan en sucesivas pruebas, pero el pequeño triunfa porque demuestra tener más valor y mejor corazón. —Se masajeó una sien con el dedo índice, pensando intensamente—. Veamos… ¿qué hay de tus amistades? ¿Conoces a alguien capaz de arrancar los árboles de cuajo, de beberse el mar de un solo trago o de convertir la paja en oro?

Simón la miró, casi riéndose.

—Estás bromeando, ¿no?

Camelia tachó algo en su cuaderno y murmuró:

—Llevas razón, esto último no es una buena idea. Está bien, pasemos al siguiente punto: no tienes ningún animal extraordinario, ¿verdad? ¿Un caballo que corra más veloz que el viento? —Simón negó con la cabeza—. ¿Un asno que deje caer piedras preciosas cada vez que sacude las orejas? ¿Una gallina que ponga huevos de oro?

—Si tuviera algo así, ¿crees que seguiría aquí? —razonó el joven.

—No, ya lo suponía; pero tenía que preguntarlo. Y tampoco has heredado ni obtenido ninguna clase de objeto encantado, ¿no es cierto? Ni botas de siete leguas, ni mesas que se sirvan solas, ni flautines cuya música obligue a bailar a todo el que la oye…

—No. —Simón empezaba a sentirse incómodo y molesto—. Pero tú eres un hada, ¿no? ¿Por qué no me regalas una de esas cosas?

Camelia negó con la cabeza.

—No funciona así. Tienes que ganarte el derecho a poseer un objeto mágico, no puedo regalártelo sin más. Son artefactos caprichosos, ¿sabes? Has de demostrar que lo mereces, hacer algo para conseguirlo; podrías robarle un anillo encantado a un ogro, y sería legítimamente tuyo, porque habrías demostrado ser astuto, fuerte o valiente, o las tres cosas, en función de cómo lo hubieras conseguido. Pero, si lo hiciera aparecer yo con un golpe de varita… ¿qué habrías demostrado con eso?

—Que amo lo bastante a Asteria para conseguir que un hada me conceda un deseo —replicó Simón, muy convencido.

Camelia casi sonrió.

—Eso —hizo notar—, debes demostrárselo a ella, no a mí.

Cerró la libreta de golpe y miró a Simón de arriba abajo.

—Ya entiendo lo que quería decir Orquídea —comentó para sí—. Eres desesperantemente normal.

—¿Eso quiere decir que Asteria jamás se fijará en mí?

—No, eso quiere decir que habrá que hacer las cosas de otra manera. Una manera más… normal. —Suspiró profundamente antes de preguntar—: ¿Cuándo suele montar a caballo la princesa?

Tres nombres solamente

El príncipe Alteo estaba asomado a las almenas de la torre cuando Camelia se apareció junto a él. No fue una aparición estrepitosa ni efectista pero, aun así, el muchacho dio un respingo antes de descubrir a la recién llegada y murmurar, por todo saludo:

—Ah, eres tú; hola, madrina.

—Buenos días a ti también —respondió Camelia.

Alteo arrugó la nariz, y el hada se olisqueó con disimulo la manga del vestido, preguntándose si no se habría llevado consigo el olor a cuadra.

Pero el disgusto de Alteo estaba relacionado con otro asunto. O, mejor dicho, con el mismo asunto de siempre.

—¿Qué tienen de buenos? —se lamentó—. Ya solo faltan treinta y siete días para mi decimosexto cumpleaños… ¡y aún no me he decidido!

Camelia suspiró para sus adentros. La costumbre dictaminaba que todos los reyes de Zarcania debían elegir esposa antes de cumplir los dieciséis años porque, de lo contrario, el trono pasaría al hermano menor, en el caso de que este sí estuviese prometido. La madre de Alteo había hecho jurar al rey antes de morir que no obligaría al muchacho a casarse en contra de su voluntad. Pero Alteo era hijo único y aún no había optado por ninguna de las candidatas. Y se le acababa el tiempo, porque su primo Randulfo, el siguiente en la línea sucesoria, ya estaba convenientemente casado.

Camelia había enfocado aquel asunto, como era habitual en ella, con una buena dosis de diligencia y sentido común. En primer lugar había elaborado una lista de todas las princesas casaderas que había en todos los reinos, vecinos y lejanos. Después le había organizado a Alteo diversos encuentros con cada una de ellas, a la espera de que el joven príncipe eligiera.

El problema era que, tres años después, seguía esperando. El hada había ampliado su lista a las hijas de los grandes duques, marqueses, condes y hasta barones. Pero Alteo no se decidía. No es que fuera demasiado exigente, sino todo lo contrario: todas le gustaban, hasta el punto de que ninguna le gustaba menos que las demás. Podría haber elegido a cualquiera de ellas como futura esposa, pero Camelia sabía muy bien que el muchacho no se casaría enamorado.

En vistas de que el final del plazo se acercaba peligrosamente, Camelia y Alteo se habían encerrado durante varios días para discutir las ventajas e inconvenientes de cada opción. Poco a poco habían ido descartando a casi todas las princesas: esta era demasiado joven; esta otra, demasiado tonta; aquella, demasiado frívola; la de más allá vivía demasiado lejos; la de más acá tenía unos padres excesivamente sobreprotectores.

Por fin habían reducido la lista a tres nombres solamente. Camelia era muy consciente de que estaban eligiendo con la cabeza y no con el corazón; pero ¿qué otra cosa hacer, si no había manera de que el corazón de Alteo latiera por ninguna de ellas?

—Vamos a intentar otra cosa —le dijo a su ahijado—: Eliana, Esmeralda o Afrodisia. Responde un solo nombre. Ya.

—Pero…

—¡Ya, ya, ya! ¡No lo pienses! Di el primero que se te pase por la cabeza.

—E… No, Af…, no, mejor Es… No, espera…

Camelia respiró hondo, tratando de dominar su impaciencia.

—¿De verdad te da igual una que otra?

Alteo se encogió de hombros.

—No sé. Las tres son guapas y listas. Me gustan la elegancia de Esmeralda y el sentido del humor de Afrodisia. Pero Eliana es más dulce. Aunque a Esmeralda le gustan los perros, como a mí, y por otro lado Afrodisia… ¡Aaah! —exclamó, retorciéndose las manos con desesperación—. ¿Lo ves, madrina? ¡No seré capaz de decidirme nunca!

—No, ya lo veo —observó Camelia.

No pudo evitar recordar la pasión de Simón, lo seguro que estaba de su amor hacia Asteria, de la fuerza de un sentimiento capaz de convocar a las mismísimas hadas. Nada comparado con los titubeos de Alteo, que contaba con la protección de una madrina sobrenatural solo porque su madre así lo había deseado.

—Quizá deberíamos averiguar qué sienten ellas hacia ti —sugirió de pronto—. Podrías elegir a la princesa que más te aprecie. ¿Qué te parece?

El rostro de Alteo se iluminó con una amplia sonrisa; parecía claramente aliviado ante la perspectiva de que otro decidiera por él.

—¡Me parece una magnífica idea, madrina! ¿Podrías ir a ver a las princesas y decirles…?

—Ah, no, eso sí que no —cortó ella—. No voy a hacerlo todo por ti. Encárgate tú de visitarlas una por una y preguntarles acerca de sus sentimientos. Ellas ya son conscientes de tu interés y seguro que se han formado una opinión al respecto. Yo estaré allí, no te preocupes —añadió, para tranquilidad del muchacho.

No era la opción ideal, pero en aquellos momentos no se le ocurría qué otra cosa hacer. Abrigaba la esperanza de que alguna de las tres princesas amase lo bastante a Alteo para conmoverlo hasta el punto de lograr enamorarlo.

Y si no lo hacía…

Camelia suspiró. En tal caso, la pobre elegida acabaría casándose con un hombre que no correspondería a sus sentimientos. Pero al menos uno de los dos aportaría algo de amor a aquel extraño matrimonio.

Un azul oscuro y profundo como el de un zafiro

Al atardecer estaba de nuevo, puntual, en las caballerizas del castillo real de Vestur. No había tenido tiempo de pasar por su casa, puesto que después de visitar a Alteo había ido a asegurarse de que el gato que le había entregado a Verena seguía vivo, y luego había aprovechado que tenía un rato libre para echar un vistazo a la situación de otros dos ahijados suyos. Cornelio seguía donde lo había dejado años atrás, convertido en piedra, víctima de una maldición que solo podría romper una doncella que lograra abrirse paso hasta los sótanos del castillo encantado donde yacía. Por el momento no había perspectivas de que esto fuera a suceder en breve; pero Camelia no había dejado de buscar posibles candidatas interesadas en el asunto y, por otro lado, de vez en cuando convenía limpiarle el polvo a su ahijado, ya que era poco probable que una doncella se sintiera inclinada a besar una estatua cubierta de mugre y telarañas.

Rosaura, por su parte, continuaba creciendo sin saber aún que tenía un hada madrina. Por el momento, su madrastra y su hermanastra se limitaban a ignorarla y despreciarla; pero la niña estaba a punto de cumplir doce años, y Camelia estaba convencida de que no tardaría en solicitar su ayuda, bien para realizar alguna tarea imposible impuesta por su madrastra, bien para atraer la atención de algún apuesto joven. O tal vez se viera obligada a escapar de casa para salvar su vida. Camelia no había descartado esto último, y por este motivo procuraba estar más pendiente de ella, aunque no la hubiese llamado todavía.

Trató de centrarse, no obstante, en la tarea que tenía entre manos en aquel preciso momento. Simón le había dicho que la princesa Asteria solía salir a montar a caballo todas las tardes, pero jamás entraba en los establos. Se limitaba a salir al patio con su escolta y el caballerizo mayor le llevaba su caballo, ya ensillado, para que la princesa no tuviera que pisar el suelo de la cuadra.

—Bien, prepárate —le había dicho Camelia a su ahijado—, porque esta tarde vas a ser tú quien le entregue su montura.

Simón la había mirado con escepticismo.

—Eso no puede ser —dijo—. Jamás me lo permitirían; además, la princesa ya tiene a tres palafreneros que se encargan de esa tarea.

Camelia le dirigió una media sonrisa maliciosa.

—No te preocupes; esta tarde no tendrá ninguno, salvo tú.

El joven seguía sin estar convencido, pero cuando se reunieron de nuevo en las caballerizas Camelia comprobó, con satisfacción, que se había esforzado por arreglarse un poco. Llevaba su mejor camisa y el pelo bien peinado, y se notaba que hasta había sacado brillo a sus botas.

—Ya falta poco para que llegue la princesa —le dijo Simón en cuanto la vio, muy nervioso—. ¿Qué se supone que tengo que hacer?

—Tú espera y deja que yo me ocupe de mi parte —respondió ella con seguridad.

Desapareció de la cuadra para materializarse instantes después tras uno de los arcos de piedra del corredor. Desde allí, oculta en un rincón en sombras, lejos de todas las miradas, observó con atención al caballerizo mayor y a sus dos ayudantes. Los tres tenían ya preparados los caballos de la princesa Asteria y de su hermana Delfina y los conducían pomposamente hacia el patio delantero, como hacían todas las tardes, caminando con la barbilla bien alta, todos al mismo compás.

Camelia se centró en uno de los ayudantes y utilizó una pequeña chispa de su magia para hacerlo tropezar. Contempló, no sin cierto deleite, cómo el hombre caía cuan largo era sobre un charco de barro.

Sus compañeros se detuvieron de inmediato, horrorizados.

—¿Cómo has osado llenarte el uniforme de inmundicia? —lo abroncó el caballerizo mayor, con una voz que parecía el chillido de un ratón—. ¡Corre a cambiarte, pedazo de alcornoque!

El ayudante se fue farfullando una torpe disculpa. La comitiva reanudó la marcha, pero Camelia no tardó en intervenir de nuevo. En esta ocasión fue el segundo ayudante quien trastabilló y fue a hundir una de sus relucientes botas en el montón de bosta que uno de los caballos había dejado caer apenas un momento antes.

—¡Iiiiiihhh! —chilló con espanto el caballerizo mayor—. ¡Cómo se puede ser tan inútil! ¡Ve a limpiarte esas botas! ¡Y como no las dejes relucientes, la próxima vez las limpiarás con la lengua!

El segundo ayudante se apresuró a quitarse de la vista de su encolerizado superior. Este, refunfuñando por lo bajo, tomó a los dos caballos por la brida y prosiguió su camino. Camelia esperó solo un par de minutos más antes de obrar su magia en él.

En cuanto lo hizo, el caballerizo mayor se detuvo en seco y trató de disimular un gesto de urgencia y angustia. Dio otro paso, pero no fue capaz de avanzar más. Camelia contempló divertida sus heroicos esfuerzos por ignorar el apremiante mensaje de su bajo vientre para continuar con su labor. Pero, como no podía ser de otra manera, la llamada de la naturaleza fue más fuerte.

Desesperado, el palafrenero mayor miró a su alrededor, buscando a sus ayudantes con la mirada; pero ninguno de los dos había regresado todavía.

A quien sí vio fue a Simón, que cruzaba el patio interior en dirección al pozo, acarreando un cubo de agua vacío. Camelia sonrió para sus adentros; el joven estaba cumpliendo sus instrucciones al pie de la letra.

—¡Eh, mozo! —lo llamó el caballerizo, con una voz que pretendía ser autoritaria, pero que temblaba más de lo que él habría deseado.

Simón se sobresaltó y miró a su alrededor antes de preguntar, ligeramente desconcertado:

—¿Es a mí?

—¿Y a quién si no, estúpido? Vamos, ¿a qué esperas? ¡Acércate!

Simón temblaba como una hoja. El palafrenero mayor sonrió complacido, creyendo sin duda que se debía al temor que inspiraba en sus subordinados; pero Camelia sabía que lo que turbaba de aquella manera al muchacho era la perspectiva de poder ver de cerca a la princesa. Martirizó al caballerizo con un nuevo retortijón, y el hombre, con los dientes apretados, entregó a Simón las bridas de los caballos.

—Toma, quédate aquí y espera a que regrese yo o alguno de mis ayudantes.

—Pero… —empezó Simón.

En aquel momento la campana de la torre empezó a sonar, señalando la hora en que debía dar comienzo el paseo de las princesas.

El caballerizo alzó la cabeza con verdadero pánico y, no obstante, reiteró:

—Espéranos aquí. Volveremos enseguida.

Dicho esto, salió escopeteado hacia las letrinas.

Camelia se acercó a su ahijado, que se mostraba profundamente abatido.

—¿Has oído? Me ha dicho que espere.

—Da lo mismo; coge esos caballos y llévalos a las princesas.

Simón se quedó con la boca abierta.

—Pero… pero él ha dicho…

Camelia rió discretamente.

—No importa lo que haya dicho; te garantizo que ninguno de ellos regresará en un buen rato. Cuando todo haya pasado, agradecerán que tomaras la iniciativa en lugar de dejar a las princesas plantadas en el patio. ¿Me has oído? —lo apremió, en vistas de que el joven seguía parado junto a los caballos—. ¡Vamos, ve! Asteria te espera. Ahora todo depende de ti.

Simón se enderezó, y Camelia vio pasar por su rostro un breve atisbo de pánico antes de que mostrara la expresión más seria y decidida que fue capaz de componer. Cuando lo vio cruzar la arcada del patio delantero con los caballos, todavía temblando de miedo, pero avanzando con paso firme pese a todo, el hada sonrió, llena de orgullo.

Cuando sonó la última campanada, Simón se adentró en el patio, llevando tras de sí las monturas de ambas princesas. Delfina frunció levemente el ceño al verlo, pero Asteria apenas le prestó atención. Esforzándose por dominar sus nervios, Simón ayudó a montar a la princesa menor, y después a la mayor; y no pudo reprimir un estremecimiento cuando la mano enguantada de ella rozó la suya un instante.

—Gracias, joven —dijo Asteria, ya encaramada sobre la silla.

—¿Dónde está el caballerizo? —preguntó de pronto Delfina.

—Se… —Simón se aclaró la garganta antes de poder continuar—. Se encuentra indispuesto, alteza.

Asteria lo miró un momento, con cierta curiosidad. Simón sabía que debía bajar la vista; pero nunca se había hallado tan cerca de ella como en aquel momento, y no sabía si tendría otra oportunidad en el futuro. De modo que alzó la cabeza y le devolvió la mirada.

Los ojos de Asteria eran azules, de un azul oscuro y profundo como el de un zafiro. Simón se quedó sin aliento. Quiso decir algo, pero justo en aquel instante llegaron los escoltas de las princesas, y el ruido atronador de los cascos de sus caballos sobre el suelo empedrado ahogó cualquier sonido que pudiera haber salido de sus labios. Asteria volvió la cabeza hacia el capitán de la guardia, rompiendo el contacto visual y llevándose consigo todas las fuerzas que le restaban al joven mozo de cuadra.

Momentos más tarde, la comitiva salía del castillo, dejando atrás a Simón, solo y plantado en mitad del patio, tan aturdido que se sentía incapaz de moverse.

Camelia, que lo observaba desde su escondite detrás de una de las chimeneas del tejado, sonrió para sus adentros. La princesa se había fijado en él, no cabía duda. Quizá recordaría al joven mozo de cuadra que la había mirado tan resuelta y descaradamente a los ojos. Tal vez hubiese despertado su curiosidad, su ira o su desdén. En todo caso, ahora sabía que Simón existía.

No estaba mal para un primer día de trabajo, se dijo Camelia, satisfecha, antes de desaparecer de allí.

En aquel entonces los había a centenares

Cuando Camelia llegó a su casa aquella tarde, descubrió que alguien había llegado antes que ella.

Ese alguien ni siquiera se había molestado en volver a cerrar la puerta; ahora ocupaba la mecedora de Camelia y pasaba las hojas de uno de sus libros más preciados con gesto indolente; además, por si fuera poco, había estirado sus largas piernas para apoyar las botas sobre la mesa sin el menor recato.

Camelia suspiró. Si no había logrado cambiar a Ren en doscientos años, estaba claro que no iba a hacerlo ahora.

—Las personas educadas esperan a ser invitadas antes de entrar en casas ajenas —dijo sin embargo.

El visitante cerró el libro de golpe y se asomó tras su ajada cubierta de cuero rojo. Camelia sonrió para sí al encontrarse con la mirada familiar de los ojos castaños de Ren, con su nariz respingona y su rebelde mata de cabello de color de fuego.

—Creí que yo estaba permanentemente invitado, querida mía —respondió él con desparpajo—. Hace ya mucho tiempo que nos conocemos; entre nosotros no son precisas las formalidades.

—Demasiado tiempo, en efecto —convino Camelia, cerrando la puerta tras de sí, con suavidad—. Pero hay cosas que no estoy dispuesta a permitir, ni siquiera tratándose de ti; así que quita tus mugrientos pies de la mesa en la que tengo por costumbre comer todos los días, si no es molestia.

—¡Ah! Eso es todo un ejemplo de descorazonadora falta de confianza y de exquisita educación por tu parte, por no hablar de ese gélido sarcasmo tuyo que ya empezaba a echar de menos —replicó Ren; pero bajó los pies al suelo—. En serio, Camelia: de tanto andar entre mortales, se te están contagiando sus aburridas costumbres.

—¿Eso crees? —respondió ella—. No soy yo quien va por ahí camuflada bajo una forma que no es la que me corresponde —le espetó.

—¡No! —exclamó Ren, dolido; se quitó su andrajosa gorra de cuero gris, dejando al descubierto dos orejas puntiagudas, forradas de suave pelaje rojo ribeteado de negro, que se erguían en la parte superior de su cabeza—. ¿Es eso lo que piensas de mí de verdad?

Camelia reprimió una sonrisa, pero no respondió. Se quitó los zapatos y se calzó sus mullidas zapatillas de andar por casa.

—¿Te quedarás a cenar? —le preguntó a Ren, mientras examinaba con aire crítico el contenido de su despensa.

El zorro contuvo un bostezo.

—Ya he cenado, gracias. Lo cual me recuerda… —añadió, irguiéndose en su asiento, como si se le acabara de ocurrir—, que espero que no tuvieras un especial aprecio por la familia de ratones que vivía entre las raíces de tu árbol.

Camelia parpadeó un par de veces. Había alimentado a aquellos ratones durante el largo invierno anterior, compartiendo con ellos algunas de las provisiones de su despensa.

—¿Yo? —replicó, sin embargo—. Ni hablar. Obviamente estaban allí para que tú te los comieras.

El zorro le dedicó una sonrisa en la que destacaban sus colmillos pequeños y afilados.

—Me alegra que estemos de acuerdo en lo fundamental, querida.

Camelia no replicó.

Ren era uno de los Ancestrales, animales sabios que habían poblado los bosques del Antiguo Reino en tiempos remotos. En aquel entonces los había a centenares: criaturas de muy variadas especies que hablaban el lenguaje de los seres humanos y poseían grandes poderes. Los mortales tropezaban a menudo con ellos; los Ancestrales tenían por costumbre ponerlos a prueba de vez en cuando, recompensando a los jóvenes de buen corazón y castigando a los que eran malvados y egoístas.

Eso había sido, naturalmente, antes de la llegada de las hadas madrinas. Con el paso de los siglos, los Ancestrales se habían ido alejando cada vez más del mundo civilizado, ocultándose en las profundidades de los bosques más antiguos. Pocos de ellos se molestaban ya en hablar con las personas. Y mucho menos en mezclarse con ellas adoptando forma humana.

Ren era, hasta donde Camelia sabía, una notable excepción. Podía calificarlo de amigo, si es que él tenía alguno. Aunque se veían muy de cuando en cuando, y podían pasar décadas entre una visita del zorro y la siguiente, cada vez que se encontraban solían actuar como si se hubiesen despedido la semana anterior. Ren era un alma errante que viajaba por los reinos humanos por el simple placer de hacerlo, mezclándose con las personas como si fuera uno más, y aprovechándose de su confianza para engañarlos o burlarse de ellos.

Y eso era algo que Camelia debía esforzarse en recordar cuando trataba con Ren: aunque pareciera humano, no lo era en absoluto.

—Pareces un poco alicaída, hadita mía —dijo él entonces—. ¿Estás irritada por alguna razón? Más irritada que de costumbre, quiero decir.

Para cuando Camelia se dijo a sí misma que no valía la pena molestarse con Ren, ya le había disparado una mirada cargada de indignación.

—Estoy cansada, eso es todo —respondió por fin; terminó de introducir los ingredientes en el puchero y, a un solo gesto suyo, este empezó a borbotear alegremente. Camelia se dio la vuelta, dispuesta a arrellanarse en la mecedora mientras terminaba de hacerse el caldo; pero, como Ren seguía ocupando su asiento favorito, se acomodó como pudo sobre el taburete.

—Y haciendo estas cosas te agotarás todavía más deprisa —observó él, señalando la olla.

—No tengo tiempo para dejarlo horas y horas hirviendo —replicó Camelia—. ¿Tienes idea de lo tarde que llego a casa todos los días?

—Claro que sí; llevo esperándote aquí desde la mañana.

Camelia se preguntó cuántos animales, además de los ratones, habrían desaparecido de las inmediaciones durante el rato que Ren la había estado aguardando. Suspiró y se deshizo el rodete, dejando que su cabello castaño cayera por su espalda.

—Quizá no deberías trabajar tanto —sugirió el zorro, con una dulzura que no era habitual en él.

Camelia respondió con una breve carcajada sardónica.

—¿Y quién ayudaría a los mortales, si no?

—Tal vez no todos los mortales merezcan que los ayudes. Antes éramos más… selectos, ¿recuerdas? No tendíamos una pata a cualquiera.

—Ah, ¿no? —Camelia se volvió para mirarlo con una media sonrisa—. A ver, ¿cómo se llamaba ese príncipe al que guiaste por medio mundo en busca de un pájaro de oro? ¿Cuántas veces tuviste que sacarle las castañas del fuego porque era, según tus propias palabras, «el humano más torpe, necio e inútil con el que me he tropezado jamás»?

Ren hizo una mueca.

—No me lo recuerdes —gruñó—. Pero te informo, querida mía, de que mi humano torpe, necio e inútil tenía buen corazón. Al contrario que los patanes de sus hermanos.

Camelia no respondió; pero se preguntó, no sin cierta inquietud, en qué momento habían decidido las hadas que no era necesario someter a los mortales a aquellas pruebas de valor a las que tan aficionados habían sido los Ancestrales. Algunas hadas, como Gardenia, aún lo hacían de vez en cuando; pero la pobre Gardenia vivía perdida en el sueño de un pasado que no volvería y, por otro lado, nadie se sentía ya impresionado por los méritos de «un joven de buen corazón». No, reflexionó Camelia. Si un muchacho cualquiera, como Simón, por ejemplo, desease ganar el amor de una princesa, no le bastaría la bondad ni, probablemente, tampoco el ingenio. Debería demostrar que era fuerte, valiente y poderoso.

Entornó los ojos.

—Una prueba de valor… —murmuró para sí.

—¿Decías? —preguntó Ren; había vuelto a apoyar los pies sobre la mesa, pero Camelia no se dio cuenta.

El hada sacudió la cabeza.

—Nada; estaba pensando en uno de mis ahijados. Es un buen chico, o al menos, eso parece…, pero quiere casarse con la princesa de Vestur, y no tiene sangre real ni ha nacido con ninguna marca heroica.

—Ah, entonces es el candidato perfecto para una prueba de valor.

—Eso es exactamente lo que se me acaba de ocurrir.

Ren enderezó las orejas, animado.

—¿Puedo ponerlo yo a prueba? —preguntó, mostrándole una sonrisa llena de dientes.

—Ni hablar —denegó Camelia; era consciente de que el Ancestral se había ido volviendo más maquiavélico y retorcido con el paso de los siglos, y no quería abandonar al pobre Simón entre sus zarpas—. Ya me encargaré yo, si es necesario. Además, es algo que hay que preparar muy bien. No estoy segura de que los humanos recuerden ya cómo funcionan las pruebas de valor.

No añadió, además, que el tipo de prueba en el que estaba pensando no consistiría simplemente en rescatar a un animal o ayudar a una ancianita en apuros. Probablemente Simón lograría impresionar a la realeza de Vestur si realizaba alguna tarea imposible, recuperaba algún poderoso objeto mágico o vencía a algún terrible monstruo. Pero casi todos los monstruos habían sido derrotados por otros héroes en tiempos remotos y apenas quedaban ya objetos mágicos que recuperar. Y en cuanto a las tareas imposibles…, bien, era obvio que debería ejecutarlas ella misma para que Simón se llevase todo el mérito. Y no estaba segura de que ese truco funcionase todavía.

Como si le hubiese leído el pensamiento, Ren se incorporó sobre su asiento.

—Oh, lo olvidaba —dijo de pronto—. En realidad he venido por esto; quizá te dé alguna idea para tu prueba de valor.

Cuando le tendió las manos, sostenía entre ellas un pesado volumen de relatos. Camelia casi se abalanzó sobre él.

—¡Me lo has traído! —exclamó, encantada.

Ren hizo una reverencia. Seguía echado en la mecedora con las botas sobre la mesa, pero aun así se las arregló para que el gesto estuviese cargado de gracia y elegancia.

Camelia apoyó el libro sobre la mesa y lo abrió con suma delicadeza. Era muy, muy antiguo. El tiempo había ajado sus cubiertas, y el papel se había tornado amarillento, frágil y quebradizo. El hada pasó algunas páginas con cuidado.

—¿Tienes idea de lo difícil que resulta encontrar algo así hoy en día? —murmuró, maravillada.

—Pues sí, porque he sido yo quien lo ha encontrado —respondió el zorro.

—Era una pregunta retórica —replicó ella sin apartar la mirada del libro.

Su biblioteca de cuentos tradicionales era notable; no obstante, casi todos ellos habían sido escritos mucho tiempo después de que las historias que relataban hubiesen tenido lugar. Para cuando los estudiosos y eruditos los habían fijado sobre el papel, aquellos cuentos habían sido narrados infinidad de veces, contados de madres a hijas, de abuelos a nietos, generación tras generación. Algunos se habían fusionado con otros, se habían exagerado, tergiversado o ampliado de muchas y muy variadas maneras. Y, aunque Camelia disfrutaba con cada nueva versión, sentía curiosidad por conocer las historias originales. Sobre todo las anteriores a la llegada de las hadas madrinas, pero también aquellas que habían sido protagonizadas por sus compañeras y que, por tanto, solo conocía a través de ellas. Porque a Gardenia, por ejemplo, empezaba a fallarle la memoria y, por otro lado, Camelia estaba razonablemente segura de que Orquídea había exagerado mucho en casi todo lo que les había contado. Lila se había vuelto muy introvertida con el paso de los años, Dalia nunca había sido especialmente locuaz, y con Magnolia y Azalea hacía mucho tiempo que no hablaba.

—Esto es una rareza —murmuró al cabo de un rato—. Data de la época en la que nadie ponía por escrito este tipo de cosas; solo se transmitían de forma oral. Es una verdadera joya, ¿lo sabes?

—Lo sé. —El zorro se estiró perezosamente cuan largo era y se puso en pie.

—¿Te vas? ¿No quieres saber qué dice sobre ti?

—¿Para qué? —replicó él con indiferencia. Husmeó el aroma a verduras hervidas que salía del puchero y torció el gesto—. Me voy a cazar —anunció—. No me esperes levantada.

—No pensaba hacerlo —respondió ella.

Sabía por experiencia que las expediciones del Ancestral podrían prolongarse hasta el amanecer, porque para él la cacería era mucho más que una simple búsqueda de alimento.

—Oye, Ren —añadió cuando él ya casi salía por la puerta—, gracias por el regalo.

El zorro hizo un gesto de despedida con la mano sin volverse siquiera y salió de la casa, agitando blandamente tras él una larga y espesa cola roja, rematada por una punta de suave pelaje blanco.

Mereció la pena

Cuando Camelia se reunió de nuevo con Simón, lo descubrió frotando enérgicamente el suelo de las caballerizas con un instrumento ridículamente pequeño.

—¿Eso es un cepillo de dientes? —inquirió el hada, luchando por contener la risa.

—No preguntes —masculló el joven sin dejar de trabajar.

No obstante, y por mucho que tratara de disimularlo, parecía irradiar felicidad por todos sus poros. Se le notaba en la sonrisa que afloraba de vez en cuando a su rostro, pese a sus esfuerzos por componer una expresión seria y reconcentrada.

—Se te ve contento —comentó Camelia—. Está claro que te encanta limpiar caca de caballo.

—¿Cómo? —Simón volvió a la realidad y contempló su cepillo de dientes como si lo viera por primera vez—. Ah, no; sonrío porque pienso en la princesa, no por el trabajo. En realidad, no hago esto de forma habitual, y tampoco es que me guste. Solo es el castigo que me han impuesto por desobedecer a mi superior. Pero mereció la pena —concluyó, y sonrió de nuevo—. ¿Limpiar el suelo del establo hasta que el caballerizo mayor pueda ver su cara reflejada en él? ¡Sin problemas! Lo haría mil veces más a cambio de un momento como el de ayer. Y si ella me sonriera… —Suspiró y volvió a perderse en sus ensoñaciones.

Camelia prefirió no imaginar qué sería capaz de hacer Simón a cambio de una sonrisa de su amada.

—Eso está bien —dijo, sin embargo—, porque es probable que tengas que realizar alguna tarea complicada para llamar su atención. Algo quizá no tan sucio, pero sí más peligroso.

Simón dejó el cepillo a un lado y se volvió para mirarla, intrigado.

—Explícate.

Pero Camelia todavía no tenía ningún plan concreto. Se había quedado despierta hasta muy tarde, leyendo el libro que Ren le había regalado. Y, aunque había anotado algunas pruebas de valor que podría proponerle a su ahijado, primero quería asegurarse de que seguían siendo factibles; debía averiguar si tal dragón continuaba dormitando en su guarida, si un determinado objeto mágico estaba aún en paradero desconocido o si aquel reino maldito había sido ya desencantado por alguien en los últimos siglos.

—Bueno —empezó—; ya sabes que, en las historias, los héroes de origen humilde suelen llevar a cabo alguna gran hazaña con la que obtienen la mano de la hija del rey.

Simón alzó las cejas, vivamente interesado.

—¿Todavía se puede hacer eso?

—Bueno, ya no es tan habitual como antes, pero… no veo por qué no. Sin embargo… —inspiró hondo antes de proseguir—, en las crónicas solo quedan registrados los nombres de los aventureros que completaron con éxito la búsqueda. Y a menudo se olvida a los cientos de valientes que se quedaron en el camino. Me comprendes, ¿verdad?

—Perfectamente —asintió Simón—. Aun así, estoy dispuesto a intentarlo.

—Lo imaginaba. Pero no te precipites, ¿de acuerdo? No descartemos la posibilidad de que le gustes a la princesa y no sea necesario demostrar nada más. Y, aunque lo fuera… habría que elegir la empresa muy bien. Algo que pudiera despertar la admiración de la chica, por supuesto, pero también de su padre y del reino entero, si hiciera falta. Que requiera inteligencia, valor, fuerza, destreza… y que no sea demasiado imposible, por descontado —añadió con una breve sonrisa.

Simón se rió.

—¡Mozo! —chilló de pronto una voz desde el patio—. ¿Qué se supone que estás haciendo? ¡Como no termines el trabajo antes del anochecer, te haré repetirlo en la mitad de tiempo!

Simón esbozó una sonrisa de disculpa.

—Está rabioso conmigo, pero no me importa —le explicó a Camelia, bajando la voz—. Me dan igual los insultos y los golpes; ayer vi a la princesa, así que hoy soy feliz.

Pero la sonrisa del hada había desaparecido.

—Eh, no estés triste —la animó el muchacho—. Estoy encantado contigo; no hace ni dos días que eres mi hada madrina y ya has conseguido que ella me vea y me mire. ¡Y hasta me ha tocado! —añadió, contemplando con arrobo la mano que había rozado los dedos de Asteria.

—De todas formas —replicó Camelia—, intentaré encontrar la manera de que os conozcáis sin necesidad de poner tu vida en peligro, a ser posible.

Simón rió de nuevo.

—El simple hecho de hablar con ella ya pone mi vida en peligro —hizo notar—. Ella es la princesa heredera de Vestur, ¿recuerdas? Y yo soy solo el hijo de un porquerizo, un simple mozo de cuadra.

—Hum. —Camelia se acarició la barbilla con la punta de la varita, pensativa—. Tienes razón. Tal vez deba cambiar eso en primer lugar.

El joven la miró, intrigado. Pero ella se limitó a dedicarle una sonrisa fugaz.

Siete platos, siete tazas y siete juegos de cubiertos

Cuatro días más tarde, sin embargo, Camelia tuvo que admitir que su plan sería más difícil de llevar a cabo de lo que había calculado en un principio. En aquel momento, animada por el éxito de su primera intervención, había supuesto que no resultaría complicado conseguir que a Simón lo ascendieran a palafrenero y, más adelante, obtener para él el puesto de caballerizo mayor, teniendo en cuenta que el joven era trabajador e inteligente y tenía buena mano con los animales. Pero no había contado con el rencor del propio caballerizo y sus ayudantes, que seguían mortificándolo y encomendándole tareas cada vez más pesadas e ingratas. Simón se aplicaba a ellas con energía y tesón, esforzándose por destacar por encima de los otros mozos de cuadra, pero no servía de nada: pronto quedó claro que el caballerizo mayor no tenía la menor intención de recompensarlo por su trabajo. De hecho, Camelia no tardó en comprender que, aunque no se atreviera a confesar al rey que había abandonado su puesto a causa de un retortijón inoportuno, estaba esperando a que Simón cometiera un error que le permitiera despedirlo y echarlo del palacio para siempre.

De modo que el joven trabajaba como una mula y a cambio solo obtenía burlas, insultos y más trabajo por hacer. Al principio lo soportaba todo con estoicismo y buen humor, animado por la perspectiva de volver a ver pronto a la princesa. Pero los días pasaban, y la situación solo iba empeorando.

Camelia era consciente de que Simón estaba cada vez más cansado y desalentado; y de que, si las cosas no cambiaban pronto, el caballerizo no tardaría en encontrar la excusa que necesitaba para despedirlo.

Pero no sabía cómo ayudarlo y, por otro lado, estaba muy ocupada aquellos días, organizando citas para el príncipe Alteo, atendiendo a las exigencias de los mellizos, visitando a Verena en su solitaria torre y preparándolo todo para la reunión de hadas madrinas que iba a celebrarse en su casa.

De modo que, a aquellas alturas, todavía no había encontrado una solución satisfactoria para el problema de Simón. Frustrada, por el momento se contentaba con obsequiar al caballerizo mayor con algún encantamiento desagradable cada vez que visitaba a su ahijado. Así, en aquellos días el hombre sufrió, sucesivamente, de almorranas, verrugas en la nariz, dolor de muelas y ampollas en los pies. Pero Simón suplicó a su hada madrina que dejara de martirizar a su jefe de aquella manera, porque con ello solo conseguía que pagara su mal humor con él.

«Ojalá pudiera convertirlo en príncipe —se dijo Camelia aquella tarde, mientras ultimaba los preparativos para la reunión que iba a celebrarse en su casa—. Entonces todo sería más sencillo.»

Pero, aunque su magia fuese capaz de vestir a su ahijado como a un gran señor, en realidad no podía transformarlo en uno de ellos. El poder necesario para crear de la nada un reino y un palacio con tesoros, jardines y sirvientes estaba fuera de su alcance; y, si bien era cierto que en tiempos remotos habría sido capaz de hacer aquello y mucho más, su magia menguaba con cada nuevo ahijado que tomaba a su cargo. Era consciente de que otras hadas que tenían que atender a menos jóvenes podían dedicar más energía a cada uno de ellos. Pero Camelia no tenía valor para negar su ayuda a quien la solicitase y, por otro lado, con el paso de los años había aprendido a suplir las carencias de su magia con otros recursos, aportando por su parte más trabajo, ingenio y dedicación que hechizos y encantamientos.

Pero Ren estaba en lo cierto: a veces desperdiciaba magia en cosas que no eran necesarias o que no la requerían; como, por ejemplo, la cena… o las almorranas del caballerizo mayor.

Y por esta razón ahora estaba limpiando su casa a la manera tradicional. Había preparado ella misma el pastel de frambuesa que se cocía lentamente en el horno, y había acarreado desde la granja más próxima un cubo de leche recién ordeñada para el chocolate. También había rescatado del cobertizo las viejas sillas que ya apenas usaba, y las arregló y limpió hasta que juzgó que ni siquiera Orquídea tendría reparos en sentarse en cualquiera de ellas.

Tuvo que interrumpir su trabajo a media tarde para atender a otra de las llamadas de los mellizos de Corleón, pero pudo regresar justo a tiempo de impedir que el pastel se quemara en el horno.

Para cuando llegó la primera de sus invitadas, Camelia estaba realmente agotada; pero todo estaba ya preparado, con los siete asientos dispuestos en torno a la mesa, sobre la que reposaban, perfectamente ordenados, siete platos, siete tazas y siete juegos de cubiertos. El hada sonrió, orgullosa de sí misma, y acudió a recibir a la recién llegada.

Se trataba de Gardenia, y Camelia se apresuró a ayudarla a entrar y conducirla hasta la mecedora, que había reservado para ella.

—Oh, muchas gracias, querida —murmuró el hada; miró a su alrededor y sonrió con calidez—. Qué casita tan encantadora. ¿Hace mucho que vives aquí?

—Ciento setenta años, lustro arriba, lustro abajo —respondió Camelia.

No añadió que, por supuesto, Gardenia ya había estado en la cabaña en otras ocasiones. Gardenia solía olvidar ese tipo de cosas, pero las demás hadas madrinas no se lo tenían en cuenta, quizá porque era la más veterana de todas ellas, o tal vez porque, sencillamente, preferían no mencionar el tema.

Porque Gardenia era una anciana. Había sido la primera de las hadas madrinas, mucho tiempo atrás, cuando solo había siete reinos, o tal vez cuando todos ellos conformaban uno solo. Nadie sabía a ciencia cierta cuántos años tenía en realidad, pero eso era lo de menos: el problema radicaba en que las hadas no envejecían. Orquídea había comentado en alguna ocasión que estaba convencida de que el verdadero aspecto de Gardenia era tan juvenil como el de cualquiera de sus compañeras, y de que solo adoptaba aquella apariencia senil porque era la más excéntrica de las siete; más, incluso, que Azalea, con su afición a repartir dulces entre todos sus ahijados (Camelia torció el gesto al recordar cuántos dolores de muelas se había visto obligada a curar debido a aquella irritante costumbre).

Nadie había hecho ningún comentario al respecto. Al fin y al cabo, todo el mundo sabía que las hadas perdían su inmortalidad y sus poderes cuando se relacionaban sentimentalmente con humanos. Y habría sido de mal gusto insinuar tal cosa acerca de la venerable Gardenia.

Pero había otro motivo por el cual a las hadas no les gustaba hablar del tema: resultaba obvio que el hecho de que Gardenia envejeciera solo podía significar que acabaría por morir, tarde o temprano.

Y a las hadas les aterrorizaba la muerte más que ninguna otra cosa en el mundo. Tal vez porque lo desconocido es lo que más miedo nos causa; y, después de todo, aunque ellas se hubiesen enfrentado a todo tipo de monstruos, dragones, brujas y demonios a lo largo de los siglos, jamás habían tenido ocasión de mirar a la muerte a la cara.

De modo que actuaban como si Gardenia no caminase encorvada; como si su piel, antaño tersa y resplandeciente, no se mostrase ya marchita y apergaminada; como si su cabello no fuese blanco como la nieve recién caída.

A Camelia, en realidad, no le costaba trabajo ignorar este tipo de detalles. Pero le resultaba más difícil fingir que no se daba cuenta de que Gardenia iba perdiendo la lucidez y la memoria con el paso de los años.

«Y por esto —se recordó a sí misma—, las hadas nunca nos enamoramos de los humanos.»

Había habido excepciones, por supuesto. Una de ellas era recordada y venerada por las hadas madrinas, por lo que había significado para todas ellas. De la otra… era mejor no hablar.

Camelia sirvió a su compañera una taza de chocolate caliente, que Gardenia aceptó con una apacible sonrisa. Hubo un silencio incómodo que, para alivio de la anfitriona, fue interrumpido unos instantes después por la llegada de Lila.

Camelia la recibió con alegría. Sentía mucho aprecio hacia la pequeña y pizpireta Lila, puesto que habían crecido juntas en el país de las hadas, antes de que ambas aceptaran ejercer como hadas madrinas. No obstante, Camelia era consciente de que se veían ya muy poco, en parte porque Lila se sentía cada vez menos motivada para seguir trabajando. Se debía a que, mucho tiempo atrás, había cometido un error y aún no había sido capaz de sobreponerse a las consecuencias. Después de todo, las noticias volaban como el viento, y las acciones de las hadas quedaban grabadas en los cuentos para siempre.

Dalia llegó poco después, con su sonrisa de suficiencia y sus modales fríos y contenidos. Camelia no la soportaba. Era consciente de que el trabajo de hada madrina era duro y desagradecido, y quizá fuera cierto que Lila no estaba a la altura; pero por lo menos se había esforzado siempre por hacer bien las cosas. Por el contrario, Dalia nunca había ocultado su desdén por los humanos, y repartía sus dones entre ellos como quien deja para los perros las migajas que caen de su mesa.

La última en llegar, como de costumbre, fue Orquídea, envuelta de nuevo en una nube de chispas doradas y aroma floral.

—No sé por qué te molestas en hacer esas cosas —le espetó Dalia con indiferencia—. Ya sabes que no nos impresionan.

—Ah, ¡pero es tan divertido, querida! —replicó ella, saludándola con una reverencia llena de elegancia—. ¿Qué sería de la vida sin un poco de emoción?

Sin embargo, dejó su varita junto a la puerta, como habían hecho todas las demás, y se sentó en una de las sillas.

—Qué agradable reencuentro, queridas. —Sonrió mientras la jarra se alzaba en el aire a un solo gesto de su mano para verter chocolate caliente en su taza—. ¿Por qué no haremos esto más a menudo?

—Porque algunas trabajamos, Orquídea —refunfuñó Camelia—. Y no tenemos tiempo para hacer vida social.

—Vamos, Camelia, no seas gruñona. No me digas que te resulta inconveniente dedicar a tus amigas una tarde cada siete años.

—Yo creo que Orquídea tiene razón —intervino Lila con timidez—. A mí me gustaría que pudiésemos vernos con mayor frecuencia. Cada tres años, por ejemplo.

—¿Lo ves? —Orquídea se acomodó sobre su silla, dispuesta a llevar, como de costumbre, la voz cantante en la reunión—. Bien; pues, ya que estamos todas…

—No, no, querida —interrumpió entonces Gardenia con placidez—. Aún falta gente. ¿No lo ves? Hay siete asientos. Y somos cinco.

Sobrevino un silencio tenso, horrorizado.

Cotilleos de la corte

Bueno… —titubeó Orquídea, insegura—. Naturalmente, hay siete asientos, pero…

—Pues yo no entiendo por qué seguís preparando siete asientos —comentó Dalia fríamente—. Todas sabemos que no van a venir.

—Es verdad que Azalea ha faltado a las últimas reuniones —se defendió Camelia—. Pero eso no quiere decir nada. ¿Y si se hubiese presentado esta vez?

—Eso mismo dijiste de Magnolia. Durante setenta años.

—¡Bien! Pues discúlpame si, a diferencia de ti, todavía guardo algo de esperanza en mi tierno e ingenuo corazón.

—Por favor, no discutáis —intervino Lila, afligida.

—Chicas, chicas —las llamó al orden Orquídea, haciendo tintinear su cucharilla contra la taza—. Mantened la calma. ¿Qué más da si hay cinco sillas o siete? Comencemos ya la reunión; si tiene que venir alguien más, ya llegará. ¿Estamos de acuerdo?

Todas asintieron, visiblemente aliviadas. Todas menos Dalia, que frunció el ceño y desvió la mirada; pero no añadió nada más, por lo que Orquídea prosiguió:

—Algunas de nosotras llevábamos siete años sin vernos; sin duda hemos estado ocupadas, protegiendo a nuestros ahijados en todos los reinos y ayudándolos a cumplir sus sueños para que puedan ser felices y comer perdices. Aunque os informo de que el precio de las perdices se está poniendo por las nubes —añadió, tras un instante de reflexión—. Por si preferís plantear la posibilidad de sustituirlas por codornices, o incluso por cisne asado, en los banquetes de bodas de vuestros ahijados.

—No recomiendo cocinar a los cisnes —terció entonces Camelia—. Sobre todo si vuelan en grupos de seis.

Hubo un breve silencio mientras las demás cavilaban sobre sus palabras.

—Ay, es verdad —dijo Lila con un breve estremecimiento—. Pues entonces, que sea pavo asado.

—¿Pavo? ¡Qué vulgar! —rechazó Orquídea—. No, no; ni pavo, ni cisne; mejor quedémonos con las codornices. Lo tendrás en cuenta para la boda del príncipe Aldemar, ¿verdad, Camelia?

—¡Ah! ¿Aldemar se casa por fin? —preguntó Lila.

—¿Quién es Aldemar? —intervino Gardenia.

—Esperad un momento —cortó Camelia—. El menú de la boda no es asunto mío. Yo ya hice mi trabajo; de los festejos, que se ocupen los humanos.

Orquídea chasqueó la lengua.

—Querida, qué aburrida eres. No se te puede sacar de casa.

—Ah, pues menos mal que salgo de casa de vez en cuando; si no, no sé quién ayudaría a mis ahijados a encontrar el amor verdadero para que tú puedas disfrutar de tantas bodas y celebraciones fastuosas.

—Y yo te lo agradezco de corazón, Camelia. Pero no está bien que dejes el trabajo a medias. Hay que dar ánimos a los chicos el día de su boda, otorgar dones a sus bebés en los bautizos…

—Pero yo sí que otorgo dones —se defendió ella—. Lo que sucede es que me gusta la discreción, ya sabes.

—Yo lo entiendo y te apoyo completamente —afirmó Lila; Camelia le dirigió una sonrisa de agradecimiento.

La conversación continuó durante buena parte de la tarde. Las hadas se pusieron al día, relatándose unas a otras historias acerca de sus respectivos ahijados, cotilleos de la corte y noticias procedentes de todos los reinos. Como de costumbre, Orquídea fue la que más habló, aunque en realidad, en opinión de Camelia, apenas tenía nada interesante que contar. Gardenia la interrumpía de vez en cuando para dejar caer comentarios intrascendentes acerca del tiempo, del pastel de frambuesas o de los almendros en flor; pero sus compañeras, acostumbradas ya a sus desvaríos, la escuchaban con amabilidad y después la ignoraban educadamente. Camelia no tenía demasiadas ganas de llevar la contraria a Orquídea aquella tarde; en parte porque su papel como anfitriona la había dejado sin fuerzas, pero también porque tenía otras cosas en la cabeza. Lila, por otro lado, era demasiado tímida para intervenir activamente en la conversación; y Dalia se había encerrado en un silencio pétreo prácticamente desde el comienzo de la reunión, por lo que, con la excepción de los comentarios esporádicos de Gardenia, nadie entorpecía el animado monólogo de Orquídea.

Camelia se estaba preguntando por cuánto tiempo más se prolongaría aquella tortura cuando, de repente, la voz de Orquídea dejó de resonar en sus oídos. Cuando miró a su alrededor, se dio cuenta de que sus cuatro compañeras la observaban fijamente.

—¿Qué? —preguntó, un poco perdida.

—Te preguntaba por Simón, el mozo de cuadra —dijo Orquídea—. ¿Lo has convencido ya de que su amor por Asteria es imposible?

Camelia parpadeó, perpleja.

—¿Cómo dices?

Orquídea suspiró con impaciencia.

—Querida, ¿en qué estabas pensando? Parece que te hayan hechizado.

—Yo sé un remedio muy bueno contra los hechizos —apuntó Gardenia.

Camelia se esforzó por volver a la realidad.

—Te estaba escuchando —mintió; pero frunció el ceño al rememorar lo que su compañera había preguntado—. Pero no entiendo lo que quieres decir. ¿Por qué debería convencer a Simón de que su amor es imposible?

Orquídea se mostró desconcertada.

—Pues porque lo es, Camelia, ya lo sabes. El chico no tiene ninguna oportunidad.

Ella empezó a enfadarse.

—¿Cómo que no? ¡Se suponía que me pediste que me encargara de él porque se me dan bien los «asuntos plebeyos», según dijiste!

—Ah, ¿sí? Oh, bueno, puede que lo hiciera, sí; pero el caso es que uno de mis ahijados está buscando esposa, y me ha preguntado por la princesa Asteria. Se trata de un muchacho con posibilidades, ya me entiendes. Es el tercer hijo de un rey, nada menos. No es el primogénito, claro; pero, si se casa con la heredera del reino de Vestur…

—¡Ni hablar! —estalló Camelia—. No voy a permitir que vuelvas a enredar tu varita en este asunto, ¿me oyes? Yo ya he aceptado a Simón como ahijado, y ahora está bajo mi responsabilidad.

—¡Oh, tienes un nuevo ahijado! —exclamó Gardenia, encantada—. ¿Y qué don vas a concederle?

—Yo creo que deberías buscar otra princesa para tu ahijado, Orquídea —intervino entonces Lila—. O al menos esperar a que Simón haya tenido alguna oportunidad con Asteria.

—Oh, de acuerdo, te haré caso —replicó Orquídea—. Todas sabemos lo bien que se te da evitar bodas inconvenientes.

De nuevo, un silencio gélido se apropió de la habitación. Lila inspiró hondo y se irguió, pálida, como si Orquídea le hubiese dado una bofetada.

—Retira lo que acabas de decir —exigió Camelia con los dientes apretados de rabia.

Orquídea alzó la taza para tomar otro sorbo de chocolate, dejando el meñique perfectamente estirado.

—¿El qué? Si es la verdad. Y Lila no debería ofenderse por una cosa tan tonta, a estas alturas.

Pero no era un asunto trivial, y todas lo sabían.

El hada torpe e incompetente

Mucho tiempo atrás, una de las ahijadas de Lila había solicitado su ayuda, desesperada, porque su propio padre quería desposarla. La gravedad del asunto había superado al hada, a quien no se le había ocurrido otra cosa que sugerirle a la princesa que exigiera a su padre que le entregara una serie de extravagantes y costosos regalos a cambio de su mano. Pero, en contra de lo que ambas esperaban, resultó que el rey se las arregló para satisfacer puntualmente todas y cada una de sus demandas.

Lila y Camelia habían hablado del tema una sola vez en ciento veinte años.

—¿Tres vestidos, Lila? —le había reprochado ella—. ¿No se te ocurrió otra cosa mejor?

—¡No eran unos vestidos corrientes! Ella le pidió un vestido del color del cielo, otro de luz de luna y otro de rayos de sol… ¿Cómo iba yo a saber que su padre encontraría la manera de tejer algo así?

—¡Siguen siendo tres vestidos! Y los reyes tienen muchos recursos. ¿De verdad no había otra forma de detener esa boda?

—¡No lo sé! —había respondido su amiga al borde de las lágrimas—. Yo no sabía qué hacer, y la princesa no quería marcharse de casa.

—Y lo de ese pobre asno…

—¡Eso no fue cosa mía! —se defendió Lila—. La idea fue del rey. ¡Estaba completamente loco, ya te lo he dicho!

Por fortuna, finalmente la joven había decidido escapar y había logrado ocultarse de su padre hasta encontrar el amor verdadero en un reino lejano. Nadie, aparte de las dos hadas madrinas, sabía que aquel final feliz había sido obra de la propia Camelia.

No obstante, la anécdota había corrido de boca en boca y se había relatado de generación en generación hasta ser finalmente recopilada en los volúmenes de cuentos populares. Y Lila había pasado a la historia por ser el hada torpe e incompetente que, por no haber sabido atajar aquella situación a tiempo, había obligado a su pobre ahijada a vivir miserablemente, oculta bajo una andrajosa piel de asno.

A pesar de todo, Lila había seguido trabajando como hada madrina. Al fin y al cabo, la mayoría de los mortales no distinguían entre un hada y otra, y ninguno de ellos tenía modo de saber cuál de ellas había intervenido en tal o cual historia. Y, sin embargo, Lila se sentía tan avergonzada que, pese al tiempo que había transcurrido desde entonces, jamás había vuelto a ser la misma. Camelia sabía que apenas tenía ya ahijados, y la mayoría de las veces se limitaba a concederles dones cuando nacían, a consolarlos cuando estaban tristes y poca cosa más. Y, aunque no hablaban del tema ni lo habían compartido con nadie, lo cierto era que la propia Camelia se encargaba de solucionar los problemas más graves de los ahijados de Lila. No porque no confiara en las habilidades de su amiga, sino porque ella misma se sentía incapaz de afrontarlos.

A nadie le importa ya

Camelia se dispuso a replicar a Orquídea, airada, pero una voz se le adelantó.

—Oh, por favor, dejad de discutir por tonterías.

Las hadas se sobresaltaron ligeramente. Era Dalia quien había hablado; pero, como apenas había abierto la boca en toda la tarde, sus compañeras casi habían llegado a olvidar que se hallaba presente.

—¿Tonterías? —repitió Camelia, temblando de ira—. ¿Cómo te atreves a…?

—Son tonterías —cortó Dalia con tono glacial—. Nimiedades. Menudencias. —Se encogió de hombros—. ¿Por qué seguimos discutiendo por algo que sucedió hace más de cien años? ¿Y qué nos importa a nosotras quién se casa con quién?

—Somos hadas madrinas, Dalia —le recordó Lila; y Camelia se sintió orgullosa de la dignidad y la calma con que su amiga pronunció aquellas palabras—. Y ese es nuestro trabajo.

—¡Trabajo! —repitió Dalia con desdén—. ¿Y en qué consiste este trabajo? ¡En vivir esclavizadas, atendiendo los caprichos de los mortales para toda la eternidad! ¿Y todo por qué? ¡Por una ocurrencia que tuvo nuestra reina hace trescientos años, por culpa de Ya-Sabéis-Quién! ¿Vosotras creéis que se acuerda de nosotras, de que seguimos aquí, cumpliendo su mandato? No, ni hablar; en la tierra de las hadas, a nadie le importa ya si las madrinas realizamos o no la tarea que nos encargó.

Camelia, Lila y Orquídea palidecieron. Gardenia, en cambio, continuó masticando tranquilamente su porción de pastel, como si aquella discusión no tuviera nada que ver con ella.

—Eso no lo sabes… —empezó Camelia; pero Dalia la interrumpió:

—¡Sí que lo sé! ¿Acaso alguien se ha preocupado por la situación de Azalea y de Magnolia? ¿Han enviado a alguien a sustituirlas? Es más…, ¿habéis recibido algún mensaje de la reina de las hadas en los últimos siglos?

Lila desvió la mirada, turbada. Orquídea alzó la barbilla, fingiendo que aquel detalle le parecía irrelevante; pero Camelia vio que le temblaba ligeramente el labio inferior.

—Sin duda están ocupadas… —murmuró.

Pero Dalia se rió con amargura.

—¿Ocupadas? ¿En el país de las hadas? Despierta, Camelia: la única hada del mundo que trabaja eres tú.

Camelia se esforzó por recuperar la compostura.

—Ah, claro, eso explica muchas cosas —comentó con sarcasmo.

—Bueno, bueno —intervino Orquídea—. No saquemos las cosas de quicio. Dalia, podemos entender que estés pasando por… hummm… un momento delicado. Pero eso no te da derecho a poner en duda el esfuerzo de las demás. ¿Verdad, Camelia?

Ella no respondió. Dalia suspiró.

—En fin, no quería que esto terminara así —reconoció, calmándose un poco—. Porque en realidad he venido a despedirme de vosotras.

Todas la miraron en silencio, sin comprender lo que quería decir. Solo Gardenia dijo alegremente:

—Ah, es maravilloso, querida. Que lo pases bien. ¡Escribe de vez en cuando!

Lila reaccionó.

—¿A despedirte? ¿Por qué?

Dalia les dedicó una fría sonrisa.

—Porque lo dejo. Ya no voy a ser un hada madrina nunca más.

—¡¿Qué?! —chilló Orquídea—. ¡No te habrás enamorado! —exclamó con una nota de pánico en su voz.

—¿Qué dices? ¿De un humano? ¡Ni hablar! —Dalia se estremeció visiblemente—. No quiero volver a saber nada más de los mortales. Me vuelvo al país de las hadas.

Sus compañeras la contemplaron con incredulidad.

—¡Pero no puedes faltar a tus obligaciones! —exclamó Camelia, desconcertada—. ¿Qué será de tus ahijados?

—Alguna vez tienen que aprender a arreglárselas por sí mismos —replicó Dalia—. Es lo que los Ancestrales comprendieron hace tiempo y a nosotras nos cuesta tanto asimilar.

—Claro. Es muy sencillo decir «que se las apañen los mortales» cuando tú puedes volar, hacer magia y vivir para siempre.

—¿Disculpa? ¿Es que ahora debo sentir remordimientos por haber nacido en el país de las hadas?

—Pero tu responsabilidad...

—¿Mi responsabilidad, dices? —cortó Dalia—. Hace trescientos años tomé la decisión de venir al mundo de los humanos a ayudar a los jóvenes en apuros. Lo hice conscientemente, sabiendo a lo que me exponía y con toda mi buena fe. Pero, seamos sinceras: ¿a qué nos dedicamos ahora? ¡A hacer de casamenteras de niños ricos y caprichosos que, además, ni siquiera agradecen lo que hacemos por ellos! «¡Hada madrina! —exclamó con voz de falsete—. ¡Oh, tienes que ayudarme, tengo un problema muy serio! ¿Qué vestido me pongo para la fiesta? ¡El vestido de oro está pasado de moda y el de plata me hace gorda!»

Camelia abrió la boca para replicar, pero no se le ocurrió nada que decir.

—Bueno, pues la solución es evidente —dijo entonces Gardenia, y todas se volvieron para mirarla—. El vestido de brillantes, niñas —concluyó la anciana con una sonrisa benevolente—. Ese es el que debe llevar para la fiesta.

—Naturalmente, Gardenia —murmuró Camelia, tratando de contener su irritación—. ¿Cómo no se nos habrá ocurrido?

—Pero... ¿de verdad se puede hacer? —preguntó Lila con cierta timidez—. ¿Podemos volver al país de las hadas?

Camelia se volvió hacia ella.

—¿Te estás planteando abandonar tú también?

Lila no le sostuvo la mirada.

—Compréndelo, Camelia. Yo no valgo para esto.

—Bueno, bueno, no saquemos las cosas de quicio, ¿de acuerdo? —dijo Orquídea—. Es natural que Dalia quiera volver al país de las hadas. Hace mucho tiempo que abandonamos nuestro hogar; todas lo echamos de menos, ¿verdad? Pero seguro que, después de un tiempo de descanso, nuestra querida amiga se sentirá otra vez con fuerzas para…

—No, Orquídea, no lo has entendido —cortó Dalia—. No me voy de vacaciones. Me voy para siempre.

—Bueno, ¿y qué pasará si, después de todo, la reina sabe perfectamente quiénes somos y lo que estamos haciendo aquí? —planteó Camelia—. ¿Cómo le vas a decir que renuncias definitivamente? No te lo va a permitir.

—Correré el riesgo. —Dalia suspiró con exasperación—. En serio, no me importa que la reina pueda castigarme por mi desobediencia. Cualquier cosa será mejor que seguir en el mundo humano un solo día más.

—Pero ¿de verdad odias tanto este lugar? —preguntó Lila, perpleja.

—¿Tú no? —contraatacó Dalia.

Nadie respondió. El hada miró a su alrededor y, comprendiendo que quizá se había excedido con la dureza de sus palabras, suspiró de nuevo y cambió de estrategia:

—Pero ¿no os dais cuenta de lo que nos está haciendo este mundo? Por favor, pensadlo bien —imploró—. Antes no éramos así. Ninguna de nosotras. Y, si no nos marchamos pronto de aquí, acabaremos como ella —concluyó, señalando a Gardenia con un gesto—. O incluso peor; tal vez como…

—No lo digas —cortó Camelia con aspereza.

—No —convino Orquídea—. Ya has dicho bastante, Dalia. Si quieres marcharte, vete. Pero no trates de confundirnos a las demás.

Dalia se puso en pie.

—Ya estáis confundidas —afirmó—. Pero aún no os habéis dado cuenta. Y, cuando lo hagáis…, será demasiado tarde.

Y, antes de que nadie pudiera replicar, desapareció de allí. Sin ruido, sin estallidos de luz y sin chispas de colores.

Hubo un largo, largo silencio. Y entonces Gardenia dijo:

—Qué delicioso está este chocolate, querida. ¿Serías tan amable de servirme otra taza?

Solo por si acaso

Era ya de noche cuando Camelia volvió a quedarse sola en casa. La visita de sus amigas la había llenado de amargura y desesperanza; y, aunque se sentía un poco más aliviada ahora que se habían marchado, todavía conservaba en su corazón un poso de inquietud y una honda tristeza. Mientras recogía los platos y las tazas, evocó sus primeras reuniones, cuando las siete seguían siendo siete y mantenían intactas su ilusión y su alegría.

«Dalia tiene razón —pensó de pronto—. Este mundo nos está cambiando a todas.»

Mientras barría, su escoba topó de pronto con una varita que seguía apoyada contra la pared, junto a la puerta.

Era la de Dalia.

Camelia parpadeó para retener las lágrimas. Obviamente la había abandonado a propósito, puesto que no tenía intención de utilizarla nunca más. Y, aunque cambiara de idea y volviera a ser un hada madrina, cualquier rama de madera más o menos pulida podría servirle como varita.

No obstante, Camelia la recogió y la guardó en un cajón. Solo por si acaso.

Para tranquilizarse, se arrellanó en su mecedora con el libro de cuentos que Ren le había regalado. Pero no lograba concentrarse en la lectura. Su mirada se perdía en la página sin que fuese capaz de leer una sola palabra, mientras sus pensamientos giraban en torno a la reunión de aquella tarde.

Tenía la sensación de que estaba pasando algo importante por alto. De modo que repasaba mentalmente la conversación una y otra vez, tratando de descubrir qué era aquello que la inquietaba. No era solo el hecho de que Dalia hubiese decidido «colgar la varita» o que Lila estuviese planteándose seriamente la posibilidad de imitarla. Tampoco que Orquídea estuviese dispuesta a utilizar su magia y su influencia para que su principesco ahijado lograse la mano de Asteria. Había otra cosa…, algo que alguien había dicho, un comentario al que ella no había prestado atención en su momento, pero que ahora su subconsciente se esforzaba por recuperar.

No obstante, pensar en todo aquello la ponía triste, de modo que trató de centrarse en la lectura… y, sin apenas darse cuenta, se quedó dormida, aún sentada en la mecedora.

Al día siguiente, cuando despertó, le dolía la espalda por culpa de la mala postura y tenía las alas arrugadas. El libro había resbalado hasta el suelo, y Camelia se apresuró a recogerlo mientras intentaba enumerar los compromisos que debía atender aquella mañana. Tenía que visitar a Simón, naturalmente, pero no se le ocurría qué podía decirle que aportara algo nuevo a su situación.

Y entonces, de pronto, lo recordó.

—Oh —exclamó, cayendo en la cuenta—. Claro. ¿Cómo no lo habré pensado antes?

Se levantó de un salto, se puso los zapatos, cogió su varita y desapareció de allí.

Un caballo magnífico

Apenas un par de días más tarde, Niebla, el caballo de la princesa Asteria, se negó a ser ensillado por los palafreneros. Se alzó de manos en su cubículo con un relincho de advertencia, lo que obligó a los mozos a retroceder rápidamente, alarmados. Después, el animal siguió revolviéndose, relinchando y coceando con furia cada vez que alguien trataba de acercarse a él. Cuando el caballerizo mayor entró en la cuadra para averiguar qué estaba sucediendo, se encontró con que casi todo su personal se hallaba allí, tratando de calmar al caballo, que se mostraba cada vez más alterado.

—¿Qué diablos está pasando aquí? —bramó—. ¿Por qué no habéis sacado ya al maldito animal, pandilla de haraganes?

—Señor… Niebla está muy nervioso hoy —se atrevió a responder uno de los jóvenes.

El caballo relinchó de nuevo, lanzando una poderosa coz contra la pared trasera de su cubículo. Toda la cuadra se estremeció.

—¿Qué le habéis hecho para que se comporte así? —exigió saber el caballerizo mayor; pero no osó acercarse a Niebla para tratar de calmarlo personalmente.

En aquel momento llegó el capitán de la guardia para recordarles que las princesas llevaban ya un buen rato en el patio, aguardando sus monturas. El caballerizo mayor le puso al corriente de la situación mientras Niebla continuaba revolviéndose y coceando de tal modo que amenazaba con echar abajo la puerta de su compartimento.

El capitán movió la cabeza con incredulidad.

—¿Me estáis diciendo que ni siquiera entre nueve hombres podéis controlar a este caballo?

El palafrenero mayor enrojeció.

—Se-señor…, es un buen animal, pero tiene mucho nervio —trató de justificarse—. Quizá la princesa debería elegir otro tipo de montura… más mansa —insinuó.

El capitán le dirigió una mirada gélida.

—La princesa Asteria es una excelente amazona, como ya sabéis, y su hermana no le va a la zaga —replicó—. Siente un gran aprecio por su caballo que, como bien habéis apuntado, es un buen animal, noble y vigoroso; quizá el rey debería elegir otro tipo de palafreneros… más capacitados para cuidar de los mejores caballos del reino —sugirió.

El caballerizo enrojeció todavía más.

Y entonces entró Simón en el establo y miró a su alrededor, desconcertado. Sus compañeros lo detuvieron cuando ya se acercaba a Niebla con gesto decidido.

—¡Para, Simón! —gritó uno de los mozos—. ¿Te has vuelto loco? ¿No ves que está fuera de sí?

—Es Niebla —respondió él—. Nos conocemos bien.

Y, antes de que nadie pudiera evitarlo, avanzó hasta el cubículo y tendió la mano al animal.

—Ya, ya, tranquilo, Niebla —murmuró—. Vamos, chico. ¿Qué es lo que te pasa hoy?

Y ante la sorpresa del capitán, los palafreneros y los mozos de cuadra, Niebla se calmó inmediatamente, resopló con suavidad y se dejó acariciar por Simón.

—Vamos, tranquilo, ya pasó —seguía diciendo el muchacho.

Abrió la puerta de la cuadra sin vacilar y se introdujo en su interior, peligrosamente cerca de los cascos del caballo. Niebla se lo permitió; alzó las orejas cuando Simón se puso de puntillas para susurrarle algo al oído. Entonces resopló otra vez, sacudió la cabeza y dejó que el joven le colocara el ronzal.

Cuando Simón salió de nuevo del cubículo llevaba a Niebla de la brida, y el caballo caminaba tras él con paso tranquilo y obediente. Todos los mozos de cuadra estallaron en una salva de aplausos y lo aclamaron como a un héroe. Pero él solo sonrió y prosiguió su camino hacia el patio.

Allí esperaban las princesas junto con su escolta. Delfina montaba ya sobre su hermosa yegua alazana, pero Asteria permanecía de pie junto a la puerta, muy quieta. Volvió la cabeza al oír el sonido de los cascos sobre el empedrado, pero no se movió ni hizo el menor gesto cuando vio a Simón entrar en el patio con Niebla pisándole los talones.

Tampoco Simón habló; con semblante grave y solemne hizo una breve reverencia ante la princesa y la ayudó a subir a su caballo.

En aquel momento, el capitán de la guardia regresó junto a la escolta, casi a la carrera.

—¡Princesa Asteria! —la llamó—. Os ruego que no salgáis a cabalgar hoy o, al menos, que escojáis otra montura. Niebla se ha mostrado particularmente nervioso en el establo.

La princesa alzó una ceja y palmeó el cuello de su caballo.

—A mí me parece que se comporta con normalidad, capitán —señaló.

—Este joven mozo ha sido muy eficiente a la hora de calmarlo. Aun así, no estoy seguro de que lo haya logrado del todo. Y no quiero correr riesgos innecesarios.

Asteria volvió a mirar a Simón.

—¿Qué opinas, muchacho? —le preguntó—. ¿Puedo salir a cabalgar con Niebla hoy?

Simón carraspeó antes de responder.

—Os garantizo que Niebla se comportará, alteza, y que no os dará ningún problema —aseguró. Como apenas le tembló la voz, se arriesgó a añadir—: Es un caballo magnífico.

El capitán suspiró y se volvió hacia la princesa:

—¿Alteza?

Ella tardó solo unos segundos en responder.

—Saldremos a cabalgar, capitán —dijo—. Y montaré a Niebla, como de costumbre.

—Muy bien. Como vos ordenéis.

Momentos después, la comitiva salía por la puerta principal del castillo.

Regresó poco antes del anochecer, y el capitán certificó que Niebla se había comportado de manera ejemplar. Quiso notificárselo al joven mozo de cuadra que había obrado el milagro, pero nadie fue capaz de encontrarlo por ninguna parte. La conducta huraña y presuntuosa del caballerizo mayor, a quien había preguntado acerca de las extraordinarias habilidades del muchacho, terminó por convencer al capitán de que debía informar al rey de todo aquel asunto.

Al día siguiente, cuando Simón se presentó en las caballerizas, se encontró con la noticia de que el palafrenero mayor y sus dos ayudantes habían sido despedidos. En adelante, el propio Simón se ocuparía personalmente de las monturas de la familia real, y podría contar con dos ayudantes de su elección entre el personal disponible en los establos.

Aquella misma tarde, ya vestido con su nuevo uniforme, Simón entregó su caballo a Asteria, una vez más. La princesa lo contempló con cierta curiosidad y un brillo divertido en sus ojos azules.

—Mis felicitaciones por el ascenso, palafrenero mayor —le dijo.

Simón se ruborizó y respondió con una sentida reverencia.

—Os lo agradezco profundamente, alteza.

Asteria sonrió.

—Espero que algún día me contéis qué pasó ayer con mi caballo —dejó caer.

Simón se atrevió a devolverle la sonrisa.

— Es una larga historia, alteza.

—No me cabe duda. Hasta mañana por la tarde, palafrenero mayor.

—Hasta mañana por la tarde, alteza.

Dos días antes

En realidad, la historia de Simón y Niebla había comenzado dos días antes, justo después del amanecer. Fue entonces cuando el joven recibió una nueva visita de su hada madrina; pero se sentía tan desmoralizado aquella mañana que ni siquiera la amplia sonrisa de Camelia logró mejorar su estado de ánimo.

—Ahora no tengo tiempo ni ganas de hablar, madrina —le dijo, frotándose un ojo con cansancio—. Me han encomendado un montón de tareas para hoy. Y, al ritmo que voy, no creo que pueda acabarlas a tiempo, así que probablemente mañana me echarán y pasado mañana estaré otra vez en casa de mis padres, cuidando de los cerdos.

—No si yo puedo evitarlo —replicó Camelia con energía.

Simón logró componer una débil sonrisa.

—¿Ya has decidido a qué malvado dragón voy a derrotar? Porque estoy tan agotado que probablemente me duerma de pie delante de su guarida. Y ni siquiera me despertaré cuando me zampe de un bocado.

—No bromees con esas cosas —le reprochó Camelia con un estremecimiento—. No, lo de la prueba de valor lo dejaremos para más adelante. Es que me he dado cuenta de que todavía no te he concedido tu don.

—¿Mi… don? —repitió Simón, perdido.

—Sí; en tiempos pasados, las hadas madrinas solíamos otorgar un don especial a nuestros ahijados. Por lo general se hacía poco después del nacimiento, durante la ceremonia del bautizo. Esa era la tradición.

Y, como ellos eran bebés todavía, resultaba difícil predecir qué tipo de habilidad les sería más útil en su vida futura, por lo que normalmente no concedíamos dones muy específicos: nos limitábamos a otorgarles bondad, inteligencia, belleza…

—Entiendo —asintió Simón—. ¿Quieres decir, entonces, que a mí también se me concedió un don?

—No exactamente. Orquídea…, quiero decir, tu madrina anterior… no suele conceder dones a sus ahijados.

—¿Por qué? —quiso saber el muchacho.

Camelia evocó la época en que Orquídea tenía por costumbre otorgar a sus protegidos la capacidad de dejar caer de su boca una moneda de oro, una perla o una piedra preciosa por cada palabra que pronunciaban. A ella le parecía que aquel don les aportaba un toque señorial y distinguido; pero en la práctica les acarreó muchos disgustos. Multitud de princesas fueron secuestradas y obligadas a hablar hasta que se quedaron sin voz, víctimas de la codicia sin límites de sus semejantes; otras se volvieron mudas voluntariamente…, por no hablar de aquella desventurada joven que se atragantó con un rubí durante un banquete, cuando abrió la boca para pedir que le pasaran la sal.

Fue este caso en concreto el que disgustó a Orquídea hasta el punto de que decidió que no volvería a conceder más dones. Sus compañeras habían tratado de hacerle comprender que no hacía falta ser tan drástica y que bastaba con que, en adelante, dotara a sus ahijados de habilidades menos extravagantes. Pero ella no había dado su brazo a torcer. Asistía a los bautizos de sus ahijados, en efecto, y agitaba la varita sobre la cuna del recién nacido, envolviéndolo en una luz sobrenatural mientras pronunciaba palabras grandilocuentes ante un público maravillado; pero, por lo que Camelia sabía, todo era puro teatro.

—No importan los motivos —respondió a la pregunta de Simón—. El caso es que ya no lo hace.

—Oh —murmuró el muchacho, desanimado—. Entonces, a pesar de tener un hada madrina, soy un chico vulgar y corriente.

Camelia se preguntó fugazmente si otros ahijados de Orquídea habrían llegado a la misma conclusión; y qué sucedería cuando, por ejemplo, la poco agraciada princesa Edelmira asumiera que el hada que le había concedido el don de la belleza tras su nacimiento no había hecho un gran trabajo, precisamente.

—Sí, pero eso tiene una gran ventaja —replicó—. Y es que, como ella no te otorgó ningún don, yo sí puedo hacerlo. Ahora mismo, además.

El rostro de Simón se iluminó con una amplia sonrisa.

—¿Lo dices en serio? ¿Me vas a convertir en un príncipe?

—No, lo de los dones no funciona así. No puedo cambiar el lugar ni la familia en la que naciste. Tiene que ser una habilidad especial que te diferencie del resto. En principio debe ser algo que te ayude en tu vida futura, pero, como ya tienes una cierta edad, he elegido un don que te va a ser útil, aquí y ahora, para llamar la atención de la princesa.

Y tocó la cabeza de Simón con la punta de su varita. Él aguardó, expectante. Pero nada sucedió.

—¿Ya está? —preguntó, algo decepcionado. Se llevó las manos a la cara, tratando de descubrir si su aspecto físico había cambiado de algún modo—. ¿Me has hecho más guapo? —quiso saber.

—Bueno, eso no te hace f… —empezó Camelia. Se interrumpió, carraspeó y volvió a empezar—: No; no es algo que se vea por fuera. Escucha con atención y comprenderás lo que quiero decir.

Simón aguzó el oído, esperanzado, imaginando que tal vez sería capaz de captar el sonido de un alfiler cayendo sobre la alfombra de la alcoba de la princesa; pero hasta él solo llegaron los ruidos a los que ya estaba acostumbrado: la alegre tonada que silbaba uno de sus compañeros mientras limpiaba las cuadras traseras; los gritos del caballerizo mayor desde la entrada principal; los relinchos y resoplidos de los caballos…

Entonces detectó un sonido nuevo; una especie de murmullo cadencioso que procedía del cubículo de Niebla, la montura habitual de la princesa Asteria.

Dio un respingo, alarmado, porque lo primero que pensó fue que había un intruso en las caballerizas; pero Camelia le indicó con un gesto que siguiera escuchando, y Simón obedeció.

Y entonces captó palabras en aquel murmullo:

—Alfalfa buena…, alfalfa rica…

Simón pestañeó, desconcertado. Se asomó al cubículo de Niebla, pero allí no había nadie más que el caballo, que tenía el morro hundido en el comedero y masticaba con parsimonia.

—¿Has… has hablado tú? —le preguntó, sintiéndose estúpido.

Niebla lo ignoró. Solo resopló un poco, para sorpresa de Simón, que lo oyó decir:

—Alfalfa rica…

El muchacho, aún sin estar convencido de que aquello fuera real, acarició el lomo de Niebla. El animal se volvió entonces a mirarlo.

—¿Quién es? —dijo—. Ah, eres tú, humano. ¿Qué quieres?

—¿Puedes… puedes entenderme?

El caballo lo miró fijamente y relinchó:

—¿Tienes manzanas?

Simón parpadeó, aún desconcertado.

—Pues… no, hoy no he traído —acertó a decir.

Niebla resopló, decepcionado, y volvió a hundir el morro en el comedero. El joven miró a Camelia, que lo contemplaba, sonriente, desde la puerta del compartimento.

—¡Puedo hablar el lenguaje de los animales! —exclamó, maravillado.

El hada carraspeó.

—Bueno… no exactamente.

Se mareó solo de pensar en la gran cantidad de magia que requeriría conceder semejante don. Simón frunció el ceño, pensativo.

—¿No…? ¿Quieres decir, entonces, que puedo hablar el idioma de los caballos?

—Tampoco, pero te vas acercando.

El joven contempló a Niebla, pensativo.

—Ya entiendo: puedo hablar con este caballo en particular, pero con ningún otro. Tiene que ser eso, porque tenemos más de treinta animales en las caballerizas, y todos siguen relinchando como siempre…, todos, salvo Niebla.

—Exacto —confirmó Camelia.

Simón se mostró un poco decepcionado.

—Pero ¿de qué me va a servir? —se lamentó—. Si pudiese hablar con todos los caballos, podría llegar a ser el mejor caballerizo del mundo.

—Pero tú no quieres ser el mejor caballerizo del mundo —hizo notar Camelia—. Tú lo que quieres es ser el futuro esposo de la princesa Asteria. ¿Me equivoco?

—No —respondió Simón; sonrió—. Ya empiezo a entender a dónde quieres ir a parar.

Se acercó más a Niebla y le dijo:

—Buenos días, amigo. ¿Qué me puedes contar de la princesa?

El caballo alzó la cabeza, sin dejar de masticar.

—¿Quién? —respondió.

—La joven humana que monta sobre tu lomo todas las tardes —lo ayudó Camelia.

—Ah —respondió Niebla—. Es humana. Y monta sobre mi lomo. No pesa demasiado. Y huele bien. También es amable conmigo. Aunque no me da manzanas —añadió, tras lo que pareció un largo instante de reflexión.

Simón se lo quedó mirando, desconcertado.

—No parece muy listo —le comentó a Camelia en voz baja.

El hada se encogió de hombros.

—¿Qué esperabas? Es un caballo.

—En los cuentos, los animales que hablan parecen…, no sé, más espabilados.

—Nunca confundas a un animal corriente con un Ancestral, Simón, por mucho que entiendas lo que dice. Además, los animales salvajes siempre son más avispados que los que han sido domesticados por humanos. Las rutinas les entumecen un poco la mollera, y también el hecho de no tener que buscar cobijo ni alimento todos los días.

—Pero ¿cómo esperas que me ayude a acercarme a esta princesa?

—Es muy sencillo. Observa.

Camelia se colocó al otro lado de Niebla, dentro de su campo de visión.

—Te gustan las manzanas, ¿verdad?

—Sí —respondió el caballo.

—¿Quieres que este humano te dé muchas manzanas?

—Oh, sí, me encantaría.

—¿Y qué más cosas quieres?

—Zanahorias —respondió Niebla, enseñando todos los dientes en una innegable sonrisa equina—. Y hierba fresca. Mucha hierba fresca.

—Muy bien. —Camelia asintió, satisfecha—. Si te portas bien y obedeces a este humano, él te dará manzanas y zanahorias, y te llevará a pastar hierba fresca. Pero debes obedecer solo a este humano, y a nadie más. ¿Has entendido?

—Sí. Si me porto bien, habrá manzanas. Si me porto mal, ¿habrá golpes?

Camelia miró a Simón, interrogante. El muchacho tardó unos segundos en reaccionar, aún maravillado por lo insólito de la situación.

—No, Niebla —dijo por fin—. Si te portas mal, no habrá golpes. Pero tampoco habrá manzanas ni zanahorias. Nunca más.

—Oh —dijo el caballo—. Bien. Obedeceré a este humano y él me dará más manzanas.

—Y zanahorias —añadió Camelia con una sonrisa.

Simón sonrió también.

Un puñado de dulces

E n los días siguientes, Camelia se dedicó incansablemente a otros asuntos. Por un lado, quería dejar tiempo a Simón para que disfrutase de la nueva situación; como palafrenero mayor, veía a la princesa prácticamente a diario, aunque fuese un breve instante, y Camelia pensaba que sería buena idea dejar que se las arreglara solo por un tiempo antes de intervenir de nuevo. Por otra parte, su trabajo con Simón la había absorbido tanto que prácticamente había dejado de visitar al resto de sus ahijados (salvo a los mellizos, que, fieles a su costumbre, habían seguido llamándola a menudo para enloquecerla con exigencias y peticiones ridículas). De modo que se esforzó por ponerse al día con las situaciones de cada uno.

La de Verena no había cambiado, para desesperación de la joven princesa, que seguía languideciendo en su torre, presa del tedio más absoluto. Camelia se había ofrecido a compartir con ella sus libros de cuentos populares, pero la muchacha había declinado la propuesta con un estudiado gesto de desdén.

Alteo, por su parte, había hecho algún progreso en su búsqueda de esposa. Aunque, nuevamente, había dejado que los acontecimientos decidieran por él: Camelia le había organizado un encuentro con la princesa Esmeralda, que se había mostrado vivamente interesada en él (o más bien en su título y su patrimonio, sospechaba el hada). No obstante, el príncipe había cometido el error de mencionar que existían otras dos candidatas a futura reina de Zarcania. Esmeralda, ofendida, le había informado de que no quería saber nada más de él. Sin duda esperaba que el muchacho le pidiera disculpas, profundamente arrepentido. Pero, ante su consternación, Alteo parecía más aliviado que compungido cuando le respondió que, puesto que ella así lo deseaba, desaparecería de su vida para siempre.

—Míralo de este modo —se defendió el chico cuando Camelia le pidió explicaciones—: ahora solo tengo que elegir entre dos princesas, y no entre tres.

Ella no pudo seguir discutiendo aquel punto de vista, porque justo en ese momento volvieron a requerirla los mellizos de Corleón.

—¿Qué necesitáis ahora? —les preguntó nada más materializarse ante ellos.

—Queremos cambiar de aya —respondieron los dos a dúo.

Camelia pestañeó, desconcertada ante el hecho insólito de que se hubiesen puesto de acuerdo.

—¿Cambiar de aya? ¿Y eso por qué?

—Porque no la soportamos —explicó Arlinda, mientras Arnaldo asentía enérgicamente—. Es mala. Nos dice lo que tenemos que hacer y nos castiga cuando hacemos travesuras.

Camelia, obviamente, no se sentía inclinada a levantar su varita contra aquella bendita mujer.

—Bueno, es su trabajo —respondió con amabilidad.

—¡Pero nosotros somos los príncipes! —chilló Arlinda, golpeando el suelo con el pie.

—Todo el mundo debe aprender buenos modales, alteza. Especialmente los príncipes.

—Nos da igual —replicó Arnaldo—. Queremos que la conviertas en rana.

—¡No pienso hacer tal cosa! —exclamó Camelia, horrorizada.

—¡Pero tienes que hacerlo! Eres nuestra hada madrina.

—Y, como tal, debo velar por vuestra seguridad. Creedme: no os conviene que vuestra aya termine convertida en rana.

—Nos da igual lo que digas, tienes que obedecer —aseguró Arlinda, muy convencida—. Y esta es nuestra orden: ¡hada madrina, convierte a nuestra aya en una rana fea y verrugosa!

—¿Por quién me has tomado, por el genio de la lámpara? —protestó Camelia, que empezaba a enfadarse.

—¿Qué genio? —preguntó Arnaldo.

—¿Qué lámpara? —preguntó Arlinda.

Camelia se esforzó por calmarse, recordando que, después de todo, era poco probable que los mellizos hubiesen tenido acceso a una copia del volumen de cuentos orientales que atesoraba en su cabaña.

—Es igual. El caso es que no voy a transformar a esa mujer en una rana. Y es mi última palabra.

Hubo un breve silencio.

—¿En un sapo, tal vez? —sugirió Arnaldo esperanzado.

—No. Ni sapos, ni ranas, ni nada que se le parezca. Es vuestra aya y merece respeto.

Los dos niños torcieron el gesto, como si la última palabra pronunciada por Camelia les causara una profunda repugnancia.

—Pues, si no nos haces caso, encontraremos la manera de convertirte a ti en rana —amenazó Arnaldo.

En otras circunstancias, Camelia probablemente se habría reído con la ocurrencia del príncipe. Pero empezaba a sentirse muy cansada. Evocó las palabras de Dalia y, por primera vez desde la reunión de las hadas, consideró muy seriamente la posibilidad de que tuviera razón.

«Vivir esclavizadas, atendiendo los caprichos de los mortales por toda la eternidad…»

—¡Hada madrina! —chillaron a dúo los mellizos, haciéndola volver a la realidad.

Camelia los miró un instante. Después, casi sin darse cuenta de lo que hacía, metió la mano en la faltriquera. Los niños lanzaron exclamaciones de alegría, esperando sin duda que sacara la varita mágica para cumplir su petición.

Pero cuando la mano del hada volvió a emerger de las profundidades de la bolsa, no sostenía la varita.

—¿Qué es eso que tienes ahí? —exigió saber Arnaldo.

—¡Abre el puño para que podamos verlo! —ordenó Arlinda.

Como en un sueño, Camelia les mostró lo que guardaba en su mano derecha.

Un puñado de dulces.

Los niños volvieron a gritar de alegría y se los arrebataron de las manos, ajenos al gesto horrorizado de Camelia.

«¿Qué me está pasando?», se preguntó ella. Pero justo entonces la llamó otro de sus ahijados, y se esforzó por centrarse.

—Disculpadme —murmuró—, he de marcharme.

Los niños, ocupados como estaban en comerse los dulces a dos carrillos, ni siquiera se molestaron en despedirse de ella.

Ahora más que nunca

Con el corazón todavía latiéndole con fuerza, Camelia apareció en el jardín trasero de la casa de Rosaura. Descubrió a la muchacha acurrucada al pie del viejo roble, llorando con desesperación. Aún no la había visto, pero no tardaría en hacerlo; Camelia miró a su alrededor para asegurarse de que estaban solas antes de emerger de su rincón en sombras.

Atardecía. Los rayos del sol poniente envolvían el frágil cuerpo de Rosaura, y Camelia suspiró para sus adentros. Por un lado, le hacía ilusión la idea de presentarse ante ella por fin; por otro, habría deseado que la niña no tuviera que recurrir a ella jamás.

Borró de su mente los últimos retazos de la escena que acababa de vivir en Corleón y avanzó unos pasos hacia Rosaura. Ella percibió su presencia y se dio la vuelta. Le lanzó una mirada desconfiada, parapetada tras un velo de lágrimas.

—Buenas tardes, Rosaura —saludó Camelia.

—¿Quién eres tú? —preguntó ella.

Camelia inspiró hondo antes de decir:

—Soy tu hada madrina, pequeña.

Ella tardó un poco en asimilar aquellas palabras. Cuando lo hizo, negó con la cabeza, sacudiendo sus largas trenzas con energía.

—Debe de haber un error. Yo no tengo hada madrina.

—Oh, sí que la tienes. Y soy yo —anunció Camelia.

Y desplegó las alas.

Rosaura la contempló, perpleja, probablemente convencida de que se trataba de un sueño.

—Pero... pero... ¿por qué yo? ¿Y por qué ahora?

—Porque eres tú quien me necesita, ahora más que nunca —respondió el hada con dulzura—. Y por eso me has llamado, aunque tú no fueras consciente de ello. Así que, dime... ¿cómo puedo ayudarte?

La respuesta de Rosaura brotó rápidamente de sus labios:

—Llévame lejos de aquí. A donde sea. Por favor —imploró.

Fue entonces cuando Camelia descubrió la marca roja que señalaba el hombro de la niña. Ella percibió su mirada y se cubrió el hombro con la camisa como pudo. Parecía avergonzada.

—Oh, pequeña —murmuró Camelia, conmovida.

Se arrodilló a su lado y extendió las manos hacia ella. Rosaura retrocedió como un cervatillo asustado, pero finalmente la dejó hacer.

«Es por esto por lo que somos hadas madrinas —se recordó a sí misma con firmeza, mientras su magia curaba las heridas de la espalda de su ahijada—. Dalia tiene razón al decir que los humanos deben aprender a arreglárselas solos; pero, mientras no sepan cuidar unos de otros, aquí estaremos nosotras para ayudarlos.»

Lo que dicen por ahí

Se volcó, pues, en Rosaura, de modo que los días siguientes estuvo muy pendiente de ella para asegurarse de que su madrastra y su hermanastra no volvían a golpearla. La ayudaba con su magia a realizar las tareas que le encomendaban, a menudo complicadas, crueles y sin sentido, cuando no imposibles (como contar todos los granos de sal de los sacos de la despensa, recuperar un alfiler de plata que su hermanastra había dejado caer «accidentalmente» al estanque o lavar las sábanas hasta transformarlas en paños de oro), y, entre tanto, trataba de encontrar una solución a su situación. Había descartado la opción del matrimonio por el momento, porque la chica era demasiado joven y porque no se había enamorado de nadie todavía. Por otro lado, consideraba también que era demasiado pronto para enviarla a correr aventuras con el fin de que encontrara por sí misma su propia fortuna; de modo que se dedicó a buscar un refugio apropiado para ella. Barajó la posibilidad de llevársela consigo a su casa; pero Camelia solía pasar todo el día fuera y no quería dejar a Rosaura sola tanto tiempo.

La solución al problema llegó casi por casualidad unos días más tarde, cuando, al regresar a la cabaña, descubrió a Ren junto a la puerta.

Se mostraba ante ella bajo su forma verdadera; con aquel aspecto parecía un zorro cualquiera, al menos hasta que abría la boca, pero Camelia lo reconoció enseguida.

—Vaya, Ren —lo saludó—, dos visitas en el mismo mes; esto sí que es una novedad.

Él le regaló una larga sonrisa, con la lengua colgándole entre los dientes.

—¿Has visto? Para que luego digas que no me acuerdo de ti.

Camelia abrió la puerta y entró en casa, con el zorro pisándole los talones.

—¿Me has traído otro libro? —le preguntó el hada.

—No —respondió Ren, estirándose perezosamente.

Camelia le dio la espalda para dejar la faltriquera sobre la silla y, cuando se volvió de nuevo hacia él, descubrió que había adoptado otra vez la forma de un joven humano de aspecto despreocupado y ropa descuidada. El hada alzó las cejas al notar, no obstante, que Ren todavía hacía oscilar a su espalda su elegante cola de zorro.

—Deberías esconder eso —opinó—. Echa a perder tu disfraz, ¿lo sabías?

Ren echó la vista atrás, como si quisiera asegurarse de que «eso» seguía ahí.

—Me gusta mucho mi cola —confesó—. Y, además, la mayoría de las veces los humanos ni siquiera se fijan en que es de verdad. Ah, y por eso he venido —añadió, como si acabara de recordarlo—: He estado hoy en Vestur.

—¿En Vestur? —Camelia abrió la boca para preguntarle qué se le había perdido a él allí, pero cambió de idea; después de todo, el zorro era una criatura errante—. Bueno, ¿y por qué has venido a contármelo? —inquirió en cambio mientras se calzaba las zapatillas.

—Ah, porque he oído algo que podría interesarte: dicen que la princesa se va a casar.

Camelia alzó la cabeza bruscamente.

—No es posible. ¿Con quién?

Ren se encogió de hombros.

—Bueno, son solo rumores, ya sabes. Pero el Duque Blanco ha llegado a la ciudad, y se aloja en el castillo. Parece ser que tiene un asunto importante que tratar con el rey. Y no ha traído regalos —añadió significativamente.

Camelia lo miró sin comprender.

—No le veo la relación. De hecho, si quisiera pedir la mano de Asteria, traería… Oh —exclamó al entenderlo—. ¿Quieres decir que no trae regalos porque la mano de la princesa ya le ha sido concedida y, por tanto, no queda nada que negociar?

—Es lo que dicen por ahí. La gente no lo ve con malos ojos, ¿sabes?, porque posee vastas tierras que lindan con el reino. Más amplias que las del Duque Rojo y el Duque Negro, debo añadir.

Camelia pensaba intensamente.

—Pero ella ha jurado que solo se casaría por amor.

—Oh, ¿y quién dice que no se haya enamorado ya del duque? Es bien parecido, o eso dicen. Valiente, elegante y distinguido.

Camelia no dijo nada.

—La chica está muy solicitada, ¿verdad? —comentó Ren.

—Sí, es un buen partido —admitió el hada—. Y si lo que dices es cierto…, entonces ya la pretenden, que yo sepa, un duque, cuatro príncipes y el hijo de un sultán.

«Y el palafrenero real», pensó, sonriendo para sí.

—Bueno, es obvio que ella tiene la última palabra —opinó Ren—. Hasta que deje de tenerla, naturalmente.

Camelia se acarició la barbilla, pensativa.

Sabía que el zorro tenía razón. El matrimonio de la heredera de Vestur era mucho más que una simple cuestión sentimental. Muchos nobles, príncipes y reyes presionarían a sus padres al respecto, con el objetivo de obtener un compromiso que condujera a una alianza entre territorios. Y la princesa y su padre deberían tomar una decisión en algún momento; a ser posible, antes de que se viniese abajo el delicado equilibrio de las relaciones diplomáticas del reino.

—Tengo que hablar con Simón sobre esto —decidió el hada.

—Sí, suponía que querrías hacerlo —dijo Ren—. ¿Puedo quedarme en tu casa mientras tanto? Creo que he pasado demasiado tiempo entre humanos; necesito unas vacaciones.

Camelia iba a negarse, alegando que su cabaña era demasiado pequeña; pero entonces se le ocurrió una idea.

—Claro. Si no te importa tener que compartirla con otra invitada, naturalmente.

Ren frunció el ceño, desconcertado; Camelia sonrió para sí al comprobar que, por una vez, había logrado sorprenderlo.

Mantener el misterio

Era ya muy tarde cuando el hada apareció en las caballerizas del castillo real, pero no había querido demorarlo más. Con un poco de suerte, Simón todavía seguiría allí, haciendo una última ronda para asegurarse de que todos los caballos se encontraban bien. Como palafrenero mayor, ahora tenía subordinados que podían hacer estas cosas por él; pero resultaba difícil desprenderse de las viejas costumbres y, por otra parte, se había habituado a hablar un rato con Niebla todas las noches; cuando uno sabía cómo interrogarlo, el caballo era muy capaz de facilitar información interesante.

Camelia recorrió las caballerizas en silencio; la mayoría de los animales dormitaban en sus cubículos, pero el hada detectó una luz al fondo del establo, junto al recinto de Niebla. Sonrió y apresuró el paso.

Se detuvo en seco, no obstante, cuando llegó hasta sus oídos un susurro de voces entremezcladas.

Simón no estaba solo.

El hada se volvió invisible y se acercó de puntillas.

Allí, junto a Niebla, se encontraba su ahijado, sonriendo mientras acariciaba la quijada del caballo. Y a su lado había una figura encapuchada innegablemente femenina.

Camelia se acercó, intrigada. Pero entonces Niebla alzó la cabeza y dijo:

—Hola, hada.

Simón se sobresaltó y escudriñó las sombras, inquieto. Camelia maldijo para sus adentros; había olvidado que ni siquiera su poder para volverse invisible podía ocultarla del instinto de los animales.

Entonces la acompañante de Simón susurró, preocupada:

—¿Qué ocurre? ¿Has oído algo?

—Puede que no sea nada, alteza; pero, por si acaso, quizá deberíais marcharos.

—Claro; hasta mañana, pues —dijo ella, antes de volverse para salir.

La luz de la lámpara incidió sobre el rostro oculto bajo la capucha, desvelando algo que Camelia ya sospechaba: que se trataba de la princesa heredera de Vestur.

Simón aguardó a que Asteria saliese del establo para decir en voz alta:

—¿Madrina? ¿Estás ahí?

Sin salir todavía de su asombro, Camelia se volvió visible de nuevo.

—Sí… sí, disculpa. No quería incomodaros. Alguien debería aprender un par de cosas acerca de la discreción —añadió, disparando una mirada irritada al caballo.

Simón frunció el ceño.

—¿Nos estabas espiando?

—¿Yo? ¡No! Solo venía a verte, y no me di cuenta de que estabas acompañado. He tenido que esconderme para que no me viera… la princesa —concluyó, alzando las cejas significativamente.

Simón se ruborizó.

—Era ella, ¿verdad? —suspiró—. Todavía no puedo creerlo.

—Ni yo tampoco —apuntó Camelia—. Las últimas noticias que tenía de vosotros eran que te limitabas a entregarle su caballo listo para su paseo vespertino, y nada más. ¿Qué me he perdido?

—Bueno…, ayer por la tarde la princesa Delfina echó en falta uno de sus guantes después del paseo. Lo buscamos por el patio y por los alrededores, pero no lo encontramos. La princesa estaba muy preocupada porque esos guantes fueron un regalo de su madre, así que le pregunté a Niebla si sabía dónde podría haberlo perdido.

—¿Y resultó que se acordaba?

—Sí; lo vio caer y hasta lo olisqueó, pero nadie más se dio cuenta, y él tampoco le concedió importancia. Así que esta tarde le he sugerido a la princesa Asteria que buscaran en los arbustos de la margen derecha del camino, a la altura del viejo molino. Al volver del paseo me han dicho que el guante estaba exactamente donde yo les había indicado. La princesa Delfina parecía muy aliviada, pero su hermana quería saber cómo lo había hecho.

—¿Le hablaste de Niebla?

—En aquel momento, no; solo le contesté que me lo había dicho un amigo. Y hace un rato se ha presentado en las caballerizas por sorpresa y…, bien, le he confesado que soy capaz de entender lo que dice su caballo. Creo que no se ha asustado… o, al menos, no demasiado.

Camelia frunció el ceño, pensativa.

—¿Y qué opina de todo esto? ¿Cree que tienes una habilidad especial, que es cosa de magia…?

—No le he dicho que es un don de mi hada madrina; pero, de todas formas, no sé si me creería. Me parece que en el fondo piensa que todo es un truco, y que he dado con el guante por casualidad. O quizá que lo dejé ahí a propósito para que ellos lo encontraran.

—Bien —asintió Camelia—. Está lo bastante intrigada para venir a verte a escondidas, y eso es buena señal. Lo que debes hacer, por el momento, es mantener el misterio; así que no le cuentes todos los detalles, y no le hables de mí tampoco, ¿de acuerdo?

—¿Por qué no?

—Porque es posible que yo sí tenga que hablar con ella, y por ahora es mejor que no me relacione contigo.

Camelia le contó entonces los rumores acerca del posible compromiso de Asteria con el Duque Blanco. Simón palideció al oír las noticias, y el hada le preguntó:

—¿Tú sabes algo acerca de esto?

El joven negó con la cabeza.

—Bueno, ayer hubo movimiento en el castillo, ahora que lo dices —comentó—. Llegó una comitiva de gente que parecía acompañar a algún tipo de visitante ilustre. Pero estábamos entretenidos buscando el guante de la princesa Delfina y no me fijé en quiénes eran, ni en si volvían a salir.

—Bien; puede que sea una falsa alarma pero, en cualquier caso, creo que ha llegado la hora de que tantee a Asteria al respecto.

Simón dio un respingo, alarmado.

—¿Qué quieres decir? ¿Vas a hablar con Asteria… sobre mí?

—No sobre ti en concreto, sino sobre sus planes de boda futuros. No sería tan raro; me consta que hay otros jóvenes que la pretenden, y alguno cuenta también con la protección de un hada madrina. Quizá no sea la primera vez que una de nosotras habla con ella sobre el tema. Yo seguiré manteniendo el secreto de tu identidad, por supuesto; pero al menos podré averiguar si tiene intención de comprometerse en breve, con el Duque Blanco o con cualquier otro.

Simón le respondió con una sonrisa de agradecimiento, y en el corazón de Camelia llameó por un instante una cálida e inesperada emoción.

Esperando a la persona adecuada

Camelia voló hasta la ventana de la habitación de la princesa. Era de noche y no había luna, por lo que era poco probable que alguien la viera. No obstante, extremó las precauciones cuando se asomó al interior de la estancia. A aquellas horas solía estar ya muy cansada, y no tenía intención de volverse invisible de nuevo, salvo que fuera completamente necesario.

Asteria se encontraba en el interior de la alcoba, sentada en un rincón, tañendo suavemente el laúd. Junto a ella, su dama de compañía bordaba en silencio.

Camelia suspiró para sus adentros y apuntó con un dedo a la dama de compañía. Esta dejó caer la cabeza a un lado, súbitamente dormida.

Asteria la contempló, perpleja.

—Fidelia, ¿te encuentras bien?

Como la mujer no respondió, Asteria apartó su instrumento y la sacudió suavemente, tratando de despertarla. Pero ella se limitó a dejar escapar un leve ronquido. Aún desconcertada, Asteria se dispuso a zarandearla de nuevo, pero entonces oyó un ligero carraspeo tras ella y se dio la vuelta, sobresaltada.

Camelia tenía por costumbre mantener bajas las alas la primera vez que se presentaba ante un humano, para no asustarlo. No obstante, en esa ocasión las llevaba erguidas y brillantes, y había hecho el esfuerzo de pulir su aspecto físico en general: llevaba suelto el pelo y había cambiado su práctico vestido verde por uno de color azul cielo, salpicado de piedras preciosas brillantes como estrellas. También enarbolaba su varita, convenientemente iluminada.

—¿Quién eres? —preguntó Asteria con curiosidad. No parecía asustada, ni siquiera sorprendida; como si todas las noches se le apareciera un hada en mitad de su alcoba.

—Soy un hada madrina —respondió Camelia, sonriendo.

Asteria ladeó la cabeza.

—No sabía que tuviera un hada madrina —comentó.

—Es que no soy tu hada madrina, querida. Vengo en nombre de mi ahijado, que está interesado en ti. Románticamente hablando, para entendernos.

Asteria suspiró.

—Ya. Y políticamente hablando, para entendernos todavía mejor.

—Soy consciente de que tienes muchos pretendientes, princesa Asteria de Vestur —la reprendió Camelia—, pero no cometas el error de juzgarlos a todos con el mismo rasero.

—Claro que no. Es evidente que no es lo mismo un conde que un duque. Y deduzco que tu ahijado será, como mínimo, un futuro emperador.

Camelia se esforzó por disimular su desconcierto. No estaba acostumbrada a que la atacaran con sus mismas armas.

Decidió que lo más prudente era no caer en la provocación.

—Eso ya lo averiguarás por tu cuenta cuando él mismo te confiese lo que siente por ti —respondió—. No me corresponde a mí pedir tu mano en su nombre. Faltaría más.

—Entonces ¿a qué debo el honor de tu visita?

Camelia asintió para sí. Por fin la conversación parecía encaminarse hacia donde ella quería.

—Corren rumores de que ya estás comprometida. Disculpa que sea tan directa —añadió con una encantadora sonrisa—; pero, como sin duda entenderás, no tiene sentido que mi ahijado te corteje si ya has elegido a tu futuro esposo.

—Por mí puede ahorrarse cualquier tipo de cortejo —replicó Asteria—, porque no voy a casarme. Ni con él ni con nadie.

—¿Tampoco con el Duque Blanco? —quiso asegurarse Camelia.

—¿Qué parte de «no voy a casarme» no has entendido?

—No hace falta ser grosera. No era una pregunta tan descabellada. Se ha hablado mucho acerca de la visita del duque que, si no me equivoco, continúa alojado en este mismo castillo.

—Veo que estás bien informada.

—Es parte de mi trabajo.

Asteria suspiró, pero no dijo nada. Camelia aguardó en silencio. Sabía que, si le daba tiempo suficiente, la princesa terminaría por hablar, aunque solo fuera por llenar con palabras el vacío que se abría en su corazón.

—Quizá he esperado demasiado de la vida, del futuro…, del amor —susurró ella por fin—. Deseos y pensamientos que una princesa no puede permitirse. Cuando era más joven leía novelas románticas y soñaba con encontrar al amor de mi vida. Pero, a mi alrededor, mis padres y sus consejeros hablaban de pactos y alianzas… y por eso juré delante de todo el mundo que jamás me casaría por razones políticas. Ahora comprendo que mis padres me siguieron la corriente y que solo aguardaban a que mi ingenuidad se fuese evaporando con el tiempo. Porque ahora…

—… te están buscando marido, ¿verdad? —adivinó Camelia—. Porque piensan que ya lo has demorado demasiado y, por otro lado, no pueden arriesgarse a que hagas una elección que…, digamos…, no se ajuste a sus intereses. Pero tú sigues esperando a la persona adecuada, ¿me equivoco?

—No —respondió ella a media voz—. ¿Cómo lo sabes?

Camelia se permitió esbozar una de sus medias sonrisas.

—Porque es parte de mi trabajo, querida. Y encuentro muy loable tu deseo de casarte por amor, como debe ser. Pero ¿te has planteado que es posible que alguno de tus pretendientes sea, en efecto, la persona adecuada para ti, aunque no se parezca al príncipe perfecto que has soñado?

Asteria compuso un gesto de decepción.

—Entiendo. Volvemos otra vez al mismo punto, ¿no es así? Adelante, cántame las loas de tu ahijado. No estoy escuchando.

«Qué dura es», se dijo Camelia. Pero no se rindió.

—¿Sabes cuánto tiempo llevo ejerciendo como hada madrina? Trescientos años, lustro arriba, lustro abajo —continuó, sin esperar respuesta—. Y he visto muchas cosas, princesa Asteria. He conocido a muchos jóvenes deseosos de correr aventuras y de encontrar el amor en alguna parte. Recuerdo un caso en particular… ¿Quieres que te cuente una historia?

Asteria echó un breve vistazo a su dama de compañía, que seguía profundamente dormida, y se encogió de hombros.

—¿Por qué no?

Camelia sonrió.

Permitidme soñar una noche más

Sucedió que, hace mucho tiempo, tal vez cien años, o quizá doscientos, los reyes de un gran país tuvieron una hija, a la que llamaron Isadora. Las hadas le concedieron sus dones cuando nació, como suele ser habitual. Pero una de ellas, la séptima, se reservó su gracia para más adelante.

—Cuando tengas quince años —le dijo al bebé, que dormía plácidamente en su cuna—, volveré para otorgarte el don que más desees.

Y así fue. La princesa Isadora creció hasta convertirse en una hermosa jovencita. Y llegó el momento de buscarle pareja. Pero ella tenía miedo de no hacer la elección adecuada; de modo que, cuando el hada apareció, el día de su decimoquinto cumpleaños, Isadora le suplicó que le concediera el don de poder soñar con el muchacho perfecto, aquel que la colmaría de amor y felicidad para siempre.

—¿Estás segura? —dijo el hada—. Es un poder peligroso.

Pero Isadora insistió, y su petición fue atendida.

Al día siguiente, la princesa despertó con una sonrisa y un brillo ilusionado en los ojos.

—Padre, madre —anunció—, he visto en sueños a mi futuro marido. No recuerdo todos los detalles, pero sí sé que era un poco más alto que yo.

Los reyes organizaron, pues, un fastuoso baile, al que fueron invitados todos los nobles y príncipes casaderos que superaran en altura a la princesa Isadora. Ella bailó con todos, pero al final de la velada aún no se había decidido por ninguno.

—No estoy segura —manifestó—. Permitidme soñar una noche más.

Y eso hizo. Durmió profundamente y volvió a ver en sueños a su amado; y, cuando despertó, declaró que el hombre con quien iba a casarse tenía el pelo de color castaño.

Se organizó un nuevo baile, al que fueron invitados todos los nobles y príncipes casaderos que superaran en altura a la princesa Isadora y tuviesen el pelo de color castaño. El anuncio descartaba, por tanto, a los jóvenes de cabello negro, y también a los rubios y a los pelirrojos. Y los reyes juzgaron que iban por buen camino.

La princesa bailó con todos los invitados, pero no reconoció entre ellos a su amor verdadero.

—Debo soñar un poco más —declaró.

Al día siguiente, la princesa contó a sus padres que el hombre de sus sueños tenía la nariz fina y aguileña.

Y de nuevo se convocó a todos los nobles y príncipes casaderos del reino, pero en esta ocasión debían superar en altura a la princesa Isadora, tener el pelo de color castaño y lucir una perfecta nariz fina y aguileña.

La princesa bailó con todos ellos, pero tampoco eligió a ninguno en esta ocasión.

Día a día, los reyes fueron añadiendo rasgos físicos al retrato del futuro marido de Isadora. Así, a la pista sobre su altura, al cabello castaño y a la nariz fina y aguileña se sumaron los hombros anchos, las manos firmes, las cejas arqueadas, los labios delgados, las orejas redondas, el hoyuelo en la barbilla, los ojos negros…

Todas las noches se celebraba un nuevo baile en palacio; los reyes habían situado en la puerta del castillo a dos chambelanes que contaban siempre con la descripción actualizada del joven al que Isadora buscaba, y solo permitían el paso a aquellos aspirantes que se ajustasen a ella. Se corrió la voz, y pronto empezaron a llegar nuevos candidatos de reinos lejanos. Se amplió también la convocatoria a jóvenes plebeyos, puesto que, hasta donde los reyes sabían, Isadora no había soñado todavía que su amor verdadero tuviese que ser necesariamente un príncipe.

A pesar de todo, y a medida que la lista de características exigidas se ampliaba, el número de jóvenes a los que se les franqueaba el paso era cada día menor. Todos, sin embargo, se parecían notable e inquietantemente entre ellos.

Pero esto no bastó para conformar a la princesa.

Por fin, cuando bajó una noche al salón, se encontró con que allí ya solo la aguardaban tres pretendientes, tan semejantes como gotas de agua, que parecían directamente salidos de los sueños de Isadora.

—Escoge a uno de los tres —le dijo el rey—. Todos son como el muchacho con el que sueñas todas las noches. Seguro que la persona que buscas se encuentra entre ellos.

Isadora bailó con los tres y, al finalizar, declaró que aún no se había decidido.

—Solo necesito una noche más —le suplicó al rey.

Y la noche le fue concedida.

—Mi amor verdadero tiene un antojo de nacimiento en el hombro izquierdo —anunció durante el desayuno.

De modo que aquella noche bajó al salón, convencida de que los chambelanes habrían descartado a dos de los aspirantes y franqueado el paso al tercero de ellos. Descendió casi corriendo por la escalera, deseosa de encontrarse por fin cara a cara con su amor verdadero.

Pero cuando llegó al salón, descubrió que allí no había nadie, salvo ella.

Mandó llamar a los chambelanes, que acudieron a su presencia muy apurados.

—¿Dónde están los pretendientes? —exigió saber ella—. ¿Por qué no hay nadie en el gran salón?

—Dispensadnos, alteza —respondió uno de ellos—, pero no ha sido posible encontrar a ningún joven que se ajuste exactamente a vuestra descripción.

—No es posible —exclamó Isadora—. ¿Qué ha sido de los tres pretendientes de ayer?

—Ninguno de ellos tenía un antojo de nacimiento en el hombro izquierdo, alteza.

Ella no dijo nada.

—¿Les decimos que entren? —preguntó el segundo chambelán.

—No —respondió Isadora—. Esperaré.

De modo que se sentó en la escalera y aguardó allí hasta que se hizo de día. Pero su amor verdadero no llegó.

Así que la princesa se levantó, regresó a su alcoba y durmió hasta el anochecer. Y de nuevo se engalanó y bajó al gran salón.

Pero no había nadie, así que volvió a sentarse en la escalera y esperó hasta el amanecer.

Así día tras día tras día tras día. Mientras Isadora aguardaba todas las noches al amor de su vida y soñaba con él desde el alba hasta el ocaso, la descripción del joven soñado circulaba por todos los reinos. Durante las primeras jornadas aún se presentaron algunos nuevos candidatos en el castillo; pero ninguno de ellos superó la prueba de los chambelanes.

Y, mientras tanto, Isadora esperaba en el salón, sola.

Con el tiempo, dejaron de llegar pretendientes. Todos asumieron, sencillamente, que la persona requerida no existía.

Todos, menos Isadora.

Una noche, el rey y la reina se sentaron junto a ella en la escalera.

—Hija —empezó el rey—, debes poner fin a esto. Hemos buscado a tu amado por todos los reinos, hemos revuelto cielo, tierra y mar, y no hemos hallado a nadie que sea exactamente como describes.

—Yo creo —añadió la reina con suavidad—, que la persona que estás buscando no va a venir.

Isadora los miró fijamente.

—Tenéis razón —les dijo—. Mi amor verdadero no está aquí.

—¿Accederás entonces a elegir a otro? —inquirió el rey.

Pero ella negó con la cabeza.

—No. Voy a reunirme con él en el lugar donde lo conocí.

Dicho esto, subió a su alcoba, se tendió en su lecho, cerró los ojos y se durmió.

Y nunca más despertó.

Y cuentan que allí sigue todavía, soñando, viviendo eternamente en el mundo onírico donde habita su amor verdadero, el reino al que ambos pertenecen… por siempre jamás.

Un final diferente

Cuando Camelia terminó de relatar el cuento de la princesa Isadora, descubrió que Asteria no parecía tan impresionada como cabría esperar. Por el contrario, su rostro mostraba una enigmática media sonrisa.

—¿Presupongo que debo sentirme identificada con la princesa durmiente? —le planteó al hada.

Camelia carraspeó para disimular su desconcierto. El cuento de Isadora nunca le había fallado. La mayoría de las chicas que lo escuchaban acababan con los ojos cuajados de lágrimas, y el resto reflexionaba sobre la historia durante días hasta llegar a la incómoda conclusión de que cada vez había menos pretendientes en el salón de baile de su vida.

—Solo es una historia —respondió con amabilidad, como si pretendiera quitarle importancia al asunto; después de todo, no debía descartar la posibilidad de que la indiferencia de Asteria fuese fingida. Si era así, lo mejor que podía hacer al respecto era jugar a su mismo juego.

—Ah, bien —asintió Asteria—, porque yo también había oído ese cuento... pero con un final diferente. ¿Quieres escucharlo?

Camelia sospechaba que se estaba metiendo en alguna clase de trampa dialéctica, pero no pudo evitarlo: las versiones de sus cuentos favoritos eran su debilidad.

—Naturalmente, querida —contestó por fin.

—Bien —comenzó Asteria—, la historia que yo conozco empieza igual que la tuya... y se desarrolla de un modo similar. Pero, cuando Isadora baja al salón y descubre que no hay nadie esperándola...

Hasta el fin de sus días

Mandó llamar a los chambelanes, que acudieron a su presencia muy apurados.

—¿Dónde están los pretendientes? —exigió saber ella—. ¿Por qué no hay nadie en el gran salón?

—Dispensadnos, alteza —respondió uno de ellos—, pero no ha sido posible encontrar a ningún joven que se ajuste exactamente a vuestra descripción.

—No es posible —exclamó Isadora—. ¿Qué ha sido de los tres pretendientes de ayer?

—Ninguno de ellos tenía un antojo de nacimiento en el hombro izquierdo, alteza.

Ella no dijo nada.

—¿Les decimos que entren? —preguntó el segundo chambelán.

—No —respondió Isadora—. Cerrad las puertas y que no pase nadie más. Debo hablar con mis padres.

Y así se hizo. El rey y la reina bajaron al salón vacío. La princesa los aguardaba, sentada en la escalera, y ellos tomaron asiento a su lado.

—Hija —empezó el rey—, debes poner fin a esto. Hemos buscado a tu amado por todos los reinos, hemos revuelto cielo, tierra y mar, y no hemos hallado a nadie que sea exactamente como describes.

—Yo creo —añadió la reina con suavidad—, que la persona que estás buscando no va a venir.

Isadora los miró fijamente.

—Tenéis razón —les dijo—. Mi amor verdadero no está aquí.

—¿Accederás entonces a elegir a otro? —inquirió el rey.

Pero ella negó con la cabeza.

—No. He decidido que no necesito a nadie más para ser feliz. Por tanto, no me casaré.

Dicho esto, salió del salón de baile.

Y nunca regresó a él.

Y cuentan que sus padres nunca lograron convencerla para que se casara, por lo que, cuando fallecieron, fue ella quien heredó el reino y lo gobernó en solitario, sabia y justamente, hasta el fin de sus días.

La raíz del conflicto

—Vaya —fue todo lo que pudo decir Camelia, sinceramente impresionada—. Es una opción muy... novedosa.

—¿Por qué? —replicó Asteria, desafiante—. ¿Tan extraño es que una reina gobierne un país?

—Bueno, las hadas tenemos una reina desde hace milenios. Pero —añadió, atajando el gesto triunfal que afloraba al rostro de la princesa—, el hecho de que no tenga un rey a su lado no significa que no se haya enamorado nunca. Después de todo, hay muchos elfos agradables y apuestos en nuestro reino, y las hadas, al igual que los humanos, no fueron hechas para estar solas. Por otro lado, ¿conoces a algún rey soltero? También a los príncipes se les busca pareja a edades muy tempranas.

—Bien, pues tenemos un problema. Porque yo me niego a casarme por motivos políticos, y tampoco puedo enamorarme a la fuerza. ¿O vas a hechizarme para que caiga en los ardientes brazos de tu ahijado? —preguntó con sorna.

Camelia hizo titánicos esfuerzos para no ruborizarse.

—Claro que no. Solo intento decirte que mantengas abierto tu corazón. No vale la pena obsesionarse con un amor ideal, pero tampoco debes descartar por completo la posibilidad de que puedas enamorarte en un futuro de alguien de carne y hueso.

—Pues hemos llegado a la raíz del conflicto, hada madrina; porque mis padres empiezan a ponerse nerviosos y me presionan para que elija a un pretendiente de inmediato. La única opción que me queda es proclamar que no voy a escoger a ninguno, y que decidan ellos si confían en mí lo suficiente para permitirme gobernar el reino en solitario… o si prefieren desheredarme, con la esperanza de que mi hermana resulte ser menos díscola y se case a su conveniencia.

—Pero si proclamas a los cuatro vientos que no vas a elegir a nadie y en un futuro cambias de idea…, ¿imaginas cuántos príncipes rechazados podrían sentirse insultados por tu actitud? —hizo notar Camelia—. Una situación como esa podría incluso desembocar en una guerra. Cosas más raras se han visto.

Asteria alzó la cabeza, interesada.

—¿En serio? ¿Qué clase de cosas?

—Bien… —Camelia reflexionó—, recuerdo un caso que pasó hace unos ciento setenta años, lustro arriba, lustro abajo, con una princesa que no sabía reír. Su afligido padre ofreció su mano a aquel que consiguiera arrancarle una carcajada. Muchos lo intentaron, pero no tuvieron suerte. Hasta que dos príncipes rivales iniciaron una discusión, por algún motivo que no recuerdo, mientras aguardaban su turno para ser presentados ante la princesa. Como no iban armados, porque el protocolo así lo exigía, terminaron peleándose a puñetazo limpio en el mismo salón del trono. Acabaron cayendo los dos de cabeza a la fuente de chocolate que se había preparado para la merienda, y aquello le hizo tanta gracia a la princesa que se echó a reír de forma espontánea. Después, claro, los dos príncipes quisieron casarse con ella. El rey optó por echarlo a suertes, pero el perdedor nunca aceptó el resultado. Cosa lógica, por otra parte, pues un rey que plantea una *queste* está obligado a cumplir sus propias condiciones a rajatabla. El asunto desembocó en una guerra larga y sangrienta. —Camelia suspiró—. Hay que tener mucho cuidado con este tipo de cosas.

—¿Qué es una *queste*? —inquirió Asteria.

—Es una variante de la clásica prueba de valor. Se convoca públicamente una especie de concurso que consiste en realizar alguna gran hazaña que implique una larga búsqueda llena de peligros y dificultades. El premio suele estar a la altura del reto, naturalmente: la mitad de un reino, la mano de una princesa o las dos cosas al mismo tiempo. Pero hace ya mucho tiempo que no se hacen este tipo de pruebas.

—¿Por qué?

—Bueno, llega un momento en que los reinos no pueden dividirse más y, por otro lado, las *questes* dispararon los índices de mortalidad entre los aspirantes a héroe, por lo que los reyes optaron por emparejar a sus hijos de una forma más… civilizada.

—Entiendo —dijo Asteria, pensativa—. Bien; te agradezco tus sabios consejos, hada madrina —concluyó finalmente—. Te garantizo que reflexionaré sobre ellos largo y tendido.

Camelia no supo qué responder. Tenía la sensación de que, por alguna razón, había salido perdiendo en la conversación; pero no atinaba a deducir por qué.

—Bien —pudo decir al fin—. Me alegro de que hayamos mantenido esta pequeña charla, princesa Asteria. Estoy segura de que, al final, todo acabará bien.

Ella esbozó una amarga sonrisa.

—Tu fe en el futuro resulta reconfortante —comentó.

—Debe de ser porque llevo trescientos años trabajando en favor de los finales felices con notable eficacia, querida mía —replicó Camelia—. Buenas noches; quizá volvamos a encontrarnos, o quizá no —concluyó con un elegante movimiento de su varita.

Asteria quiso responder; pero, en aquel momento, su dama de compañía dejó escapar un suspiro y se despertó de golpe.

—¡Oh! Alteza, ¿qué ha pasado? —murmuró, aún amodorrada—. ¿Me he dormido?

Cuando la princesa se volvió para mirar al hada madrina que la había visitado aquella noche, descubrió que había desaparecido.

Paso a paso

Después de abandonar la alcoba de la princesa, Camelia fue a ver a Simón, que todavía la aguardaba en las caballerizas, muy nervioso.

—¿Qué te ha dicho? ¿Qué te ha contado? —le preguntó el joven a su hada madrina en cuanto ella se materializó a su lado.

—Que no tiene la menor intención de casarse —resumió Camelia—. Su corazón es libre como un pájaro, por el momento, pero sus padres la presionan para que elija a uno de sus pretendientes.

—¿Entonces…?

—Creo que ella va a tratar de ganar tiempo; pero, si se ve obligada a tomar una decisión, es posible que opte por anunciar que renuncia para siempre al matrimonio y a sus derechos sobre el trono de Vestur.

—¿Y eso es bueno?

—Si fueses un príncipe, sería una noticia nefasta. Porque, si ella decide no elegir a nadie, tampoco podría elegirte a ti, ni ahora ni nunca; de lo contrario, no solo faltaría a su juramento, sino que, además, todos los pretendientes rechazados se sentirían insultados. Pero resulta que eres un humilde plebeyo; si en un futuro ella renunciara a todo por ti, incluida su herencia legítima, dejaría de ser un buen partido. Porque además, con dote o sin ella, su matrimonio contigo no conllevaría ninguna alianza entre reinos que perjudicara a un tercero. ¿Me explico?

—No muy bien —admitió Simón, un poco aturdido—. Nunca llegaré a entender los juegos políticos de la corte, me temo.

—En resumen: cuanto más tarde en elegir, mejor para ti. Pero no depende tanto de ella como nos gustaría: por lo que parece, sus padres tienen intención de prometerla en matrimonio cuanto antes.

—Bueno, al menos parece que no se va a casar con el duque a corto plazo. ¿Verdad?

—Eso parece. Así que vamos a seguir con el plan establecido, ¿de acuerdo? Paso a paso, poco a poco, o podríamos echarlo todo a perder.

Simón sonrió.

—De acuerdo —accedió—. Muchas gracias por todo, madrina.

Ella sonrió a su vez y desapareció de allí.

Un lugar mejor para ella

Cuando llegó a su casa, la encontró tan limpia y ordenada que le costó reconocerla. Lanzó una mirada desconcertada a Ren, que descansaba sobre la mecedora, con las botas sobre la mesa…, unas botas tan pulcras y brillantes que casi podría haber contemplado su reflejo en ellas.

El zorro se encogió de hombros.

—A mí no me mires, ella insistió —se justificó, señalando con un dedo a Rosaura, que dormía profundamente sobre la cama de Camelia.

El hada se enterneció al ver a la niña. Y se indignó todavía más.

—¡No deberías habérselo permitido! —le reprochó en voz baja, para no despertar a su ahijada—. ¡No ha venido aquí para ser mi criada!

—Ya se lo he dicho, por supuesto; pero quería agradecértelo de algún modo y, por otro lado, me parece que, si no tiene algo que limpiar, no sabe qué hacer con su tiempo. La han educado así.

Camelia abrió la boca para replicar, pero no se le ocurrió nada que decir. Ren se incorporó y se estiró cuan largo era para desentumecerse.

—No te sientas mal —la consoló—. Ya has sacado a Rosaura de esa casa; ahora solo te queda sacar esa casa del corazón de Rosaura, lo cual probablemente requerirá mucho más tiempo y esfuerzo. Pero eso ya lo sabías, ¿verdad?

—Sí —suspiró Camelia.

Lamentablemente, el caso de Rosaura no era el primero de ese tipo con el que se había encontrado. Recordó las quejas de Dalia acerca de las peticiones frívolas y estúpidas de algunos de sus ahijados, y no pudo evitar desear que el problema más grave de Rosaura consistiera en elegir entre el vestido de oro y el vestido de plata.

—Y, si no es indiscreción —siguió indagando el zorro—, ¿qué piensas hacer con la niña? Lo de acogerla en tu casa… ¿es temporal o definitivo?

Camelia tardó un momento en responder.

En realidad, aquella era la primera vez que llevaba a uno de sus ahijados a su propia casa. Disponía de refugios para ellos, repartidos por todos los reinos. Pero dos de ellos se encontraban ya bajo la vigilancia del tío de Verena, que continuaba buscando a su sobrina para matarla; y el tercero, aquella torre-prisión sin puertas, estaba ocupado por la propia Verena. Camelia se había planteado la posibilidad de llevar allí a Rosaura, puesto que había espacio de sobra para las dos, pero las hadas madrinas tenían por costumbre no permitir que sus ahijados se conocieran entre ellos. De hecho, ni siquiera les mencionaban la existencia de otros ahijados, si podían evitarlo. Después de todo, algunos llegaban a ponerse celosos o a considerar que, si su madrina no cumplía sus expectativas, se debía probablemente a que estaba ocupada haciendo realidad los deseos de otro niño solitario o desamparado.

Naturalmente, Camelia podía hacer aparecer una casita para Rosaura en algún rincón tranquilo y apartado; pero, en primer lugar, debía elegir muy bien la ubicación y, por otro lado, lo que aquella niña necesitaba no era una casa, sino un hogar y una familia que la cuidara y la quisiera de verdad.

—Es temporal, espero —contestó finalmente—. La idea es buscar un lugar mejor para ella; pero, mientras tanto…

—Entiendo —asintió el zorro.

No dijo nada más, pero Camelia se sintió inquieta de pronto. ¿De dónde iba a sacar tiempo para encontrarle un nuevo hogar a Rosaura?

El sonido de la puerta al cerrarse la sobresaltó y la hizo volver a la realidad. Ren se había marchado, posiblemente para cazar o para merodear por ahí, y lo había hecho sin despedirse, como era habitual en él. Camelia no se lo tuvo en cuenta. No le cabía duda de que volvería.

¡Se hace sabeeer…!

Al día siguiente, Camelia salió de casa inquieta por tener que dejar sola a Rosaura. La niña se había levantado antes que ella y se las había arreglado para hacer la cama, limpiar las ventanas y preparar el desayuno antes de que el hada se despertase del sueño incómodo y ligero que había conseguido conciliar a duras penas, acurrucada en su mecedora. Trató de explicarle que no era necesario que se ocupase de las tareas domésticas; que estaba en su casa en calidad de invitada, y no de criada. Pero Rosaura no lo entendía.

—¿Qué voy a hacer todo el día en casa, si no trabajo? —inquirió, perpleja.

Camelia le dijo que las niñas de su edad acostumbraban a jugar en su tiempo libre; pero Rosaura no había jugado nunca con nadie. Tampoco sabía leer, por lo que no podía entretenerse con los libros de cuentos de su hada madrina. Ella le sugirió que saliera a dar un paseo por el bosque; después de todo, Ren seguía rondando por los alrededores, y Camelia estaba segura de que estaría pendiente de la niña. Pero Rosaura se mostró aterrorizada ante la simple idea de caminar libre fuera de la casa.

De modo que, contra su voluntad, Camelia se vio obligada a permitirle que fregara el suelo una vez más. «Pero esto no quedará así», se dijo mientras desaparecía de allí, dispuesta a iniciar su jornada de trabajo en la torre de Verena. Era obvio que Rosaura necesitaba aprender a ser una niña. Y debía aprenderlo rápido, porque no tardaría en convertirse en mujer y no le quedaba apenas tiempo para disfrutar de su infancia.

Dedicó las primeras horas de la mañana a visitar a Verena y a planificar con Alteo su próximo encuentro con la princesa Eliana. Pero apenas habían comenzado a redactar la carta de solicitud de audiencia cuando Camelia sintió que otro de sus ahijados la requería urgentemente. Y no se trataba de los mellizos, sino de Simón.

Se excusó como pudo ante Alteo y desapareció de allí para materializarse en Vestur, intrigada. ¿Qué podía haber sucedido para que la llamada del joven caballerizo sonara tan apremiante? Inquieta, lo buscó en las cuadras, que mostraban una calma poco habitual para aquellas horas de la mañana. Pero Simón no se encontraba allí. Siguiendo el vínculo invisible que la unía con su ahijado, Camelia logró localizarlo por fin en la plaza mayor de la ciudad, donde se había reunido un gran número de gente.

—¿Qué está pasando? —le preguntó, intrigada—. ¿Qué hace aquí todo el mundo?

Simón señaló al fondo de la plaza, donde unos operarios estaban montando a toda prisa un pequeño estrado.

—Dicen que la casa real va a emitir un comunicado de vital importancia para el reino —respondió el muchacho con los ojos muy abiertos—. No han dado más detalles, pero se comenta que es posible que se trate del compromiso matrimonial de la princesa. Han convocado a todos los ciudadanos y, como puedes ver, los que podían venir están aquí para escucharlo de primera mano.

Camelia frunció el ceño.

—¡Qué raro! —comentó.

Simón se volvió hacia ella, profundamente preocupado.

—¡Madrina! ¿Estás segura de que dijo que no quería casarse? ¿Crees que hablaba en serio?

—Estoy segura de que sí, y es una joven con carácter. Quizá quiera anunciar que renuncia a sus derechos de primogenitura en favor de su hermana —añadió, esperanzada—, y que, por tanto, no tiene intención de elegir esposo en breve.

Simón se mostró mucho más aliviado ante esta posibilidad; no obstante, Camelia se guardó para sí el detalle de que una decisión como aquella no se tomaba de la noche a la mañana. Aunque Asteria, en efecto, tuviera intención de renunciar a su herencia, probablemente sus padres no se lo permitirían o, al menos, no sin pasar previamente por un largo período de súplicas y negociaciones.

No siguieron especulando, porque en aquel momento llegó el heraldo real, cabalgando sobre un brioso caballo blanco. Desmontó junto al estrado y, una vez arriba, tocó un trompetín para llamar la atención de la gente. Cuando por fin reinó el silencio en la plaza, el heraldo desenrolló la proclama real y la leyó en voz bien alta para que todos lo oyeran con claridad:

—¡Se hace sabeeer… a todos los habitantes del reino de Vestuuur… que Sus Majestades, el rey Leobaldo y la reina Amarantaaa… concederán en matrimonio a su hija mayor, Su Alteza Real, la princesa Asteriaaa… al hombre que le ofrezca como presenteee… un objeto mágico singulaaar!

El heraldo hizo una pausa dramática, y la plaza entera estalló en murmullos de sorpresa y desconcierto. Simón miró a su hada madrina, que había palidecido de golpe.

—Ay, no… —susurró Camelia—. ¡Ha convocado una *queste*!

—¿Una qué? —inquirió Simón.

Pero Camelia no pudo contestar, porque el trompetín del heraldo resonó de nuevo por todos los rincones de la plaza. Cuando los murmullos se acallaron, el heraldo prosiguió:

—¡El objeto mágico que demanda la princesaaa… es ni más ni menooos… que el legendario Espejo Videnteee…, capaz de mostrar a su propietariooo… sucesos que acontecen en lugares distanteees…!

Camelia entornó los ojos, pensativa. El emisario hizo sonar el trompetín por tercera vez, porque el bullicio que se había formado en la plaza le impedía seguir hablando. A duras penas, continuó:

—¡Se hace sabeeer, por tantooo… que la princesa no se casarááá… hasta que aparezca un pretendienteee… con el citado objeto mágicooo… y no admitirá ningún otro presenteee… de nadie que aspire a obtener su manooo! —Inspiró profundamente antes de concluir—. ¡Esta proclamaaa… ha sido ratificada por Sus Majestades en personaaa… y será difundida por todos los confines del reinooo… y de las tierras cercanaaas… y se repetirá todos los añooos… hasta que se encuentre a un candidato que cumpla estas condicioneees!

Finalizó la proclama con una retahíla de loas a la familia real de Vestur, pero ya nadie lo escuchaba. Los vecinos acogieron con desconcierto la sorprendente noticia, pero no había una opinión unánime sobre ella.

—¿El Espejo Vidente? Pero ¿qué clase de petición es esa?

—Yo he oído decir que se perdió hace mucho tiempo. Tardarán años en encontrarlo.

—¡Oh, vaya, qué decepción! Eso quiere decir que no tendremos boda esta primavera.

—¡Pero es tan romántico…! Seguro que los pretendientes de la princesa tendrán que afrontar muchos peligros para conseguirlo.

—¿Y para qué quiere ese espejo, digo yo? Debería haber aceptado la propuesta del hijo del sultán; lo que traía en esos carros habría bastado para llenar tres veces las arcas del reino.

—¡Pero la princesa se habría ido a vivir a la otra punta del mundo!

—Y ahora se quedará para siempre en el palacio de su padre, porque nadie ha sabido nada de ese espejo en siglos. ¿Cómo esperan encontrarlo ahora?

—¡Es verdad! ¿Y si nadie consigue recuperarlo? ¿Se quedará soltera la princesa?

Simón y Camelia cruzaron una mirada; el joven sonreía de oreja a oreja, resplandeciente de alegría. Su hada madrina, por el contrario, se había quedado lívida de preocupación.

—¿Has oído? —dijo Simón—. ¡El futuro esposo de la princesa será aquel que le lleve el Espejo Vidente! ¡*Cualquiera* que le lleve el Espejo Vidente! Y no importará si se trata del hijo de un rey o del caballerizo real, ¿verdad?

—Sí, es… maravilloso —logró farfullar Camelia.

—¿Qué pasa, madrina? ¿No estás contenta? ¡Podría ser la gran oportunidad que estábamos esperando! ¿A qué viene esa cara?

—Es que… sospecho que sé dónde está ese espejo que quiere Asteria.

La sonrisa de Simón se hizo más amplia; Camelia notó que se esforzaba por no ponerse a bailar de alegría.

—¡Mejor todavía! —exclamó, encantado—. Entonces, solo tenemos que ir a buscarlo y…

—Exacto —interrumpió el hada, abatida—. Ese es precisamente el problema.

Como en los viejos tiempos

Al regresar a casa aquella noche, Camelia se encontró con una curiosa estampa: Rosaura y Ren estaban jugando una animada partida de cartas en la que, al parecer, habían apostado un gran botín de avellanas. Los naipes ya habían colonizado la mesa, y el hada observó que su ahijada parecía manejarlos con notable soltura.

—¿Qué se supone que estáis haciendo? —exigió saber.

Ren la obsequió con una amplia sonrisa.

—Bueno, tenía que entretenerla de alguna manera —se justificó—. Deberías darme las gracias: la he detenido justo cuando intentaba trepar al tejado para limpiar el musgo.

Camelia se estremeció de horror al imaginar su casa sin las manchas de verdor que coloreaban las tejas.

—¿Y no podías entretenerla de otra manera?

El zorro se encogió de hombros.

—Tú has dicho que tenía que aprender a jugar, ¿no?

—¡Pero a juegos de niños, no de adultos!

—Eh, eh, no te enfades. Has de saber que se le da bastante bien.

Fue entonces cuando Camelia se percató de que el montón de avellanas de Rosaura era más alto que el de su contrincante.

—Eso no será la reserva invernal de las ardillas, ¿verdad? —tanteó, asaltada de pronto por un oscuro presentimiento.

Ren sonrió de nuevo; Camelia habría jurado que se estaba relamiendo mentalmente.

—Bueno, no creo que vayan a necesitarla más.

Camelia cerró los ojos un momento y contó hasta diez antes de abrirlos y declarar, con toda la calma que fue capaz de reunir:

—Esto tiene que terminar, Ren. Te agradezco mucho que cuides de Rosaura, y puedes quedarte en mi casa un tiempo, mientras estoy fuera; pero, cuando regrese…

—¿Te vas de viaje?

Camelia suspiró, cansada, y se sentó en el sitio que Rosaura acababa de dejar libre.

—Sí. Adivina lo que ha pasado: la princesa de Vestur ha convocado una *queste*.

—¡No! —exclamó Ren, divertido—. ¡Como en los viejos tiempos!

—Ha exigido de sus pretendientes que le lleven el Espejo Vidente como prueba de amor.

El zorro frunció el ceño.

—Apuesto a que el Duque Blanco estará encantado —comentó con ironía.

—No lo sé, pero creo que debería captar las indirectas y renunciar a sus pretensiones sobre Asteria; es obvio que ella ha formulado una petición imposible precisamente para no tener que casarse con él.

Ren se incorporó con los ojos brillantes.

—Ah, pero las pruebas de valor tienen un inconveniente, amiga mía: si el duque o cualquier otro encuentra ese espejo, Asteria no tendrá más remedio que aceptar su petición de matrimonio. —Camelia asintió lentamente—. Ah, entiendo —comprendió el zorro—: tu chico va a embarcarse en la búsqueda. Le puede llevar años, ¿sabes?

—Ojalá le llevara años —murmuró el hada.

Frunció el ceño de pronto y olisqueó en el aire; estaba empezando a preguntarse por aquel olor delicioso que percibía cuando Ren habló de nuevo, captando toda su atención:

—Tiene que llevarle años —insistió—, salvo que vayas a emprender tú la búsqueda en su lugar. ¿Por eso te vas de viaje? Camelia, ya sabes que no está permitido.

—Por supuesto que lo sé —se defendió ella—. No te preocupes, Simón emprenderá la búsqueda; de hecho, ya está preparando el equipaje. Pero yo seré su guía.

Ren batió la cola con fuerza.

—¡Oh, ya comprendo! ¡Tú sabes dónde está ese condenado espejo! Eso dará al joven Simón una gran ventaja sobre el resto de pretendientes. ¿No te parece un poco injusto?

En esta ocasión fue Camelia quien se encogió de hombros.

—No; solo es un modo de equilibrar las cosas. Después de todo, el hijo de un porquerizo no cuenta con los mismos recursos que un duque, un príncipe o el primogénito del sultán de Kalam. Ni de lejos.

—Es una manera de verlo —admitió el zorro—. Y dime, ¿adónde piensas llevar a tu protegido en su gran búsqueda?

—A un lugar muy peligroso —respondió Camelia, elusiva—. La verdad es que prefiero no hablar del tema, si no te importa. Gracias, Rosaura —dijo mecánicamente cuando la niña puso ante ella un plato de verduras salteadas.

Se detuvo un momento, desconcertada, y clavó una mirada incrédula en la cena antes de volverse hacia su ahijada, que se alzaba de pie junto a ella, sonriente, armada con una cuchara de madera.

—¿Cómo…? ¿Cuándo…? ¿Y por qué…?

— ¿Lo ves? —suspiró Ren—. Esto es lo que pasa cuando no juegas con ella a las cartas.

Lo que siento por vos

Sabía que no debería haberlo hecho, pero no pudo evitarlo: aquella tarde, cuando entregó a las princesas sus caballos preparados para el paseo habitual, Simón se las arregló para susurrarle a Asteria que tenía algo importante que comunicarle. Ella no dio muestras de haberlo oído siquiera; pero al anochecer se presentó en los establos, de nuevo ataviada con aquella discreta capa gris con capucha que la ayudaba a disimular su identidad.

—¿Y bien, caballerizo? —le preguntó—. ¿Qué era eso tan importante que tenías que decirme? ¿Acaso está enfermo mi caballo?

Simón tardó unos instantes en recuperarse de la impresión. Sintió cómo enrojecía hasta las orejas, y se maldijo por ser tan impulsivo.

—N-no, alteza. Disculpad que os haya molestado con mi impertinencia. S-solamente deseaba comunicaros… que voy a abandonar mi puesto temporalmente.

Asteria frunció levemente el ceño.

—Si vas a ausentarte por cualquier motivo, no es a mí a quien debes decírselo.

—S-soy consciente de ello, alteza. Pero también sé que, si soy el caballerizo mayor, se debe únicamente a que comprendo a vuestro caballo mejor que nadie. Así que me pareció justo informaros a vos y garantizaros personalmente que ya he hablado con Niebla para que se comporte con mi sustituto como corresponde a la montura de la princesa.

123

Asteria fue consciente entonces de lo que podría implicar la ausencia de Simón en las caballerizas reales.

—Bien, siendo así… te agradezco que hayas tenido el detalle de tener en consideración mi caso en particular. Y, dime…, ¿cuánto tiempo planeas estar ausente?

—No lo sé, alteza. Quizá sean meses, o años…, o tal vez no regrese jamás.

—¿Que tal vez no regreses? —repitió ella, irritada—. Me parece una actitud muy irresponsable por tu parte. Se te ha concedido el honor de ser el caballerizo mayor de palacio… ¿y así lo valoras? ¿Ausentándote de tu puesto a la menor oportunidad y de forma indefinida?

Simón desvió la mirada.

—Yo no desearía marcharme del palacio, alteza —confesó—. Pero no tengo otra salida.

Calló un momento, azorado; pero, como la princesa seguía mirándolo fijamente, se vio obligado a continuar, incómodo y ruborizado como una cereza:

—Voy a partir en busca del Espejo Vidente, alteza.

Hubo un breve silencio mientras la princesa asimilaba sus palabras.

—¡¿Qué?! —estalló por fin, indignada—. ¿Cómo te atreves a…?

—Por este motivo —cortó él, luchando por mostrarse sereno y resuelto—, no sé cuándo podré regresar a Vestur; incluso es probable que no sobreviva a la búsqueda y, por tanto, no esté en condiciones de volver a ocupar mi puesto como caballerizo mayor. Lamento haberos decepcionado —añadió en voz muy baja.

La princesa lo miró con horror.

—Pero… pero… —balbuceó, pálida.

No fue capaz de finalizar la frase; Simón aprovechó su atónito silencio para concluir:

—Sé que no soy digno de aspirar a vuestra mano, alteza. Por eso os agradezco infinitamente que me hayáis brindado esta oportunidad de probar mi valía ante el mundo y hacerme merecedor de vuestra aprobación. Y, si no regreso…

—¿Qué estás diciendo? —interrumpió la princesa—. ¿Por qué razón no ibas a regresar?

Simón respiró hondo.

—Creo que sé dónde se oculta el espejo, alteza.

Ella entornó los ojos.

—¿De veras?

El joven asintió.

—Preferiría no dar más detalles hasta asegurarme de que la información es correcta…, pero me han hablado de un castillo perdido en el corazón de un bosque encantado… del que nadie ha regresado jamás. Allí, dicen, se encuentra el espejo que estáis buscando.

—¿Cómo…? —empezó Asteria, sinceramente desconcertada—. ¿Quién te ha dicho eso?

Simón sacudió la cabeza.

—No puedo revelarlo, alteza. Pero no os preocupéis: Juan, mi sustituto, es un excelente palafrenero y os servirá bien. Incluso si yo no regreso, puedo garantizaros que las caballerizas reales continuarán funcionando a la perfección, de modo que es poco probable que notéis mi ausencia.

Asteria lo observaba inquisitivamente, como si no terminase de creer lo que acababa de oír y estuviese aún tratando de discernir si había algo de verdad en sus palabras.

—Pero… pero… esto tiene que ser una broma —pudo decir al fin.

Simón sonrió.

—Yo deseo de corazón que no lo sea, alteza —respondió—. Pero si resulta que el espejo no está donde me han dicho, juro que no descansaré hasta encontrarlo para vos.

—Ya veo —comentó ella con cierta acidez—. Ignoraba que tenías tan altas aspiraciones, caballerizo. De modo que sueñas con heredar el reino de mi padre…

—Con todos mis respetos, el reino me importa un comino —respondió él con sinceridad—. Y sé que a vos os ata vuestra promesa… pero, si encontrase ese espejo, yo no os exigiría que la cumplierais por obligación.

Asteria esbozó una sonrisa cargada de escepticismo.

—Y entonces ¿por qué ibas a molestarte?

—Para que sepáis que existo —replicó él con osadía—. Y para tener la oportunidad de demostrar al mundo… lo que siento por vos.

Asteria abrió la boca para replicar; pero Simón nunca llegó a saber si iba a reprenderlo por su atrevimiento, a desearle suerte, a manifestarle su comprensión o a llamar a la guardia… porque en aquel momento se oyó el chirrido de una puerta y la princesa, alarmada, se caló la capucha y desapareció rauda entre las sombras.

La cuadra se sumió en un silencio solo alterado por los suaves resoplidos de los caballos y el sonido de sus mandíbulas al masticar el heno, aunque Simón solo podía oír los atronadores latidos de su corazón. Cuando logró calmarse un poco, susurró en voz alta:

—Sé que estás ahí, madrina. Vamos, ya puedes salir.

«Cambia de planes»

Camelia se hizo visible; parecía levemente avergonzada.

—¿Estabas espiando de nuevo? —suspiró él.

—¡Por supuesto que no! —se defendió ella con indignación—. Habíamos quedado a esta hora, ¿ya no te acuerdas? He venido a traerte el mapa que te prometí —añadió, blandiendo el documento ante las narices de su ahijado.

Simón se lo arrebató de las manos y lo estudió con impaciencia. Localizó el lugar que Camelia había marcado con una cruz y lo examinó atentamente.

—«Bosque Maldito» —leyó—. No parece muy alentador.

—¡Sabes leer! —exclamó Camelia, gratamente sorprendida.

—Fui a la escuela —respondió Simón, como sin darle importancia—. Verás, cuando me di cuenta de que un pobre porquerizo ignorante no podía aspirar a conseguir el amor de una princesa, me esforcé por cambiar esas tres circunstancias. De modo que ya no soy tan ignorante, y he pasado de porquerizo a palafrenero. Aunque lo de «pobre» todavía no he podido solucionarlo, me temo. Aún estoy en ello.

Volvió a centrarse en el mapa, sin percatarse de que Camelia lo contemplaba con disimulo.

—El castillo no tiene nombre —observó—. ¿Está abandonado?

El hada volvió a la realidad.

—No; solo lo parece —respondió—. Si lo estuviera, podríamos simplemente materializarnos en su interior y recuperar el espejo…

—¿Podríamos? —repitió Simón—. ¿Es que piensas venir conmigo?

—No todo el camino, claro. Tendrás que llegar allí por tus propios medios, ya sea a pie o a caballo. Podemos reunirnos en la linde del bosque; desde ese punto, me temo que tendré que acompañarte.

—¿Tan peligroso es?

—Bueno, está encantado. Y no tienes objetos mágicos que puedan protegerte, por lo que tendrás que recurrir a un ayudante con poderes sobrenaturales. Y ahí es donde entro yo.

—Entiendo. De acuerdo; quizá pueda llevarme algún caballo que nadie vaya a echar de menos. No sé montar muy bien, pero aprenderé sobre la marcha y, de todas formas, siempre iré más rápido sobre cuatro patas que con dos piernas. A caballo podría tardar unos… cinco días, calculo.

—Muy bien —aceptó Camelia, señalando el punto del mapa en el que el camino se internaba en el bosque—; entonces, nos veremos aquí dentro de cinco días a partir de esta noche.

Simón dio un respingo.

—¿Cómo? ¿Quieres que parta ya? Tenía planeado…

—Pues cambia de planes —interrumpió Camelia—. No eres el único que va a participar en la búsqueda; cuanta más ventaja obtengas sobre tus rivales, mejor. Además, le acabas de confesar a la princesa heredera de Vestur que estás loco por ella y que estás dispuesto a encontrar el Espejo Vidente y reclamar tu derecho a pedir su mano y heredar el reino…

—No le he dicho eso —protestó Simón—. Yo no…

—Ya sé lo que has dicho. Y también sé que lo decías en serio. Pero ellos no tienen por qué creerte, Simón. Y si a la princesa se le ocurre mencionarle a su padre el tipo de conversación que ha mantenido con su palafrenero mayor… Bien, es posible que ni siquiera te den la oportunidad de emprender la búsqueda. ¿Me he explicado con claridad?

—Perfectamente —respondió el joven tras un breve silencio.

—Me alegro. Entonces date prisa, empaqueta tus cosas, ensilla tu caballo y parte cuanto antes. El Bosque Maldito nos aguarda.

Cinco días después

Camelia se materializó en el lugar donde debía reunirse con su ahijado cinco días después, haciendo gala de la eficiente puntualidad que la caracterizaba. No había sido sencillo, sin embargo; pese a que era perfectamente capaz de aparecerse allí de forma instantánea, había tenido que esforzarse mucho en las jornadas anteriores para asegurarse de que dejaba todos sus asuntos bien atados antes de partir. Había visitado regularmente a Verena y había tomado nota de las peticiones de los mellizos con respecto al desfile conmemorativo de Corleón, cuya celebración era ya inminente. También había asistido al encuentro de Alteo con la princesa Eliana, que no había transcurrido como ellos esperaban. Camelia tuvo el tiempo justo de entrevistarse con la última de las candidatas, la princesa Afrodisia, para arrancarle la promesa de que recibiría a su ahijado, la noche antes de su cita con Simón en el Bosque Maldito. Había dedicado sus escasos ratos libres a Rosaura, que no habían sido tantos como había calculado en un principio, debido a que también se vio obligada a atender a la inesperada visita de Orquídea. El hada había aparecido en su casa con la intención, según dijo, de contarle a su amiga los pormenores de la fastuosa boda del príncipe Aldemar y su amada Marcela, acontecimiento al que había asistido tres días atrás. Pero a Camelia no logró engañarla; no se le escapó que Orquídea trató de interrogarla, con muy poca sutileza por cierto, acerca de la extravagante proclama de la princesa de Vestur.

Camelia había respondido con evasivas, pero ni siquiera tuvo la necesidad de ocultar el hecho de que su ahijado ya había emprendido la búsqueda; porque fue entonces cuando Orquídea descubrió a Rosaura en un rincón y bombardeó a Camelia con preguntas acerca de ella. Solo se marchó cuando su compañera le aseguró con firmeza que Rosaura era aún demasiado joven para prestarse a romper el hechizo que pesaba sobre uno de sus ahijados, un desafortunado muchacho que había sido mágicamente transformado en asno.

De modo que, cuando se reunió por fin con Simón en la linde del Bosque Maldito, su corazón brincó de júbilo. En parte era por volver a verlo después de aquellos cinco agotadores días; pero también debido a que, de alguna manera, y a pesar del peligro al que iban a enfrentarse, aquella expedición suponía para ella un agradable paréntesis en su ajetreada rutina diaria.

—Llegas tarde —fue lo primero que le dijo a su ahijado.

Sonreía de oreja a oreja, sin embargo, por lo que el joven no se lo tomó en serio.

—Sí, es que este condenado animal me ha tirado al suelo varias veces —suspiró, devolviéndole la sonrisa—. Tengo todos los huesos molidos.

—Un caballerizo que no sabe montar a caballo —observó Camelia—. Esto sí que es una novedad.

—La princesa Asteria es una excelente amazona y os garantizo que no sabe ni cepillar a su caballo —replicó él—. Por eso los jinetes a menudo necesitan caballerizos. Pero no les pagan lo suficiente para que puedan comprar sus propios caballos y convertirse en jinetes a su vez. Porque entonces se quedarían sin buenos caballerizos, ya que estos se limitarían a cuidar de sus propios caballos, y no se preocuparían por los de los demás. Así es como funciona el mundo, ¿no es cierto?

—Bien, pero tú no eres un caballerizo cualquiera: eres un aspirante a héroe, así que deja de quejarte y aprende a montar, si no quieres quedarte mirando cómo tu bella princesa se aleja hacia el horizonte cabalgando junto a su príncipe perfecto a lomos de un corcel blanco con crines de plata.

Simón optó por no responder a este último comentario. Su hada madrina inspeccionó las alforjas de su montura y asintió, satisfecha.

—Bien, veo que has seguido mis instrucciones.

—Sí —confirmó el joven—, aunque no comprendo por qué nos va a hacer falta tanta agua. Vamos al bosque, no al desierto.

—No se trata de un bosque normal —le recordó ella—. ¿Listo…? Pues ¡andando! Tenemos un largo camino por delante.

Agua clara y limpia

A Simón, no obstante, le pareció un bosque perfectamente normal. Demasiado silencioso quizá, pero no hasta el punto de resultar siniestro. A simple vista no se apreciaba que estuviese habitado por monstruos, ogros o duendes. Todo parecía plácido y tranquilo; hasta los animales se mostraban más mansos de lo habitual. Liebres, ardillas y venados se quedaban mirándolos desde la espesura, con calma y con cierta tristeza; pero corrían a ocultarse en cuanto Simón trataba de acercarse a ellos y, por otro lado, Camelia no le permitió cazar allí.

El joven podía entender, hasta cierto punto, que su hada madrina manifestase una cierta afinidad con los seres del bosque, y en cualquier caso se alegró de haber cargado sus alforjas con víveres para varios días, tal y como ella le había sugerido.

Lo que le resultaba completamente incomprensible era aquel asunto de los arroyos.

—¡Ni se te ocurra! —bramaba ella cuando lo pillaba inclinándose sobre un remanso para beber.

La primera vez, Simón dio un respingo y alzó la cabeza con gesto culpable. A la tercera, se volvió hacia Camelia, irritado.

—Pero ¿por qué? Estoy harto de beber agua embotellada. Ya empieza a tener un sabor algo rancio, ¿sabes? Vamos, mira el arroyo; es agua clara y limpia.

—Está encantada —replicó ella lacónicamente.

Simón dejó escapar un resoplido de frustración.

—Eso mismo has dicho de todos y cada uno de los cursos de agua con que nos hemos topado. No puede ser que todos estén encantados, ¿verdad?

Camelia se limitó a asentir con energía.

—Pero yo… —empezó Simón; se interrumpió al ser consciente de lo que estaba a punto de decir—. Pero yo… me muero por beber —concluyó, desconcertado—. Y llevo agua en las alforjas —añadió, frunciendo el ceño.

—Exacto.

El joven contempló el arroyo con aprensión.

—¿Qué puede pasarme si bebo?

—Nada bueno, así que la conclusión es obvia: no bebas.

Simón sacudió la cabeza.

—No, no, no, eso no me vale. Madrina, no basta con que me digas lo que debo o no debo hacer. Yo quiero saber por qué.

—¿Es que no te fías de mí?

—Claro que sí. Pero tengo que aprender a decidir por mí mismo. Y jamás seré capaz de tomar las decisiones acertadas si me falta información. Si me hubieses dicho desde el principio que todos los arroyos del bosque están encantados, no habrías tenido que enfadarte conmigo cada vez que he intentado beber agua de uno de ellos. Porque yo mismo habría llegado a la conclusión de que no era una buena idea. ¿Comprendes?

—Bueno, sucede que a veces explicas las cosas y la gente no te escucha —replicó Camelia, irritada—. ¿Crees que no lo he probado antes? «Cuidado, no sigas por ese camino, conduce a la cueva de un ogro»; «Cuidado, esos caballos están hechizados, así que no elijas el corcel negro, mejor escapa en el viejo jamelgo»; «Cuidado, no entres en esa posada, por muy cansado que estés, porque no volverás a salir jamás»; «Cuidado, no te fíes de su belleza, porque no es humana, aunque lo parezca» —recitó—. ¿Crees que me han hecho caso? «Bah, qué sabrá mi madrina del mundo real; es más fácil ir por el camino más corto, es evidente que el corcel corre más que el jamelgo, es absurdo dormir al raso teniendo una buena posada a mano, es insultante lo que está insinuando acerca de mi dulce prometida.»

Se detuvo un momento para tomar aire y trató de calmarse un poco. Se dio cuenta entonces de que Simón la observaba, perplejo, y se ruborizó levemente.

—Lo siento —farfulló—. Supongo que no es culpa tuya que algunos de los ahijados que he tenido no fueran demasiado perspicaces.

—Bueno —respondió el joven lentamente—, dame un voto de confianza, ¿de acuerdo? Seguro que también habrás topado con gente capaz de comportarse de forma razonable si les explicas las cosas, así que… ¿qué tal si me cuentas qué pasa con el arroyo encantado?

Camelia tardó unos instantes en responder. Se sentó sobre una roca plana y hundió la mirada en aquellas aguas rumorosas, cristalinas y fatalmente tentadoras.

—De acuerdo —accedió al fin—. ¿Recuerdas a los animales que hemos visto en el bosque? —Simón asintió—. Pues no son animales en realidad. O quizá sea más adecuado afirmar que no lo han sido siempre.

Simón tardó apenas unos instantes en comprenderlo. Cuando lo hizo retrocedió de un salto y se alejó del arroyo, alarmado.

—Entonces… —murmuró, temblando—, me has salvado la vida.

—La vida, no —puntualizó el hada—. Habrías seguido viviendo, aunque bajo la forma de un animal. Digamos que estoy salvando tu humanidad, si quieres entenderlo así.

Súbitamente, Simón se inclinó junto a ella y la tomó de las manos, con los ojos brillantes.

—Muchísimas gracias —exclamó con efusividad—. Si no llega a ser por ti… si hubiese venido al bosque yo solo… jamás habría vuelto a casa.

—Bu-bueno —balbuceó Camelia, desconcertada y ruborizada—. No tiene importancia. Es lo que hacemos las hadas madrinas, después de todo.

Simón le soltó las manos y le dedicó una deslumbrante sonrisa mientras el corazón de Camelia latía con fuerza.

—Aun así, te lo agradezco —insistió—. No es que me hiciera especial ilusión pasar el resto de mi vida en… Espera… Si no hubieses evitado que bebiera…, ¿en qué me habría convertido?

Camelia recuperó por fin la compostura y se encogió de hombros.

—No lo sé; tal vez en un ciervo, o puede que en un pajarillo o en una comadreja. Su creatividad en ese sentido parece no conocer límites —añadió con cierto sarcasmo.

Simón se quedó mirándola.

—¿Quieres decir… que alguien ha encantado todos los arroyos del bosque a propósito?

—Oh, sí. Y las bayas, y los frutos de los árboles, y cualquier cosa que te apetezca comer. Me refiero, claro está, a la dueña del castillo al que tan alegremente nos encaminamos —aclaró.

Simón se estremeció.

—Pero ¿quién… de quién estamos hablando?

—De una bruja, por supuesto. Quieres saberlo todo, ¿verdad? Bien, pues voy a contarte una historia. Pero, antes de sentarte a escucharla, apártate de ahí y bebe de la alforja; no quiero tener que interrumpirme a mitad para rescatarte porque te ha dado por tirarte de cabeza al agua.

Simón obedeció, todavía pálido. Pero Camelia optó por avanzar un poco más; solo cuando dejaron atrás el arroyo, y tras montar el campamento, ella comenzó a relatar su historia:

—Hubo una vez una bruja que se enamoró de un apuesto príncipe. Él, naturalmente, estaba comprometido con una bella princesa, y la rechazó con cajas destempladas. Ella no se lo tomó nada bien; de modo que lanzó un hechizo sobre el príncipe y lo transformó en un horrible monstruo…

—Esta historia ya la conozco —interrumpió Simón—. Tiempo después llegó a su castillo una joven de buen corazón, que se enamoró de él a pesar de su aspecto y…

—No —cortó Camelia, molesta—. Conoces la historia del príncipe monstruoso y de la hermosa joven que deshizo el hechizo. Pero ellos son solo personajes secundarios del cuento que estoy relatando. ¿Acerca de quién trata esta historia?

—De la bruja —recordó Simón.

—Exacto.

La bruja despechada

Hubo una vez una bruja que se enamoró de un apuesto príncipe. Él, naturalmente, estaba comprometido con una bella princesa, y la rechazó con cajas destempladas. Ella no se lo tomó nada bien; de modo que lanzó un hechizo sobre el príncipe y lo transformó en un horrible monstruo. Su prometida, espantada, lo abandonó a su suerte; y el príncipe se recluyó en su castillo, solo y miserable.

La bruja, creyendo que lo había castigado de por vida, se retiró también a su propia fortaleza para saborear una venganza que, en el fondo, le sabía amarga como la hiel.

Y entonces llegó aquella muchacha y rompió el hechizo; y la bruja rugió de ira al comprender que el amor de una sola doncella había resultado ser más poderoso que su oscura y retorcida magia.

Pero no se rindió; se dedicó a vagar por el mundo, resentida, transformando a otros jóvenes enamorados para entorpecer su camino hacia la felicidad. Y, cada vez que una novia rechaza horrorizada a su prometido porque este se ha convertido de pronto en una rana, en un oso o en un erizo, resuena en sus oídos la carcajada triunfante de la bruja despechada, que se siente orgullosa de haber demostrado con su magia que aquel amor que parecía perfecto no lo era en realidad. Del mismo modo, algo se quiebra en su interior cada vez que alguien logra devolver a su forma original a alguno de los jóvenes que ella ha hechizado.

No obstante, esto no sucede muy a menudo. Por eso muchos de ellos acudieron al bosque que rodea su castillo, en un intento de enfrentarse a ella o tal vez de suplicar su clemencia. Pero la bruja, malvada hasta el final, encantó las aguas y los frutos del bosque, de modo que muchas chicas que seguían a sus enamorados hechizados terminaron transformadas también; y lo mismo sucedió con todos los héroes que trataron de rescatarlas o de poner fin al reinado de terror de la bruja.

Con el tiempo, ella se aburrió de buscar víctimas por el ancho mundo y se encerró en su castillo, pero no levantó el encantamiento que pesa sobre el bosque. De modo que todavía, a veces, se puede oír su risa satisfecha cuando algún incauto bebe agua del arroyo o come un puñado de bayas y se ve transmutado en un venado, en una liebre o en una ardilla. Y sus carcajadas resuenan aún más fuertes cuando se da el caso de que algún cazador ignorante abate una presa en su bosque, sin sospechar siquiera que ese terrible oso fue en el pasado un noble príncipe, o que aquel tierno cervatillo era en realidad una muchacha que fue transformada cuando trataba de salvar a su pobre hermano.

Porque, hoy por hoy, no parece haber suficiente amor en el mundo para deshacer todo el mal que han provocado su odio y su rencor.

Como el rocío bajo la luz del alba

Camelia calló. Simón permaneció en silencio unos instantes, tratando de asimilar todo lo que ella le había relatado.

—Entonces… todos esos príncipes encantados de los cuentos… —aventuró.

—La mayoría fueron hechizados por ella, sí —confirmó el hada—. Dentro de lo que cabe, es una buena cosa que terminara por recluirse en este lugar. Recuerdo la época en que iba hechizando a la gente por ahí…; fue sumamente confuso para todos —reflexionó, perdida en sus pensamientos—. Y todo empeoró cuando se supo que el contrahechizo estaba en el beso de una doncella. No era exactamente así, naturalmente; la fuerza no radicaba en el beso en sí, sino en el amor, ya fuera el de una novia, el de una madre o el de una hermana. Pero algunos estaban muy desesperados. Así que las ranas empezaron a rondar los palacios para chantajear a las jóvenes princesas a cambio de devolverles sus juguetes perdidos; los erizos se ofrecían como guías para reyes desorientados a cambio, cómo no, de la mano de una de sus hijas; y los osos husmeaban dentro de cabañas aisladas en las que habitaban jóvenes doncellas.

—Pero algunos de ellos sí fueron desencantados, ¿no?

—Sí, en efecto. Y aquellas historias maravillosas con final feliz se grabaron para siempre en los cuentos y alimentaron los sueños de cientos de jovencitas, que empezaron a buscar por el mundo príncipes perfectos a los que desencantar. Tendían a pensar que cualquier animal parlante era un joven hechizado…

—¿Y… no es así?

—Por supuesto que no —replicó Camelia, que detestaba que la interrumpieran—; o, al menos, no lo era en aquel entonces, cuando los Ancestrales se dejaban ver con mayor frecuencia. En fin —concluyó, con un suspiro pesaroso—, el conflicto podía limitarse a una escena embarazosa en el caso de las ranas; pero casi siempre terminaba en tragedia cuando la doncella descubría que su adorable oso encantado no estaba encantado en realidad. Y de los lobos ya ni hablamos. Por cada lobo parlante que es un príncipe encantado hay por lo menos cien que son lobos de verdad. Y ni todo el amor del mundo es capaz de cambiar esa circunstancia.

—No es eso lo que dicen los cuentos —murmuró Simón, impresionado.

—Naturalmente que no. Nadie quiere escuchar esas historias, porque no tienen un final feliz. Solo se cuentan a veces como relatos de terror, pero no se ponen por escrito. En primer lugar, porque nadie se molesta en hacerlo…, pero también porque tienen más fuerza si se relatan de viva voz, en una noche oscura, en torno a una hoguera. Claro que la gente suele pensar que, si no está escrito en alguna parte, no puede ser real. Así que estamos en las mismas —finalizó, encogiéndose de hombros.

Simón no dijo nada. Los dos permanecieron en silencio un largo rato, contemplando las llamas danzantes de la hoguera.

—De modo que terminaron todos aquí —dijo el chico finalmente, pensativo—. En el Bosque Maldito.

—Es un sitio peligroso que es mejor evitar —asintió Camelia—, pero resulta mucho más práctico saber que las criaturas que hay aquí sí son personas encantadas, aunque no se trate de príncipes y princesas en todos los casos.

Simón sacudió la cabeza.

—Pero, si no son animales de verdad, ¿por qué no nos hablan?

—Sucede una cosa curiosa con los Ancestrales y las personas encantadas. Verás, los Ancestrales son animales; siempre lo han sido, y siempre lo serán, por mucho que a veces nos hablen o se muestren ante nosotros bajo forma humana. Pero las personas encantadas olvidan muy fácilmente que una vez fueron humanos. Al principio conservan el habla y el raciocinio y se esmeran en buscar un remedio a su mal; tratan de mantener sus costumbres, de encontrar un hueco entre los suyos…, pero finalmente terminan exiliándose al bosque, voluntariamente o no. Y, tras un tiempo de vivir como animales, sus recuerdos se acaban desvaneciendo como el rocío bajo la luz del alba.

»Los animales de este bosque nos contemplan con añoranza porque les evocamos algo que han perdido; pero no son capaces de recordar de qué se trata. Ya no saben que fueron humanos una vez. Por eso en los cuentos siempre hay un plazo de tiempo para romper el hechizo que pesa sobre alguien que ha sido encantado; porque, una vez que se habitúa a su nuevo cuerpo, pierde sus recuerdos y su conciencia humana, y ya no hay vuelta atrás.

—Es terrible —comentó Simón con un estremecimiento.

—Sí que lo es. Y ahora supongo que entenderás por qué no voy a permitir que termines encantado en este bosque. No creo que tu princesa estuviese dispuesta a venir aquí para deshacer el hechizo… o, al menos, no en esta etapa de la relación —añadió rápidamente, al ser consciente de pronto de lo duras que habían sonado sus palabras.

Simón, que continuaba sumido en sus pensamientos, no pareció percatarse de ello. Aun así, Camelia se reprendió a sí misma por su desliz. ¿Qué le estaba pasando? No era propio de ella dudar del futuro éxito de su misión; tampoco debería haberle contado a Simón todas aquellas cosas acerca de brujas, Ancestrales y encantamientos. La experiencia le decía que el exceso de información confundía a los humanos. Cuando sabían algo, ya empezaban a creer que lo sabían todo, y terminaban metiendo la pata incluso más que cuando no sabían nada. Camelia era muy consciente de eso, y siempre había tenido mucho cuidado con lo que contaba a sus ahijados y lo que prefería reservarse para sí.

«Debe de ser el bosque —pensó—. Me pone nerviosa.»

También comenzaba a estar cansada, pero se esforzó por no dejarlo traslucir. Las hadas debían dormir para refrescar su magia, de la misma forma que los humanos dormían para recuperar fuerzas. Pero ella no podía permitírselo aquella noche.

—Duerme —le dijo a Simón—. Yo me quedaré despierta para asegurarme de que no te levantas en sueños para ir a buscar setas.

Él sonrió.

—¿Estás segura?

—Claro. Yo soy un hada, y tú eres un joven aspirante a héroe que necesita dormir y descansar porque mañana se va a enfrentar a una poderosa bruja en su oscuro y lóbrego castillo.

—Ah, bien —comentó Simón—. Gracias, ahora estoy mucho más tranquilo y seguro que dormiré a pierna suelta.

—No me cabe duda —repuso Camelia con una media sonrisa.

Tres siglos más que tú

Camelia despertó, sobresaltada, cuando las primeras luces de la aurora comenzaron a bailar sobre sus párpados.

—Me he dormido —murmuró—. ¡Me he dormido! —repitió, aterrorizada.

Miró a su alrededor, con el corazón latiendo con fuerza en su pecho. Pero no vio a Simón por ninguna parte.

Lo que sí había era una ardilla. Una pequeña ardilla de color castaño que la contemplaba con curiosidad desde lo alto de una rama baja.

El corazón de Camelia se detuvo un breve instante.

—Simón… No… —susurró con horror.

La ardilla no dijo nada. Solo movió un poco la nariz y batió la cola lentamente. Camelia gimió bajito y parpadeó para contener las lágrimas mientras una abrumadora sensación de tristeza fluía desde su corazón hacia todos los rincones de su ser. Alargó la mano hacia la ardilla, pero el animal retrocedió ágilmente hasta la base de la rama y se puso lejos de su alcance.

—Oh, Simón… —suspiró el hada—, lo siento tanto…

—¿Qué es lo que sientes? —preguntó de pronto una voz a su espalda.

Camelia dio un respingo y se volvió, confundida. Tras ella se encontraba el propio Simón, sonriente y, hasta donde podía ver, completamente humano.

—Yo… tú… —balbuceó Camelia, confundida; sacudió la cabeza—. Nada. Solo que… siento haberme dormido.

El joven rió.

—No pasa nada, madrina. Ya ves, he sido capaz de resistir el encantamiento yo solo, al menos por el momento. Bueno, reconozco que me he despertado con una sed espantosa; pero te he visto ahí, dormida, y me he acordado de todo lo que hablamos anoche. Así que me he contentado con beber del agua que traíamos en las alforjas.

Calló un momento y la contempló con curiosidad. Camelia no pudo evitar ruborizarse levemente ante la intensidad de su mirada.

—¿Qué se supone que estás mirando? —protestó.

—Disculpa. —Él sonrió—. Es que nunca te había visto con el cabello suelto. Pareces mucho más joven. Prácticamente de mi edad.

Camelia, que se había deshecho el rodete la noche anterior para estar más cómoda, se sintió de pronto como si su ahijado la hubiese pillado haciendo magia sin varita. Se recogió el pelo con cierta precipitación y comenzó a trenzárselo de cualquier manera.

—Sí, bueno… —farfulló—. No te fíes de las apariencias. Soy un hada y tengo como mínimo tres siglos más que tú —le recordó.

Casi todas las hadas, con la excepción de Gardenia y de alguna otra que hubiese cometido el fatal error de enamorarse de un mortal, tenían la apariencia de muchachas muy jóvenes. Debido a ello, las hadas madrinas se habían topado con muchos humanos que no las tomaban en serio. Se daba la circunstancia de que a veces ellas parecían incluso más jóvenes que algunos de sus ahijados, por lo que estos dudaban de su capacidad para aconsejarlos y guiarlos por los caminos de la vida. Mantener un hechizo ilusorio permanente les habría consumido demasiadas energías, de modo que las hadas se enfrentaban a aquel problema de diversas maneras. Dalia se mostraba fría, altiva y distante; Orquídea recurría a la elegancia y la sofisticación, y Camelia, por su parte, se escudaba en su eficiencia, su profesionalidad y su afilada lengua. Azalea, por otro lado, había sido siempre muy cálida y generosa con sus ahijados; se había especializado en niños, y estos habían terminado por verla como una tía joven o una especie de hermana mayor.

Pero Lila, por ejemplo, nunca había conseguido parecer mayor de los quince años que aparentaba. Y Magnolia ni siquiera se había molestado en intentarlo.

Camelia suspiró para sus adentros. Lo malo de parecer una adolescente era que terminabas creyendo que lo eras de verdad.

—Ya lo supongo —dijo entonces Simón, devolviéndola a la realidad—. Lo siento, no quería ofenderte. —Se puso en pie, estirándose como un gato; Camelia no dejó de notar que, pese al aseo matinal, aún llevaba el pelo un poco revuelto—. Voy a terminar de recoger las cosas —anunció—. Avísame cuando estés lista.

Camelia no respondió. Se alejó en busca de intimidad y llegó hasta el arroyo más cercano. Al inclinarse sobre sus límpidas aguas para lavarse la cara, escuchó con atención el rumor de la corriente.

—Ya lo sé —replicó en respuesta—. Pero no es asunto tuyo, así que, por favor, no te entrometas.

Obviamente era una petición inútil, y ambas lo sabían. Pero Camelia no perdía nada por intentarlo.

No estamos solos

Alcanzaron el castillo al caer la tarde. El trayecto por el bosque se había desarrollado sin novedad, aunque la fuerza del encantamiento aumentaba a medida que se acercaban. Camelia era consciente de ello, pero Simón no lo intuyó hasta que ella tuvo que arrebatarle de las manos un puñado de arándanos que había recolectado a escondidas.

—Ni siquiera me he dado cuenta de que lo hacía —murmuró el muchacho, turbado.

—No te preocupes —lo tranquilizó Camelia—. Dame la mano; así no habrá peligro de que vuelvas a despistarte.

Caminaron, pues, prendidos de la mano durante el último trecho; no hubo que lamentar más incidentes, en parte porque Camelia vigilaba de cerca a Simón, en parte porque el contacto con su hada madrina infundía nuevas fuerzas al joven y lo protegía de la influencia del encantamiento.

Por fin, cuando se hallaron ante las inmensas puertas del castillo, cruzaron una mirada.

—Y ahora, ¿qué? —preguntó Simón.

Camelia respiró hondo. Sacó la varita y tocó brevemente con la punta el pesado aldabón de hierro.

La enorme puerta de doble hoja se abrió de par en par con un chirrido inquietante. Simón dio un respingo.

—¡Vaya! —exclamó, maravillado—. Tu magia es muy poderosa, madrina.

Camelia se ruborizó un poco, pero no hizo ningún comentario. Por algún motivo, no le parecía buena idea explicarle que las puertas se habían abierto en aquel preciso momento solo porque la dueña del castillo así lo había decidido. Se volvió hacia su ahijado para mirarlo fijamente.

—¿Estás completamente seguro de que quieres seguir?

Simón le devolvió la mirada, interrogante.

—¿Por qué me preguntas eso ahora? Ya sabes que sí.

Camelia dudó unos instantes antes de explicar:

—Verás…, puedo protegerte de los lugares encantados por la bruja, pero no estoy segura de poder hacerlo en un enfrentamiento directo con ella. Y temo… —calló de pronto, inquieta.

—¿Temes que acabe transformado en animal? —adivinó Simón.

—Si eso sucediera…, no habría nada que mi magia pudiese hacer para deshacer el hechizo. ¿Eres consciente de eso?

—Perfectamente. Aun así, voy a seguir.

El hada seguía dudando.

—Pero no tienes objetos mágicos ni has nacido con la marca del héroe. Y, aunque consiguiésemos ese espejo, no te puedo asegurar que lograras con él la mano de Asteria, y mucho menos, su amor.

—Lo sé, madrina, y no me importa. Me basta con que ella sepa que existo y que la amo. Lo demás, lo dejo en sus manos. Cuando le dije que la decisión era suya, incluso si regresaba con el Espejo Vidente, lo decía completamente en serio.

—Lo sé. —Camelia luchó por ignorar el incómodo nudo de angustia que le oprimía el estómago.

—Y, aunque terminara transformado en un ratón —prosiguió él, ajeno a la inquietud del hada—, no me importa pasar el resto de mi vida en una jaula, dando vueltas en una rueda, a cambio de la oportunidad de poder demostrar lo que siento por ella.

Camelia tenía la boca seca.

—No sería una vida muy larga —acertó a comentar—. ¿Sabes cuántos años vive un ratón?

—Sí —respondió Simón, pero no añadió nada más.

Se limitó a quedarse mirando a Camelia, con expresión resuelta, hasta que ella suspiró y cedió por fin.

—Si lo tienes claro…, entremos, pues. Cuando antes terminemos, mejor para todos.

Simón asintió. Ató el caballo a la verja y siguió a su hada madrina, que ya se internaba en el recibidor.

—No parece que viva nadie aquí —susurró, mirando a su alrededor.

Su voz resonó por todos los rincones de la estancia, húmeda, oscura y desangelada. Camelia reprimió un estremecimiento.

—No cometas el error de creer que estamos solos —le advirtió.

Simón abrió la boca para responder, pero no tuvo ocasión de hacerlo: súbitamente, la puerta se cerró con violencia tras ellos, sobresaltándolos a ambos.

—¿Qué… qué ha sido eso? —balbuceó Simón.

—Ya te he dicho que no estamos solos —le recordó Camelia.

El joven temblaba de pies a cabeza, pero tuvo el valor suficiente para mirarla a los ojos y afirmar:

—Muy bien, estoy dispuesto. ¿Qué hacemos ahora?

—Iremos a buscar el espejo. Recuerdo haberlo visto sobre un tocador, en una de las habitaciones del ala oeste. Con un poco de suerte, quizá la bruja nos permita llevárnoslo.

Simón se mostró dubitativo.

—¿Tú crees?

Camelia se encogió de hombros.

—Bueno —dijo—, tiene un montón de objetos mágicos a los que apenas presta atención. No creo que lo vaya a echar de menos.

Pero su voz no sonó tan convincente como a ella le habría gustado.

Recorrieron el castillo, acechados por las sombras y el movimiento fantasmal de las cortinas medio raídas que velaban los ventanales y entorpecían el paso de la luz del día. Subieron por la escalera, atravesaron un largo pasillo y torcieron un par de esquinas sin que ningún ser vivo les saliera al paso. Simón empezaba a relajarse cuando Camelia se detuvo de pronto y dijo:

—Es aquí.

Entraron en una habitación que antaño había sido elegante, pero que ahora languidecía bajo una tenue capa de polvo y abandono. Hacía mucho que nadie dormía en la gran cama con dosel, entre sus almohadones de plumón, sus sábanas de seda y su cobertor de terciopelo. En una esquina, el espejo del tocador les devolvió una imagen distorsionada de ellos mismos. Simón inspiró hondo, tratando de conjurar el temor que anidaba en su corazón. Camelia se detuvo solo un instante antes de encaminarse, decidida, hacia los objetos que reposaban sobre el mueble.

Su ahijado la alcanzó y contempló, sobrecogido, lo que ella estaba observando.

—¿Ese es el espejo? —preguntó a media voz.

Camelia asintió. Se trataba de un espejo de mano, de estilo algo barroco, recamado en oro y rematado con perlas. Junto a él reposaban un peine y un cepillo con el mismo diseño; resultaba indudable que los tres objetos pertenecían al mismo juego.

El hada frunció el ceño.

—¿Por qué hay también un cepillo y un peine? —quiso saber Simón.

Camelia estaba preguntándose exactamente lo mismo. Nunca antes se había fijado en que el espejo formaba parte de un conjunto. Pero los tres objetos eran mágicos, no le cabía duda.

—No lo sé, pero no importa; coge el espejo y larguémonos de aquí.

Simón estiró la mano para hacer lo que el hada le había ordenado; pero sus dedos apenas habían rozado el objeto cuando una voz resonó tras ellos:

—Vaya, vaya, vaya…; qué decepción. Yo que creía que veníais a hacerme una visita de cortesía… y resulta que no sois más que una vulgar pareja de ladrones.

¿Qué es lo que tiene de especial?

Simón y Camelia se volvieron lentamente, en parte aterroriza-dos, en parte avergonzados por haber sido sorprendidos en fla-grante delito.

En la puerta se encontraba la dueña del castillo, la bruja que hechizaba a los jóvenes y los transformaba en animales. Era más joven de lo que Simón había imaginado; su cabello era rojo como el fuego, y le caía por la espalda en bucles indomables. Su piel de porcelana esta-ba oscurecida, no obstante, por un poso de amargura que había dejado una profunda huella bajo sus ojos dorados y en la comisura de sus la-bios, curvados en un rictus que de ningún modo podía llegar a confun-dirse con una sonrisa. Su atuendo era sobrio, pero elegante. Su vestido, correcto y bien cuidado, contrastaba con la capa gris que le caía por la espalda, tan liviana que parecía flotar tras ella.

—Me sorprende encontrarte aquí, Camelia —dijo la bruja—. Ima-ginaba que, fiel a tu costumbre, habrías bajado al sótano a limpiarle el polvo a tu pétreo ahijado. Sin molestarte en saludar siquiera, como ya es habitual en ti.

Simón la contempló con sorpresa y después se volvió hacia Camelia, desconcertado.

—No se refiere a ti —aclaró ella entre dientes.

Se irguió en toda su estatura para parecer más solemne y segura de sí misma. Lamentablemente, y por mucho que se esforzara, resultaba ob-vio que su anfitriona era más alta que ella.

—Estamos en el transcurso de una *queste* —informó con seriedad—. Sentimos haberte molestado; cogeremos lo que hemos venido a buscar y nos marcharemos sin causarte más inconvenientes.

La bruja entornó los ojos, divertida ante el descaro de Camelia.

—Una *queste*, ¿eh? Sí, recuerdo lo que era eso. También recuerdo que eran los héroes los que debían superar las pruebas, no sus hadas madrinas.

—Oh, bueno, nosotras siempre ayudamos, como ya sabes —respondió Camelia con amabilidad—. Y ahora, si nos disculpas…

Arrebató el espejo de las manos del desconcertado Simón y alzó la varita sobre ellos.

—No —exclamó la bruja—. No os disculpo. Las reglas de vuestras estúpidas pruebas de valor no me conciernen. Y no voy a permitir que entres en mi castillo a saquearme impunemente para mayor gloria de tu ahijado —concluyó con sarcasmo.

Avanzó un paso hacia ellos; Camelia se movió de forma automática para proteger a Simón con su propio cuerpo. La bruja dejó escapar una carcajada.

—¡Oh, qué encantador! ¡Cuántas molestias te tomas por este muchacho! ¿Qué es lo que tiene de especial?

—Nada —repuso el hada—. Y precisamente por eso necesita mi ayuda más que ningún otro.

—No es necesario que sigas defendiéndome, madrina —intervino de pronto Simón—. Te lo agradezco mucho…, pero esto es algo que debo hacer por mí mismo.

—Oh, es valiente —observó la bruja—. Y apuesto. Y… ni siquiera sabe tu nombre —advirtió, con una sonrisa cargada de ironía.

—No le hace falta —murmuró Camelia—. Yo soy su hada madrina, y con eso es suficiente.

—Ya veo —comentó la bruja.

No dijo nada más, y el hada tampoco hizo ningún comentario al respecto. Simón carraspeó y avanzó un paso más hacia la dueña del castillo.

—Quizá no deberíamos haber entrado sin permiso —admitió; le temblaba un poco la voz, pero se esforzó por mantenerse firme y con la cabeza bien alta—. Os pido disculpas, señora. No era mi intención robar nada, en realidad. Pero necesito este espejo. Comprendo que no me lo puedo llevar por las buenas; no poseo riquezas ni nada que entregaros a cambio que os pueda interesar. Solo me tengo a mí mismo, y eso es lo que os ofrezco: si me dais el espejo, haré por vos cualquier cosa que me pidáis.

Camelia se quedó helada de espanto. La bruja rió con ganas.

—¡Qué valiente… y qué ingenuo! —comentó, divertida—. Y, dime, ¿de qué te va a servir cuando te haya transformado en cerdo?

Alzó la mano y Camelia saltó como un resorte.

—¡¡¡No!!! —gritó—. No lo toques. A él, no.

La bruja la miró casi con lástima.

—Ah, pobrecilla… lo siento tanto por ti… Transformaré a tu ahijado en un cerdo o en un hurón, o, mejor aún, en un rodaballo… y te haré un gran favor, querida amiga. Y algún día me lo agradecerás.

—Tú y yo no somos amigas, Magnolia —replicó el hada con frialdad.

—Oh, pero lo fuimos…, ¿no recuerdas? No había perdido la esperanza de que nuestros caminos se volviesen a cruzar algún día… y ya ves, aquí estás.

Camelia levantó la barbilla con orgullo y clavó su mirada en los ojos dorados de la bruja.

—Está bien —capituló finalmente—. Nos olvidaremos del espejo. Pero deja marchar a mi ahijado.

—¿Qué? —estalló Simón—. ¡Ni hablar! Madrina, no puedo marcharme sin él. Haré cualquier cosa…

—No harás nada —cortó Camelia, tajante—. Dejaremos el espejo en su sitio, nos iremos por donde hemos venido y buscaremos otra manera de llamar la atención de la princesa.

—¡Ah!, de modo que hay una princesa… —comentó la bruja.

Camelia y Simón la ignoraron, centrados en su disputa particular.

—Madrina, yo no me voy sin el espejo —insistía el joven—. Aunque me transforme en puerco, me lo llevaré sujeto entre los dientes si hace falta.

Camelia trató de borrar la imagen que aquellas palabras habían creado en su cabeza.

—No va a hacer falta —replicó con firmeza—. Nos vamos de aquí los dos, sobre nuestras dos piernas y sin el espejo. ¿Queda claro?

Y, para dar mayor fuerza a su afirmación, lo devolvió ostentosamente a su ubicación original sobre el tocador. Simón hizo ademán de abalanzarse sobre él, pero Camelia interpuso su varita entre su ahijado y el objeto de su deseo. Simón observó la varita con suspicacia, como si fuese una serpiente venenosa lista para morder. Abrió la boca para replicar pero, de nuevo, su hada madrina se le adelantó. Se dirigió a la dueña del castillo y dijo, con frialdad:

—Disculpa las molestias, Magnolia. No tienes que volver a preocuparte por nosotros; ya nos vamos.

—Os dejaré marchar, por los viejos tiempos —respondió ella—; pero si vuelvo a ver a este joven en mi castillo, puedo asegurarte que de nada le valdrá tener un hada madrina tan… protectora como tú.

—Ha quedado claro —replicó Camelia con sequedad—. Venga, Simón; nos vamos.

—¡Pero…! —volvió a protestar él.

Se movió para esquivar al hada y tratar de alcanzar el espejo; no obstante, no tuvo ocasión de intentarlo siquiera, porque Camelia hizo un rápido pase con la varita y ambos desaparecieron de allí, dejando a Magnolia sola frente a su tocador.

Agárrate fuerte

No! —gritó Simón al verse, de nuevo, fuera del castillo—. ¡Tengo que volver!

Camelia lo detuvo cuando ya echaba a correr hacia las puertas, que permanecían abiertas de par en par, como las fauces de un dragón dispuesto a devorar a los aventureros incautos.

—Espera un momento y escúchame, ¿quieres? No hace falta que hagas eso. Mira.

Algo en el tono de voz del hada impulsó a Simón a detenerse y echar un vistazo a lo que ella quería mostrarle. Abrió los ojos como platos al descubrir que lo que Camelia había sacado de la faltriquera era nada menos que el espejo que él creía haber dejado atrás.

—Pero… pero… ¿cómo…? —acertó a balbucear, desconcertado, cuando ella se lo colocó entre las manos.

—Te dije que confiaras en mí, ¿verdad? ¿Te lo dije, sí o no?

—Sí —farfulló Simón, aún aturdido—. Pero yo he visto…

—Lo que he dejado sobre el tocador era solo un señuelo —explicó Camelia—, pero ella no es estúpida, y no tardará en darse cuenta de que la hemos engañado. Así que corre, sube a tu caballo y sal de aquí en cuanto puedas.

Simón reaccionó por fin; se guardó el espejo en el morral, desató a su caballo y montó sobre su grupa.

—Y tú, ¿qué vas a hacer? —le preguntó a Camelia.

—No te preocupes por mí. Solo agárrate fuerte y cabalga sin detenerte. Nos encontraremos en el comienzo del camino.

—Pero…

No tuvo ocasión de terminar la frase, porque el hada palmeó la grupa de su caballo con fuerza y una pizca de magia… y el animal salió disparado a través del bosque, llevándose consigo a Simón que, aterrorizado, se aferraba a él como podía.

Camelia los vio desaparecer a ambos en la espesura y respiró hondo, inquieta. Sabía que el caballo encontraría senderos entre la maleza, que sus patas no tropezarían con raíz alguna y que sería perfectamente capaz de hallar por sí mismo la salida del bosque; pero le preocupaba un poco el hecho de que su ahijado no fuera un jinete experimentado. Si su montura ya lo tiraba al suelo cuando galopaba a un ritmo normal, no resultaría extraño que lo lanzase por los aires en aquella frenética carrera.

Pero no había tiempo de lamentarlo; para cuando Magnolia descubriera el engaño, debían estar ya muy lejos de allí.

Soy yo quien decide

Camelia se materializó en el comienzo del camino justo cuando el caballo emergía de la espesura a toda velocidad. Simón continuaba aferrado a él con brazos y piernas, pálido como un muerto. El hada alzó la mano y el animal frenó de golpe, catapultando a su jinete lejos de él. Camelia reprimió una maldición y se apresuró a utilizar su magia para amortiguar la caída de su ahijado. Después, corrió a reunirse con él.

—¿Estás bien?

Simón, todavía blanco, se llevó las manos a la cabeza, maravillado de que siguiera en su sitio.

—¿Qué…? ¿Cómo…? —fue capaz de desgranar; se volvió hacia el bosque y dio un respingo, espantado al comprobar que lo había atravesado en apenas unos minutos.

—No estamos a salvo todavía —hizo notar Camelia con urgencia—. Vamos, sube al caballo y cabalga hacia Vestur. Yo te seguiré de cerca y comprobaré que la bruja no nos persigue.

Simón tardó unos instantes en asimilar lo que le había pedido. Cuando lo hizo, empezó a temblar violentamente.

—Madrina, yo…

—No te preocupes, el caballo ya no correrá tan rápido —lo tranquilizó ella—. Le imprimiré un poco de velocidad, pero no mucha. Después de todo, no es una criatura mágica, y no queremos que reviente de agotamiento, ¿verdad?

Como en un sueño, Simón siguió las instrucciones de Camelia y volvió a montar sobre la silla como pudo. El hada alzó la mano para azuzar al caballo de nuevo, pero el joven la detuvo antes de que lo hiciera.

—Madrina —dijo—, la bruja del castillo…

—¿Sí? —inquirió ella, con la mano todavía en alto.

—La conocías, ¿verdad?

Camelia no respondió.

—Ella dijo que erais amigas —insistió Simón.

—Eso fue hace mucho tiempo —replicó el hada—. Antes de que el rencor y los celos la volvieran loca. —Echó un vistazo inquieto al bosque que se extendía a su espalda, como si emitiera una señal que solo ella podía oír—. Pero no tenemos tiempo ahora para hablar del pasado, Simón. Te lo digo muy en serio: huye, porque, si ella te alcanza, no podré hacer nada para ayudarte.

Simón asintió, algo aturdido todavía. Camelia descargó la mano sobre la grupa del caballo y este echó a correr por el camino, en dirección a Vestur. Iba muy deprisa, pero no tanto para que Camelia no pudiera seguirlo volando. De modo que desplegó las alas y se apresuró a ir tras él.

Cuando se puso a su altura, comprobó que Simón continuaba fuertemente aferrado a su montura con brazos y piernas, y tenía aspecto de estar mareado. Pero aún tuvo arrestos suficientes para volver la mirada hacia ella. Se sobresaltó un tanto al ver a su madrina volando junto a él, pero no tardó en deducir que, obviamente, las alas del hada no eran un simple adorno.

—¡No te preocupes, vamos bien! —le aseguró Camelia; no obstante, echó un vistazo inquieto al caballo, que resoplaba por el esfuerzo.

—¡Quizá… deberíamos… parar! —acertó a articular Simón.

Camelia no respondió. Batió las alas enérgicamente y se elevó un poco más en el aire para escudriñar el bosque que dejaban atrás. Desde allí no podía verse el castillo de Magnolia porque los árboles lo tapaban, pero Camelia sabía exactamente dónde estaba. Hacía un rato que se sentía intranquila, como si un hilo invisible se hubiese tensado en su interior. Escrutó el horizonte con mayor atención… y entonces la vio.

Magnolia volaba hacia ellos, elevándose sobre las copas de los árboles. Fuera del área de influencia de su bosque, su magia no le permitiría materializarse junto a los fugitivos o, al menos, no mientras Camelia estuviese allí para proteger a Simón con su propio poder.

Pero volaba muy, muy deprisa.

Camelia gimió, angustiada. Dio media vuelta y batió las alas con fuerza para alcanzar a Simón. No le costó tanto como había calculado, debido a que en aquellos momentos el caballo remontaba una loma, y resultaba evidente que estaba acusando el esfuerzo.

—¡Más rápido, más rápido! —urgió el hada.

—¿Más aún? —farfulló Simón, desfallecido.

Pero Camelia no se lo decía a él, sino al caballo, que resoplaba, con los ojos desorbitados, luchando por mantener el ritmo en el repecho. Ella no se atrevió a obligarlo a que corriera más deprisa; sospechaba que el corazón del animal no lo soportaría.

De modo que no tuvo más opción que seguir junto a ellos, muerta de preocupación, animando al jinete y a su montura, mientras la sombra que los perseguía se acercaba cada vez más.

Por fin, el caballo alcanzó la cima de la colina. Y se derrumbó.

—¡Nooo! —gimió Camelia—. ¡Vamos, no puedes rendirte ahora! ¡El camino sigue cuesta abajo!

El caballo no respondió. Seguía vivo, pero había cerrado los ojos y respiraba fatigosamente. Camelia comprendió que no lograría ponerlo en pie de nuevo.

Simón agradeció la pausa. Bajó del caballo con las piernas temblorosas y se dejó caer junto a él como si también hubiese llegado hasta allí corriendo. Pero volvió la cabeza hacia el lugar a donde miraba Camelia, y vio, como ella, a la bruja que los perseguía, y que no tardaría en alcanzarlos. Estaba ya lo bastante cerca para advertir que lo que él había tomado por una capa gris eran, en realidad, unas alas membranosas, similares a las de su hada madrina.

—¡Puede volar! —exclamó—. ¡Y tiene alas… como tú!

Camelia ignoró la mirada acusadora de su ahijado.

—Sí, es una larga historia. —Parecía a punto de llorar—. Simón, Simón, tenemos que hacer algo. Pero no sé cómo escapar de ella.

—¿No puedes hacer aparecer otro caballo? —sugirió él—. O, mejor aún…, ¡un dragón!

Camelia esbozó una sonrisa irónica. En otros tiempos, tal vez habría sido capaz, pero ahora su magia estaba repartida entre demasiadas personas diferentes. Además, aunque Simón no fuese consciente de ello, estaba protegido por la influencia benéfica de su hada madrina desde el mismo instante en que había puesto un pie en el bosque encantado. Mantener activo aquel hechizo durante tantas horas había mermado las reservas de Camelia hasta agotarlas casi por completo.

En cambio, Magnolia no se preocupaba por nadie más que por ella misma. Su magia era fuerte y poderosa, porque podía disponer de ella en todo momento.

La vida era así de injusta.

Camelia tomó una decisión.

—Hay que devolverle el espejo —resolvió.

—¿Qué? ¡No, madrina! ¡Ni hablar! —se rebeló Simón.

—¡Es la única manera! —insistió Camelia—. Está a punto de alcanzarnos; quizá si le devolvemos lo que le hemos robado sea capaz de perdonarte…

—¡No pienso rendirme! —estalló Simón, poniéndose en pie de un salto—. ¡Si tiene que hechizarme, que lo haga; pero me llevaré el espejo de todas formas!

—¡Y yo no voy a permitir que te convierta en un sapo! ¿Me has entendido?

—¡Es mi vida, madrina, y soy yo quien decide!

Camelia abrió la boca para replicar; pero Magnolia había comenzado a elevarse hacia ellos, siguiendo el camino, hacia la cima de la colina, y no podían perder el tiempo con discusiones. De modo que, en un único y veloz movimiento, alargó la mano, aferró el zurrón de su ahijado y tiró de él para arrebatárselo.

—¡No! —gritó Simón—. ¡No pienso permitírtelo!

—¡Oh, sí lo harás! —replicó Camelia—. ¡Tu hada madrina siempre sabe lo que te conviene!

Forcejearon un instante… hasta que la correa se rompió y el zurrón salió volando por los aires. Los dos contemplaron, horrorizados, cómo el espejo mágico se escapaba de su prisión y se precipitaba hacia el vacío.

—¡No! —gritó Simón por segunda vez.

Corrió hacia él, pero era demasiado tarde: el espejo cayó colina abajo, rebotó sobre una roca puntiaguda… y se hizo añicos.

Contra la corriente

Simón se quedó paralizado de espanto, sin acabar de creer lo que acababa de ver. Se volvió hacia Camelia para echarle en cara las consecuencias de su actitud, pero no tuvo ocasión de abrir la boca siquiera: los fragmentos del espejo se licuaron —no había otra manera de describirlo— y de ellos brotó de pronto, violento e indomable, un formidable torrente de aguas desbordadas. Una ola gigante se agitó, salvaje, y batió con fuerza la ladera de la colina. Simón se dio la vuelta para escapar...

... pero la ola lo atrapó.

Simón trató de chillar, aterrado, pero solo consiguió tragar agua. Tosió y manoteó con desesperación mientras el torrente lo zarandeaba como una hoja al viento. Luchó contra la corriente; logró sacar la cabeza e inspirar un instante antes de que una nueva ola lo hundiese de nuevo.

Y, justo cuando creía que no podría seguir peleando contra la fuerza de las aguas, algo lo agarró de la camisa y tiró de él hacia arriba.

Simón jadeó y respiró de nuevo. Se aferró al brazo de Camelia, que era quien lo sostenía con el rostro contraído por la tensión y las alas vibrando con fuerza. La tercera ola los empujó hacia la orilla, y el hada, con un último esfuerzo, la aprovechó para lanzarlo a tierra.

Los dos treparon por la ladera de la colina, empapados y jadeantes. Alcanzaron la cima y, una vez allí, sintiéndose por fin relativamente seguros, se detuvieron a descansar y contemplaron el lago que se abría a sus pies. Todo el valle, el camino y los campos de cultivo, desde las estribaciones de las montañas hasta las lindes del bosque encantado, había desaparecido bajo un manto de agua en un abrir y cerrar de ojos.

—¿Cómo… qué…? —acertó a decir Simón, desconcertado.

—Ha sido el espejo —respondió Camelia a media voz.

—¿El Espejo Vidente?

El hada negó con la cabeza.

—Me equivoqué. No se trataba del Espejo Vidente. Oh, sí, era indudablemente un objeto mágico, como has podido comprobar…, pero no el que yo pensaba.

Simón digirió la información. Luego montó en cólera.

—¿Qué quieres decir con eso? ¿Te has equivocado de espejo?

Camelia enrojeció levemente, pero alzó la barbilla con determinación.

—Te sorprendería saber la gran cantidad de espejos mágicos que circulan por ahí —le espetó—. Con muchas y variadas capacidades, debo añadir. La mayoría de ellos están perdidos o reaparecen de vez en cuando en los lugares más inesperados. Y son todos tan parecidos…

—¿Me estás diciendo que hemos pasado todo esto… para nada?

Camelia se irguió.

—Bien, lo siento mucho, me he equivocado —se defendió—. No ha sido fácil para mí tampoco, ¿qué te crees? Pero míralo por el lado bueno: parece que hemos detenido a la bruja.

Simón escudriñó el horizonte y comprobó que Camelia tenía razón: no se veía a Magnolia por ninguna parte.

—La habrán arrastrado las olas —dedujo Camelia—. Pero no hay que confiarse; no es tan fácil acabar con alguien como ella.

Se levantó y trató de escurrirse el bajo del vestido.

—Pongámonos en marcha —sugirió—. Cuando antes regresemos a Vestur, mejor.

Simón no respondió. Toda su ira parecía haberlo abandonado de repente. Ahora solo parecía un muchacho desorientado, abatido y muy mojado.

Camelia suspiró e hizo aparecer una manta seca sobre sus hombros.

—Venga, vamos —lo animó—. Volvamos a casa. Comenzaremos otra vez desde el principio, y en esta ocasión me aseguraré de informarme bien antes de iniciar una búsqueda.

Pronunció estas últimas palabras con ligereza, aparentemente sin concederles importancia; pero por dentro la reconcomían la culpabilidad y la angustia.

¿Qué había sucedido? ¿Cómo había sido capaz de poner en peligro la vida de Simón… por un objeto mágico que ni siquiera era el que estaban buscando? ¿Cómo era posible que se hubiese equivocado de aquella manera… precisamente ella?

¿Qué le estaba pasando?

Una segunda oportunidad

Recorrieron el camino en silencio, sumidos en tristes pensamientos. Simón llevaba al caballo de la brida, y Camelia caminaba tras ellos con las alas bajas, todavía sin terminar de recuperarse del sobresfuerzo de las horas anteriores.

No tenían mucho que decirse. Camelia no sabía si Simón seguía enfadado con ella o simplemente se sentía cansado y abatido por el fracaso de su misión. Pero no le preguntó al respecto. Su mente seguía dando vueltas al asunto del Espejo Vidente, repasando todas las historias que conocía en busca de alguna pista sobre su ubicación. Era un trabajo del que podía ocuparse, algo práctico para entretener sus pensamientos y no profundizar en la espantosa sensación de angustia que le contraía el estómago.

Al atardecer del segundo día de viaje, cuando aún les quedaba un largo trecho para alcanzar las fronteras del reino de Vestur, un grupo de jinetes les salió al paso. Simón se apartó a un lado del camino para no entorpecer su marcha, pero ellos, ante su sorpresa, se detuvieron a su lado.

—¿Eres Simón, el caballerizo mayor del palacio real de Vestur? —le preguntó uno de ellos con voz autoritaria.

El muchacho dio un respingo, alzó la cabeza y contempló a los jinetes con mayor detenimiento. Eran cinco; tres de ellos parecían soldados; al cuarto, el que los había interrogado, lo conocía de vista: se trataba de un funcionario de alto rango de la corte, tal vez un consejero o un senescal. Pero a Simón y Camelia les llamó particularmente la atención el último de ellos.

Llevaba ropas austeras pero elegantes, y vestía completamente de blanco. Níveo era también su cabello, recogido en la nuca, que contrastaba con su rostro apuesto y juvenil. Aquella discrepancia no permitía calcular con exactitud su verdadera edad, aunque Camelia sabía que no sobrepasaba los treinta años. El hada lo observó con atención, tomando nota mental del brillo de inteligencia de sus ojos negros y del gesto grave y sereno que componían sus facciones.

Lo había reconocido al instante. Se trataba del Duque Blanco.

—Soy yo —respondió por fin Simón a la pregunta que le habían formulado—. ¿Me buscabais, señores?

El Duque Blanco esbozó una media sonrisa, pero no dijo nada. Fue el cortesano quien tomó las riendas de la conversación.

—Tenemos entendido que has partido de viaje… inesperadamente.

—Sí, así es.

—¿Para participar en la misión convocada por Su Alteza Real, la princesa Asteria de Vestur?

Simón dirigió una rápida mirada a Camelia, que negó con la cabeza casi imperceptiblemente.

—¿En qué os conciernen a vos los motivos de mi viaje? —preguntó a su interlocutor, eludiendo la pregunta.

—No seas impertinente, joven. Has de saber que soy el chambelán de la corte, y me envía tu rey para darte caza por haber robado un caballo de su propiedad.

Camelia lanzó una exclamación ahogada. Pero Simón entrecerró los ojos, dubitativo.

—¿De veras? ¿Y cómo es que Su Majestad se toma la molestia de enviar a alguien de tan alto rango a buscar a un muchacho que se ha llevado el caballo menos valioso de toda la cuadra?

El chambelán levantó la nariz, disgustado. Parecía claro que él también se había planteado aquella cuestión, pero no había osado formularla en voz alta.

Entonces intervino el Duque Blanco; habló con voz suave, serena y bien modulada:

—El chambelán ha tenido la deferencia de acompañarme en mi propia búsqueda, como gesto de cortesía para con el invitado de honor de Su Majestad.

—¿Lo veis? Eso lo explica todo —remató el cortesano.

«Eso no explica nada», pensó Camelia. Había algo muy extraño en todo aquel asunto, pero no acertaba a comprender de qué se trataba.

—… Y ahora, si nos disculpáis —seguía diciendo el chambelán—, acabemos cuanto antes con este engorroso asunto y prosigamos nuestro viaje. Soldados, prendedlo —ordenó.

Simón retrocedió un par de pasos, alarmado, mientras los soldados avanzaban hacia él.

—Es una lástima que la prometedora carrera de este joven se vea truncada de forma tan dramática —comentó entonces el Duque Blanco de forma casual.

—No es más que un vulgar ladrón —gruñó el chambelán—. No hace ni un mes que fue nombrado caballerizo mayor… ¡y ya ha robado un caballo!

—¡Pensaba devolverlo! —se defendió Simón.

—Pero fue por una buena causa, chambelán —prosiguió el duque—. Fijaos en qué estado tan lamentable se encuentra el muchacho. Sin duda ha sufrido numerosas penalidades para hallar el Espejo Vidente, ¿no es cierto?

Simón dirigió una mirada de reojo a Camelia, para recordarle que ella era la culpable de que sus «numerosas penalidades» no hubiesen servido para nada. Pero el hada no le prestó atención; observaba al duque con los ojos entornados, sospechando que no estaba hablando por hablar.

—Merece sin duda una segunda oportunidad —concluyó este, con una seductora sonrisa.

—¿Qué estáis diciendo? —se sobresaltó el chambelán.

—Es obvio que un plebeyo ladrón no puede aspirar a obtener la mano de la princesa. Y menos si está condenado a muerte por robar una propiedad del rey. Pero, si cede voluntariamente el Espejo Vidente…, tal vez yo pueda interceder ante Su Majestad y suplicar por su vida.

Simón dio un respingo, comprendiendo por fin el alcance del peligro que corría.

—¿Condenado a muerte, habéis dicho…? ¿Por tomar prestado un caballo?

El duque se encogió de hombros.

—Es una propiedad de la Corona. Sin duda conoces las leyes al respecto.

No, Simón no las conocía. Pero en aquel momento ese detalle carecía de importancia.

—¡Voy a devolver el caballo! —exclamó—. Mirad, aquí lo traigo. Está un poco cansado porque lo hemos hecho correr mucho, pero se recuperará…

El duque negó con la cabeza, pesaroso.

—Me temo que eso no bastará para calmar la ira del rey. No obstante, cuando me entregues el espejo…

—¡Pero es que no tengo ningún espejo! Seguimos la pista equivocada —explicó el joven, lanzando una nueva mirada acusadora a Camelia—. Podéis registrarnos si lo deseáis, pero no lo encontraréis.

El rostro del Duque Blanco parecía una máscara de piedra.

—No dudes ni por un instante que eso es exactamente lo que haré —declaró.

Hizo una seña con la mano y los soldados avanzaron hacia ellos.

—Deteneos, duque —ordenó entonces una voz tras ellos, fría y cortante como el hielo.

Los miembros de la comitiva se dieron la vuelta, desconcertados.

Un terrible malentendido

Por el camino avanzaba otro grupo de jinetes, encabezados por el capitán de la guardia real de Vestur... y la princesa Asteria, montada sobre la grupa de Niebla.

El desconcierto se reflejó en el rostro del Duque Blanco tan solo un instante antes de que compusiera un cortés gesto conciliador.

—Alteza —saludó con una exquisita reverencia; hasta su caballo inclinó la cabeza con galantería ante la heredera de Vestur—. Qué agradable sorpresa encontraros tan... lejos de palacio.

Asteria alzó la barbilla y lo ignoró por completo para dirigirse al chambelán.

—¿Qué significa esto? ¿Qué pretendíais hacer con estas personas?

Camelia había retrocedido, tratando de pasar desapercibida, en cuanto detectó a la princesa entre los recién llegados. Consideró brevemente la posibilidad de desaparecer o volverse invisible; pero era demasiado tarde para hacerlo sin llamar la atención de todo el mundo, por lo que confió, simplemente, en que Asteria no la reconociera. Después de todo, aquel día vestía ropas sencillas y llevaba las alas bajas para que los humanos las confundieran con una prenda más de su indumentaria.

Si Asteria la identificó como el hada madrina que la había visitado en sus aposentos varias noches atrás, desde luego no lo dejó traslucir.

—Su Alteza Real… —farfulló el chambelán, inclinándose ante ella—. Estamos persiguiendo a un ladrón de caballos. Nada por lo que debáis molestaros.

Ella enarcó una ceja.

—¿De veras? Juraría que ese joven al que acorraláis junto al camino es el caballerizo real. Es cierto que está un poco más sucio y desaliñado de lo que suele ser habitual en él…, pero no ha cambiado tanto para no poder identificarlo —añadió con mordacidad.

El chambelán enrojeció.

—Alteza, veo que conocíais a este ladronzuelo; es cierto que es el caballerizo real, pero abusó de vuestra confianza y de la de Su Majestad, el rey, apropiándose de uno de los animales de las cuadras.

—¿Os referís a ese caballo que lleva de la brida? ¿El mismo que yo, personalmente, le di permiso para llevarse?

Simón dio un respingo y se quedó mirando a Asteria, sin comprender lo que estaba pasando. Pero Camelia atrapó la oportunidad al vuelo.

—Es lo que estábamos tratando de explicar a estos señores, alteza —terció—: que Simón se llevó el caballo contando con vuestra autorización explícita.

Detectó un brillo divertido en las pupilas de Asteria y comprendió que sí la había reconocido. Los motivos por los cuales se había presentado allí tan oportunamente para salvar a Simón con una mentira tan descarada se le escapaban por completo; pero no pensaba desaprovechar la ocasión de pararles los pies al duque y al chambelán.

La princesa dejó escapar un sentido suspiro y movió la cabeza con desaprobación.

—Ay… me temo que todo esto ha sido un terrible malentendido. Probablemente debí informar al personal de las caballerizas sobre el préstamo del animal…, pero confieso que no creí que las cosas llegarían a confundirse de este modo. Porque imagino que vos, como chambelán, estaríais sin duda al tanto de que Simón dejó instrucciones precisas a su sustituto para que las cuadras del palacio siguiesen funcionando a la perfección durante su ausencia. ¿Qué ladrón se tomaría la molestia de hacer algo así?

—Uno muy astuto, alteza —terció el duque amablemente.

Asteria lo miró con fijeza.

—¿Acaso estáis insinuando que miento? —inquirió con frialdad.

—De ninguna manera, princesa. Pero temo que este bribón haya tratado de engañaros…

—¿… para arriesgar el cuello robando el caballo menos valioso de los establos reales? Si fuese tan astuto como decís, sin duda a estas alturas ya habría huido muy lejos de Vestur… en lugar de regresar al reino por el camino principal.

El chambelán sacudió la cabeza, confundido.

—Todo esto es muy irregular, alteza.

—Lo sé, pero prometo enmendarlo: he decidido regalar este caballo al joven Simón, caballerizo real de palacio, para que no haya lugar a dudas. Chambelán: en cuanto regresemos a casa, enviadme al canciller para que registre mi orden por escrito y le imprima el sello real.

Simón se había quedado sin palabras. Su madrina habló por él.

—Eso es muy generoso por vuestra parte, alteza. Os lo agradecemos profundamente.

Asteria esbozó una leve sonrisa.

—No me cabe duda —comentó—. Hablaremos más tarde, caballerizo mayor. En cuanto a vos, señor duque —añadió, volviéndose hacia su invitado—, estoy convencida de que mi padre estará muy interesado en saber qué os hizo pensar que dar caza a los ladrones de Vestur entraba dentro de las obligaciones de un invitado de honor de la casa real. ¿No os parece, capitán?

—Ciertamente —respondió el capitán de la guardia con gesto adusto.

—No pretendía interferir en vuestros asuntos —se justificó el duque con una cortés sonrisa de disculpa—. Partí de viaje en una búsqueda que se planteaba larga e incierta… y se dio la circunstancia de que me encontré con vuestro chambelán por el camino.

—Qué oportuna coincidencia —comentó Asteria con acidez—. Bien, en tal caso… no os entretendremos más. Proseguid con vuestra búsqueda, señor duque. Sin duda será larga e incierta —concluyó con una sonrisa traviesa.

El semblante del duque se ensombreció. Camelia detectó el peligro, pero no estaba en situación de advertir a la princesa…, al menos no en aquel momento.

«¿A qué estás jugando, Asteria?», se preguntó, inquieta.

Todo por mi culpa

No regresaron a Vestur todos juntos. El duque se despidió del grupo poco después, anunciando que proseguiría su búsqueda hasta concluirla, y se alejó por el camino a galope tendido. Lo mismo hicieron la princesa, el chambelán, el capitán de la guardia y los soldados, pero en sentido contrario. No se molestaron en esperar a Simón y a Camelia, pero Asteria les recordó que contaba con reencontrarse con ellos en el palacio cuando llegaran.

—Todo esto es muy extraño —comentó el hada cuando ella y Simón se quedaron solos—. La actitud del duque, la intervención de Asteria… aquí hay algo que se me escapa.

—Me ha regalado un caballo —dijo Simón, todavía desconcertado—. No entiendo nada.

—Yo tampoco. Pero espero que la princesa nos aclare un par de cosas cuando tengamos ocasión de hablar con ella a solas.

—¿Vas a acompañarme en el viaje de vuelta?

Camelia lo consideró. Podía trasladarse mágicamente hasta su casa en un abrir y cerrar de ojos, y le apetecía mucho. Suspiró para sí al evocar su mecedora frente a la chimenea, su biblioteca y sus zapatillas calientes. Realmente, Simón sabría encontrar solo el camino hasta la capital de Vestur. Pero desconfiaba del duque, y estaba bastante segura de que el agua no detendría a Magnolia durante mucho tiempo.

—Sí, lo haré, si no te molesta. Solo por precaución.

Simón no replicó.

Tres días más tarde llegaron por fin al castillo de Vestur. No habían hablado mucho acerca de los últimos acontecimientos, porque no sabían cómo interpretarlos. Camelia no veía la hora de asistir a la conversación que mantendrían Simón y Asteria al respecto… porque pensaba asistir, aun en el caso de que no la invitaran. Su ahijado parecía haber desarrollado una habilidad especial para detectarla cuando se volvía invisible, pero la princesa no, al menos que ella supiera.

Aquella conversación tuvo lugar antes de lo que había imaginado. Nada más llegar al recinto del palacio, Simón fue a las cuadras a dejar el caballo que ya era suyo. Apenas le había quitado la silla cuando Asteria se presentó allí de improviso.

Venía corriendo como una exhalación, pero se detuvo bruscamente en el pasillo y observó con cautela a Camelia, que aún no se había marchado.

Simón, sorprendido por lo repentino de su visita, se aclaró la garganta antes de decir:

—Alteza…, no esperaba volver a veros tan pronto.

Ella no respondió. Simón detectó el largo cruce de miradas que estaban intercambiando su amada y su protectora.

—Ah…, permitid que os presente —dijo, un tanto incómodo—. Alteza, ella es…

—… tu hada madrina —concluyó Asteria, con una sonrisa.

Simón parpadeó, perplejo.

—¿Cómo habéis…?

—Yo no le dije que era tu hada madrina cuando hablé con ella, obviamente —explicó Camelia con un suspiro—; pero no debió de costarle mucho deducirlo al vernos junto en el camino.

—Te equivocas —replicó Asteria con suavidad—. Ya hace más de una semana que lo averigüé.

En esa ocasión le tocó a Camelia sorprenderse.

—Pero…

Asteria se mostró profundamente avergonzada. Tras dirigir a Simón una mirada de disculpa, extrajo un objeto de entre los pliegues interiores de su capa y lo mostró a ambos, poniéndolo bajo la luz del farol para que lo vieran bien.

Era un espejo de mano grande, pesado y antiguo. Tenía un aire regio y misterioso, como si pudiera revelar los más insondables secretos a quien osara preguntárselo.

—¿Qué…? —empezó Simón, desconcertado.

—El Espejo Vidente —murmuró Camelia a media voz.

Asteria miró a su alrededor, inquieta, para asegurarse de que no había nadie que pudiera oírlos.

—Así es —confirmó entonces—. Lo siento mucho —añadió en un susurro—. No quería causar daño a nadie.

Parecía sinceramente arrepentida. Simón la contempló, atónito.

—¿Qué…? —repitió de nuevo.

—Lo tenías tú —adivinó Camelia—. Desde el principio.

La princesa asintió.

—Estaba entre los muchos regalos que me hizo el hijo del sultán —explicó—. No sé de dónde vino, ni si él mismo conocía su verdadero valor cuando me lo obsequió. Pero, cuando me hablaste de la posibilidad de convocar una *queste*…, se me ocurrió que esta era la mejor opción. Porque nadie sabía que el espejo estaba ya en mi poder. Por tanto, nadie lo encontraría nunca para poder ofrecérmelo a cambio de mi mano… y yo no me vería obligada a casarme contra mi voluntad.

—Y pensaste que sería buena idea enviar a tus pretendientes en una búsqueda sin sentido —hizo notar Camelia, que estaba empezando a enfadarse.

—¡No creí que nadie se lo tomaría tan en serio! —se defendió Asteria—. Pensé que, cuando se cansaran de buscar, todos aquellos que me pretendían por mi dote o por el reino acabarían cortejando a cualquier otra princesa. No imaginé…

—… que nadie fuese a embarcarse en esta búsqueda por amor —concluyó Camelia a media voz—. Por eso te fijaste en Simón, ¿no es así?

Asteria enrojeció como una cereza.

—No fue eso lo que me… Quiero decir… Él dijo que sabía dónde estaba el espejo, y que iba a emprender un largo y peligroso viaje para recuperarlo. O bien mentía, o estaba equivocado, y yo necesitaba saber…

—Nos has estado espiando todo el tiempo —dedujo Camelia.

Simón dio un respingo, alarmado.

—¿Qué queréis decir con… todo el tiempo?

Asteria enrojeció todavía más.

—No todo el tiempo —protestó—. Pero sí… he visto muchas de las cosas que habéis hecho… por mi causa. Vuestro viaje, el bosque encantado, el castillo, la bruja…, cómo os llevasteis el otro espejo, y cómo salisteis huyendo y lograsteis escapar…

Parecía sinceramente conmovida, y sus ojos azules se habían cuajado de lágrimas. Camelia evocó todas las cosas que Simón había dicho acerca de Asteria sin saber que ella lo estaba escuchando.

El joven también pareció recordarlo, porque su rostro adquirió un tono encendido a juego con el que teñía las mejillas de la princesa.

—Yo… yo… —empezó, azorado; pero se interrumpió, porque no sabía cómo seguir.

Asteria no pudo más. Se echó a sus brazos, enterró el rostro en su hombro y se echó a llorar.

—¡Cuando pensé que la bruja os alcanzaría…! —sollozó—. ¡Y cuando la ola te tragó… pensé… temí…! ¡Oh, y todo por mi culpa!

Simón la abrazó, sin terminar de creerse lo que estaba sucediendo. Camelia sonrió para sí y dio un paso atrás.

«Las cosas van mucho mejor de lo que pensaba», se dijo. Errores aparte, parecía que su eficiencia seguía siendo ejemplar.

Decidió dejarlos a solas para que disfrutaran de aquel nuevo descubrimiento.

No obstante, algo le impedía marcharse. Su mirada se detuvo en la pareja, que parecía ajena a su presencia, inmersa en su propio mundo. El hada sintió que su corazón se contraía levemente y sacudió la cabeza, tratando de conjurar aquella incómoda impresión.

Con un suspiro apenas exhalado, desapareció de allí.

Sábanas recién almidonadas

Cuando regresó a su casa, apenas la reconoció. Estaba limpia y reluciente como una patena; no había ni rastro de polvo ni de telarañas en las ventanas; la puerta estaba recién pintada y el musgo del tejado había desaparecido por completo.

Camelia dejó escapar un grito de horror y se precipitó al interior. Ante su espanto, lo encontró a juego con el exterior, tan impoluto como si hubiese pasado por allí una brigada entera de gnomos limpiadores. Los libros de la biblioteca estaban perfectamente ordenados por tamaños y colores, los muebles habían sido alineados al milímetro y las sábanas se veían lisas como tablas pulidas.

Camelia gimió, espantada. La causante de aquella súbita pulcritud se hallaba, por el contrario, cubierta de cenizas, porque se había metido en la chimenea y frotaba enérgicamente la superficie del leñero para eliminar hasta el último rastro de hollín.

—Rosaura…, ¿qué has hecho? —exclamó el hada.

La niña se sobresaltó al oír su voz y se incorporó con tanta precipitación que se golpeó la cabeza contra la repisa. Frotándose la coronilla, se volvió para mirar a su madrina con una radiante sonrisa.

—¡Has vuelto! —chilló, loca de alegría.

Camelia consiguió sonreír por fin, aún algo confundida. Por un lado, se sentía conmovida por el afecto de la muchacha; por otro, todavía no sabía si perdonarle lo del tejado.

—¿Qué ha pasado? —logró farfullar—. ¿Dónde está Ren?

—Se fue a cazar, creo —respondió Rosaura; reflexionó un momento antes de añadir—: hace tres días.

Camelia resopló, furiosa, pero no dijo nada. Después de todo, conocía al zorro lo suficiente para haber previsto que sucedería algo así.

Pero en aquel momento estaba demasiado agotada para enfadarse en serio. Después de asegurarle varias veces a Rosaura que podía tomarse un descanso, ella misma se metió en la cama, arrugando el ceño al sentir el crujido de aquellas sábanas recién almidonadas, y se durmió en cuanto cerró los ojos.

Ya no es problema mío

Camelia durmió profundamente mientras iba, poco a poco, recuperando las energías perdidas. Cuando despertó miró a su alrededor, desorientada, y se sorprendió al encontrar ante ella los ojos castaños de Ren, que la miraban, divertidos.

—Buenos días, hada durmiente.

Camelia dio un respingo y parpadeó un instante antes de reconocerlo. El zorro se había hecho un ovillo en su almohada, envuelto en su propia cola.

—Ren —murmuró—. ¿Qué haces aquí?

Él bostezó, mostrando dos hileras de pequeños dientes puntiagudos.

—¿Sueles preguntar eso a todos tus invitados? Caramba, qué sábanas tan duras —comentó mientras trataba de arrellanarse de nuevo junto a Camelia.

Ella se incorporó y lo echó de su lado.

—Baja de ahí. Ya has dormido bastante.

—Habla por ti —protestó el zorro, saltando ágilmente al suelo—. Te recuerdo que yo soy un cazador nocturno.

Camelia apartó las sábanas, que todavía crujían, y se sentó en la cama, estirándose y haciendo vibrar las alas para desentumecerlas.

—Pues tus noches deben de ser mucho más largas que las mías —le reprochó a Ren—. Has dejado a Rosaura sola durante tres días completos.

—No esperaba que tardaras tanto en volver —se defendió él—. Dijiste que sabías dónde estaba el espejo.

—Sí, pero en ningún momento dije que fuera fácil llegar hasta él.

Ren irguió las orejas, interesado.

—¡Ah! ¿Qué ha pasado? ¿Lo conseguiste?

—No hizo falta al final.

Camelia dio unos pasos hasta la jofaina. No le sorprendió comprobar que estaba llena de agua fresca y limpia.

—¿Por qué? —siguió preguntando el zorro—. ¿Ha muerto tu ahijado en el intento?

Ella le dirigió una mirada terrible.

—¡Por supuesto que no! Ha conquistado el corazón de la princesa, para tu información.

Habló con orgullo acerca de los logros de su protegido, pero Ren detectó un cierto tono de tristeza y decepción en su voz.

—Aun así, no podrán casarse sin el espejo —hizo notar—. Y no lo digo yo: son las condiciones que ella misma impuso a todos aquellos que aspiren a obtener su mano.

Camelia no respondió. Fingió concentrarse en su lavado matinal mientras pensaba intensamente. Ren captó la idea y comenzó a lamerse las patas con esmero.

Lo cierto era que no habían hablado del tema, pero el hada suponía que, aunque Asteria se sintiese atraída por Simón, no estaría dispuesta a casarse con él de la noche a la mañana. Algunas princesas no tenían reparos en organizar la boda de inmediato, pero la heredera de Vestur probablemente querría pensárselo bien y conocer mejor a Simón antes de tomar una decisión. Mientras el espejo no apareciese por ninguna parte, Asteria tendría tiempo de sobra para iniciar una relación con su palafrenero, que tendría que ser, naturalmente, secreta. A Camelia no se le escapaba que a muchas chicas las relaciones prohibidas les parecían sumamente románticas y excitantes. Y, de todos modos, si en un futuro Asteria decidiera que quería casarse con Simón, no tendría más que entregarle el espejo para que él pudiese pedir su mano de forma oficial.

Por el momento, los dos tenían exactamente lo que querían: tiempo para estar juntos y discreción para llevar adelante su noviazgo sin ser molestados.

En cualquier caso, su trabajo como hada madrina había terminado. Esta idea, no obstante, no le produjo la satisfacción que había sentido en otras ocasiones. La aventura que había vivido junto a Simón le había parecido demasiado intensa para dejarla atrás sin más.

—Bueno —respondió por fin—, eso ya no es problema mío.

El zorro ladeó la cabeza y la miró con curiosidad, pero ella no dijo nada más. Se volvió hacia él, recordando que tenía otros ahijados a los que debía prestar atención.

—¿Dónde está Rosaura? —inquirió.

—En el huerto. Como ya lo ha limpiado todo varias veces y no te despertabas, ha encontrado otra ocupación. Así que lleva ya dos días cuidando de tus coles, tus acelgas, tus rábanos y toda esa comida para herbívoros que tienes en el jardín —concluyó, arrugando el morro con desdén.

—¿Cómo has dicho? —Camelia se irguió de pronto, alarmada—. ¿Insinúas que he pasado dos días durmiendo?

—Como una marmota —confirmó el zorro.

—¡¿Qué?! ¡Pero tengo tantísimas cosas que hacer...!

No tuvo ocasión de terminar la frase: un grito de Rosaura los puso a ambos en tensión y los hizo precipitarse al exterior de la cabaña.

Lo primero que vio Camelia al llegar al huerto fue el tallo gigantesco de una planta cuyas hojas más altas se perdían entre las nubes. Las más bajas se mecían sobre ellos blandamente, como sábanas al viento. Rosaura las contemplaba boquiabierta, sentada en el suelo como si hubiese caído de espaldas, aparentemente ilesa y muy sorprendida.

—¡Madrina! —exclamó, muy aliviada al verla—. ¡No entiendo qué ha pasado! Estaba sembrando en el huerto y esto ha crecido de repente.

Camelia dirigió una mirada acusadora a Ren.

—¿La dejaste trastear en mi despensa?

El zorro tuvo la decencia de mostrarse un tanto avergonzado.

—¿Qué quieres que te diga? Todas las legumbres me parecen iguales.

Camelia suspiró, armándose de paciencia.

Iba a ser un día muy, muy largo.

Una desdichada princesa cautiva

Cuando, varias horas más tarde, Camelia se presentó por fin en la torre de Verena, sorprendió a su ahijada tratando de arrojar al gato por la ventana.

—¡¿Qué estás haciendo?! —gritó, alarmada.

Verena dio un respingo y se volvió hacia ella. Camelia detectó en su rostro una danza de sentimientos cambiantes: sorpresa, alivio, culpabilidad e irritación. En cualquier caso, su oportuna intervención permitió al felino escapar de las garras de su dueña y volver de un salto al interior de la estancia.

—¡No iba a pasarle nada! —se defendió la muchacha, sin embargo—. Los gatos siempre caen de pie. Y tienen siete vidas.

Camelia se agachó para coger al gato, que se había refugiado entre sus piernas, bufando de indignación.

—Bien —pudo decir, aún desconcertada—, no te recomiendo que pongas a prueba ninguna de esas dos teorías con cualquier gato que no sea un Ancestral. Y mucho menos desde esta altura. ¿Se puede saber en qué estabas pensando?

Verena alzó la barbilla, malhumorada.

—¿Qué tiene de malo desear que al menos uno de los dos sea libre como un pájaro?

—Los gatos no tienen alas, Verena —le recordó Camelia, acariciando al animal para tratar de calmarlo—. ¿Qué es esto? —inquirió de pronto al encontrar un cordel enrollado en torno al cuello del gato.

Tiró del hilo y halló un pequeño papel doblado en el otro extremo. Miró a Verena, confundida, y lo recuperó antes de que el gato se zafase definitivamente de sus brazos. La joven se ruborizó cuando su madrina desdobló la nota y leyó en voz alta:

—«A ti, noble caballero que has encontrado esta súplica desesperada: soy una desdichada princesa cautiva que aguarda ansiosa su liberación. Te ruego que acudas en mi rescate sin demora y…» —Camelia siguió leyendo para sí misma mientras su ira crecía por momentos—. ¡Verena! —gritó finalmente, furiosa—. ¿Ibas a soltar al gato con un mensaje en el que detallas la ubicación exacta de esta torre? ¿Te has vuelto loca?

Verena le devolvió la mirada, desafiante; pero el labio inferior comenzó a temblarle antes de que fuera capaz de pronunciar una sola palabra en su defensa y, ante el desconcierto de Camelia, se echó a llorar desconsoladamente.

—¿Qué… qué esperabas que hiciera, madrina? —hipó—. ¡Hacía días que no sabía nada de ti! ¡Pensaba… pensaba… que me habías abandonado aquí para siempre!

Camelia se ablandó al instante, se guardó la nota de la discordia en su faltriquera y corrió a abrazarla.

—¡Oh, mi niña! —murmuró mientras le acariciaba el pelo—. ¿Cómo iba a abandonarte? No me he olvidado de ti en absoluto. Ya te dije que tenía que ausentarme un par de días.

Verena se separó de ella y la observó tras un velo de lágrimas.

—Han sido más de un par de días —hizo notar; pero Camelia no se dejó avasallar por el tono acusador de sus palabras.

—No muchos más —replicó—. Y, en cualquier caso, ¿te ha faltado algo mientras he estado fuera?

—Libertad —respondió la joven sin dudar—. Y compañía —añadió, tras un breve titubeo.

Camelia suspiró.

—De lo primero ya hemos hablado repetidas veces, Verena. En cuanto a lo segundo… —dudó un instante antes de añadir—, veré qué puedo hacer.

En los últimos días había reconsiderado en un par de ocasiones la idea de alojar a Rosaura en aquella torre perdida. Pero siempre la descartaba, no tanto por la posibilidad de que dos de sus ahijadas se viesen por fin cara a cara como por el hecho de que, conociendo el carácter de ambas, era más que probable que Verena terminase por ver a Rosaura como una criada a su servicio, en lugar de una amiga o una hermana pequeña. No obstante, después de haber pasado toda la mañana tratando de eliminar aquella enorme planta de judías de su huerto antes de que algo desagradable bajase por ella, estaba comenzando a replanteárselo de nuevo.

—Pero, entretanto —concluyó, mirando a Verena con severidad—, haz el favor de recordar lo que hemos hablado otras veces. No lo has olvidado, ¿verdad?

—No —suspiró ella, poniendo los ojos en blanco—. Si sales de la torre, mueres; si le dices a alguien dónde está la torre, mueres; si asomas la nariz por la ventana, mueres; si respiras aire puro, m…

—Basta ya, Verena. Estoy hablando en serio.

—Y yo también. Eres tú la que no me toma en serio a mí.

Camelia empezaba a enfadarse.

—¿Por eso querías defenestrar al gato? ¿Para llamar mi atención?

La joven enrojeció. Abrió la boca para responder, pero entonces Camelia ladeó la cabeza, atenta: otro de sus ahijados la requería.

—Hablaremos en otro momento, Verena —dijo—. Ahora he de marcharme. Cuando regrese, espero que el gato continúe en perfecto estado de salud.

No se quedó a escuchar las protestas de su ahijada. Con un movimiento de varita, desapareció de allí en un abrir y cerrar de ojos.

Una montaña de juguetes

—Quiero una casa de muñecas —exigió la princesa Arlinda, golpeando el suelo con el pie.

Camelia se esforzó por ser amable.

—Princesa, ya tienes una casa de muñecas muy bonita, si no me equivoco. Fue el regalo que pediste por tu cuarto cumpleaños, ¿recuerdas?

La nariz de la niña se arrugó con desagrado.

—Esa es una casa muy pequeña —objetó—. Solo caben veintisiete muñecas dentro, y yo ya tengo treinta y cuatro.

Camelia parpadeó un instante. Recordaba perfectamente la magnífica casa de muñecas que había hecho aparecer para ella, y «pequeña» no era, precisamente, el adjetivo que habría empleado para describirla.

—Bien, pongamos que te consigo una casa de muñecas aún más grande. ¿Qué vas a hacer con la que ya tienes?

Arlinda respondió con un gesto indiferente:

—No lo sé. Guardarla por ahí.

Camelia suspiró.

—Ay, ay, princesa. Debes tener cuidado, no vaya a pasarte como al príncipe Ludovico.

—No me interesa —replicó ella rápidamente. Hizo una pausa y añadió—: ¿Qué le pasó?

Camelia sonrió para sí.

—Bueno, tenía un hada madrina muy espléndida. Todos los días le concedía un deseo, de modo que el príncipe Ludovico contaba con un juguete nuevo cada mañana. Al principio recibía los presentes con gran alegría; luego, aquello se convirtió en una rutina. Día tras día, el hada aparecía junto a su cama para preguntarle qué deseaba. ¿Y crees que al príncipe se le ocurrió desear, por ejemplo, ser un poco más inteligente, que su madre se curara del resfriado o que acabara la sequía en el reino? No, todo eran objetos materiales, y llegó un momento en que el príncipe no sabía dónde guardarlos. De modo que mandó construir un cuarto en el palacio solo para acumular dentro más y más juguetes.

—¿Y? —preguntó la princesa, sin saber a dónde quería ir a parar.

—En fin —suspiró Camelia, moviendo la cabeza con pesar—. Un aciago día, el príncipe Ludovico acudió al trastero para guardar su juguete número tres mil cuatrocientos doce…, pero había ya tantas cosas dentro que, en cuanto abrió la puerta, una montaña de juguetes se precipitó sobre él y lo sepultó por completo. Por lo que tengo entendido, todavía están retirando trastos. Hace ya muchos años que el príncipe Ludovico fue aplastado por sus propios deseos, pero aún no han perdido la esperanza de sacarlo de ahí debajo algún día.

Arlinda guardó silencio, rumiando la historia que Camelia acababa de contar.

—Está bien —dijo finalmente con gesto magnánimo—, entiendo lo que quieres decir. Cuando me traigas la nueva casa de muñecas, puedes quedarte con la vieja. Te la regalo.

Camelia abrió la boca para replicar, perpleja, pero no se le ocurrió nada qué decir. Arlinda aprovechó para añadir:

—¡Ah! Y quiero más caramelos, como los que nos diste la última vez.

«¿Caramelos?», se preguntó Camelia, desconcertada. Entonces recordó el momento en que, al meter la mano en la faltriquera para buscar su varita, la había sacado repleta de dulces. Sacudió la cabeza.

—Eso fue un desliz por mi parte, princesa. No va a volver a suceder —declaró con firmeza.

—¡Pues yo quiero más deslices! —reclamó ella—. ¡Eres mi hada madrina y tienes que darme todo lo que yo te pida!

—Ya hemos hablado de esto —replicó Camelia, esforzándose por no perder la paciencia—. Dijimos que tu deseo para el desfile del centenario valía por todos los deseos absurdos que se te ocurrieran en todo un mes.

—¡Este no es un deseo absurdo!

—Eso seré yo quien lo juzgue, Arlinda.

La niña miró a su hada madrina, desafiante. Camelia le sostuvo la mirada hasta que, por fin, ella bajó los ojos con reticencia.

—Está bien —refunfuñó—. Pero el día del desfile harás aparecer la montura que yo te pida.

—Siempre que tus padres lo aprueben, naturalmente.

—Sí, sí. Pero lo harás, ¿verdad? —La niña parecía ansiosa, y Camelia se enterneció solo un poco—. Por favor —añadió ella.

El hada se quedó tan sorprendida que tardó unos instantes en contestar. Cuando fue capaz de asimilar lo que Arlinda había dicho, pensó que quizá el carácter de la princesa no se había echado a perder del todo todavía. Le sonrió alentadoramente.

—Te lo prometo —le aseguró.

Arlinda sonrió. Aquella sonrisa era algo muy distinto a lo que Camelia había esperado tras negarle la casa de muñecas, por lo que, cuando la dejó para atender a otro de sus ahijados, una pequeña llama de esperanza había prendido en su corazón.

Una petición de audiencia

El príncipe Alteo de Zarcania se sobresaltó cuando su hada madrina se materializó súbitamente a su lado.

—¡Ah! ¡Madrina! —exclamó—. ¿Qué haces aquí?

—Atender a tu llamada, por supuesto —respondió ella frunciendo el ceño—. Porque me has llamado, ¿verdad?

Paseó la mirada por la estancia. A pesar de lo tardío de la hora, parecía evidente que Alteo acababa de despertarse. Estaba descalzo y en camisón junto a la cama deshecha.

El príncipe se ruborizó ante la mirada inquisitiva de su hada madrina.

—Ah, sí… yo… no te he llamado exactamente; solo me acordé de ti y…

—Bueno; para las hadas madrinas eso equivale a una llamada, más o menos —informó Camelia amablemente; no añadió que esto se debía a que sus ahijados solo se acordaban de ella, por lo general, cuando la necesitaban por algún motivo—. Y, dime…, ¿a qué debo el honor de haber aparecido brevemente en tus pensamientos? —añadió con una encantadora sonrisa.

Alteo parpadeó, aún desconcertado. Camelia no dijo nada. Solo esperó, mirándolo fijamente, sin borrar la sonrisa de su rostro. Al príncipe, intimidado por su presencia, le costó un poco retomar el hilo de sus pensamientos.

—Ah…, bien, yo… me estaba preguntando si llegaste a hablar con la princesa Afrodisia…

Camelia entornó los ojos.

—¿Qué quieres decir? ¿No le has escrito para pedirle audiencia?

Alteo se mostró todavía más confundido.

—¿Yo? Dijiste que tú hablarías con ella…

—Y lo hice, tal y como te prometí. Y ella me aseguró que esperaría noticias tuyas. Pero esto fue hace casi una semana. ¿Me estás diciendo que no ha sabido nada de ti desde entonces?

Madrina y ahijado cruzaron una mirada desconcertada.

—Pero si tú ibas…

—No, yo te dije…

Camelia sacudió la cabeza y resopló, molesta por lo absurdo de la situación.

—Afrodisia de Mongrajo es una de las princesas casaderas más cotizadas de todos los reinos —le recordó a Alteo—. Y tanto ella como sus padres están deseosos de celebrar una boda cuanto antes. Si interpretan que no tienes interés… quizá hasta la hayan prometido ya con otro candidato… menos abúlico —concluyó con ironía.

Alteo se irguió para enfrentarse a su madrina.

—¡Si se casa con otro no será por mi culpa! Tú me dijiste que, en cuanto hablases con ella, me lo comunicarías enseguida para escribir la solicitud de audiencia. Pero no he sabido nada de ti desde entonces.

Camelia abrió la boca para replicar, pero la cerró inmediatamente. Recordó que había hablado con Afrodisia la tarde antes de partir hacia el Bosque Maldito para encontrarse con Simón. O bien no había tenido tiempo de visitar a Alteo antes de salir de viaje, o bien había olvidado que debía hacerlo.

—¿Yo te dije eso? —tanteó, insegura de pronto.

Alteo asintió con gesto hosco.

—¿Y tú has estado esperando mi visita desde entonces? —siguió preguntando Camelia.

Alteo volvió a asentir. El hada inspiró profundamente, tratando de ordenar sus pensamientos.

—Bien, no nos pongamos nerviosos. Ella me dijo que estaba dispuesta a recibirte, así que ya estás redactando una petición de audiencia y se la haremos llegar cuanto antes. Se la llevaré yo misma, para evitar retrasos en el correo —añadió con resignación.

El príncipe pareció bastante más aliviado, ahora que Camelia había vuelto a hacerse cargo de la situación.

—Bien —concluyó el hada—, te dejaré para que te adecentes un poco y escribas la carta, ¿de acuerdo? Regresaré en un rato para recogerla, y después…

Se interrumpió de pronto al captar algo que llamó su atención: otro de sus ahijados necesitaba su ayuda.

Simón.

El corazón de Camelia dio un vuelco. Imaginaba al muchacho disfrutando felizmente de su romance secreto con la princesa Asteria; en aquellas circunstancias, el hecho de que se hubiese acordado de ella tal vez podría significar…

—¿Madrina? —La voz de Alteo la hizo volver a la realidad.

—Bien, ahora tengo que irme —dijo ella, esforzándose por centrarse—. Volveré más tarde a buscar tu carta.

—¿Volverás de verdad?

—Sí, de verdad. Pero, para mayor seguridad, llámame en cuanto la tengas escrita, ¿de acuerdo?

La tercera opción

Camelia apareció de nuevo en las caballerizas del palacio real de Vestur. Había acudido a la llamada de Simón, pero no esperaba que esta la condujera hasta un compartimento para caballos más bien pequeño, y en el que ya había otras dos personas.

—¡Madrina! —exclamó Simón con alegría—. ¡Has venido!

Camelia sonrió; se volvió hacia él, y descubrió que Asteria se encontraba a su lado. No tardó en detectar que ambos parecían profundamente preocupados.

—¿Sucede algo malo? —preguntó, frunciendo el ceño; echó un vistazo crítico al entorno y añadió—: ¿Por qué estamos los tres aquí dentro?

—¡Shhh, baja la voz! —suplicó la princesa—. Nadie debe oírnos. —Miró a su alrededor antes de concluir en un susurro—: Creo que me espían.

—¿Que te espían? ¿Quién, si puede saberse?

—Es lo que estamos tratando de averiguar —suspiró Simón—. El rey se ha enterado de que la *queste* convocada por Asteria es una farsa; de que ella posee el Espejo Vidente y, por tanto, cualquier misión de búsqueda está condenada al fracaso, salvo que el aspirante esté confabulado con la princesa para amañar el resultado de la prueba.

—Y es verdad —hizo notar Camelia—. Eso es exactamente lo que está sucediendo.

—Sí… —admitió Asteria—, pero el Duque Blanco, que volvió ayer a la ciudad, se ha sentido muy agraviado y ha exigido compensación.

Ha sido él quien le ha contado a mi padre lo del espejo. Ojalá supiera cómo lo ha sabido —añadió, muy preocupada—, porque, si también descubriera que Simón y yo…

No terminó la frase; los dos enrojecieron súbitamente, y Camelia no necesitó más para hacerse cargo de la gravedad de la situación.

—Podría ser condenado a muerte por osar acercarse a la hija del rey —murmuró.

—Eso no me da miedo —aseguró el joven, contemplando a su amada con expresión arrobada—. Defenderé mis sentimientos hasta el final, no importa lo que…

—No le servirá de nada tu amor si estás muerto, Simón —cortó Camelia con sequedad—. Bien, veamos; hasta donde nosotros sabemos, vuestra relación sigue siendo secreta, ¿no es así?

—Eso espero —murmuró Asteria; no pareció molestarse por el hecho de que el hada diera por sentado que, en efecto, su atracción inicial por el joven caballerizo había cristalizado en algo más—. Pero tengo miedo de que la misma persona que descubrió lo del espejo pueda averiguar eso también.

—Comprendo. En tal caso, no podemos seguir arriesgándonos. Simón tiene que obtener tu mano de forma oficial. Y sí, obviamente estamos hablando de matrimonio, Asteria. Eres una princesa heredera y no se te permite tontear con un muchacho con el que no estás dispuesta a casarte.

Asteria se sonrojó violentamente, indignada.

—¿Crees que no lo sé? —se defendió—. Pero ya te dije en su momento que no deseo contraer matrimonio y…

—En ese caso —cortó Camelia con frialdad—, solo tienes tres opciones. La primera es seguir con Simón como hasta ahora, en secreto, hasta donde vuestros sentimientos os quieran llevar. Pero, en el momento en que os descubran, Simón será ejecutado y tu reputación quedará seriamente dañada. Es posible que esto último no te importe; pero piensa al menos en que él se está jugando la vida por ti.

Asteria no dijo nada. Simón tampoco; se limitó a desviar la mirada y a dejar que su hada madrina siguiese hablando.

—La segunda opción, y probablemente la más sensata —prosiguió ella—, es que rompáis vuestra relación y no volváis a reuniros en secreto nunca más. Podríais seguir viéndoos en público si fingierais que Simón es solo el chico que cuida de tu caballo y nada más. Pero es muy peligroso, porque un buen observador podría detectar algunas cosas… en vuestros gestos, o vuestras miradas… que podrían hacerle sospechar, especialmente si os espía y además tiene relación con el Duque Blanco. Así que, si te decides por esta solución, Simón debe marcharse muy lejos del palacio y no regresar nunca más.

Asteria inspiró profundamente, alarmada ante la posibilidad de que el muchacho desapareciese de su vida para siempre. Él mantenía la vista baja; Camelia adivinó que estaba más que dispuesto a correr todo tipo de riesgos con tal de permanecer cerca de su princesa…, pero también renunciaría a su amor si ella se lo pedía.

Hubo un largo y pesado silencio. Camelia aguardó, deseando con todas sus fuerzas que Asteria amase lo bastante a Simón para alejarlo de su lado.

Entonces la princesa habló:

—¿Y cuál es la tercera opción?

Camelia suspiró brevemente antes de responder:

—Si queréis seguir juntos, Simón tendrá que ganar oficialmente tu mano. Con todo lo que eso conlleva.

—Una boda —concluyó Asteria a media voz.

Camelia asintió.

—Y no será tan sencillo como anunciar «¡Queremos casarnos!» —advirtió—. Porque Simón es plebeyo y tendrá que convencer a tus padres de que merece no solamente ser tu esposo, sino también heredar el reino a tu lado. Habrá que planificarlo todo muy bien para que no lo ejecuten por el simple hecho de aspirar a tu mano. Habrá que imponer una condición que solo él pueda cumplir. Todo eso, querida mía, será complicado y trabajoso, y no estará exento de riesgos para Simón. Así que, si decides que quieres estar junto a él para siempre, espero que lo digas en serio y que no se trate de un capricho pasajero. ¿Has entendido bien?

Asteria asintió, decidida, y la miró con fijeza.

—Perfectamente —declaró—. ¿Qué puedo hacer yo para ayudar?

Camelia tardó apenas unos instantes en comprender lo que implicaban sus palabras. Simón dejó escapar una exclamación de alegría, asió a la princesa por el talle y la besó en los labios apasionadamente. Ella ahogó un grito de sorpresa, pero, tras un instante de vacilación, le echó los brazos al cuello y respondió a su beso con ardor.

Camelia desvió la mirada. En otras circunstancias los habría dejado a solas para que se recrearan en aquel sentimiento compartido. Era lo que las hadas madrinas solían hacer: ayudar a sus ahijados a cumplir sus sueños y retirarse discretamente cuando lo conseguían.

No obstante, aquello todavía no había acabado para ninguno de los tres. Aún quedaban por resolver algunos asuntos de gran importancia, de modo que Camelia carraspeó delicadamente y aguardó a que los enamorados le prestasen atención de nuevo.

—Me preocupa la posibilidad de que os espíen —les dijo entonces—. Asteria, ¿tienes alguna sospecha al respecto?

Ella inclinó la cabeza, reflexionando sobre ello.

—Tiene que ser alguna de las damas o doncellas de la corte —dijo finalmente—. Yo no he hablado con nadie acerca del espejo, pero pasé muchas horas observando lo que hacíais a través de él. Es posible que alguna de ellas me viera. —Frunció el ceño, pensativa—. Tal vez Fidelia, mi dama de compañía. Confío en ella, pero…

—Comprendo —asintió Camelia—. ¿Y eso es lo único que saben tu padre y el duque? ¿Que tenías el Espejo Vidente en tu poder? Piensa, Asteria. Es importante.

—¿Te refieres a si sospechan de mi relación con Simón? No lo creo.

—Yo tampoco —intervino el propio Simón—. El duque me acusó de haber robado un caballo; si tuviese el mínimo indicio de que Asteria y yo estamos juntos, le habría bastado con contárselo al rey para quitarme de en medio.

—Es cierto —convino Asteria—. Por eso creo que el espía está en la corte, en mi entorno cercano. Porque Simón y yo siempre nos reunimos aquí, en las caballerizas, a donde nunca se acercan los nobles ni las damas. El espejo, en cambio, lo guardaba en mis aposentos, y solo allí lo consultaba cuando creía que estaba sola.

Camelia pensaba a toda velocidad.

—Bien —dijo por fin—. Trabajaremos sobre estos supuestos: que queréis estar juntos, que Simón va a tratar de conseguir tu mano y que esto no lo sabe nadie más.

Los dos jóvenes asintieron. Camelia les dedicó una media sonrisa.

—De acuerdo, pues. Esto es lo que vamos a hacer…

La Estrella del Alba

L a princesa Asteria de Vestur entró con paso firme en la sala del trono. Allí la esperaban sus padres, ocupando sus sitiales con gesto grave y majestuoso, como cuando recibían a alguien en audiencia o ejercían de jueces ante algún crimen o litigio. Frente a ellos, haciendo gala, como de costumbre, de una elegancia exquisita, se encontraba el Duque Blanco.

—Ah, princesa —dijo él cuando la vio; sus ojos se mostraban gélidos, y su rostro no exhibía su cortés sonrisa habitual—. Celebro que hayáis tenido a bien acudir a esta pequeña reunión. Sin duda será muy ilustrativa para todos.

Asteria lo ignoró deliberadamente y se inclinó ante los reyes.

—Padre, madre… —los saludó—. Buenas tardes.

—Buenas tardes, Asteria —respondió el rey; al igual que el duque, tampoco sonreía—. Te hemos llamado porque ha llegado hasta nosotros una información… alarmante.

Asteria no dijo nada.

El rey continuó:

—Sin duda recuerdas la última vez que hablamos acerca de tu futuro matrimonio. Dejaste muy claro que no estabas dispuesta a casarte en breve e invocaste las leyes antiguas del reino para solicitar tu derecho a imponer una prueba a los aspirantes.

—Así es, padre —asintió ella.

—Y ahora me comunican que esa prueba no era tal en realidad. Asteria, ¿es cierto que el Espejo Vidente que reclamas se encuentra ya en tu poder?

—Es cierto, padre.

La reina lanzó una exclamación consternada. El rey cerró los ojos un momento, cansado.

—¿Y cómo llegó a tus manos tal objeto?

Asteria se cuidó mucho de mencionar al hijo del sultán. Pese a que él le había regalado el espejo antes de que se promulgara la *queste*, el rey podría llegar a interpretar que el joven oriental había ganado la prueba sin saberlo siquiera.

—Eso ahora carece de importancia, padre —respondió con aplomo; pero bajó la cabeza, en un estudiado gesto de arrepentimiento, cuando prosiguió—: El caso es que ya lo tenía antes de convocar la búsqueda. Y reconozco que he obrado mal, y que la condición que impuse no era justa. También comprendo que el duque tiene sobrados motivos para sentirse agraviado —añadió, mirándolo por primera vez para dedicarle una tímida y fugaz sonrisa—. Por eso suplico vuestro perdón, y me atrevo a pediros que me deis la oportunidad de reparar el daño que he causado.

El duque se cruzó de brazos y entornó los ojos con suspicacia.

—No veo cómo pensáis hacer eso, princesa —comentó.

—El edicto se ha difundido por todo el reino y ha llegado ya hasta los reinos vecinos —añadió el rey—. No podemos anunciar una rectificación ahora. Quedarías ante el mundo como una niña caprichosa… y yo, como un estúpido, por haberte consentido hasta ese punto.

—No promulgaremos rectificación alguna, padre —le aseguró ella; dirigió al duque una deslumbrante sonrisa, toda inocencia y buena voluntad—. Estoy dispuesta a entregar el Espejo Vidente al duque en privado, para que pueda proclamarse vencedor de la *queste* en público.

El rostro del rey se iluminó, rebosante de alivio y satisfacción.

—Esa sería la solución perfecta.

El duque, no obstante, no había variado un ápice su gesto desconfiado.

—¿Estáis diciendo, princesa, que aceptáis mi propuesta de matrimonio sin ninguna condición?

Ella se mostró recatadamente ofendida.

—Naturalmente que no, duque. Soy una princesa y no puedo aceptar propuestas sin imponer condiciones. Pero estoy segura de que vos ya lo sabíais cuando solicitasteis mi mano. Aspiráis a obtener un alto precio, mi señor, y es natural: alguien como vos no debe conformarse con menos.

Asteria vio con el rabillo del ojo que la reina disimulaba una sonrisa.

—¿Qué es lo que pretendes, hija? —inquirió el rey, frunciendo el ceño—. ¿Vas a casarte con el duque o no?

—Oh, sí, lo haré —prometió ella—, pero primero deberá superar una pequeña prueba. Algo que no pondrá su vida en peligro ni lo alejará de aquí.

Su padre movió la cabeza con desaprobación.

—No puedo consentir…

—Oh, pero padre, debes hacerlo —interrumpió Asteria—, porque yo me comprometí a plantear una prueba a los aspirantes, y es evidente que no lo hice correctamente. Lo que tengo pensado es infinitamente más sencillo que hallar un objeto mágico perdido. De este modo, además, yo no faltaré a mi palabra y el duque podrá obtener mi mano sin poner en peligro su vida. No me cabe duda de que alguien como él no tendrá ninguna dificultad en superar la prueba.

—No la tendré —aseguró el duque—, siempre que dicha prueba no esté amañada de antemano.

Asteria se llevó una mano al pecho, dolida.

—¡Oh, duque! ¿Cómo podéis pensar eso de mí? Comprendo que os fallé al convocar la prueba del Espejo Vidente, pero ¿qué otra cosa podía hacer? Soy joven e inocente… me impresionaba mucho la perspectiva de casarme en breve. Necesitaba ganar tiempo para pensar…

—¿Qué clase de prueba quieres plantear esta vez? —intervino entonces la reina con curiosidad.

Asteria sonrió y les mostró a todos una pequeña caja de plata finamente labrada. Cuando la abrió, los reyes y el duque pudieron admirar en su interior un colgante con forma de estrella. Su corazón era un refulgente rubí, y sus puntas estaban adornadas con diamantes.

—La Estrella del Alba —murmuró la reina; luego se volvió hacia el duque y aclaró—: Una reliquia familiar que perteneció a mi tatarabuela y que va pasando de generación en generación entre las mujeres de mi familia. ¿Qué pretendes hacer con ella?

—Esta tarde —anunció Asteria con gravedad—, saldré a pasear a caballo, como de costumbre. Iré sola, con la única compañía del rey o de la reina, como ellos decidan. Uno de los dos será mi testigo y me acompañará en todo momento para asegurarse de que no hablo con nadie más hasta que finalice la prueba.

»Durante el transcurso de mi paseo, esconderé la Estrella del Alba en algún punto del camino. No será nada deliberado; de hecho, el testigo que me acompañe podrá decidir, si así lo desea, dónde ocultar la joya, para estar seguros de que su ubicación solo la conocemos nosotros dos.

»Después, el duque tendrá la oportunidad de buscarla. Podrá emplear cuantos medios tenga a su alcance. Cuando la encuentre y me la devuelva yo le entregaré, en justa correspondencia, el Espejo Vidente.

La princesa calló. Los reyes y el duque meditaron unos instantes sobre las condiciones de la prueba. Entonces la reina dijo:

—Pero ¿por qué quieres llevarte la Estrella del Alba? Es una joya muy valiosa. ¿No puedes utilizar cualquier otro objeto?

—Precisamente porque se trata de una joya muy valiosa, me esforzaré en esconderla bien —explicó Asteria—. La prueba no tendría sentido si me limitase a colgar un pañuelo en la rama de un árbol. Ha de estar bien oculta para que no la encuentre la primera persona que pase por allí. El testigo se asegurará también de ello, y no me permitirá abandonarla en cualquier recodo del camino.

—Muy astuto —murmuró el duque.

La princesa prosiguió, como si no lo hubiese oído:

—Por otra parte, el valor de la Estrella del Alba no es solo histórico o material. También se trata de un símbolo de nuestro linaje. Es un precio apropiado por el Espejo Vidente y la mano de la heredera de Vestur.

—Me parece un plan absurdo y enrevesado —declaró el rey—; pero, si va a servir para que aceptes la propuesta de una vez…, hagámoslo cuanto antes. Yo mismo te acompañaré para asegurarme de que cumples tu palabra.

—Gracias, padre —respondió Asteria con una breve reverencia.

El tronco retorcido de un gran castaño

Aquella tarde, tal y como había anunciado, la princesa Asteria salió a pasear a caballo, acompañada únicamente por su padre, el rey de Vestur. Como no llevaban escolta, vestían con ropas poco llamativas y ocultaban su identidad bajo amplias capas de color gris. Dado que el día se había vuelto frío y desapacible, y una fina lluvia calaba los campos que se extendían a ambos lados del camino, a nadie le extrañó que ambos llevasen la capucha echada sobre la cabeza.

Así, discretamente ataviados, recorrieron los terrenos que rodeaban el castillo, a las afueras de la ciudad. Asteria siguió su ruta habitual, aunque el horario elegido no era el mismo de siempre; el rey había decidido anticipar el paseo para terminar cuanto antes con lo que él consideraba «una absurda pantomima».

Hicieron el trayecto en silencio. Asteria llamó la atención de su padre en varias ocasiones sobre algunos lugares en los que podía ocultar la Estrella del Alba, pero el rey negó con la cabeza todas las veces. Finalmente, cuando estaban a punto de dar por concluido su paseo, fue él quien señaló un hueco en el tronco retorcido de un gran castaño que crecía junto al camino. Asteria no discutió. Ante la atenta mirada de su padre, envolvió la caja en un paño y la ocultó en el fondo del orificio, no sin antes asegurarse de que estaban completamente solos.

Después, el rey y la princesa regresaron al castillo. Ella estuvo acompañada por su padre en todo momento y no se le permitió cruzar ni una sola palabra con nadie más.

La puerta se abrió por fin

Al caer la noche, la lluvia arreció. La familia real se reunió para cenar en el comedor, como tenía por costumbre. En los últimos tiempos solía compartir la mesa con ellos su ilustre invitado, el Duque Blanco. No obstante, aquella noche su ausencia era notoria, y estaba remarcada también por el hecho de que ni Asteria ni el rey pronunciaron una sola palabra. La reina hablaba de asuntos intrascendentes con la princesa Delfina, tratando de cubrir con su cháchara el pesado silencio que se expandía como una mancha de aceite bajo el repiqueteo de la lluvia sobre los cristales.

La princesa Asteria apenas podía comer. Se dedicaba a revolver con el tenedor el contenido de su plato mientras dirigía frecuentes vistazos a la puerta de la estancia, esperando a que el mayordomo entrara para anunciar la llegada del palafrenero mayor. Tal como habían planeado, Simón se presentaría en el castillo con la intención de devolver la joya que «casualmente» habría encontrado en el lugar donde la princesa la había ocultado. Pero los minutos pasaban y nadie entraba en el salón. Las gotas de lluvia seguían golpeando los ventanales, la reina y Delfina charlaban, y Asteria y el rey callaban.

La puerta se abrió por fin cuando estaban ya sirviendo los postres. Asteria alzó la mirada, esperanzada…

… Pero el hombre que entró en la sala, completamente empapado y exhibiendo una sonrisa triunfal, no era Simón.

Era el Duque Blanco.

Una teoría interesante

—¿Qué… qué significa esto? —pudo decir Asteria por fin.

El duque dedicó una florida reverencia a la familia real de Vestur.

—Disculpad mis modales, majestades…, altezas… —comenzó—. Lamento interrumpir la cena, pero he de haceros entrega de algo sumamente valioso.

El corazón de Asteria latía con tal fuerza que parecía querer salírsele del pecho.

«No puede ser. No puede ser.»

—Algo tan valioso que no podía permanecer a la intemperie ni un instante más…

«Es imposible. Esto no puede estar sucediendo.»

—Una joya, en definitiva, tan hermosa y preciada como su propietaria, a quien la restituyo con gran satisfacción —añadió el duque, ofreciéndole a Asteria una pequeña cajita de plata que ella conocía muy bien.

La princesa tomó el obsequio entre sus manos, incapaz de reaccionar. Abrió la caja, con la esperanza de que estuviese vacía…, pero lo que halló en su interior, tan delicada y refulgente como siempre, fue la Estrella del Alba.

Cerró los ojos un instante mientras sentía que el suelo temblaba bajo sus pies y todo su mundo se venía abajo.

—Bien, duque —dijo el rey de Vestur con una amplia sonrisa—. Celebro comprobar que la joya ha sido recuperada. Seréis recompensado como corresponde.

—¡¡¡No!!!

Asteria se levantó bruscamente de la silla y miró a su alrededor, desesperada, buscando una explicación.

—¿Sucede algo, princesa? —preguntó el Duque Blanco con una media sonrisa—. ¿Acaso no os complace el presente que os ofrezco? ¿O tal vez esperabais otra cosa cuando me retasteis a aceptar vuestras condiciones?

Asteria casi no lo escuchaba. Sus ojos se habían clavado en su hermana pequeña, que lo observaba todo con expresión atenta y reconcentrada, como si pudiera ver algo en ellos que el resto del mundo había pasado por alto.

Y, de pronto, Asteria comprendió.

—¡Has sido tú! —exclamó, horrorizada—. ¡Tú le contaste al duque lo del espejo!

Delfina contempló a su hermana con sus enormes ojos azules abiertos de par en par.

—¿Qué dices, Asteria? No comprendo…

—¡Tienes que haber sido tú! —prosiguió ella, cada vez más furiosa—. ¡Siempre andas curioseando entre mis cosas, y estoy segura de que me has visto mirando el espejo alguna vez!

Delfina sacudió la cabeza.

—Asteria, no sigas —le advirtió—. Que seas la mayor no te da derecho a…

Pero Asteria no podía quedarse callada. Porque, si tenía razón…

—Esto lo explica todo, naturalmente —dijo con una sonrisa triunfal.

Se volvió hacia sus padres y les tendió la cajita que contenía la joya familiar.

—La prueba no ha sido superada aún —declaró—. Porque esto no es la Estrella del Alba, sino su gemela, la Estrella de la Tarde.

La reina lanzó una exclamación ahogada. Delfina palideció súbitamente.

—¿Cómo te atreves…?

—¿Acaso vas a negarlo? —cortó Asteria—. ¡Le dijiste lo del espejo y le has entregado tu joya para que la hiciese pasar por la mía!

Delfina se puso en pie, pero no dijo nada. Seguía blanca como el papel.

—¡Basta ya, las dos! —intervino la reina con severidad—. No pienso tolerar semejante comportamiento en la mesa.

—¡Pero, madre…! —protestó Asteria.

—Ni una palabra más —cortó ella—. Sentaos y hablemos de este asunto de forma civilizada.

—Lo agradecería mucho, majestad —intervino el duque; un sirviente había recogido su casaca blanca, completamente empapada, y le había proporcionado un paño para secarse.

Asteria tomó asiento de nuevo, aún reluctante. Pero Delfina, haciendo caso omiso de la orden de su madre, les dio la espalda a todos y salió del salón con paso ligero.

—¡Delfina! —la llamó el rey—. ¡Regresa aquí inmediatamente!

Ella no dio muestras de haberlo oído. Cuando desapareció por el pasillo, el rey dejó escapar un resoplido de irritación.

Asteria inspiró hondo, algo más calmada. La huida de su hermana le confirmaba lo que ya sospechaba: que el duque no había culminado la prueba en realidad. En cualquier momento la puerta se abriría de nuevo y aparecería Simón, portando la Estrella del Alba con gesto triunfal…

—Disculpad los modales de mis hijas, duque —dijo el rey con disgusto—. Está claro que Asteria todavía busca excusas para no tener que cumplir sus promesas. Es bochornoso.

—No ha superado la prueba, padre —insistió ella, tozuda.

—No termino de comprender por qué no, princesa —replicó el duque, tomando asiento junto a ella con una amable sonrisa.

Asteria se apartó un poco, molesta.

—Vos lo sabéis perfectamente. La Estrella del Alba y la Estrella de la Tarde son dos joyas exactamente iguales, una pareja de aretes que perteneció a mi tatarabuela y que mi madre repartió entre sus dos hijas. El arete que vos me habéis entregado no es el que yo escondí: es el que posee mi hermana.

—¿Y por qué razón me entregaría ella semejante reliquia familiar? —inquirió el duque, sin dejar de sonreír.

—Bueno, es obvio que la habéis seducido —replicó Asteria con cierto desdén—. Siempre fue una niña muy impresionable.

—¡Asteria! —se escandalizó la reina—. No te consiento que hables así de tu hermana.

Pero el duque, que parecía encontrar muy interesante la conversación, ladeó la cabeza y continuó observándola con aquella sonrisa de suficiencia. La princesa comenzaba a ponerse nerviosa. Era evidente que había descubierto su treta. ¿Por qué él no lo reconocía? ¿Y por qué tardaba tanto Simón?

—Es una teoría interesante —comentó el duque—. De modo que pensáis que vuestra hermana está rendidamente enamorada de mí y me ha ayudado a superar fraudulentamente la prueba… para obtener vuestra mano y casarme con vos.

Asteria abrió la boca para replicar, pero no se le ocurrió nada que decir.

—Me complace descubrir que tenéis una imaginación tan viva, alteza. Siempre es una cualidad estimulante en una esposa. Ahora bien… no termino de entender vuestro razonamiento. Si he seducido a la princesa Delfina, como proponéis… ¿no sería más lógico suponer que ella trataría de impedir nuestra futura boda, y no al contrario?

Una espantosa sensación de abatimiento cayó como una losa en el corazón de Asteria al comprender que él tenía razón.

Entonces la puerta se abrió de nuevo, y ella alzó la cabeza, esperanzada… Pero se trataba de Delfina, que regresaba con una pequeña cajita plateada entre las manos.

Nadie dijo nada cuando la muchacha, con semblante grave y solemne, abrió la caja y la depositó sobre la mesa, ante el rey. Este suspiró profundamente al ver lo que contenía. Tomó el joyero que había traído consigo el Duque Blanco y lo colocó junto al de Delfina. Después, les dio la vuelta a ambos para que Asteria y el duque pudiesen comprobar que ambas cajas contenían dos alhajas exactamente iguales.

—Se acabó el juego, Asteria —dijo el rey con voz grave—. El Duque Blanco ha cumplido con tus condiciones. Le entregarás el Espejo Vidente para que pueda ofrecértelo a cambio de tu mano que, obviamente, le será concedida sin demora. Con un poco de suerte, podremos celebrar la boda antes de que llegue el invierno.

—Y, naturalmente, le pedirás disculpas a tu hermana —añadió la reina con aspereza.

Asteria no dijo nada. Seguía contemplando los dos aretes, incrédula, sintiendo que estaba viviendo un sueño del que no tardaría en despertar. Miró primero a su padre y luego a su madre, que la contemplaban, severos e inflexibles, y se volvió después hacia el duque, que exhibía aquella elegante sonrisa que había aprendido a detestar con toda su alma.

Por último, se volvió hacia su hermana. Delfina seguía sin hablar. Observaba a Asteria con expresión pétrea y, por un instante, el odio llameó en su mirada, por encima de un profundo poso de dolor y decepción.

Debería estar aquí

No lejos de allí, bajo la lluvia torrencial, un hada madrina y su ahijado rebuscaban infructuosamente en el hueco del tronco de un gran castaño.

—¿Estás seguro de que Niebla dijo que estaría aquí? —preguntó Camelia por enésima vez.

—¡Completamente seguro! —respondió Simón, desesperado—. Describió el lugar con todo detalle. Tú misma lo apuntaste.

—Ah, es cierto.

Camelia rebuscó en su faltriquera hasta que encontró su cuaderno de notas y sus anteojos. Tuvo que iluminar la punta de su varita para poder leer en la oscuridad lo que había registrado:

—El castaño de tronco retorcido junto al camino, cerca de la valla que delimita el calabazar, poco antes de llegar al puente de piedra —logró descifrar antes de que la lluvia emborronase la página por completo—. No hay ningún otro castaño con esas características en todo el trayecto, ¿verdad?

—Estoy convencido de que no.

—¿Y no se habrá equivocado de árbol? ¿No lo habrá confundido con una encina o con un nogal?

—¡Por supuesto que no! ¿Con todos los atracones de castañas que se ha dado cuando la princesa no miraba? Te aseguro que sería capaz de encontrar el lugar con los ojos cerrados.

—Pues… ya no sé qué más hacer —confesó Camelia, secando los anteojos con la manga de su vestido—. La joya debería estar aquí, y no está. Lo mejor será que regresemos a los establos para interrogar a Niebla otra vez.

—¡Pero el Duque Blanco podría adelantarse y encontrar la Estrella antes que nosotros! —objetó Simón, al borde de un ataque de nervios.

—¿Con esta lluvia y en plena noche? —Camelia negó con la cabeza—. Es imposible que la encuentre en estas condiciones, Simón. Tranquilízate; nos aseguraremos de que este es el sitio correcto y volveremos en un rato.

Si me hubieses escuchado la primera vez

Castañas —resopló Niebla—. Muy ricas, pero pinchan si no les quitas la piel primero.

—Sí, sí, gracias por la información —respondió Simón, impaciente, mientras Camelia hacía vibrar sus alas para secarlas—. ¿Estás seguro de que la princesa desmontó junto a un castaño? ¿El castaño que hay junto al camino, cerca del calabazar? ¿Antes de llegar al puente de piedra sobre el río?

—Sí —confirmó el caballo—. Casi al final del paseo. Tan cerca del castillo que podía oler la cuadra desde allí.

Camelia y Simón cruzaron una mirada.

—Es el sitio donde hemos estado —suspiró el muchacho, profundamente preocupado—, no hay ninguna duda. Quizá puedas ir a hablar con Asteria y preguntarle…

—No puedo —cortó el hada—. Se supone que estará vigilada por su padre para que no hable con nadie hasta que aparezca la joya.

Simón inspiró hondo, tratando de calmarse.

—Bien —dijo, despacio—. Entonces ¿qué debemos hacer ahora?

Camelia no respondió. Todavía no acertaba a comprender cómo era posible que un plan tan sencillo se hubiese torcido de aquella manera.

—Quizá… —empezó, pero no pudo terminar de hablar: alguien entró atropelladamente en las caballerizas y la obligó a volverse invisible para no ser descubierta.

En cuanto Simón se dio la vuelta, la princesa Asteria se refugió entre sus brazos, llorando con desesperación. El joven la abrazó, confuso.

—¿Asteria…? ¿Qué… qué ha pasado? ¿Dónde está la joya?

La princesa tardó unos instantes en serenarse lo suficiente para responder:

—¡La… la tiene el du… duque! —sollozó—. ¡Y mi pa… padre ha de… decidido que debo ca… casarme con él!

—¡¿Qué?! —exclamó Simón, anonadado.

Camelia se hizo visible de nuevo.

—No puede ser —murmuró, pálida—. ¿Qué ha podido salir mal?

Asteria se separó un poco de Simón y se secó los ojos con el dorso de la mano. Miró al hada acusadoramente y respondió, algo más calmada:

—No lo sé; dímelo tú. Yo escondí la Estrella del Alba y, horas después, vino el Duque Blanco a devolvérmela. ¿Por qué no la recogisteis vosotros primero?

—La dejaste en un hueco del tronco del castaño, ¿verdad? —quiso asegurarse Camelia, tratando de no ponerse nerviosa—. Cerca del puente de piedra.

—¡Sí, sí, ahí estaba! ¿Niebla no os lo dijo?

—Sí, lo hizo —respondió Simón con voz apagada—. Pero, cuando fuimos a buscarla, la joya ya no seguía allí.

—El duque debió de llevársela primero —dedujo Camelia, pensativa—. Pero ¿cómo es posible? Tal vez os siguió…

—Nadie nos siguió —replicó Asteria—. Mi padre se aseguró de ello. Y mi madre dice que el duque estuvo en el castillo durante todo el paseo, y solo salió a buscar la joya cuando nosotros regresamos.

—Quizá tenga algún modo de espiar mágicamente desde la distancia —sugirió Simón—. Algún objeto parecido al Espejo Vidente.

Camelia asintió lentamente.

—Eso explicaría cómo se enteró de que el espejo estaba en poder de Asteria —dijo—. Pero, en ese caso, ¿por qué no ha descubierto todavía vuestra relación?

La princesa sacudió la cabeza, profundamente afligida.

—Lo hará tarde o temprano —gimió, y sus ojos se cuajaron de lágrimas otra vez—. Cuando estemos casados, me controlará todavía más.

Camelia la miró fijamente.

—¿Pretendes seguir viéndote con Simón incluso después de la boda? —interrogó.

—¡No será una boda por amor! —se defendió ella—. ¡Me van a obligar a casarme, no es algo que yo haya elegido!

—No lo dudo —replicó Camelia con sequedad—. Pero no estoy hablando de eso: si ya resulta peligroso para Simón mantener una relación amorosa con una princesa soltera, hacerlo cuando estés casada será un suicidio para él.

—¿Insinúas que debemos romper? ¡Esa era la segunda opción! ¡Te recuerdo que yo me decanté por la tercera!

—Bajad la voz —intervino Simón; parecía conmocionado por los últimos acontecimientos, pero se esforzaba por mostrarse resuelto y pensar con claridad—. Bueno, el plan ha salido mal, pero seguro que lo podemos solucionar. ¿Verdad que sí, madrina?

Clavó en Camelia una mirada profundamente esperanzada, y a ella se le encogió el corazón. Carraspeó para aclararse la garganta antes de decir:

—Pensaré en algo; está claro que he subestimado al Duque Blanco. He de averiguar cómo consigue enterarse de todo. Asteria, ¿tienes alguna pista sobre la persona que os espía?

El rostro de la princesa se ensombreció.

—Yo… sospechaba de mi hermana —admitió—, pero parece ser que estaba equivocada. —Se le quebró la voz, y Camelia decidió no seguir preguntando para no alterarla más.

—Bien, la boda no va a celebrarse mañana, ¿verdad? Entonces, aún tenemos algo de tiempo. Trabajaré en ello, y vosotros, por lo que más queráis, sed prudentes. Cuanto menos os veáis, mejor. Lo último que necesitamos ahora es que los reyes o el duque descubran lo vuestro. Eso sería todavía más catastrófico que un compromiso que aún no es público y, por tanto, puede llegar a evitarse.

—¿De verdad? —preguntó Asteria con amargura—. Porque hasta el momento tus consejos solo han servido para entregarme en bandeja al Duque Blanco.

Camelia no se dejó avasallar por el tono acusador de su voz.

—Te recuerdo que fuiste tú quien convocó una *queste* amañada —replicó con calma—. Yo solo estoy tratando de solucionar las consecuencias de tu lamentable metedura de pata, querida mía. De hecho, si me hubieses escuchado la primera vez que fui a «cantarte las loas de mi ahijado», como tú misma dijiste, no estaríamos ahora en esta situación.

—Por favor, no discutáis —intervino de nuevo Simón—. Encontraremos una solución, ¿verdad, madrina?

Camelia contempló a la pareja; ambos se habían abrazado, profundamente afligidos; pero su ahijado la miraba a ella, a su hada madrina, con fe inquebrantable.

Suspiró. No sabía cómo iba a arreglar aquella situación, pero sí tenía claro que no pensaba poner en riesgo la vida de Simón.

Y que haría cualquier cosa para protegerlo.

Rosaura

uando Camelia consideró que Asteria se había tranquilizado lo suficiente para estar segura de que no sufriría un ataque de nervios, consoló a la pareja como mejor pudo, les recomendó que fueran prudentes y les anunció que se retiraría a pensar en una solución, pero que pronto tendrían noticias suyas.

Lo cierto era que sufría un terrible dolor de cabeza, y lo único que deseaba era regresar a su casa, meterse en la cama y dormir hasta el día siguiente. Había sido un día muy largo y complicado.

Se apareció, por tanto, en el interior de su cabaña, con un breve suspiro de satisfacción. No obstante, detectó inmediatamente que había algo que no marchaba como debería.

En primer lugar, su casa estaba oscura, húmeda y fría. Camelia se dio cuenta de que eso se debía a que la puerta estaba abierta de par en par, y en el exterior llovía a cántaros, al igual que en Vestur. El hada dejó escapar una maldición al descubrir que estaba chapoteando en un enorme charco de agua, y se apresuró a cerrar la puerta para impedir el paso de la lluvia. Después, echó un vistazo crítico en derredor.

La chimenea estaba apagada; Camelia trató de encender el fuego con su magia, pero la madera estaba húmeda y no prendió. Con un suspiro, transformó su propia varita en una antorcha improvisada y volvió a mirar.

Algo iba terriblemente mal, más allá de la puerta abierta y de la invasión de los elementos.

La casa no estaba simplemente desordenada; estaba revuelta, como si se hubiese producido una auténtica batalla campal en su interior. La estantería había volcado, desparramando todos los libros por el suelo mojado; los platos que Rosaura había apilado tan cuidadosamente en el aparador estaban ahora por el suelo, hechos pedazos.

El corazón de Camelia dejó de latir un breve instante.

Rosaura.

No la buscó con la mirada, porque sabía que no la encontraría allí. Cerró los ojos un momento y se concentró en el tenue vínculo que las unía. La sintió al otro lado de su percepción, muy lejos…, sola y asustada, pero aparentemente bien.

Respiró hondo y se esforzó por no dejarse llevar por el pánico.

Estaba claro que algo o alguien había irrumpido en su casa mientras ella estaba fuera. Se había llevado consigo a Rosaura, o tal vez ella había logrado huir y no se había atrevido a regresar a casa aún. En cualquier caso, Camelia debería haber notado que ella estaba en problemas desde el mismo instante en que el intruso había invadido su hogar. ¿Por qué no lo había hecho?

Trató de centrarse, pero temblaba como una hoja, y comprendió que en aquel estado no podía simplemente materializarse junto a su ahijada para traerla de vuelta a casa. El vínculo seguía siendo muy débil, y ella se sentía demasiado cansada y asustada para ser capaz de seguirlo.

Dio un respingo al notar de pronto que los dedos se le quemaban, y descubrió que el fuego había consumido casi por completo su inútil varita de avellano. La arrojó a la chimenea y la alentó con su magia para que la llama prendiera. No lo consiguió a la primera, ni tampoco en el segundo intento; pero finalmente los troncos chisporrotearon y bañaron la estancia con una luz cálida y reconfortante.

Camelia, sobrepasada por las circunstancias, se sentía a punto de llorar. Se armó de valor y se dio la vuelta para observar con detenimiento el destrozo al que había sido sometida su casa.

Topó súbitamente con una figura alta y esbelta que había aparecido de pronto tras ella. Lanzó un grito aterrorizado y trató de debatirse, pero el recién llegado la sujetó por las muñecas y le susurró al oído:

—Eh, eh, ¿qué pasa? Tranquila, Cam, soy yo.

Camelia reconoció la voz de Ren, y alzó la mirada para toparse con sus suaves ojos castaños; el alivio la inundó con tanta intensidad que se echó a llorar sin poder evitarlo.

—Eh, no…, tranquila —repitió él, desconcertado—. Sea lo que sea, lo solucionaremos, ¿de acuerdo?

La abrazó, y Camelia, sin dejar de llorar, enterró el rostro en su hombro. Ren olía a maleza, a bosque antiguo, a algo indefinible que le producía una infinita nostalgia, porque su corazón lo reconocía inconscientemente como parte de su propia esencia.

Poco a poco, Camelia dejó de llorar. Notó que Ren miraba a su alrededor, aún confuso, por encima de su cabeza.

—¿Qué ha pasado aquí? —preguntó; olisqueó en el aire y, aunque no pudo verlo, Camelia lo imaginó arrugando la nariz—. Huele a brujería de la mala.

El hada suspiró profundamente y cerró los ojos un momento.

—Alguien entró mientras yo estaba fuera —pudo decir por fin, a media voz; se separó de Ren para mirarlo a los ojos—. Se han llevado a Rosaura.

Un brillo de alarma iluminó las pupilas del zorro; si hubiese conservado su forma animal en aquel momento, sin duda habría erguido las orejas. Se apartó de Camelia para estudiar el entorno con mayor detenimiento.

—¿Estás segura de que se la han llevado? Tal vez haya huido por sus propios medios —sugirió.

El hada negó con la cabeza.

—Es lo que pensé al principio; pero está demasiado lejos para haber podido llegar hasta allí ella sola.

Empezaba a sentirse un poco mejor. Cogió una capa seca que reposaba sobre el respaldo de la silla y se la echó por encima de los hombros para tratar de entrar en calor.

—¿Adónde vas? —la detuvo Ren cuando se disponía a salir por la puerta—. Estás empapada.

—Ya me encuentro mejor, gracias —replicó ella con voz firme—. Rosaura me necesita.

—Ni siquiera sabes quién se la ha llevado.

—Pero la encontraré. Solo tengo que esperar a que mi magia se recupere un poco, y entonces…

—No me refiero a eso. Podría ser peligroso, ¿sabes?

Camelia se volvió para mirarlo.

—Piensa un poco primero —prosiguió él—. ¿Quién podría querer llevarse a una niña como ella?

Camelia no respondió.

—¿Su familia, tal vez? —sugirió Ren.

—No la echarán de menos —contestó ella—. Y, aunque lo hicieran, no la buscarían aquí. —Suspiró—. Orquídea estaba interesada en que Rosaura desencantara a uno de sus ahijados, pero ni siquiera ella…

—No —atajó Ren—. ¿No me has oído? Ha sido una bruja. La última vez que vi a Orquídea, todavía era un hada madrina, estoy seguro.

Camelia negó con la cabeza.

—Vamos, Cam —la apremió el zorro—. Las conoces a todas. Salvo que en los últimos tiempos hayan cambiado las cosas entre vosotras, solo sé de dos brujas que saben que vives aquí.

Camelia se derrumbó sobre la mecedora. De nuevo parecía a punto de llorar.

—Ha sido Magnolia —murmuró—. Tiene que haber sido ella. No hace ni una semana que entramos en su castillo y…

—Espera un momento —cortó Ren; tomó una silla y se sentó junto a ella para mirarla fijamente a los ojos—. ¿Entrasteis en el castillo de Magnolia? ¿Tú y quién más?

—Simón y yo. Era una prueba de valor, solo estábamos…

—El espejo —adivinó Ren, echándose hacia atrás.

—Y ni siquiera se trataba del espejo que estábamos buscando. Pero Magnolia se lo tomó muy mal… La engañé para llevarme su espejo y proteger a Simón…

No pudo seguir hablando, pero Ren no necesitó más información. Movió la cabeza desaprobadoramente y dijo, con un suspiro:

—Ay, Camelia… no deberías haberte implicado tanto.

—¿Y qué iba a hacer? ¡No podía permitir que lo transformara en un cerdo!

—Pues tal vez tendrías que haberlo hecho. Los héroes deben forjarse a sí mismos, Cam. Las hadas madrinas ayudan un poco, pero no pueden interferir hasta ese punto. No me extraña que Magnolia se lo haya tomado como algo personal.

—Pero Simón no tiene la marca del héroe. No tenía ninguna posibilidad contra ella...

—Bueno, tú lo metiste en ese castillo, en primer lugar. Y tampoco tenía ninguna necesidad de entrar ahí.

Camelia abrió la boca para replicar que, de no haber sido por aquella catastrófica incursión, la princesa Asteria no habría llegado a fijarse en su mozo de cuadra. Pero no había tiempo para entrar en detalles.

—¿Y por qué habría de tomarla con Rosaura? Ella no tiene la culpa de lo que hicimos Simón y yo.

Ren se encogió de hombros.

—Tal vez vino aquí para ajustar las cuentas contigo y no te encontró. Y decidió que llevarse a tu ahijada sería una buena forma de hacértelo pagar. O quizá pretenda lanzar un desafío; puede que te esté retando a que vayas a rescatar a Rosaura. ¿Quién sabe cómo piensa una bruja? En cualquier caso — añadió, mirando en derredor—, parece claro que la has molestado de verdad.

—Solo estaba haciendo mi trabajo —se defendió Camelia—. ¿Y tú? ¿Dónde estabas tú? Se suponía que tenías que cuidar de ella, ¿no? ¡Ese era el trato!

Ren alzó las manos, tratando de aplacarla.

—Lo sé, y lo siento. No creas que no me siento culpable por no haber estado aquí para defender a Rosaura. Nunca pensé... Quiero decir... ¿Dónde va a estar más segura una niña que en casa de su hada madrina?

Camelia entornó los ojos.

—Eso ha sido un golpe bajo, Ren —le reprochó.

—Lo admito —reconoció él—. Sobre todo porque no ha hecho que me sienta menos culpable —añadió, y Camelia apreció, no sin sorpresa, que parecía sinceramente arrepentido—. Si vas a ir a buscarla al castillo de Magnolia, yo te acompañaré.

Solo durante un rato

Camelia se materializó junto a las puertas del castillo de Magnolia cuando los primeros rayos del alba rozaban ya las copas de los árboles más altos. En esa ocasión había evitado recorrer todo el bosque a pie, no solo debido a que ya no tenía que ajustarse al ritmo de Simón, sino sobre todo porque, cuanto más tiempo permaneciese en los dominios de la bruja, más probable sería que ella la detectase. No obstante, aquella tampoco era la solución perfecta; después de todo, no había tenido ocasión de descansar para reponer su magia, e igualmente debería utilizarla para disimular su presencia allí el máximo tiempo posible.

Se dio la vuelta y oteó entre la espesura, buscando a Ren con la mirada.

—Estoy aquí —informó una voz a sus pies.

Camelia bajó la vista y descubrió al zorro sentado junto a ella. Jadeaba, con la lengua colgando entre los dientes, como si hubiese corrido un buen trecho. Y sin duda así era: mientras que el hada era capaz de aparecer en cualquier lugar de forma instantánea, Ren, por el contrario, siempre se desplazaba a pie. Camelia nunca había llegado a descubrir cómo se las arreglaban los Ancestrales para recorrer grandes distancias en tan poco tiempo bajo su forma animal. Había quien decía que la magia de los Ancestrales era más antigua y poderosa que la de las hadas; pero, debido al carácter desenfadado de Ren, a Camelia le costaba trabajo recordar que, a pesar de las apariencias, se trataba de un ser increíblemente viejo.

—Bien —murmuró, tratando de centrarse—. Estoy usando magia de ocultamiento para pasar desapercibida, pero no sé si puedo cubrirte a ti también.

Ren sacudió la cabeza.

—No hará falta —respondió—. Seré como un zorro cualquiera para su percepción, al menos hasta que me vea con sus propios ojos, así que no te preocupes por mí. Concéntrate en superar sus defensas mágicas, si es que las tiene; yo encontraré por mi cuenta un hueco por el que colarme.

Camelia lo miró, dubitativa.

—¿Podrás?

—Por supuesto —replicó él con una larga sonrisa—. Siempre lo hago, ¿recuerdas?

El hada asintió.

—Nos vemos dentro, pues —dijo—. No pierdas el tiempo en buscarme o en esperarme si me retraso; ve por Rosaura y trata de sacarla de aquí cuanto antes.

Ren asintió y, silencioso como una sombra, desapareció por entre la maleza que rodeaba el castillo, sacudiendo su cola tras él.

De nuevo a solas, Camelia respiró profundamente. Trató de relajarse para que su magia fluyera mejor, y después, simplemente, dio un paso al frente y atravesó el muro como si estuviese hecho de niebla.

Parpadeó, sorprendida. El castillo no estaba protegido con magia. En esta ocasión, las puertas no se habían abierto ante ella, pero este hecho solo le hizo desconfiar todavía más. Se preguntó, inquieta, si Magnolia la habría detectado a pesar de todas sus precauciones. Recordó que Ren había apuntado la posibilidad de que la bruja se hubiese llevado a Rosaura para vengarse de ella, de modo que no debía descartar que se tratase de una trampa.

De todas formas, pensó, no tenía alternativa. Tenía que sacar a la niña de allí, costara lo que costase.

Camelia suspiró para sus adentros y se internó en aquella morada tan lóbrega como el corazón de su dueña. Cabía la posibilidad de que todo estuviese saliendo bien; de que, en realidad, su magia funcionase a la perfección y Magnolia no la hubiese detectado todavía. En tal caso, no debía perder tiempo.

Halló sin dificultad la escalera que descendía hasta el sótano. El vínculo que compartía con su ahijada la conducía directamente al lugar en el que Cornelio permanecía transformado en piedra, y se le erizó la piel al pensar que Magnolia podría haber hechizado a la niña también. Lo de Cornelio había sido, en cierto modo, inevitable. Después de todo, se trataba de un príncipe que había partido de su palacio en busca de aventuras, y se había enfrentado voluntariamente a diversas pruebas y peligros para obtener fama y fortuna. Acabar petrificado en el sótano del castillo de una bruja era un riesgo asumido.

Pero Rosaura...

De nuevo procuró no pensar en ello. Resistió la tentación de materializarse en el sótano de inmediato; lo había hecho en otras ocasiones, cuando iba a visitar a Cornelio, consciente de que aquellas intrusiones eran toleradas por la dueña de la casa. Pero esta debía evitar llamar la atención en la medida de lo posible.

Se deslizó por fin hasta el interior del sótano, con un suspiro de alivio. Había alcanzado su destino sin novedad, y quiso creer que aquello era una buena señal. Pasó por delante de la estatua de Cornelio, que formaba parte de una colección de jóvenes aspirantes a héroe petrificados en diversas actitudes de horror, sorpresa o resignación. Todos eran varones; no había ni una sola chica entre ellos y, por descontado, tampoco estaba Rosaura.

En su corazón se encendió una débil llama de esperanza, y se atrevió a llamar a su ahijada en voz baja:

—¿Rosaura? ¿Estás ahí?

—¡Madrina! —le respondió una voz desde la penumbra.

El corazón de Camelia dio un brinco en el interior de su pecho.

—¡Rosaura! No tengas miedo, te sacaré de ahí.

Localizó a la muchacha en el fondo de la estancia, encerrada en una enorme jaula. Corrió a sostener las manos que ella le tendía entre los barrotes.

—¡Madrina! ¡Has venido!

—Por supuesto que sí. Dime, ¿estás bien? ¿Qué te ha hecho esa bruja?

—Pues... la verdad es que nada, madrina. En realidad...

—Entonces, es que he llegado a tiempo —cortó Camelia, examinando el candado que ajustaba la cadena en torno a los barrotes—. Hummm... Obviamente está sellado con magia. Tardaré un rato en sacarte de aquí. Ten un poco de paciencia.

Sus dedos recorrieron el cierre, trazando arabescos luminosos que se difuminaban al instante en la oscuridad.

—No puede ser, no puede ser —murmuró el hada, angustiada—. Su magia es más fuerte que la mía. ¿Qué voy a hacer?

—¿No deberías usar la varita? —sugirió Rosaura, desconcertada.

Los dedos de Camelia se detuvieron bruscamente sobre el candado.

—Ah. Claro. La varita. ¿Cómo no se me habrá ocurrido antes?

Rebuscó durante unos instantes en su faltriquera, antes de recordar que había usado su varita como antorcha improvisada y que había terminado convertida en cenizas. Cuando sacó la mano, sus dedos se cerraban en torno a la nada.

—Esta es mi varita invisible —anunció con cierta grandilocuencia—. Resulta muy útil cuando te encuentras con una banda de ladrones que pretende llevarse todas tus pertenencias.

En la penumbra pudo ver que los labios de Rosaura formaban un «ah» de admiración. Se concentró en seguir tejiendo encantamientos con una mano mientras la otra distraía la atención de su ahijada dibujando florituras en el aire con la varita imaginaria.

—Quizá la señora nos deje la llave si se la pedimos con amabilidad —dejó caer entonces Rosaura.

A Camelia se le escapó una breve carcajada escéptica.

—Rosaura, te ha encerrado en una jaula con un sello mágico —razonó—. Es obvio que no quiere dejarte salir de aquí.

—Pero me ha mostrado mi habitación —replicó ella—. Me dio de comer… un banquete digno de una reina, madrina, ¡si lo hubieses visto…! Luego me llevó hasta un cuarto precioso con una cama enorme, y me dijo que me alojaría allí. Que puedo vivir con ella, que cuidará de mí, y yo solo tendré que ocuparme de la casa.

Camelia la escuchaba a medias. El candado seguía resistiendo, y el hada resopló por lo bajo, con disgusto.

—Y realmente hay muchas cosas que hacer en esta casa, madrina —siguió parloteando la niña—. Quitar el polvo, lavar las cortinas, sacudir las alfombras, limpiar los cristales… Ya he empezado con mi habitación, y ha quedado mucho mejor que antes. La señora estaba encantada, y estoy segura de que lo decía en serio. No pretende tenerme aquí encerrada para siempre. Ella misma me ha dicho que sería solo durante un rato, así que…

Los dedos de Camelia se crisparon sobre el candado.

—¿Eso te ha dicho? —cortó con brusquedad—. ¿Que sería solo durante un rato?

—Sí —respondió Rosaura, inquieta por la preocupación de su madrina—. ¿Por qué? ¿Qué es lo que pasa?

Camelia no respondió. Se incorporó de un salto y miró a su alrededor, maldiciéndose por su ingenuidad, mientras una breve risa reverberaba en la penumbra.

El placer de la venganza

Has tardado en comprenderlo, querida amiga —dijo la voz de Magnolia con suavidad.

—Deja marchar a Rosaura —ordenó Camelia, pretendiendo mostrar más valor del que sentía en realidad.

Magnolia salió de entre las sombras, con paso lento y elegante.

—No tengo el menor interés en ella —declaró—. Era solo un cebo para traerte hasta aquí. Pero imagino que ya lo sabías.

—Sí, lo sospechaba —admitió Camelia a regañadientes—. Pero tenía que venir de todos modos. Y ahora que ya me tienes, puedes dejarla marchar.

Magnolia avanzó un poco más hacia ella. Camelia retrocedió instintivamente, protegiendo la jaula con su propio cuerpo.

—Había pensado en transformarla en algo bonito —le confió la bruja—. Tal vez un venado, o un pajarillo. Pero he descubierto que se le dan muy bien las tareas domésticas, así que he decidido que me la voy a quedar. Después de todo, cuando haya acabado contigo, ella ya no tendrá ningún otro sitio a donde ir... ¿me equivoco?

Camelia reculó hasta que su espalda chocó contra los barrotes de la jaula. El poder que irradiaba Magnolia superaba con mucho al suyo propio. Desde el principio había sabido que su única oportunidad de salvar a Rosaura pasaba por entrar en el castillo y llevársela sin que su dueña lo advirtiera, porque no sería capaz de vencer en un enfrentamiento directo contra ella.

—¿Qué es lo que pretendes? —preguntó—. No puedo devolverte el espejo; se rompió, como bien sabes. Pero tal vez pueda regalarte un objeto de valor similar —añadió con una media sonrisa—. ¿Te gustaría añadir otro espejo mágico a tu colección? Seguro que puedo encontrar en alguna parte algo que te pueda interesar.

Magnolia inclinó la cabeza y fingió que consideraba la oferta.

—Oh, qué bien me conoces —ronroneó—. Cómo sabes lo mucho que me gustan los espejos mágicos. Pero… —pareció dudar un momento y finalmente concluyó, con una aviesa sonrisa—, me temo que nada puede compararse con el placer de la venganza.

Levantó la mano; Camelia reaccionó y recurrió a su propia magia para defenderse… pero lo hizo un instante demasiado tarde, y el poder de Magnolia, frío como el acero, se coló en su interior como un sinuoso tentáculo invisible.

El hada jadeó y se tambaleó, sorprendida y aterrorizada. Luchó contra aquella magia oscura que se iba apropiando de ella, enfriándola y endureciéndola poco a poco.

—¿Qué… me estás… haciendo? —fue capaz de decir, sumida en el pánico más absoluto.

—También consideré transformarte a ti en algún animalillo silvestre —comentó la bruja, sonriendo con dulzura—, pero el castigo no habría estado a la altura de tu osadía. Porque mientras siguieras viva, aunque fuese bajo una forma diferente, encontrarías la manera de ser feliz. Das por sentado que tu corazón nunca dejará de latir, Camelia. Y yo voy a demostrarte que estás equivocada.

Con un soberano esfuerzo de voluntad, Camelia logró alzar la mano y contempló, aterrorizada, cómo sus dedos se volvían grises y rígidos; trató de doblarlos, pero ya no fue capaz.

—Qué… me… has… —susurró con voz ronca.

Magnolia rió.

—Quedarás perfecta en mi colección de estatuas —comentó—. Todos esos héroes de piedra agradecerán que les proporcione un hada madrina para que los consuele en su eterno letargo.

Camelia quiso huir, pero ya era demasiado tarde: no podía moverse. Quiso gritar, pero también su voz parecía haberse congelado en el tiempo. Fue capaz de dejar escapar un leve sonido que sonó como un suspiro:

—N…

Tras ella, Rosaura chillaba, lloraba y suplicaba, sacudiendo los barrotes de su jaula en un inútil intento por liberarse para socorrer a su hada madrina; pero Camelia apenas la oía ya. Lo percibía todo muy lejano, como si la hubiesen recluido en el interior de una urna de cristal; su visión también fue emborronándose a medida que la piedra invadía, poco a poco, todos y cada uno de los rincones de su ser.

Una tímida lágrima logró escapar por entre sus párpados, abiertos de par en par en una muda mirada de horror; pero se detuvo a medio camino y comenzó a solidificarse sobre su mejilla para adornarla por toda la eternidad.

«No puedo acabar así, no puedo acabar así», pensó Camelia, desesperada. Luchó por encontrar en su interior fuerzas suficientes para detener el proceso, y pudo respirar una vez más. Pero Magnolia cerró el puño y envió contra ella una nueva oleada de magia, la definitiva, consciente de que el hada sería incapaz de resistirla.

Y entonces una sombra se interpuso entre ambas; Camelia sintió que aquel poder oscuro la abandonaba de pronto, e inspiró profundamente, relajando por fin los brazos, mientras un escalofriante alarido de terror resonaba por todos los rincones del castillo. El grito se alargó durante unos eternos segundos y por fin, poco a poco, fue debilitándose hasta extinguirse en un último gemido.

Camelia se dejó caer de rodillas sobre el suelo, porque sus piernas ya no podían sostenerla. Respiró hondo varias veces mientras su propia magia terminaba de expulsar los restos del hechizo de Magnolia; y solo cuando se convenció de que seguía viva, en carne y hueso, se atrevió a alzar la mirada.

Ante ella se encontraba Ren en su forma humana; sostenía entre las manos un gran espejo ovalado, y sonreía ampliamente. Tras él se erguía Magnolia, con los brazos en alto, tratando de protegerse de la fuerza que la había transformado en una silente estatua de piedra. Sus ojos inanimados todavía contemplaban a Ren con espanto, y su boca entreabierta ya no podía proferir el menor sonido.

—Qué… —murmuró Camelia, aturdida.

La sonrisa de Ren se acentuó.

—No me extraña que te equivocaras la última vez que estuviste aquí —comentó—: en este castillo hay un montón de espejos interesantes. Este, sin ir más lejos, refleja todo tipo de magia. Hace rebotar los hechizos contra la persona que los lanza. —Echó un vistazo crítico a Magnolia, suspiró y movió la cabeza antes de concluir, con tono admonitorio—. Ya sabes: no hagas a los demás lo que no te gustaría que te hicieran a ti.

Camelia estalló en sollozos, aliviada, agotada y aún aterrorizada. Apenas se percató de que Ren dejaba a un lado el espejo y se agachaba junto a ella para abrazarla.

Espanto y tristeza

Sacaron a Rosaura de la jaula, pero decidieron dejar en el castillo a Cornelio y el resto de jóvenes petrificados.

—De aquí no se van a mover —dijo Camelia con cansancio—. Ya regresaremos a buscarlos en otra ocasión.

Rosaura la miró sin comprender. Le había impresionado mucho descubrir que aquellas inquietantes estatuas eran en realidad jóvenes hechizados, y la tenía muy preocupada el hecho de que no hubiesen regresado mágicamente a la vida tras la derrota de la bruja.

—Si arrojas un jarrón al suelo, sus pedazos no volverán a unirse cuando tú desaparezcas —le había explicado Ren—. El mal que hacemos no puede ser deshecho; solo podemos tratar de compensarlo de alguna manera.

Rosaura había dado por supuesto que Camelia «compensaría» la magia oscura de Magnolia y rompería el hechizo que pesaba sobre ellos. El hada lo leyó en su expresión sin necesidad de palabras.

—No se trata solo de ellos, Rosaura —intentó explicarle—. Casi todos los animales del bosque que rodea el castillo son personas encantadas. Yo no puedo rescatarlos a todos; mi magia no es tan poderosa. Además, es un tipo de maleficio que necesita un contrahechizo específico en cada caso.

La niña lo entendió solo a medias. Camelia no necesitó mirarla a la cara para adivinar la decepción en sus ojos. No podía culparla; ella era su hada madrina, y no había sido capaz de protegerla de Magnolia. De hecho, ni siquiera había sido capaz de salvarse a sí misma. Y ahora tampoco podía ayudar a todas aquellas personas encantadas, a pesar de que la bruja no podía ya amenazarlas.

—Vámonos de aquí —dijo Ren—. Ha sido un día muy largo.

Se llevó a Rosaura escaleras arriba. Camelia, no obstante se quedó un momento rezagada para contemplar una vez más el rostro inanimado de Magnolia, congelado para siempre en una angustiosa mueca de horror.

Había algo en su expresión, o tal vez en su postura, o quizá en su mera presencia, que hizo que Camelia se estremeciera de espanto y tristeza. El mundo empezó a dar vueltas, y Camelia se aferró a la estatua para no caerse. Cuando todo se puso negro, resbaló hasta el suelo, y allí se quedó, tendida a los pies de la bruja de piedra, hasta que Ren y Rosaura volvieron sobre sus pasos para buscarla.

¡Buenos días, buenos días!

Despertó horas más tarde, pasado el mediodía, en su propia cama.
Miró a su alrededor, desorientada. Su casa estaba otra vez ordenada, por lo que dedujo que Rosaura se habría encargado de
adecentarla mientras ella estaba inconsciente. No la vio por
ninguna parte, pero oyó su voz, y también la de Ren, charlando animadamente en el jardín. Respiró hondo y se levantó.

No había tenido un sueño reparador; había sufrido pesadillas en las
que el maleficio de Magnolia la endurecía y enfriaba poco a poco
mientras el rostro de la bruja la contemplaba como si se estuviese burlando de ella. Se sentía lo bastante recuperada para que su magia volviese a fluir con normalidad, pero aún quedaba en su corazón un poso de
miedo y angustia, y su mente evitaba por todos los medios pensar en
Magnolia, atrapada para siempre en su fría prisión de piedra.

Mientras se lavaba, luchando por despejarse del todo, se esforzó por
centrarse en planificar las tareas del día. Rosaura ya estaba a salvo, pero
tenía otros ahijados que atender. Tenía la incómoda sensación de que
estaba pasando algo por alto, alguna cosa que debía hacer de inmediato.
Frunció el ceño, tratando de pensar. Casi todos sus ahijados la habían
llamado en algún momento del día anterior, pero ella, concentrada en el
rescate de Rosaura, había ignorado sus peticiones. No, ignorado no,
se reprochó a sí misma. Ella nunca haría eso. Tan solo había pospuesto
su respuesta, priorizando las peticiones urgentes por encima de las demás.
Rosaura estaba en primer lugar, naturalmente. Pero había otra más…

De pronto chasqueó los dedos, sonriendo. ¡Claro!, tenía pendiente la petición de audiencia del príncipe Alteo. Debería haber ido a visitarlo la tarde anterior para recoger la carta que sin duda había redactado ya. Suspiró, más tranquila. Por fin una tarea sencilla.

Terminó de adecentarse, almorzó un par de tostadas con miel y salió al exterior. Saludó a Ren y a Rosaura, les dijo que debía ir a hacer un par de recados y, acto seguido, desapareció de allí.

Tal y como había imaginado, Alteo seguía durmiendo. Camelia descorrió las cortinas para que la luz del sol incidiese sobre su rostro. El joven gruñó y se tapó la cabeza con uno de sus almohadones de plumas.

—¡Buenos días, buenos días! —saludó Camelia con voz cantarina—. He venido a buscar la petición de audiencia.

Alteo refunfuñó; su voz sonó ahogada desde debajo de los almohadones, y Camelia no entendió lo que decía. El príncipe sacó un brazo fuera del edredón y señaló hacia el escritorio. Allí, el hada encontró la carta dirigida a la princesa Afrodisia. La leyó, asintiendo para sí misma, y después la dobló y la guardó en la faltriquera.

—¡Muy bien, con esto me basta! —exclamó—. Voy a llevársela ahora mismo a la princesa. Te mantendré informado.

Alteo no dijo nada ni emergió de debajo de los almohadones. Solo agitó la mano en señal de despedida. Camelia puso los ojos en blanco y desapareció de allí.

Una cita para tu príncipe

Como se sentía llena de energía y quería solucionar aquel asunto cuanto antes, Camelia utilizó su magia para aparecer instantáneamente en el palacio real de Mongrajo, donde vivía la princesa Afrodisia. La encontró paseando por los jardines, seguida de sus damas de compañía. Le dedicó una radiante sonrisa, pero Afrodisia se limitó a alzar las cejas y a observarla en silencio.

—Buenos días, alteza —saludó Camelia—. Vengo de parte de vuestro rendido admirador, el príncipe Alteo de Zarcania.

—Ya sé quién eres —replicó Afrodisia—. Espero a tu ahijado desde hace una semana. Si me admirase tanto como proclamas, habría venido él mismo a decírmelo.

—Es exactamente lo que pretende —respondió Camelia, y le tendió la carta de Alteo con una breve reverencia.

Afrodisia bajó una ceja, pero mantuvo la otra en alto mientras cogía la carta con dos dedos. Camelia se preguntó cómo se las arreglaría para expresar con gestos mínimos tantos matices diferentes de aquel estudiado desdén.

Esperó con paciencia mientras la princesa leía la carta de su ahijado. Finalmente, levantó la vista con un suspiro de resignación.

—Está bien, lo recibiré —decretó—. Tráeme recado de escribir —ordenó a una de sus doncellas.

La joven se inclinó, dispuesta a cumplir su mandato; pero Camelia hurgó en su faltriquera y extrajo de ella una pluma y un pequeño tintero.

—¿Os basta con esto?

Afrodisia volvió a mirarla con ambas cejas en alto; el resto de su expresión no varió un ápice cuando dijo:

—Tendrá que servir.

A un gesto suyo, la doncella cogió el tintero, lo abrió y lo sostuvo ante ella para que la princesa pudiese mojar la pluma en él y anotar algunas frases en el dorso de la carta de Alteo. Camelia la contempló mientras lo hacía, y un inquietante pensamiento cruzó por su mente: «¿De verdad esta es la mejor candidata que he podido conseguir para Alteo?». Era muy improbable que se enamorase de esa muchacha altiva y desdeñosa, por más que su ahijado interpretase que sus ácidos comentarios escondían un cierto sentido del humor.

—Ya está —anunció entonces Afrodisia, sobresaltando ligeramente al hada—. Aquí tienes una cita para tu príncipe. Si no se presenta en el día, hora y lugar que le he indicado, entenderé que renuncia a mi mano total e irrevocablemente.

—Se lo diré —asintió Camelia.

Guardó la nota y el tintero en la faltriquera, y rebuscó en su interior a la caza de un pañuelo para limpiar la pluma. Mientras lo hacía, percibió que otro de sus ahijados la requería con urgencia.

Se trataba de Simón. Camelia reprimió el impulso de atender a su llamada de inmediato. Respiró hondo, se recordó a sí misma que debía hacer primero las cosas urgentes y dedicó una media sonrisa a la princesa Afrodisia.

—Os agradezco profundamente vuestra gentileza, alteza —dijo con una nueva reverencia—. Y ahora, si me disculpáis, acudiré junto al príncipe Alteo para comunicarle vuestras noticias.

Afrodisia asintió, indiferente, mientras batía lentamente su abanico de plumas de pavo real.

Camelia suspiró para sus adentros y desapareció de allí.

Reapareció en el interior de la cámara de Alteo; el joven seguía en la misma posición en la que lo había dejado momentos atrás, perdido en un mar de cojines del que emergían algunos ronquidos ocasionales.

—¡Alteo, despierta de una vez!

El bulto de la cama rebulló y, por fin, el príncipe de Zarcania asomó su regia y despeinada cabeza entre los almohadones.

—¿Madrina…? —murmuró—. ¿Qué haces aquí?

—Ya le he llevado tu petición de audiencia a la princesa Afrodisia —informó ella, hurgando en su faltriquera—. Y te la ha concedido. Por lo que más quieras, no me falles esta vez, ¿de acuerdo?

Alteo se rascó la coronilla, medio dormido todavía.

—¿Afrodisia? —murmuró—. Claro, madrina. Tú dime dónde y cuándo es la cita y yo iré sin falta.

Camelia dejó la nota sobre el escritorio de Alteo.

—Ahí tienes las señas. Estúdiatelas bien y asegúrate de que sabes llegar. ¿Me has oído?

—Sí, sí —respondió Alteo lentamente—. Pero…

—No tengo tiempo para oír excusas, Alteo. Esta es tu última oportunidad para encontrar una reina. No la dejes escapar.

—No, no —murmuró Alteo—. Pero…

—Ahora he de irme, pero volveré para ver cómo te va todo.

El príncipe abrió la boca para replicar…, pero su madrina ya se había ido. Parpadeando aún para acostumbrarse a la luz del día, Alteo clavó la mirada en la nota que Camelia había dejado sobre el escritorio. Con un profundo suspiro, se incorporó con resignación y se dispuso a vestirse.

De mal en peor

Se materializó junto a Simón, que en esa ocasión estaba a solas, sentado al pie de la fuente de la plaza mayor, con aire de profunda tristeza.

—¡Simón! —exclamó Camelia, casi sin aliento—. ¿Me has llamado?

El joven dio un respingo, sobresaltado.

—¡Madrina! Por favor, no me des estos sustos.

—Lo siento. Sé que llevas un rato esperando, y que ayer también…

—Ya está hecho, madrina —cortó él—. Ya es oficial.

—¿Oficial? —repitió Camelia, desconcertada.

Simón asintió, abatido. Miró a su alrededor para asegurarse de que nadie los escuchaba. Varias comadres charlaban emocionadas en un rincón alejado, y un grupo de operarios desmontaba el pequeño estrado que se erigía en la explanada con motivo de anuncios, proclamas y actos públicos en general. Camelia advirtió que allí acababa de suceder algo importante. Los ciudadanos habían regresado a sus ocupaciones habituales, pero aún se percibía un cierto ambiente festivo en el aire. Muchos balcones exhibían con orgullo banderolas con el escudo de armas de la casa real de Vestur.

—Anoche, los reyes obligaron a Asteria a entregar el Espejo Vidente al duque, tal y como ella había prometido que haría —explicó Simón en voz baja—. Esta mañana han organizado una ceremonia pública en la que él se ha proclamado vencedor de la *queste* y ha hincado la rodilla

229

ante la princesa para ofrecerle el espejo. Ha contado que lo encontró entre las joyas que atesoraba un terrible ogro al que, según dice, derrotó de manera heroica y ejemplar. ¡Y la gente se lo ha creído! Ya lo aclaman como futuro heredero de Vestur. El rey le ha concedido la mano de Asteria y ha promulgado un bando para anunciar el compromiso a todos los reinos. Se casarán dentro de dos semanas.

Camelia no supo qué decir.

—Lo único bueno de todo esto —prosiguió Simón— es que, como Asteria ha recuperado el espejo, ya podemos volver a vernos sin temor a que el duque nos espíe.

Camelia reaccionó.

—No podrá espiaros a través del Espejo Vidente, tal vez —hizo notar—. Pero no le faltan recursos, ya lo sabes.

Simón no respondió.

—No puedes seguir citándote con ella, Simón —insistió Camelia—. Ya era peligroso antes, pero ahora que está prometida… es un suicidio.

—No me importa, madrina. Haré lo que sea para…

—Piensa un poco en Asteria —cortó Camelia, optando por una estrategia diferente—. Puede que a ti no te importe arriesgar el cuello, pero… ¿y ella? Si la descubren contigo, su reputación no volverá a ser la misma. Y no podemos descartar tampoco que su padre no quiera imponerle un castigo ejemplar. Sé de princesas que se han visto condenadas al exilio o encerradas en una torre de por vida por actitudes similares. Algunas hasta fueron sentenciadas a muerte junto con sus enamorados. Sin ir más lejos, hace doscientos años, lustro arriba, lustro abajo, a la hija menor del rey de Orgul la arrojaron al cubil de un dragón por tratar de fugarse con el deshollinador del palacio.

Simón palideció.

—Pero el rey Leobaldo no es tan…

—¿… salvaje? —lo ayudó Camelia—. Nunca se sabe. Algunos reyes son capaces de llegar a extremos inimaginables por el bien del reino, el honor de la familia y cosas así.

—Entonces ¿qué se supone que voy a hacer? —se desesperó Simón—. ¿Quedarme sentado viendo cómo ella se casa con otro?

Camelia no supo qué contestar.

—Si estuviese enamorada de ese duque, no habría más que hablar —prosiguió el muchacho con ardor—. Pero no lo está, madrina. Y en cuanto a él…, ni siquiera estoy seguro de que la quiera de verdad. De que le importe por algo más que su herencia y su patrimonio, quiero decir.

Camelia asintió lentamente. Tampoco ella habría apostado por la sinceridad de los sentimientos del duque.

—Bueno, no te preocupes —dijo—. Ya pensaré en algo.

Simón alzó la cabeza, con los ojos llameantes de furia.

—Pero ¿cuándo? —exigió saber—. ¡Todo se está poniendo cada vez más difícil! Y tú no me estás ayudando.

Camelia se quedó boquiabierta.

—¿Que no te estoy ayudando? ¿Qué quieres decir con esto? ¡Hago todo lo posible para que tu locura no te lleve a la horca!

Los dos miraron a su alrededor, nerviosos. Un hombre que pasaba por allí con una carretilla cargada de leña los miró de reojo, pero no dijo nada.

—Pues quizá ese sea el problema —susurró Simón, irritado—: que te preocupas tanto por mi seguridad que en el fondo no quieres que esté con Asteria.

—Estoy haciendo todo lo posible para que vuestra relación salga adelante con garantías, Simón —protestó ella con el mismo tono—. Recuérdalo: si te matan, tampoco podrás estar con Asteria. Tú decides.

Simón la miró un momento, con el ceño fruncido, y después dejó caer los hombros con un suspiro pesaroso.

—Quizá tengas razón —admitió—. Pero es que ya no sé qué hacer. Últimamente, todo ha ido de mal en peor. Si todo sigue así, Asteria se casará con el duque y yo me veré obligado a verlos pasar en el desfile nupcial, mientras todo el mundo lanza vítores en su honor… —Se interrumpió al ver que Camelia se había puesto mortalmente pálida—. Madrina, ¿qué te pasa?

—¡El desfile! —gimió ella al tiempo que el mecanismo de sus pensamientos volvía a colocar cada pieza en su lugar, encajando la que había pasado por alto.

Eso era lo que debía hacer y no había hecho.

Había olvidado por completo que aquel era el día en que se celebraba el gran desfile del reino de Corleón.

Quinientos años

Mucho tiempo atrás, el valiente príncipe Corleón había llegado a una tierra salvaje dominada por ogros, brujas y gigantes. Espada en mano, batalla tras batalla, los había ido expulsando a todos de allí hasta proclamarse señor absoluto del país. Contrajo matrimonio con la bella hija adoptiva del rey ogro, que lo había ayudado a derrotar a su padre, y juntos inauguraron un nuevo linaje que gobernó justa y sabiamente durante siglos.

Habían pasado quinientos años desde aquella proeza, y el reino de Corleón tenía previsto celebrarlos por todo lo alto. Las fiestas durarían un mes entero y se inaugurarían con un espectacular desfile que recorrería toda la capital y estaría encabezado por la familia real. Miles de visitantes acudirían a la ciudad desde todos los rincones del reino y también procedentes de tierras lejanas.

Los príncipes Arnaldo y Arlinda tenían solo seis años, pero comprendían perfectamente que no volverían a vivir un acontecimiento igual en toda su vida. Ni ellos, ni sus hijos, ni los hijos de sus hijos.

Se había preparado una grandiosa carroza para la familia real. Pero los príncipes, quizá conscientes, a pesar de su corta edad, de la importancia de ganarse el favor del pueblo, habían declarado desde el primer día que no compartirían la carroza con sus padres. Arnaldo manifestó su deseo de montar en elefante; a los reyes les pareció una extravagancia, pero el niño sabía que no había nada imposible para su hada madrina. Arlinda, que siempre había competido con su hermano por las cuestiones más nimias, intuía sin embargo que su posición en el desfile no era un asunto banal. En la historia de Corleón se habían dado casos de mujeres que habían accedido al trono, y ella era unos minutos mayor que Arnaldo. No obstante, por el simple hecho de ser varón, su hermano tenía más posibilidades de ser coronado rey algún día. Tanto sus padres como sus tutores recordaban a Arlinda constantemente que, si quería mantener sus opciones, debía mostrarse siempre como una futura reina y no consentir que su hermano la aventajase. Y mucho menos delante de sus futuros súbditos.

El desfile del quinto centenario permitiría a ambos príncipes mostrarse ante los corleoneses con todo su esplendor. Los dos niños fantasearon largamente acerca de las ropas que lucirían y la montura que los conduciría por las principales calles de la ciudad. No tenían ninguna duda de que su hada madrina cumpliría sus deseos, como había hecho siempre, desde el mismo instante de su nacimiento.

Unos días antes del desfile llegaron a Corleón los emisarios del emperador de Haimán, que había sido invitado al evento. Traían consigo una carta en la que el soberano se disculpaba ante los reyes por no poder asistir al desfile. No obstante, y dado que había llegado a sus oídos que el príncipe deseaba montar en elefante, se sentía muy honrado de obsequiarlo con uno de sus propios establos. De todos era sabido que el emperador de Haimán tenía diecisiete hijas, dos de ellas de edad similar a la del príncipe Arnaldo, y llevaba tiempo tratando de congraciarse con jóvenes príncipes de todo el mundo con la intención de forjar en un futuro alianzas matrimoniales ventajosas.

Arnaldo era todavía demasiado joven para estar al tanto de la política exterior del imperio de Haimán, pero cuando contempló boquiabierto el magnífico elefante blanco que el emperador le había regalado, comprendió que no necesitaba a su fastidiosa hada madrina para hacer realidad sus deseos, por descabellados que fuesen.

Los emisarios de Haimán no traían ningún presente para la princesa Arlinda. Después de todo, el emperador no tenía ningún hijo varón.

A la princesa no la inquietó este hecho o, al menos, no demasiado. El rey había sugerido que ambos hermanos cabalgasen juntos sobre el elefante, pero Arlinda se negó. Todo el mundo sabía que aquel animal había sido un regalo para Arnaldo. Todo el mundo *sabría* que ella lo montaba porque él se lo había permitido.

No; ella debía tener su propia cabalgadura para el desfile, tanto o más espectacular que la de su hermano.

La mañana del quinto centenario se despertó muy temprano, nerviosa y emocionada al mismo tiempo. Lo primero que hizo fue llamar a su hada madrina…, pero ella no acudió.

Arlinda se esforzó por no preocuparse demasiado. Al fin y al cabo, aún quedaban varias horas para el comienzo del desfile. Permitió que la vistieran y la peinaran para la ocasión y, cuando ya estaba preparada, volvió a llamar a su hada madrina.

Ella no se presentó.

Arlinda respiró hondo. Sus padres ya estaban listos, y su hermano se dirigía hacia los establos, donde lo aguardaba el elefante, convenientemente enjaezado.

—Arlinda —dijo su madre, preocupada—, aún no sabemos si vas a ir o no en la carroza con nosotros.

—No —respondió la niña con energía—. Ya os lo he dicho: no voy a montar en la carroza, ni tampoco en ese estúpido elefante.

—Como si yo quisiera que montases conmigo en el elefante —replicó su hermano antes de desaparecer por la puerta lateral.

—¡Arnaldo! —lo reconvino el rey—. Si tu hermana quiere montar en el elefante…

—No quiero —insistió Arlinda—. Ya os he dicho que voy a tener mi propia montura. Mirad.

Les mostró un dibujo que había hecho ella misma para indicar a su protectora qué clase de criatura deseaba. A Arlinda no se le daba muy bien dibujar, pero se había esmerado especialmente con aquel boceto. Había pasado horas enteras emborronando papeles hasta que había obtenido un resultado aceptable.

Los reyes admiraron el dragón dibujado por su hija. La princesa se las había arreglado para que fuese fiero, elegante y majestuoso al mismo tiempo. A su lado, el elefante de Arnaldo parecería de juguete.

La reina palideció.

—¿No será peligroso?

La princesa le dedicó una deslumbrante sonrisa.

—Solo para los enemigos de Corleón, madre —respondió.

El rey carraspeó.

—Bien, pues… ¿dónde está este fabuloso dragón? El caballerizo debería examinarlo antes del desfile. —Hizo una pausa al recordar el susto que se había llevado el hombre al ver entrar al elefante blanco por la puerta de los establos; no quiso ni pensar en lo que diría cuando le presentaran el dragón—. No le dará por comerse a los caballos, ¿verdad? ¡O a nuestros súbditos!

—O a tu hija —le recordó la reina.

Pero Arlinda negó con la cabeza.

—Será un dragón perfecto, ya lo verás —declaró, muy convencida—. Mi hada madrina lo hará aparecer para mí.

Los reyes se mostraron un poco más aliviados. Conocían al hada madrina de sus hijos y sabían que era muy competente.

—En cualquier caso, no debería retrasarse mucho más —dijo el rey sin embargo—. El desfile está a punto de empezar, y yo… hummm… me sentiré mucho más tranquilo si puedo asegurarme antes de que se trata de un dragón amigable…, no sé si me entiendes.

—Perfectamente —asintió Arlinda, pero titubeó. Después de todo, había llamado ya dos veces a su madrina, y ella aún no se había presentado.

La llamó por tercera vez.

La familia real de Corleón aguardó durante unos largos minutos, pero nada sucedió. Cuando las campanas de la torre comenzaron a sonar, anunciando el inicio inminente de las festividades, el rey dijo:

—No podemos esperar más, Arlinda. Estas cosas deben prepararse con más antelación.

Trató de coger a su hija por el brazo para llevarla consigo, pero ella se desasió y retrocedió con un grito de advertencia:

—¡No! Mi hada madrina vendrá y hará aparecer el dragón que voy a pedirle.

El rey arqueó una ceja. La reina suspiró.

—Arlinda, hija, conozco al hada madrina desde hace más tiempo que tú. Me acompañó durante casi toda mi juventud, desde el día de mi nacimiento, y jamás me dejó en la estacada. Si no se ha presentado aún…, bueno, es posible que tu petición no le parezca apropiada.

—¡No! —insistió Arlinda—. Ella me prometió que vendría. Y que cumpliría mi deseo.

La reina suspiró de nuevo.

—Tengo entendido que últimamente estaba un poco disgustada con vosotros —dejó caer.

Hasta ese mismo momento, la princesa no se había planteado la posibilidad de que su hada madrina la estuviese castigando por su mal comportamiento pasado. Cuando lo hizo, una espantosa sensación de horror se abatió sobre ella.

¿Era posible que su hada madrina le hubiese mentido? ¿Y si no acudía? ¿Y si…?

Parpadeó, luchando por retener las lágrimas. Su hada madrina jamás la traicionaría. No la abandonaría justo antes de un acontecimiento que podía ser vital para su futuro.

La reina la abrazó con suavidad.

—Vamos, Arlinda —le susurró al oído—. Tenemos que irnos. De momento, vendrás en la carroza con nosotros; quizá puedas cambiar de montura cuando se presente tu hada madrina.

La princesa asintió, aún conmocionada. Algo en su interior le decía que su hada no iba a presentarse ese día.

Mientras subía hasta el palco que presidía la monumental carroza real, vio a su hermano cabalgando sobre su magnífico elefante blanco, pero no fue capaz de hacer ningún comentario.

Tenía un nudo en la garganta, muy similar al que atenazaba su corazón.

Nunca más

uando Camelia llegó por fin a Corleón, se encontró con que el desfile había concluido horas atrás. Los operarios estaban retirando las gradas de las avenidas principales, los caballerizos atendían a los agotados animales en las cuadras y los soldados de la guardia habían sustituido ya sus uniformes de gala por los de diario.

La familia real, los nobles y los invitados más ilustres compartían una fastuosa cena en el comedor principal, desde donde llegaba una algarabía de voces, música y risas.

La princesa Arlinda, no obstante, había declinado asistir. Bajo el pretexto de que no se encontraba bien, se había encerrado en su habitación, y había comprobado con amargura que nadie parecía echarla de menos en el banquete. Después de todo, no era más que una niña; todo el mundo la había visto pegada a las faldas de su madre durante aquel ignominioso desfile mientras su hermano saludaba a su futuro pueblo desde el lomo de un magnífico elefante.

Ahora estaba sentada junto a la ventana, contemplando el sol poniente sobre los tejados de la ciudad; los últimos rayos del atardecer bañaban su rostro, que parecía una fría máscara de porcelana. Su expresión no delataba lo que sentía por dentro, porque había decidido que, si quería recuperar sus opciones al trono algún día, no podía confiar en nadie nunca más.

Sintió que su hada madrina se materializaba de pronto tras ella, pero no se volvió para mirarla. Continuó con la vista fija en el horizonte, como si ella no se encontrara allí.

Fue Camelia quien finalmente desgarró el denso silencio que se alzaba entre las dos:

—Arlinda, lo siento.

La niña no dijo nada. El hada inspiró profundamente y añadió:

—Me surgió un problema ayer por la noche. Tuve que… —Vaciló un momento antes de continuar—. Tuve que ir a rescatar a otra de mis ahijadas. La había secuestrado una bruja y…

—Eso es mentira —cortó Arlinda con sequedad.

Camelia pestañeó, perpleja.

—¿Qué?

—Es mentira que tengas otra ahijada. Tú eres mi hada madrina, mía y de nadie más. —Reflexionó un instante y admitió, de mala gana—. Bueno, y también de mi hermano Arnaldo.

Camelia sacudió la cabeza.

—Te equivocas, Arlinda. No eres la única niña bajo mi cuidado. Tengo otros ahijados, y algunos viven muy lejos de aquí.

—Es mentira —repitió la princesa, con calma—. Nunca antes me habías hablado de otros ahijados. Es una excusa que te acabas de inventar, pero yo sé la verdad: te has olvidado del desfile.

—Arlinda, yo…

—Al menos podrías haber imaginado una historia mejor. ¿Que has tenido que salvar a una niña secuestrada por una bruja? ¡Venga ya!

La princesa se rió amargamente. Camelia suspiró.

—Es la verdad —dijo con firmeza—, pero no tienes por qué creerla si no quieres. Siento haberme perdido el desfile, Arlinda. Pero quiero que sepas que no lo he hecho a propósito.

La princesa negó con la cabeza.

—Me da igual. No me importa lo que hagas ni lo que digas, porque ya no quiero que seas mi hada madrina.

Camelia retrocedió como si la hubiese abofeteado.

—¿Cómo dices?

Por primera vez, Arlinda se volvió para mirarla. Estaba muy seria, pero no lloraba. Y tampoco le tembló la voz cuando afirmó, serena y segura de sí misma:

—He decidido que voy a prescindir de tus servicios. Ya no voy a necesitar un hada madrina nunca más, así que tienes mi permiso para retirarte. —Hizo una pausa y concluyó—. Y no vuelvas más por aquí.

Cuando Arlinda pronunció estas palabras, Camelia sintió que algo se quebraba en su interior, como si la niña hubiese cortado de golpe el hilo invisible que las unía a ambas. Jadeó, perpleja. Nunca antes se había visto en una situación semejante, y le provocó un extraño vacío en el corazón.

Había perdido a una de sus ahijadas. O, mejor dicho, una de sus ahijadas había renunciado a ella. A su magia, a su apoyo, a su consejo.

Camelia contempló a Arlinda, anonadada, con la esperanza de que no fuera más que una de aquellas pataletas infantiles a las que la tenía acostumbrada. Pero el rostro de la princesa, aunque pálido, mostraba una expresión decidida y resuelta, muy alejada de sus gestos habituales de niña caprichosa y consentida.

El hada respiró hondo y dijo a media voz:

—Muy bien. Si es lo que quieres, así se hará.

Arlinda asintió y se volvió de nuevo hacia la ventana, dándole la espalda. Camelia comprendió que no tenía nada más que decir, y desapareció de allí sin añadir una palabra más.

Su primera varita

Regresó a casa. No sabía muy bien por qué, en realidad. Se sentía perdida, vacía; la sensación de fracaso la hería en lo más hondo.

Rosaura y Ren estaban allí, y Camelia sonrió al verlos. Por algún motivo, empezaba a acostumbrarse a ellos, pese a que llevaba mucho tiempo viviendo sola en aquella minúscula casita a la que llamaba su hogar. Rosaura estaba haciendo la cena, canturreando para sí. Ren, en su forma de zorro, dormitaba hecho un ovillo frente a la chimenea. Abrió un ojo al percibir su presencia, bostezó y volvió a arrellanarse sobre la alfombra para seguir durmiendo.

Por un momento, Camelia acarició la idea de compartir con ellos lo que acababa de suceder. Finalmente, decidió que no lo haría. Después de todo, era problema suyo.

Suspiró; se sentó ante la mesa y enterró la cara entre los brazos, agotada, mientras trataba de ver el lado bueno de todo aquel embrollo. Arlinda ya no la quería en su vida y, por lo que parecía, su hermano tampoco la necesitaba. Bueno, tal vez el hecho de haber perdido a dos ahijados, aunque fuese de aquella manera, le permitiría dedicar más tiempo al resto de sus protegidos, y tal vez tender su varita a algún otro niño necesitado.

Alzó la cabeza, recordando de pronto que no tenía ninguna varita que ofrecer, ya que la suya se había quemado la noche anterior y aún no la había repuesto. Se puso en pie de un salto y se dirigió al cajón donde había guardado la varita de Dalia. La sacó y la examinó con atención, frunciendo el ceño. Era una varita recta y firme, no cabía duda. Pero parecía muy, muy antigua, y a Camelia le resultaba familiar.

—¿Algún problema?

La voz de Ren la sobresaltó. El hada alzó la mirada y vio que el zorro la contemplaba, interrogante, desde su puesto frente a la chimenea.

Negó con la cabeza.

—Es la varita de Dalia —explicó—. Se la dejó aquí durante su última visita, y vaya... —arrugó de nuevo el entrecejo antes de añadir—, juraría que es la de siempre.

—¿Y? —siguió preguntando Ren, sin entender a dónde quería ir a parar.

—La de siempre —repitió Camelia—. La que ha estado usando desde el principio. Su primera varita...

Se le quebró la voz. Ren comprendió por fin y asintió, sin una palabra.

La varita de Flor de Avellano.

Camelia sintió que se mareaba mientras un aluvión de recuerdos inundaba su mente. También ella había poseído una varita como aquella, pero la había sustituido con el paso de los años, cuando el tiempo acabó por estropearla definitivamente.

Decía mucho de Dalia el hecho de que ella sí hubiese sido capaz de conservar la suya... durante trescientos años.

Camelia notó que le temblaba la mano, y se apresuró a hundirla en su faltriquera para guardar la varita de Dalia. Sus dedos tropezaron entonces con un papel doblado; lo sacó, extrañada, y buscó sus anteojos para leerlo con curiosidad.

—¿Qué es eso? —quiso saber Ren.

Camelia entornó los ojos.

—Una petición de audiencia para la princesa Afrodisia de Mongrajo —murmuró—. Firmada por el príncipe Alteo. Un momento...

Presa de una súbita inquietud, le dio la vuelta a la hoja. Su corazón dejó de latir un breve instante cuando reconoció la elegante caligrafía de la princesa Afrodisia en la nota que había escrito allí:

«A su alteza real, el príncipe Alteo de Zarcania: os espero dentro de tres días, al atardecer, en la pérgola que se alza junto al embarcadero del Lago de Cristal. Si es cierto que os importo, acudiréis sin demora a presentarme vuestros respetos...».

Camelia no siguió leyendo. Alzó la mirada, alarmada.

—No puede ser —murmuró—. Yo misma le di esta nota a Alteo.

Sacudió la cabeza. ¿Lo habría soñado? Recordaba perfectamente que la había dejado sobre el escritorio de su perezoso ahijado aquella misma mañana.

—¿Te encuentras bien, Camelia? —preguntó Ren, inquieto.

Ella lo miró. El zorro se había levantado y la observaba con preocupación. También Rosaura la miraba, interrogante.

Camelia negó con la cabeza.

—No es nada, tranquilos —mintió—. Solo he de ir a resolver un par de asuntos. No tardaré en volver, ¿de acuerdo?

La elijo a ella

En el palacio real de Zarcania le informaron de que el príncipe Alteo había partido poco después del mediodía y aún no había regresado. El rey añadió que, por lo que sabía, su hijo acudía a cortejar a una bella princesa. Se había dado mucha prisa en organizar el viaje, mostrándose muy misterioso con respecto a su destino y la identidad de la afortunada.

—Pero tú estarás mejor informada que yo, ¿no es cierto? —añadió el monarca frunciendo el ceño.

Camelia respondió con evasivas y se despidió de él, asegurándole que todo estaba bajo control. No obstante, se sentía profundamente preocupada. ¿Adónde había ido Alteo con tanta prisa? ¿Y cómo había acabado su petición de audiencia en el fondo de su faltriquera?

El único modo de averiguarlo era localizar al príncipe e interrogarlo al respecto. Camelia cerró los ojos y se concentró en el vínculo que la unía con todos y cada uno de sus ahijados. La ausencia de los mellizos al otro lado resultaba patente y dolorosa, pero trató de centrarse en los jóvenes que sí permanecían bajo su protección. Halló por fin el lazo que la conduciría junto a Alteo, inspiró hondo e invocó a su magia para que la transportara hasta allí. No sería sencillo, porque el joven no había requerido su presencia; por esta razón, cuando abrió los ojos y se vio ante una torre sin puertas, cuya cúspide se elevaba orgullosamente hacia el cielo nocturno, pensó que el hechizo había fallado. Pero entonces descubrió a un caballo que pacía a los pies de la torre, agotado y sudoroso; y después vio una escala hecha de sábanas y ropajes diversos que caía hasta el suelo desde una ventana iluminada…

—¡Verena! —exclamó para sí misma, irritada.

Apareció súbitamente en la alcoba de la muchacha y la sorprendió tendida en su diván, entre los brazos de un caballero que la besaba con pasión. Camelia carraspeó sonoramente, y los dos se sobresaltaron y se volvieron para mirarla, con expresión culpable. El hada trató de pasar por alto el hecho de que ambos iban bastante ligeros de ropa, y también que el blanco escote de la princesa mostraba ya señales de los ardientes besos de su acompañante. Pero cualquier comentario que pudiera hacer al respecto murió en sus labios cuando reconoció al joven, y los dos, caballero y princesa, exclamaron al mismo tiempo:

—¡Madrina!

Camelia parpadeó, desconcertada.

—Alteo —pudo decir—. ¿Puede saberse qué diablos haces aquí?

Pero los dos enamorados no la escuchaban. Se miraban el uno al otro, tan perplejos como su hada madrina.

—¿Qué… qué acabas de decir? —balbuceó Verena.

—No, no…, ¿qué es lo que has dicho tú? ¿Cómo la has llamado?

—Como debo llamarla —replicó ella—. Es mi hada madrina, la que me mantiene presa en esta torre por mi propia seguridad.

—Debe de haber un error —farfulló Alteo, aturdido—. Ella es mi hada madrina. No puede ser la tuya también.

—Los dos sois mis ahijados —intervino Camelia, irritada—. Y se supone que no debíais conoceros. ¿Cómo has llegado hasta aquí, Alteo? ¿Por qué no has acudido a la cita con la princesa Afrodisia, tal y como acordamos?

Verena dejó escapar una exclamación ofendida y cruzó la cara de Alteo con una bofetada.

—¿Quién es esa tal Afrodisia? —exigió saber—. ¿Cómo osas ponerme la mano encima cuando estás cortejando a otra mujer?

—Un momento, un momento —protestó el príncipe, tratando de ajustarse las calzas para recuperar algo de la dignidad perdida—. Yo solo seguí tus indicaciones, madrina. La carta que me diste contenía las instrucciones precisas para llegar hasta aquí, y estoy seguro de que no me he perdido por el camino. Me extrañó, porque estaba redactada en unos términos muy… enigmáticos, y no me pareció en absoluto el estilo de la princesa Afrodisia… Pero entonces llegué hasta aquí, conocí a esta angelical criatura, más hermosa que el alba, más bella que el lucero más brillante… ¡y me he enamorado! —exclamó, presa de un encendido éxtasis romántico.

Verena suspiró tiernamente y volvió a besarlo, pero Camelia se quedó contemplándolos, aún sin comprender del todo lo que había sucedido.

—¿Te importaría enseñarme la carta que te di? —fue capaz de decir por fin.

Alteo, aún prisionero entre los brazos de Verena, solo pudo alargar un brazo para señalar una bola de papel con la que jugaba el gato en un rincón. Camelia la arrancó de entre sus zarpas, ignorando el maullido de protesta que le dedicó el animal, y alisó el papel para echarle un vistazo. No necesitó más que leer las primeras palabras («A ti, noble caballero…») para comprender de pronto lo que había sucedido.

Se dejó caer sobre una silla, anonadada, indiferente al arrebato pasional de sus dos ahijados.

—He sido yo —murmuró—. Me equivoqué de carta y te di la de Verena, no la de Afrodisia. — Sacudió la cabeza, desconcertada—. ¿Cómo ha podido suceder?

Parpadeó un par de veces para ahuyentar las lágrimas y trató de retomar las riendas de la situación.

—Bueno, está claro que no podéis seguir así —anunció con voz firme, poniéndose en pie; dio un par de palmadas para llamar la atención de Alteo y Verena, y añadió—. Vamos, vamos, despegaos de una vez; tenemos que hablar.

De mala gana, Verena se separó de su enamorado y miró a su madrina, enfurruñada.

—¿Qué hay que hablar? Alteo dice que tú lo has guiado hasta aquí. Y es lo mejor que has hecho por mí en mucho tiempo, así que… ¿para qué quieres deshacerlo?

—Alteo tiene obligaciones y…

—¡Tengo que buscar esposa! —interrumpió el príncipe—. ¡Alguien a quien ame de corazón! ¡Y la elijo a ella! —añadió impulsivamente.

Hincó una rodilla ante Verena y la contempló con expresión arrobada mientras le preguntaba:

—Princesa Verena de Rinalia, ¿me concedéis el inmenso honor de casaros conmigo?

Ella ahogó un gritito de emoción.

—Oh, príncipe Alteo…, ¿prometéis sacarme de esta horrible torre?

—Raudo y veloz, amada mía.

—Entonces, ¡sí, sí, sí! Me casaré con vos.

Camelia suspiró profundamente, y aguardó con paciencia a que ambos separaran sus labios una vez más.

—Verena no puede salir de la torre —explicó—. Su vida corre peligro; nadie debe saber que se encuentra aquí. Si su tío se entera…

—Nadie le hará daño en Zarcania —aseguró Alteo—. De hecho, en cuanto lleguemos a casa reuniré al ejército, conquistaremos su reino y apresaremos a su malvado tío para que no pueda amenazarla nunca más.

Verena lanzó una nueva exclamación de alegría y lo cubrió de besos otra vez.

—Eso no es lo que tenía planeado para ella —protestó Camelia—. Cuando cumpla los dieciocho, podrá reclamar su reino y expulsar a su tío del trono. Será reina por herencia, y no por matrimonio. Podrá elegir…

—¡Lo elijo a él! —cortó Verena con impaciencia.

—Lo eliges a él porque va a solucionarte las cosas, Verena. Pero si los ejércitos de Alteo conquistan tu tierra, Rinalia nunca volverá a ser un reino independiente. Será incorporado a Zarcania como una provincia más, como parte de tu dote. Ya no tendrás derecho a decidir sobre el futuro de tus súbditos. Serás una reina consorte, cuando podrías ser soberana por derecho propio.

—Pero saldré de esta torre —objetó ella—. No quiero esperar más, madrina. Voy a casarme con Alteo. Seré reina de Zarcania y Rinalia, y no temeré a mi tío nunca más.

Camelia se volvió hacia Alteo, que esbozó una sonrisa de disculpa. El hada pensó que el muchacho estaba irreconocible, haciendo planes de boda, batalla y conquista, con el pelo revuelto y los ojos brillantes, derrochando energía. Nunca antes lo había visto así.

Sin duda, Alteo estaba enamorado. Tal y como su madre habría deseado.

Camelia suspiró. Tal vez fuera mejor de aquella manera.

—Bien, pues…, si es lo que realmente quieres… —murmuró.

Pero ninguno de sus ahijados le estaba prestando atención. Verena, sentada en el regazo de Alteo, escuchaba con arrobo las palabras de amor que él le susurraba al oído.

«No me necesitan», pensó de pronto. Y sintió que el vínculo que la unía a ellos se debilitaba un poco más.

Estaba convencida de que si Verena se casaba con Alteo, cometería un grave error. Tal vez lograra solucionar sus problemas a corto plazo, pero su reino perdería autonomía y, con el tiempo, ella acabaría por perderla también.

Dudó. ¿Debía insistir en separarlos o había llegado la hora de permitir que decidieran por sí mismos y cargaran con las consecuencias de sus propias acciones, aunque tuvieran que lamentarlas en el futuro? Camelia no lo sabía. Pero no podía dejar que ellos se percataran de su incertidumbre.

Hundió la mano en la faltriquera y sus dedos se cerraron en torno a la varita de Dalia. Solo había un lugar al que podía acudir en busca de consuelo y respuestas.

—Ahora debo marcharme —anunció—, pero volveremos a hablar de esto, no os quepa duda.

Alteo y Verena, enredados en un eterno beso, no le prestaron atención, ni tampoco parecieron echarla de menos cuando desapareció de allí.

Recuerdos de tiempos pasados

Era ya noche cerrada cuando Camelia se materializó junto a la tumba de Flor de Avellano.

Hacía muchos años que no pasaba por allí. El árbol que había brotado directamente sobre la sepultura era mucho más alto y frondoso de lo que recordaba. Contrastaba con las ruinas de la casa, antaño orgullosa y elegante, que había sido abandonada mucho tiempo atrás. Camelia suspiró, se arrodilló al pie del avellano y depositó entre sus raíces la varita de Dalia. Cerró los ojos, arrasados en lágrimas, cuando su corazón volvió a llenarse de recuerdos de tiempos pasados.

—Tú habrías sabido qué hacer —murmuró—. Tú comprendías a los mortales mejor que nadie. Ojalá no nos hubieses abandonado tan pronto.

Una suave brisa agitó las ramas del árbol. Camelia sonrió para sí, recordando al hada que yacía allí enterrada.

El hada que, por amor, había renunciado a una vida inmortal.

El hada por cuya memoria otras siete habían consagrado sus vidas y sus poderes a los mortales.

Un lugar mejor para todos

Se llamaba Flor de Avellano, aunque por aquellos días nadie en el país de las hadas pronunciaba su nombre. Había cometido la imprudencia de enamorarse de un ser humano. Se había casado con él y había perdido, por tanto, su magia y su inmortalidad. Ella, no obstante, era feliz junto al elegido de su corazón. No tardó en dar a luz a una niña, a quien quiso más que a su vida. Pero el parto la dejó muy débil, y no había magia que pudiese curarla. Aun así, con sus últimas fuerzas, acudió al país de las hadas para suplicar a su reina que protegiesen a su hija cuando ella ya no fuese capaz de hacerlo.

Flor de Avellano murió poco después, y fue enterrada en la parte posterior de la casa familiar. Allí creció un brote, que con el tiempo se convirtió en un árbol joven. A sus pies se postraba su hija para llorar a su madre perdida. Su padre, que deseaba hacerla feliz, contrajo matrimonio de nuevo, con la intención de volver a llenar de alguna manera aquel vacío en su corazón. Pero su segunda esposa, que tenía a su vez dos hijas mayores, despreciaba a la hija de Flor de Avellano y la trataba como a una esclava. La niña se refugiaba al pie del árbol, donde daba rienda suelta a su dolor y su amargura. Y una noche, por fin, un hada la escuchó.

Gardenia había sido amiga de Flor de Avellano, y no se sintió capaz de abandonar a aquella niña a su suerte. Así pues, le concedió sus dones y la ayudó a escapar de aquella casa, que nunca más volvería a ser su hogar.

Cuando la muchacha se casó con el príncipe heredero, su historia corrió de boca en boca y llegó a oídos de la reina de las hadas.

Camelia recordaba muy bien el día en que Gardenia se había presentado ante su soberana, trescientos años atrás. Todos pensaban que sería castigada por intervenir de aquel modo en las vidas de los mortales. Pero Gardenia habló con pasión de la elección de Flor de Avellano, de la bondad de su hija y de la indefensión de muchos otros niños y niñas humanos.

—Ellos no poseen nuestros poderes —dijo—. Son vulnerables, y muchos no tienen a nadie que los proteja, los oriente y los ayude a encontrar su camino en la vida.

—No es asunto nuestro —respondió la reina de las hadas—. No somos como los Ancestrales; no jugamos con el destino de los seres humanos. Si una de nosotras se ve contaminada por el mundo mortal, se convertirá en humana y perderá sus poderes. Flor de Avellano lo sabía.

—Yo no pretendo ser humana —respondió Gardenia—. Tan solo quiero ayudar a los humanos con mi magia. Y por ello deseo conservarla intacta. Si pierdo mi poder, no podré ponerlo al servicio de los mortales para tratar de hacer del mundo un lugar mejor para todos.

La reina de las hadas inclinó la cabeza y la observó durante largo rato, pensativa.

—¿Es eso lo que deseas? —preguntó por fin.

—Sí —respondió Gardenia—. Por la memoria de Flor de Avellano.

La reina asintió.

—Sea —concedió. Paseó la mirada por su corte y añadió—: ¿Alguien más quiere acompañarla?

Camelia no recordaba quién fue la primera en dar un paso al frente. Tal vez Orquídea, fascinada desde niña por los usos y costumbres del mundo humano. Quizá la compasiva Azalea, o la pequeña Lila, ingenua e idealista. Sí sabía por qué ella misma se había ofrecido voluntaria. Había escuchado con atención, sobrecogida, la historia de la hija de Flor de Avellano, la pobre niña abandonada, y de cómo la magia de Gardenia había cambiado su vida para siempre. La idea de que ella pudiese contribuir de alguna forma a evitar injusticias le resultó tan tentadora que quiso formar parte de aquella historia.

La reina de las hadas las llamó a todas por sus nombres: Gardenia, Camelia, Orquídea, Magnolia, Lila, Dalia y Azalea. Y ellas avanzaron hasta formar una fila ante el trono.

—Así será —anunció su soberana—. Vosotras seréis las hadas madrinas y ayudaréis a los mortales desvalidos para que hagan realidad sus sueños. Por la memoria de Flor de Avellano.

—Por la memoria de Flor de Avellano —repitieron las siete.

Antes de que sea demasiado tarde

Por la memoria de Flor de Avellano —murmuró Camelia.

Alzó la mirada para contemplar el árbol, evocando aquella primera noche, tres siglos atrás, en que todas las hadas madrinas se habían reunido en aquel mismo lugar. Cada una de ellas había cogido una ramita de aquel avellano, como símbolo de su compromiso con el mundo, de su vínculo con las hadas y con los mortales.

Las primeras varitas.

Naturalmente, con el paso de los años, aquellas ramas de avellano se habían ido quebrando o desgastando, y sus dueñas las habían sustituido por otros objetos similares, porque los mortales se habían acostumbrado a identificar a las hadas madrinas gracias a ellas.

Pero Dalia…

Camelia contempló la varita que había depositado entre las raíces del avellano.

—Tal vez haya llegado el momento de dejarlo —susurró—. Quizá Dalia tenga razón y nuestro tiempo ya ha pasado. Debería volver al país de las hadas… antes de que sea demasiado tarde… para mí y para todos mis ahijados.

Fue entonces cuando sintió una llamada apremiante y desesperada. Se irguió, atenta, con el corazón palpitándole con fuerza: era Simón quien la necesitaba, y no se trataba simplemente de mal de amores; estaba en peligro inmediato.

Camelia no lo dudó: aferró de nuevo la varita, se puso en pie y, sin despedirse del avellano, desapareció de allí en un abrir y cerrar de ojos.

La justicia del rey

—¿¿**Q**ué se supone que estás haciendo aquí?! —chilló, alarmada, al ver a su ahijado entre rejas.

—¡Baja la voz! —suplicó Simón—. Alertarás a los guardias.

Camelia miró a su alrededor, tratando de recuperarse de la impresión que le había producido aparecer de repente en un lóbrego calabozo.

—No me lo puedo creer —suspiró—. ¿Qué has hecho para acabar aquí? Esta mañana te dejé en la plaza mayor y…

—Lo sé, lo sé, lo siento —respondió el muchacho; parecía desconsolado, y Camelia se enterneció… solo un poco.

—Dime que no has cometido ninguna estupidez —le rogó.

Simón no respondió. Camelia suspiró de nuevo y trató de situarse.

—Veamos…, ¿qué clase de lugar es este? ¿Los calabozos del castillo?

Simón asintió, profundamente avergonzado.

—¿De qué te acusan? —siguió preguntando Camelia—. No puede ser otra vez ese asunto del caballo robado… —El joven negó con la cabeza—. Entonces ¿has tratado de acercarte a la princesa cuando no debías?

—Alguien nos delató, madrina —trató de justificarse él.

Camelia cerró los ojos y contó hasta diez antes de volver a encararse con su ahijado.

—Dime que no os han sorprendido en actitud… indecorosa —suplicó; era inevitable que recordase a Alteo y Verena, y su imaginación le jugó una mala pasada. Enrojeció violentamente y trató de olvidar la escena que había evocado su mente, sobre todo porque visualizar a Simón y Asteria… juntos… le revolvía el estómago y le producía un extraño dolor en el corazón.

—¿Qué dices? ¡No! —exclamó su ahijado, escandalizado—. Solo…
—Titubeó un instante y bajó la voz antes de añadir—: Solo nos estábamos preparando. Teníamos ya ensillados los caballos… y el equipaje listo…

Camelia tardó apenas un instante en comprender lo que quería decir.

—¡¿Os ibais a escapar juntos?! —gritó.

—¡Baja la voz! —rogó Simón.

—¿Te has vuelto loco? —susurró ella, irritada.

—¿Qué otra cosa podíamos hacer? —protestó él—. Además, fue idea tuya.

—¿Mía? ¿De qué estás hablando?

—Tú me contaste la historia de la princesa que se fugó con el deshollinador…

—¡No intentes confundirme! ¡Recuerdo perfectamente que te dije que acabaron los dos en la panza de un dragón!

Simón se encogió de hombros.

—Era un riesgo que teníamos que correr.

Camelia se llevó las manos a la cabeza, tratando de pensar.

—Entonces… le propusiste a Asteria que escapara contigo… y ella dijo que sí.

—No fue así exactamente. No podíamos vernos, de forma que me he pasado el día repitiendo para mí mismo: «Huye conmigo. Huye conmigo. Esta noche, a las doce, en las caballerizas». Esperaba que ella me viese a través del espejo…

—Podría haberte oído alguien.

—Le puse música a mis palabras, de modo que parecía que estaba entonando una balada. Cantaba cuando estaba a solas, y en voz baja. Creo que nadie me ha oído y, aunque lo hubiesen hecho…, no podían saber que la letra iba dirigida a la princesa, porque no hemos coincidido en todo el día.

—Pero, aunque ella te hubiese oído, no podía responderte. ¿Cómo sabías que aceptaría?

—No lo sabía, pero de todos modos preparé mi equipaje y ensillé a mi caballo, y también a Niebla, por si acaso.

—Y Asteria se presentó —adivinó Camelia.

—Sí. Hace justo una hora. Madrina, fuimos tan felices… durante unos minutos llegamos a creer que lo conseguiríamos, que escaparíamos de aquí para siempre y nos labraríamos un futuro juntos, en otro lugar. Pero… no llegamos a salir del palacio. Nos estaban esperando junto a las puertas, toda la guardia real, como si ya supiesen que íbamos a pasar por allí.

Camelia hundió el rostro entre las manos.

—Te dije que fueras prudente, Simón.

—Lo sé, y lo siento —gimió él, angustiado—. Pero ¿qué otra cosa podíamos hacer?

—Esperar y confiar en mí. —El hada alzó la cabeza para mirarlo a los ojos—. ¿Es que ya no confías en mí?

Simón titubeó un instante antes de decir:

—Claro que sí, madrina.

Pero a Camelia no le pasó inadvertido aquel instante de vacilación; trató de ignorar la punzada de dolor que asaeteaba su corazón y se esforzó en centrarse en su trabajo.

—Bueno, no pasa nada. Te sacaré de aquí y te llevaré lejos. Con un poco de suerte, no te buscarán y podrás empezar de nuevo en otro lugar. Tal y como querías.

Simón negó con la cabeza.

—No, madrina. No pienso irme sin Asteria.

Camelia resopló, irritada.

—A ver si te entra en la cabeza, Simón: te han sorprendido tratando de fugarte con la princesa. Te acusarán de haber intentado raptarla. El castigo por tu atrevimiento será la muerte, ¿no lo comprendes? Y yo no puedo permitir que sigas aquí ni un minuto más.

Avanzó unos pasos hacia él, muy dispuesta a llevárselo consigo por medios mágicos; pero el joven alzó las manos, tratando de detenerla.

—Espera, madrina. Por favor, deja al menos que hable con el rey.

—¿Con el rey? —repitió Camelia, desconcertada—. ¿Para qué?

—No quiero que piense que soy un sinvergüenza, ni mucho menos un secuestrador. Le explicaré que amo sinceramente a su hija y…

—Te has vuelto loco —repitió Camelia, estupefacta—. No hay otra explicación.

—Sí, tal vez, no lo niego —admitió él con cierto orgullo—. Pero no quiero salir huyendo. Voy a dar la cara y a luchar por ella. Si me condenan a muerte... que así sea.

—No voy a permitirlo.

—Es mi decisión, madrina, no la tuya.

Tan concentrados estaban en su disputa que no se percataron de que el capitán de la guardia, acompañado de dos hombres más, avanzaba hacia ellos por el corredor. Cuando los tres se detuvieron ante la puerta de la celda, reaccionaron con sorpresa al descubrir al hada en su interior.

—¿Qué es esto? —exclamó el capitán, perplejo—. ¿Qué haces ahí dentro, muchacha? ¿Quién te ha encerrado?

Camelia, conteniendo a duras penas su rabia y su desesperación, se volvió hacia él e irguió las alas para que los guardias las vieran bien.

—No me ha encerrado nadie, capitán —respondió—. Soy un hada, y no necesito ayuda para entrar y salir a mi antojo de los habitáculos de los mortales, por muy bien sellados que estén.

Los tres hombres dieron un respingo, retrocedieron, alarmados y desenvainaron sus espadas.

—¿Qué pretendes, criatura? —quiso saber el capitán, observándola con desconfianza—. ¿Qué tienes tú que ver con este prisionero?

—Soy su hada madrina —declaró Camelia—. He venido a prestarle mi ayuda y a defenderlo si es preciso.

El capitán alzó su arma un poco más y dio un paso al frente.

—Este joven ha sido acusado de secuestrar a la hija del rey —proclamó—. Debe ser juzgado y castigado conforme a sus crímenes. ¿Acaso pretendes evitarlo?

Camelia dudó. Podía llevarse a Simón de allí en un abrir y cerrar de ojos, y los guardias no serían capaces de impedirlo. Pero, si lo hacía, él no se lo perdonaría jamás. Y Camelia no soportaba la idea de que el joven llegase a odiarla, por aquella razón o por cualquier otro motivo.

—No —capituló por fin—. Solicitamos que el rey nos conceda una audiencia en cuanto sea posible. Mi ahijado desea tener la oportunidad de presentar sus respetos, exponer los motivos de su comportamiento y suplicar clemencia.

El capitán la contempló con suspicacia.

—Es poco probable que su majestad se muestre benevolente con este joven. ¿Eres consciente de eso?

—Lo soy, capitán.

—¿Y qué harás en tal caso? ¿Utilizarás tu magia para desafiar a la justicia del rey?

Camelia suspiró.

—Si tuviese intención de hacer algo semejante, lo habría hecho ya —hizo notar.

El capitán permaneció en silencio unos instantes y finalmente asintió.

—Muy bien —aceptó—. De todos modos, el rey en persona ha ordenado que llevemos al prisionero a su presencia. Tú podrás acompañarlo. Pero antes deberás entregar tu… instrumento —exigió, alargando una mano con la palma hacia arriba.

—¿Mi… instrumento? —repitió Camelia, desorientada.

—Tu varita, madrina —intervino Simón.

Aguardaba junto a ella, en tensión, impaciente por ser conducido ante el rey, aunque ello significase su condena a muerte. El hada suspiró de nuevo y extrajo la varita de Dalia de su faltriquera. Los dos soldados retrocedieron un paso, con las armas a punto y la mirada clavada en la varita. El capitán no parecía menos alarmado que ellos, pero se esforzaba por mantenerse en su puesto, con el estoicismo de una estatua de piedra.

Muy lentamente, para no inquietarlos más, Camelia pasó la varita por entre los barrotes y la depositó en la mano del capitán de la guardia. Este la aferró con fuerza y aguardó un instante, alerta, sin duda temiendo que, en el último momento, la magia que atribuía a aquel pedazo de madera se volviera contra él. Pero nada sucedió, de modo que el capitán, inspirando profundamente, se prendió la varita en el cinto y se volvió hacia los prisioneros.

—Muy bien, andando —ordenó mientras abría la puerta de la celda—. Su majestad os espera.

Una criatura fiera y terrible

Arrojaron a Simón, maniatado, a los pies del trono del rey. El joven se incorporó como pudo, pero tuvo el buen sentido de permanecer de rodillas ante su soberano, con la cabeza gacha, en señal de respeto y humildad.

—De modo que tú eres el rufián que pretendía llevarse a mi hija —exclamó el rey de Vestur, nada impresionado por aquel gesto de sumisión.

Camelia, que contemplaba la escena desde un segundo plano, entre los dos guardias, se dispuso a intervenir; pero Simón alzó la cabeza, miró al rey y a la reina, que se sentaba a su lado, y afirmó:

—Con todos mis respetos, majestad… yo jamás me llevaría a vuestra hija, ni a ninguna otra mujer… en contra de su voluntad.

El rey se puso en pie con un rugido de ira, pero la reina lo retuvo por el brazo, se volvió hacia el joven palafrenero y preguntó:

—¿Insinúas que la princesa deseaba marcharse contigo por voluntad propia? Eso es una acusación muy grave. No solo ensucia el buen nombre de mi hija, sino que también atenta contra el honor de su prometido, el Duque Blanco.

Simón se estremeció visiblemente cuando la reina mencionó el compromiso de Asteria con el duque, que aguardaba de pie junto al trono real, sin intervenir.

—Sé que la princesa, como heredera del reino, tiene obligaciones y una reputación que mantener —dijo a media voz—. Pero sin duda sois conscientes de que se casará con el duque por razones políticas. —Inspiró profundamente antes de añadir—: Porque, en realidad, es a mí a quien ama.

El rey dejó escapar una breve carcajada incrédula.

—¿Cómo osas sugerir que mi hija miraría dos veces a alguien como tú?

Simón sacudió la cabeza.

—También a mí me cuesta creerlo, majestad —confesó, con una tímida sonrisa—. Me enamoré perdidamente de ella, y sabía que era una locura y que jamás sería correspondido...

—Y aun así partiste en busca del Espejo Vidente —intervino el duque, pensativo.

Simón se volvió para mirar a su rival por vez primera.

—Sí —confirmó—, porque quería hacer algo que me hiciese digno de su mirada.

El rey arqueó una ceja.

—¿Es eso cierto? ¿Emprendiste esa... búsqueda absurda?

—Sí que lo hizo, majestad —suspiró el duque—. Yo mismo me crucé con él en el camino real cuando partí de Vestur con la misma finalidad.

—Lo recuerdo —confirmó el capitán de la guardia—. Su señoría acusó a este joven de haber robado un caballo de los establos del palacio. La propia princesa Asteria me solicitó que la acompañara para interceder por él.

La reina entornó los ojos y observó a Simón con mayor atención.

—¿De verdad? Qué interesante.

—La princesa se ha mostrado muy bondadosa con este muchacho —dijo el duque—. Quizá él malinterpretó su gesto y confundió su generosidad natural con algo similar a una especie de... inclinación romántica.

Simón enrojeció violentamente.

—Es mucho más que eso —declaró con ardor—. Asteria y yo...

En este punto, Camelia decidió intervenir antes de que dijese algo inconveniente. Interrumpió el discurso de su ahijado con un sonoro carraspeo y avanzó un par de pasos para hacer notar su presencia.

—¿Quién es esta joven? —exigió saber el rey.

—Soy el hada madrina de Simón, majestad —respondió Camelia, haciendo vibrar sus alas al tiempo que le dedicaba una breve reverencia.

Los reyes la contemplaron con sorpresa, conscientes de pronto del carácter sobrenatural de la joven que se inclinaba ante ellos; el duque, en cambio, la observó con suspicacia.

—¿Su hada madrina? —repitió—. Bien, eso explica algunas cosas.

—Naturalmente —concedió Camelia, con amabilidad—. Explica por qué un humilde palafrenero ha osado posar su mirada en la heredera de Vestur. No en vano, este joven nació con la marca del héroe. Cuando vino al mundo, las estrellas profetizaron que realizaría grandes hazañas y se casaría con la hija de un rey.

Mientras pronunciaba estas palabras, el hada casi pudo sentir a su espalda la mirada perpleja de su ahijado. Rogó porque nadie fuera consciente del desconcierto del muchacho ante su pequeña mentira.

La reina lanzó una exclamación admirada y observó a Simón con mayor atención. Su esposo frunció el ceño, dubitativo.

—¿Eso dijeron las estrellas? —gruñó—. ¿Y por ese motivo cree que una profecía le da derecho a secuestrar a una princesa?

—Los grandes héroes siempre fueron osados y audaces, majestad —observó Camelia—. Y por eso llegaron más lejos que ningún otro. Pero Simón no ha secuestrado a nadie. Lo que dice es estrictamente cierto: la princesa se fue con él por voluntad propia. Si tenéis la bondad de mandarla llamar para que relate su versión de lo sucedido…

—Jamás —cortó el rey con rotundidad—. No quiero que mi hija vuelva a respirar el mismo aire que este… este…

—Héroe —lo ayudó Camelia.

—Plebeyo —corrigió el duque, sonriendo con exquisita cortesía—. No dudo de vuestras palabras, mi señora, pero me temo que los hechos no os son favorables. Puede que vuestro protegido esté destinado a hacer grandes cosas… pero no será aquí, en Vestur. De lo contrario, no habría tenido necesidad de llevarse a la princesa en secreto: ella misma impuso una prueba abierta a todo aquel que pretendiese obtener su mano… y me temo que este joven aspirante a héroe… no la ha superado. Ni siquiera contando con la ayuda de un hada madrina.

Camelia abrió la boca, pero no fue capaz de responder. El duque la había hecho callar con sus propios argumentos.

—Todo eso carece de importancia —declaró el rey—. Ni las hadas ni las estrellas tienen nada que decir aquí. Me da igual si este joven estaba destinado a salvar al mundo o a barrer estiércol en las cuadras el resto de su vida. Su relación con mi hija, sea cual sea, es totalmente inapropiada. Ella es la princesa heredera de Vestur, va a casarse en breve y ningún hombre que no sea su futuro esposo debe cortejarla. Todo el que ose intentarlo ha de ser condenado a muerte.

El corazón de Camelia latió con fuerza, pero ella se esforzó por mantener una expresión neutra mientras buscaba argumentos para rebatir la sentencia del rey.

—¿Todo carece de importancia? —repitió Simón, mirando fijamente al rey; había palidecido, pero su gesto era sereno y resuelto, y no le tembló la voz cuando añadió—: ¿Y qué decís de los sentimientos de vuestra hija? ¿También vais a pasarlos por alto?

—Cómo te atreves… —empezó el duque, pero el rey alzó la mano para hacerlo callar.

—Eres joven e impulsivo, y es obvio que estás enamorado —dijo, devolviéndole a Simón una mirada ceñuda—. Yo también tuve tu edad una vez. Por este motivo no tendré en cuenta tu impertinencia. Pero tus pretensiones sobre la princesa son absolutamente intolerables. Solo hay un castigo adecuado para semejante atrevimiento: la muerte. Lo siento, muchacho —añadió, tras una pausa—. Lo único que puedo hacer por ti es asegurarme de que sea rápido. De modo que serás ejecutado mañana al amanecer.

—¡No! —exclamó Camelia rápidamente—. Majestad… Debe de haber otra solución.

—Y puede que la haya —intervino de pronto el Duque Blanco, para sorpresa de todos.

El rey se volvió hacia él, alzando una ceja.

—¿Eso pensáis? —preguntó con interés—. A vos también os concierne este asunto, tal vez incluso más que a mí. ¿Estaríais dispuesto a perdonar la vida del hombre que pretendía llevarse consigo a vuestra prometida?

—En otras circunstancias, no lo haría —respondió el duque con una sonrisa felina—. Pero se da el caso de que yo sí necesito un héroe. Si este muchacho está destinado a convertirse en uno, tal y como afirma su hada madrina, tal vez pueda purgar su falta prestándome un gran servicio que será también beneficioso para mi futura esposa.

Simón no dijo nada, pero le prestaba toda su atención. El rey asintió, intrigado.

—Proseguid, duque. Os escucho.

—Al norte de mis tierras hay un bosque muy grande y muy antiguo, majestad. Incontables monstruos y seres sobrenaturales se ocultaban a la sombra de sus árboles centenarios en tiempos remotos. Mis antepasados fueron exterminándolos, uno tras otro…, pero el bosque sigue sin ser seguro para mis súbditos. Habita en él todavía una criatura fiera y terrible, que ha asesinado a cuantos cazadores se han aventurado a seguir su rastro y a todos los campesinos, leñadores y viajeros incautos que han cometido la imprudencia de acercarse a sus lindes más de la cuenta.

Camelia asintió para sí misma, pensando rápidamente. Conocía aquel lugar: era uno de los Bosques Ancestrales. Las hadas no solían frecuentarlos, por lo que ignoraba de qué clase de criatura estaba hablando el duque.

—Me quedaría mucho más tranquilo si alguien exterminara a ese monstruo antes de la boda, majestad —concluyó él—. No quiero que exista en mis dominios la más mínima amenaza para la seguridad de la princesa. Por eso os ruego que me entreguéis a este prisionero para que pueda probar suerte con la caza.

El rey evaluó a Simón con la mirada.

—¿Pretendéis que este chico mate al monstruo que habita en vuestro bosque? —preguntó, escéptico.

El duque se encogió de hombros.

—El muchacho iba a morir de todas formas —señaló—. Pero cuenta con la magia de un hada madrina y, si es cierto lo que ella dice, tal vez su destino heroico se manifieste en esta empresa.

Camelia se estremeció. Era muy poco probable que Simón lograse triunfar donde tantos otros habían fracasado. Sin duda era inteligente, generoso, leal y valiente; pero no había sido entrenado para luchar. Sus conocimientos sobre cerdos y caballos no le bastarían para enfrentarse a los habitantes de un Bosque Ancestral.

Optó, sin embargo, por permanecer en silencio. Aquellos mortales estaban convencidos de que se hallaba indefensa porque le habían arrebatado su varita, y le convenía que siguieran creyéndolo. Lo cierto era que en cualquier momento podía utilizar su magia para llevarse a su ahijado lejos de allí, de modo que, en el fondo, poco le importaba el resultado de aquel juicio, dado que tanto el rey como el duque estaban decididos a condenar a muerte a Simón, de una forma o de otra.

Suspiró para sus adentros, sin embargo, cuando la voz del muchacho sonó, alta, clara y resuelta:

—Estoy dispuesto a intentarlo. Me enfrentaré a esa criatura, no solo como castigo por el crimen cometido, sino también para probar mi valía ante mis señores.

El duque se rió suavemente, y el rey le dedicó una sonrisa sardónica.

—Eres persistente, muchacho —comentó—. Sea, pues. Ahora regresarás a tu celda, y partirás mañana al amanecer. El propio duque y sus hombres de confianza te escoltarán hasta las lindes del bosque. Si matas a la criatura, te concederé el indulto, y permutaré tu pena de muerte por la del destierro.

Simón tragó saliva.

—Sois… muy generoso, mi señor —murmuró—. Haré cuanto esté en mi mano por no defraudaros.

Camelia no dijo nada. Pero no estaba dispuesta a permitir que las cosas llegaran tan lejos.

Un poco de fe

—No puedes estar hablando en serio —protestó el hada, un rato más tarde.

Los guardias habían encerrado a Simón de nuevo en el calabozo. El capitán había advertido a Camelia que le permitiría estar unos momentos a solas con su ahijado, pero que después tendría que marcharse. Le devolvería la varita cuando se hallase fuera del recinto del palacio.

Camelia se había mostrado de acuerdo; aunque no necesitaba la varita para rescatar a Simón de su encierro, tenía un gran valor sentimental para ella y deseaba recuperarla.

El problema era que, con varita o sin ella, Simón no tenía la menor intención de dejarse rescatar.

—Es lo que necesitaba, ¿no lo entiendes? —insistió el muchacho—. Una prueba de valor. Imagina que consigo matar al monstruo. No estamos hablando de una criatura cualquiera, ¿comprendes? Se trata de un reto que ni siquiera el duque ha superado. Si salgo vencedor, demostraré a Asteria, a sus padres y al mundo entero que soy digno del amor de una princesa.

—Eres digno de todos modos, Simón —suspiró Camelia—. Y ella lo sabe. No necesitas suicidarte para demostrarlo.

—¡Ten un poco de fe! —se quejó el joven—. ¿Y si realmente logro matar a ese monstruo? Podría suceder, ¿no es así?

—Despierta, Simón. No posees poderes mágicos ni objetos encantados. Por el amor de Melusina, si ni siquiera sabes luchar.

—Pero te tengo a ti. Porque me ayudarás, ¿verdad?

—Claro que te ayudaré. Pienso sacarte de aquí y llevarte bien lejos...

—¿Cómo? Se han quedado con tu varita...

—No importa, tengo una de repuesto.

Pero Simón sacudió la cabeza.

—No, madrina, no puedo. Si existe una posibilidad de seguir luchando por Asteria...

Camelia no pudo contenerse por más tiempo.

—¿Hasta cuándo vas a seguir insistiendo? —le espetó—. ¿No se te ha ocurrido pensar que tal vez es ella la que no es digna de ti?

Simón la miró espantado, como si hubiese proferido la más horrible de las blasfemias.

—¿Cómo... cómo puedes hablar así de Asteria? —balbuceó.

Camelia suspiró.

—Mira, no dudo de tus sentimientos, porque los has demostrado con creces —explicó, conciliadora—. Pero, cuando amas a una persona..., no permites que corra tantos riesgos. Y ella..., bueno, ella podría haberte evitado todo esto. A veces, cuando alguien te importa de verdad..., lo mejor que puedes hacer es renunciar a él y dejarlo marchar.

—No, madrina —replicó Simón—. Soy yo quien quiso quedarse. No era una decisión que ella pudiese tomar por mí.

Camelia no replicó, pero su expresión denotaba claramente que no estaba de acuerdo con él.

—¿Existe alguna posibilidad de que cambies de idea? —preguntó sin embargo.

—Rotundamente no. Prefiero morir enfrentándome a la bestia que ejecutado como un vulgar criminal.

—Bueno, una muerte en combate puede ser larga y dolorosa —opinó Camelia—, pero puedo entender que no te haga especial ilusión la idea de colgar en la horca al amanecer. —Se estremeció solo de imaginarlo—. Pero podrías escapar. Di una sola palabra y te llevaré lejos de aquí. Te pondré a salvo...

—No, madrina. Si de verdad quieres ayudarme... —Simón se detuvo un instante y suspiró profundamente—, dime cómo puedo derrotar al monstruo.

Ella frunció el ceño, pensativa.

—Ni siquiera sé de qué monstruo se trata —confesó—. No es lo mismo un ogro que una mantícora o un dragón. La estrategia a seguir es totalmente diferente en cada caso. Pero —añadió, antes de que Simón tuviera ocasión de replicar—, conozco a alguien que nos puede orientar al respecto. Iré a preguntarle, ¿de acuerdo? Volveré en cuanto pueda.

—¿Te marchas?

Ella asintió.

—He de hacerlo. Tengo que preparar esta empresa de locos y, por otro lado, ahora que saben que soy un hada no permitirán que me quede a tu lado mucho tiempo. Al menos, no mientras seas prisionero del rey.

—Entiendo —murmuró Simón—. Pero... ¿podrías hacerme un favor? ¿Podrías...? —dudó un instante antes de concluir la frase—. ¿Podrías ir a visitar a Asteria y decirle... despedirte de ella en mi lugar?

—Claro que sí —suspiró Camelia, aunque no tenía la menor intención de hacerlo; bastantes problemas le había dado ya a Simón aquella princesita caprichosa y egoísta—. Pero tú, mientras tanto, no hagas ninguna tontería. Lo más probable es que me reúna contigo en la linde del bosque, así que, si me retraso, espérame. Y, sobre todo —concluyó, levantando el índice con tono admonitorio—, que no se te ocurra, bajo ningún concepto, adentrarte en él sin mí.

Loco de odio

ra ya muy tarde cuando Camelia regresó por fin a casa. Rosaura ya dormía, en el jergón que le habían habilitado a los pies de la cama de su madrina. Para su sorpresa, Ren seguía allí, aovillado frente a la chimenea; parecía que estaba dormido también, pero alzó la cabeza inmediatamente al oírla llegar.

—¿Qué ha pasado? —inquirió—. Rosaura no ha dejado de preguntar por ti desde que te fuiste.

Camelia suspiró y se dejó caer sobre la mecedora, agotada.

—Han pasado muchas cosas —respondió—, pero intentaré ceñirme a lo esencial. ¿Conoces el Bosque Ancestral que hay en los dominios del Duque Blanco?

Ren se rió.

—¿Que si lo conozco? Estás de broma, ¿no?

—Ya lo suponía. Por eso necesito preguntarte… —Dudó un momento antes de continuar—. Verás, han sorprendido a Simón tratando de fugarse con la princesa. Y lo han condenado a muerte.

El zorro se quedó mirándola un momento, con las orejas erguidas. Camelia enterró el rostro entre las manos, temblando; en apenas un instante, Ren estaba a su lado, transformado de nuevo en humano, para consolarla.

—Lo siento; sé lo mucho que te importa. Pero no corre peligro en realidad, ¿no? Con tu ayuda…

268

—No quiere dejarse ayudar. El rey ha dicho que le perdonará la vida si derrota al monstruo que vive en el Bosque Ancestral. Y está empeñado en intentarlo.

—No —soltó Ren, boquiabierto—. Es una locura, Camelia. Una empresa así está fuera del alcance de cualquier ser humano.

Camelia alzó la cabeza para mirarlo a los ojos. Se le encogió el corazón al ver que el zorro temblaba; y había muy pocas cosas en el mundo capaces de impresionar a alguien como él.

—No creí que… —murmuró Ren, sacudiendo la cabeza; parecía desconcertado, abrumado e indignado a partes iguales—. ¿Cómo se le ha ocurrido enviar a ese chico al Bosque Ancestral?

—Fue idea del duque.

—Ya lo imaginaba.

—Pero en parte fue culpa mía. Les hice creer que había señales heroicas en torno a Simón… y ellos pensaron que tal vez si yo lo ayudaba con mi magia…

—Ni aun así, Camelia. ¿Sabes quién vive en ese bosque? Un Lobo Ancestral.

El hada guardó silencio, asimilando sus palabras.

—No sabía que todavía quedaban Lobos Ancestrales —dijo finalmente—. Pensaba que los Cazadores los habían exterminado a todos.

Ren rió con amargura.

—Hicieron un buen trabajo, sí. Pero no terminaron con todos ellos. ¿Recuerdas aquella noche, hace cosa de ciento veinte años, cuando me presenté aquí medio muerto?

—Sí —contestó ella con los ojos muy abiertos—. Estabas tan malherido que pensé que no sobrevivirías. Tardaste semanas en recuperar la conciencia, y al menos tres años en reponerte por completo. Pero nunca quisiste contarme qué te había sucedido.

Ren se estremeció.

—Me enfrenté a él, y perdí —resumió con llaneza—. Y sobreviví de milagro, Camelia. Yo —remarcó, casi riéndose—, una criatura supuestamente inmortal. Ese lobo no es como los demás, créeme. Está loco de odio.

Camelia asimiló aquella información y suspiró, sobrecogida.

—Definitivamente, no puedo permitir que Simón se enfrente a él.

—Definitivamente —coincidió Ren.

—Pero no me escuchará —prosiguió ella, angustiada—. Cree que es su única oportunidad de convertirse en un héroe e impresionar a la princesa y, de paso, a su padre.

—Es obvio que está equivocado. Llévatelo lejos de allí antes de que nadie lo eche de menos. No le hará gracia en ese momento, pero algún día te lo agradecerá.

Camelia negó con la cabeza.

—No lo conoces. Me odiará para siempre, y yo...

—¿Y qué más da? Que siga con vida para odiarte, si quiere. Pero si tú no lo impides, el lobo lo hará pedazos.

—Por favor, habla tú con él —suplicó el hada—. A mí no me escuchará, pero tal vez tú...

Ren se quedó mirándola.

—¿Qué te hace pensar eso? Tú eres su hada madrina, y yo soy solo un desconocido.

Camelia rehuyó su mirada.

—No confía en mí, Ren.

El zorro se dejó caer sobre el borde de la cama, con un profundo suspiro.

—Ay, Camelia... Te lo advertí. Deberías haberlo abandonado a su suerte hace semanas. Antes de que tus sentimientos por él te afectaran de esta manera.

Camelia sacudió la cabeza y le dirigió una mirada feroz; sus ojos verdes chispeaban con indignación.

—¡No estamos hablando de mí, sino de él! ¿Lo convencerás de que no debe enfrentarse al lobo, sí o no?

Ren suspiró de nuevo.

—Lo intentaré —prometió—. Pero no me entusiasma la idea de volver a ese bosque. Al menos, no con el lobo rondando por allí todavía.

—Lo comprendo. No entraremos en el bosque, Ren. He quedado con Simón justo en las lindes. Lo esperaremos un poco más allá y hablaremos con él en cuanto haya dejado al duque y sus guardias atrás.

—De acuerdo —aceptó el zorro—, pero con dos condiciones. La primera es que, si no atiende a razones, no cometerás ninguna locura. Que no se te ocurra tratar de enfrentarte al lobo. Llévate a tu ahijado lejos de allí, contra su voluntad si hace falta, y que se enfade, si quiere;

o déjalo que se mate él solo, si lo prefiere. Pero no te internes en el bosque con él, ¿has entendido?

Camelia asintió.

—Muy bien. ¿Cuál es la segunda condición?

El zorro se pasó una mano por su mata de cabello rojo, revolviéndolo.

—Que duermas un poco antes —respondió con una sonrisa—. Es muy tarde, estás muy cansada y yo no quiero volver a dejar sola a Rosaura de noche. Los humanos tardarán como mínimo media jornada en llegar al bosque. Nosotros los esperaremos allí.

Camelia cerró los ojos un instante, consciente de pronto del cansancio de piedra que se abatía sobre ella.

—De acuerdo —aceptó—. Gracias, Ren.

Él desvió la mirada, pero no respondió.

Nuestro caballo más veloz

Los guardias despertaron a Simón cuando todavía no había amanecido. El muchacho se puso en pie de un salto, sobresaltado. Apenas había logrado conciliar un sueño ligero e inquieto, plagado de pesadillas.

—¿Estás listo para partir? —le preguntó el guardia con brusquedad.

Simón se frotó los ojos, aturdido, y asintió. El carcelero abrió la puerta de la prisión y lo empujó escaleras arriba hasta el patio trasero del castillo.

Hacía frío, y el relente nocturno terminó de espabilar al joven. Allí lo esperaba otro de los guardias. Le dieron un rato para asearse en el abrevadero y después le lanzaron un zurrón que él atrapó al vuelo. Comprobó que contenía algunas provisiones, utensilios básicos y ropa de abrigo, y cabeceó, agradeciendo el detalle. Pidió permiso para ir a las caballerizas a recoger a su caballo, el mismo que se había llevado en su excursión al castillo de la bruja y que Asteria le había regalado poco después. De camino, no obstante, se topó con el capitán de la guardia, que llevaba a Niebla de la brida. A Simón le dio un vuelco el corazón cuando lo reconoció, y miró a su alrededor, con la esperanza de que su amada anduviera cerca.

—Te estaba buscando —dijo el capitán abruptamente—. Su alteza real, la princesa Asteria, te desea buena suerte en tu misión; desea también que estos regalos contribuyan a tu éxito.

Desconcertado, Simón se quedó mirando la espada que el capitán le tendía. La sacó parcialmente de su vaina y descubrió que, aunque no era particularmente lujosa, parecía de buena factura, sobria, resistente y bien templada.

—Yo… gracias —farfulló.

El capitán tuvo que ayudarle a ceñirse la vaina al cinto, porque Simón no sabía cómo hacerlo. Abochornado por su torpeza, el joven reiteró sus agradecimientos, pero se quedó sin palabras cuando su interlocutor le entregó la brida de Niebla.

—¿Qué…? —pudo decir—. ¿Queréis que me lleve el caballo de la princesa? No… no puedo aceptarlo.

—Ella ha insistido en que lo hagas —informó el capitán de mala gana; parecía claro que no estaba de acuerdo con la decisión de Asteria.

Simón tomó la rienda, aturdido. Se preguntó de pronto si la princesa querría enviarle algún tipo de mensaje a través del caballo, y asintió por fin, aceptando el presente.

—Lo devolveré —prometió.

—Más te vale —gruñó el capitán—. No lo sometas a riesgos inútiles. No entres en el bosque con él, ¿me has entendido? Aunque tú no vuelvas, el caballo sí debe regresar. ¿Queda claro?

Simón asintió con un nudo en la garganta.

—Tú estabas condenado a morir —prosiguió el capitán—, pero Niebla es uno de los mejores animales que tenemos en las cuadras. El más veloz, ¿me oyes? La princesa insistió en que te recordara esto —añadió, bajando un poco la voz—: que Niebla es nuestro caballo más veloz.

Simón comprendió el mensaje: Asteria deseaba que encontrase el modo de despistar a su escolta y escapar lejos de allí. Se sintió conmovido por su preocupación, pero también avergonzado, porque le había quedado claro que ella pensaba que no lograría completar con éxito su misión.

Inspiró profundamente. No tenía la menor intención de huir. Moriría luchando, tal vez; pero, al menos, no sería recordado como un cobarde, ni como un criminal.

—Entendido —asintió a media voz.

El capitán se reunió con sus hombres en el patio para esperarlo. Simón se entretuvo a propósito mientras guardaba sus pertenencias en las alforjas del caballo, y aprovechó para preguntarle al oído:

—¿Has hablado con Asteria? ¿Te ha dado algún mensaje para mí?

Niebla resopló suavemente.

—No la he visto desde anoche —respondió—. Desde que me ensillaste con tantas prisas y luego no me sacaste a pasear —le reprochó.

Simón no respondió. Los recuerdos de su reciente fuga frustrada le parecían muy lejanos y fragmentarios, como imágenes de una antigua pesadilla.

Tampoco él había vuelto a ver a Asteria desde que la guardia se la había llevado casi a rastras, de regreso a sus aposentos. Nadie se había molestado en contarle qué le había pasado después, pero había captado una conversación entre el carcelero y uno de los guardias y los había oído comentar que la princesa permanecía en su alcoba, recuperándose de las emociones sufridas durante aquel intento de secuestro. Simón sonrió amargamente al recordarlo. Aquella era la versión oficial, naturalmente. Al joven no se le escapaba que el rey debía de saber con certeza, a aquellas alturas, que su hija había tratado de fugarse con el palafrenero. Era más que probable que Asteria estuviese recluida contra su voluntad en su propia habitación, como castigo por su acción, o para evitar que tratara de hacerlo de nuevo.

De modo que no tenía forma de contactar con ella. Pero la princesa sí podía estar al tanto de lo que sucedía en el exterior, si todavía conservaba el Espejo Vidente; y, por otro lado, su hada madrina la habría puesto al día durante su visita.

En cualquier caso, parecía obvio que Asteria estaba informada acerca de lo que se proponía hacer en los dominios del duque. La idea de que ella lo estuviese observando mientras se enfrentaba al monstruo lo ponía un poco nervioso. Si vencía, su amada asistiría a su triunfo desde la distancia. Si fallaba, por el contrario, podría observar con detalle cómo la criatura lo asesinaba, lo despedazaba y lo devoraba, no necesariamente por ese orden.

Apartó aquellos pensamientos de su mente y se dirigió hacia el patio. El capitán lo escoltó hasta la puerta principal del castillo, donde lo aguardaba media docena de hombres a caballo. Entre ellos, la figura del Duque Blanco despuntaba como la luna llena contra el cielo nocturno.

Simón se reunió con ellos en silencio. Los caballeros lo estudiaron con curiosidad y cruzaron miradas significativas, pero el joven fingió que no se daba cuenta.

Cuando se pusieron en marcha, el alba empezaba a clarear por el horizonte, tras las montañas. Simón respiró hondo, subió con cierta torpeza sobre el lomo de Niebla —nuevo intercambio de miradas entre los soldados— y se unió al grupo, que ya enfilaba el camino real.

El duque situó a su caballo junto a Niebla.

—Espero que tengas alguna idea acerca de cómo enfrentarte a la criatura, muchacho —comentó con amabilidad—. Porque, si no cambia tu suerte hoy, ya no habrá ocasión para ello.

—Eso espero yo también, señor —repuso Simón con sequedad.

El duque sonrió.

—Lo creas o no, realmente me interesa que mates a ese monstruo —comentó—. Así que estoy de tu parte, aunque te resulte difícil aceptarlo.

Simón negó con la cabeza.

—Vos y yo jamás podremos estar en el mismo bando, señor —replicó—. Al menos, no mientras pretendáis a la princesa.

El duque le dedicó una alegre carcajada. El rostro del muchacho se ensombreció.

—Sé que no me consideráis un digno rival, pero…

—No pretendía burlarme de ti —respondió él, aún sonriendo—. Pero debes entender que esa rivalidad de la que hablas… no existe en realidad. Porque no tienes la menor oportunidad con la princesa. Y no es una amenaza; es un hecho.

—Ella me ama…

—Eso no tiene tanta importancia como piensas. En tu mundo, Simón, tal vez los sentimientos sí cuenten para algo. Pero ella es una princesa. Jamás se casará con alguien como tú. Y, de nuevo, no pretendo ser cruel; tan solo expongo la realidad tal cual es.

Simón no dijo nada. Fingió que estaba concentrado en no caerse del caballo, pero el duque sabía que lo estaba escuchando con atención.

—Créeme, no gano nada diciéndote esto. Sé muy bien que vas a enfrentarte a la criatura porque aún tienes esperanzas con respecto a la princesa Asteria. Y, si es cierto lo que tu hada madrina dijo de ti, me conviene que lo intentes al menos. Así que no te lo digo para provocarte ni para hacerte sufrir. Me resulta totalmente indiferente, porque ella está fuera de tu alcance, hagas lo que hagas. —Reflexionó un instante antes de añadir—: Era lógico que te hicieras ilusiones, por otra parte.

Eres joven e ingenuo. Lo que no consigo comprender es por qué ella te ha seguido el juego. Jamás podrá estar contigo, y lo sabía desde el principio.

Simón no respondió, y el duque no siguió hablando. Espoleó su caballo y se apartó del muchacho para ponerse a la cabeza de la comitiva.

El joven cerró los ojos un momento. Acarició la idea de poner a Niebla al galope y tratar de escapar… pero la descartó inmediatamente. Respiró hondo, apretó los dientes y se irguió todo lo que pudo sobre la silla, tratando de reunir el escaso valor que le quedaba.

Sabía, no obstante, que el Duque Blanco tenía razón. Asteria se casaría con un noble o un príncipe, y no con un palafrenero. Pero, precisamente por eso, debía enfrentarse a aquella bestia y derrotarla. Si no podía competir con otros pretendientes en linaje y posesiones, tenía que encontrar la forma de sobrepasarlos en otros terrenos.

Su única esperanza residía en matar al monstruo y vencer en la prueba que el duque no había sido capaz de superar.

Una brizna de hierba arrastrada por la brisa

Caía ya la tarde cuando el Duque Blanco y sus acompañantes alcanzaron las lindes del Bosque Ancestral. Se detuvieron al borde mismo de la espesura, sobrecogidos.

El bosque parecía devorar el horizonte. Sus árboles se alzaban como garras arañando el cielo, y el viento revolvía las ramas y hacía susurrar las hojas en un lenguaje propio, largamente olvidado. Sus sombras se prolongaban y se enredaban entre los cascos de los caballos, que caracoleaban con nerviosismo, intuyendo en aquel lugar un aire vetusto, atávico, un eco de tiempos remotos anteriores al dominio del ser humano. Si existía en el mundo un rincón donde las personas no eran bienvenidas, donde sus luchas, sueños y ambiciones tenían la misma importancia que una brizna de hierba arrastrada por la brisa, ese era el Bosque Ancestral.

El duque se volvió para mirar a Simón.

—Nosotros no vamos a seguir adelante —le advirtió—. A partir de aquí, estarás solo.

El joven se removió, incómodo. Trató de penetrar la espesura con la mirada, pero el camino serpenteaba entre los árboles y desaparecía más adelante, engullido por la maleza.

—Calculo que solo quedan tres horas de luz, aproximadamente —dijo entonces el duque—. Tal vez prefieras esperar hasta el amanecer.

Simón iba a responder cuando detectó dos figuras que parecían estar aguardando un poco más allá, y reconoció el inconfundible vestido verde de su hada madrina. Sonrió, inundado por un súbito alivio. No había tenido noticias de ella desde la noche anterior, y temía que finalmente hubiese cambiado de idea. Ella le había advertido que no se internase en el bosque solo, pero Simón sabía que no podría quedarse allí eternamente. Al menos, no con el duque y sus hombres rondando por los alrededores.

—No —resolvió—. Iniciaré la caza ahora mismo.

Se sentía aterrorizado pero, por alguna razón, en cuanto pronunció aquellas palabras se quitó un gran peso de encima, como si el hecho de tomar aquella decisión le resultase más liberador que tener la posibilidad de retroceder.

—Como quieras —dijo el duque, encogiéndose de hombros—. Nosotros acamparemos un poco más allá. Te esperaremos tres días, y si para entonces no has vuelto…

No terminó la frase, pero no fue necesario. Simón asintió y se dispuso a reemprender la marcha; pero Niebla plantó las patas y echó las orejas hacia atrás.

—Yo no quiero entrar ahí —declaró.

Simón recordó de pronto que el capitán de la guardia le había advertido que no pusiera en riesgo el caballo de la princesa. De modo que palmeó el cuello del animal y desmontó como pudo. Mientras ataba las riendas de Niebla a un árbol, vio con el rabillo del ojo como sus acompañantes volvían grupas y se alejaban por el camino, hacia la civilización.

Respiró hondo y corrió a reunirse con su hada madrina.

Demasiado poderoso

Camelia estaba casi al borde de un ataque de nervios. Había descansado poco y mal, y al despertar había temido que su magia, que aún no se había recuperado por completo, no le permitiera llegar a tiempo de encontrarse con su ahijado en las lindes del bosque.

Por fortuna, no había sido así, y ahora aguardaban ambos la llegada de Simón, expectantes.

—Relájate un poco, ¿quieres? —dijo Ren, olisqueando en el aire—. No ha llegado todavía. Hace mucho tiempo que no pasan humanos por aquí.

Camelia respiró hondo un par de veces.

—De acuerdo, ya estoy más tranquila. Pero cambia de forma antes de que te vea Simón, por favor.

—¿Por qué? —inquirió él con un gruñido—. ¿Es que tu ahijado no va a tomarse en serio lo que pueda decirle un zorro parlante?

Camelia no respondió, pero Ren se transformó en humano de todas formas.

Un rato después oyeron el sonido de los cascos por el camino y vieron llegar a un grupo de hombres. El corazón de Camelia dio un vuelco cuando reconoció entre ellos a Simón.

—Calma —murmuró Ren—. Ya nos ha visto.

Esperaron, tensos, mientras Simón ataba a su caballo y avanzaba hacia ellos por el sendero. Camelia reprimió el impulso de abrazarlo con todas sus fuerzas, aliviada de verlo por fin fuera del calabozo y lejos del castillo de Vestur.

—¡Madrina! —saludó él con una sonrisa insegura—. Gracias por venir.

Dirigió una mirada de soslayo a Ren. El Ancestral se irguió, consciente de su curiosidad, pero se mantuvo en segundo plano y dejó que Camelia hablase primero.

—Hola, Simón —dijo ella, devolviéndole la sonrisa—. Este es Ren, un buen amigo mío. Lo he traído porque conoce bien este bosque y a la criatura a la que quieres enfrentarte.

El joven observó a Ren con mayor interés.

—¿En serio? —preguntó, animado—. ¿Puedes decirme, entonces, qué puedo hacer para matarla?

Pero el zorro sacudió la cabeza.

—No puedes hacer nada, Simón —respondió gravemente—. Es un ser demasiado poderoso para ti.

El caballerizo palideció.

—Pues voy a enfrentarme a él, os guste o no —declaró—, así que agradecería que me dieseis un poco más de información para que yo pueda decidir por mí mismo si es o no demasiado poderoso para mí.

Ren chasqueó la lengua, disgustado ante la presunción del muchacho. No obstante, respondió:

—Se trata de un Lobo Ancestral. Uno muy antiguo, para ser exactos.

Simón dejó escapar una breve carcajada incrédula.

—¿Solo eso? ¿Un lobo?

—No es un lobo cualquiera —protestó Camelia—. ¿Conoces a los lobos de los cuentos? ¿Esos lobos de inteligencia retorcida, que hablan, trazan planes complejos para cazar a sus presas y lo mismo devoran cerdos que niños perdidos?

—Claro. Y sigo pensando que no son enemigos tan terribles. Siempre los mata un cazador. En uno de mis cuentos favoritos, de hecho, hasta una cabra armada con unas tijeras era capaz de derrotar a uno de ellos.

—Buena observación —admitió Ren—. Pero ahora imagina un lobo de ese tipo que ha sobrevivido a todo eso. A los adversarios más fuertes y astutos que se han cruzado en su camino. Un lobo tan grande, feroz, malvado e inteligente que ningún cazador ha sido capaz de matarlo jamás… en sus más de mil años de existencia.

Para satisfacción del zorro, en esta ocasión Simón sí se mostró convenientemente impresionado. Palideció todavía más y tragó saliva, sobrecogido. Pero, pese a todo, miró a Ren a los ojos cuando dijo:

—Alguien tendrá que vencerlo, tarde o temprano. No sé si seré yo o no, pero al menos lo voy a intentar.

Ren suspiró y se volvió hacia Camelia con resignación.

—Ya lo has oído. Es obstinado y no querrá abandonar voluntariamente.

Simón dio un paso atrás.

—No vais a sacarme de aquí a la fuerza.

—Está loco —comentó el zorro.

Camelia se esforzó por mantener la calma.

—Simón, sé razonable. Podemos escapar de aquí por medios mágicos y el duque nunca lo sabrá. Puedes empezar una nueva vida en otro lugar. Tratar de hacer fortuna de otra manera. Con el tiempo tal vez reúnas suficientes méritos para pretender a la princesa…

—Para entonces ella ya estará casada —cortó Simón con sequedad.

—Si pudiera ayudarte, lo haría —insistió ella—. Escúchame. Ren también es una criatura poderosa, aunque no lo parezca. Es un Ancestral, igual que ese lobo al que pretendes enfrentarte. Y estuvo a punto de morir en su último enfrentamiento.

—Tenías que mencionarlo —gruñó el zorro, irritado.

Simón lo miró con mayor atención. Descubrió entonces la cola que brotaba de la base de su espalda y abrió mucho los ojos, asombrado.

—¿Eso es… de verdad? —preguntó.

—Vamos, olvídalo ya —insistió Ren sin hacerle caso—. Si quiere saltar alegremente a las fauces del lobo, es su problema.

—Es mi ahijado. No puedo permitirlo.

—Aun así, estás perdiendo el tiempo. No va a cambiar de opinión, así que llévatelo a la fuerza si es preciso.

Camelia no respondió. Simón los había dejado discutiendo para retroceder hasta donde lo aguardaba Niebla, con la intención de recuperar su zurrón de las alforjas y prepararse para adentrarse en el bosque. El hada apretó el paso para alcanzarlo, y Ren la siguió.

—Simón, te lo advierto. Hagamos esto por las buenas, ¿de acuerdo?

El joven no respondió. Acarició las crines de Niebla mientras desataba las riendas.

—Si no regreso, encuentra el camino a casa —le susurró—. Sé que sabrás. Y dile a la princesa...

Se le quebró la voz y no fue capaz de seguir hablando.

El caballo resopló, pero apenas lo estaba escuchando. Observaba con curiosidad a Camelia y, sobre todo, a Ren, que acababa de reunirse con ellos.

—Hola, zorro —lo saludó—. ¿Cómo están tus patas?

Ren lo miró, alarmado, y dio un paso atrás.

—Bien —respondió con precaución—. Gracias por preguntar... supongo. Camelia, llévate al chico y acabemos de una vez —la apremió.

Pero ella se quedó mirándolo con el ceño fruncido. No era extraño que otros animales reconociesen a los Ancestrales, incluso cuando se camuflaban en un cuerpo humano. Pero Niebla se había dirigido a Ren con una familiaridad desconcertante.

—¿De qué está hablando? ¿Qué les pasa a tus patas?

—Nada —respondió Ren rápidamente.

—Los caballos tenemos cascos —explicó Niebla pacientemente—. Los humanos usan zapatos. Pero los zorros tienen las patas blandas. Por eso se pinchan si pisan castañas.

Camelia se volvió hacia su amigo, divertida, presuponiendo que el caballo estaba desvariando. Pero sorprendió una expresión sombría en el rostro de Ren y comprendió de pronto que había algo que no marchaba bien.

—Castañas —repitió Simón, pensativo.

No hacía mucho que Niebla había mencionado aquel tema. En la mente del joven palafrenero habían quedado grabados a fuego los detalles de aquella desastrosa noche en la que él y su hada madrina habían ido a buscar la joya de Asteria y no la habían encontrado. Evocó la imagen de sus propias botas pisando las castañas que habían caído del árbol mientras hurgaba en el interior de su tronco, bajo una lluvia torrencial.

¿Dónde encajaba el zorro en aquella ecuación? ¿Y por qué parecía que el caballo lo conocía de antes?

—Niebla —dijo a media voz—. Tú habías visto antes a este humano... o zorro... o lo que sea..., ¿verdad? ¿Dónde fue? ¿Al pie del gran castaño, quizá?

—Eso es —confirmó el caballo, muy satisfecho.

Simón observó fijamente a Ren. Un destello de cólera iluminó sus ojos pardos.

—¿Lo viste, tal vez, la tarde que saliste a pasear con la princesa y con su padre? —siguió indagando; Niebla asintió de nuevo enérgicamente—. ¿Cuando ella se detuvo y desmontó junto al castaño… para ocultar en él una valiosa reliquia familiar? —concluyó, mientras sentía que la ira crecía en su interior

Sus últimas palabras no fueron tanto una pregunta como una acusación implícita, y Camelia lanzó una exclamación ahogada y se volvió de nuevo hacia su amigo, rogándole con la mirada que la desmintiera. Pero Ren se limitó a esbozar una sonrisa de disculpa.

Patas blandas

Varios días atrás, una tarde lluviosa, Asteria había sacado a Niebla a pasear. Su amigo, el humano que entendía todo lo que decía, le había pedido que prestase especial atención a los lugares en los que ella se detuviera. También a la gente con la que se cruzasen en el camino.

Niebla lo hizo. La princesa y su acompañante hicieron varios altos en el camino, pero ella descabalgó junto al gran castaño, cosa que el caballo agradeció. Mientras la joven humana se entretenía haciendo algo en el hueco del tronco, Niebla revolvía entre las castañas del suelo con los cascos delanteros, tratando de sacarlas de sus pinchosos envoltorios. Alzó un poco la cabeza y vio a un zorro que rondaba en torno al árbol, semioculto entre la maleza, caminando con precaución para no pisar ninguno de los erizos caídos.

—Ten cuidado —le advirtió—. Si te clavas una espina, puedes hacerte mucho daño.

El zorro lo observó un instante, cauteloso. Dirigió la mirada hacia los humanos, pero comprobó que ninguno de ellos se había percatado de su presencia. Por descontado, ninguno podía tampoco entender el idioma de los animales.

—Lo sé —respondió—, pero gracias por avisar.

—Los que tenéis las patas blandas no deberíais acercaros a estos árboles cuando las castañas están maduras —opinó el caballo.

—Lo tendré en cuenta —prometió el zorro, que no perdía detalle de las evoluciones de la princesa.

—Claro que —siguió cavilando el caballo—, las castañas están tan ricas que entiendo que arriesgues las patas por ellas.

Alzó la cabeza cuando Asteria volvió a montar sobre su grupa. Ella chasqueó la lengua para ordenarle que reemprendiera la marcha, y Niebla vislumbró el puente que lo conduciría de nuevo a la cuadra. Por un instante se olvidó del zorro, de las espinas y de las castañas; tan solo echó un último vistazo atrás, con añoranza, antes de alejarse por el camino. Pero ya no vio al zorro, y no volvió a pensar más en él.

Un espantoso agujero en el corazón

—¡Fuiste tú! —bramó Simón, furioso—. ¡Tú te llevaste la joya que Asteria escondió en el tronco del árbol!
—Inspiró hondo antes de añadir—: ¡Y después se la entregaste al duque!

Camelia seguía con la vista clavada en Ren, anonadada, esperando que él lo desmintiera. Pero el zorro no dijo nada. La mirada de Simón se detuvo sobre ella brevemente para volver a posarse sobre su amigo.

—¡Vosotros dos… estáis compinchados con el Duque Blanco! —acusó finalmente.

Camelia reaccionó.

—¿Qué…? —protestó—. ¡Simón…! ¡Eso no es cierto! ¡Yo nunca…!

—Claro, ahora todo tiene sentido —prosiguió él, implacable, cargándose el zurrón al hombro—. Has intentado alejarme de Asteria desde que el duque entró en escena, no puedes negarlo. Me llevaste hasta el castillo de una bruja para recuperar el espejo equivocado, y el duque sabía que yo iba a ir a buscarlo; me siguió y me interceptó en el camino porque tú se lo dijiste. Igual que le dijiste más tarde que el espejo que necesitaba estaba en poder de la princesa.

—¡Yo no hice tal cosa! —se defendió Camelia, ofendida.

—O tu amigo el zorro, me da igual.

Camelia no se molestó en preguntar a Ren si era cierto lo que Simón decía. Su aire compungido hablaba por él.

—Y después propusiste esa estúpida prueba de la joya escondida —añadió Simón, cada vez más alterado—, y nos engañaste para que tu amigo pudiese ofrecerle al duque la mano de Asteria en bandeja. —Sacúdió la cabeza, sin poder creer todavía que alguien pudiese ser tan ruin—. Ahora comprendo por qué me dabas largas cuando te suplicaba que impidieses esa boda: porque no tenías la menor intención de hacerlo. —Camelia abrió la boca para replicar, pero Simón aún no había terminado—. ¡Y, por si todo eso no fuera bastante, nos delatasteis al rey cuando tratamos de escapar juntos!

—¡Eh, eh! —saltó Ren, alzando las manos en un intento de calmarlo—. Frena un poco, muchacho. Eso no...

—No quiero oír nada más —cortó Simón, alejándose de ellos a grandes zancadas—. Dejadme en paz; ya habéis hecho bastante.

Camelia corrió tras él.

—¡Espera, Simón! ¿Adónde vas? Tenemos que hablar...

—No hay nada de qué hablar —replicó él sin volverse—. Voy a enfrentarme al lobo. Habéis insistido mucho en que no lo haga y, ¿sabéis qué?, dado que no confío en vosotros, pienso hacer justamente lo contrario.

—¿Qué? ¡No digas tonterías! —se enfadó Camelia—. Mira, todo esto no es más que un malentendido. Puedes confiar en mí, te lo prometo. Soy tu hada madrina y...

—No —atajó él; se detuvo bruscamente y se volvió hacia ella para mirarla antes de decir, muy serio—: Ya no quiero que seas mi hada madrina. No quiero volver a verte nunca más.

Camelia se detuvo de golpe y sintió que se quedaba sin aire, como si hubiese recibido un puñetazo en la boca del estómago. Lo miró, atónita, incapaz de reaccionar; pero Simón le dio la espalda nuevamente y se alejó de ella, internándose en el bosque mientras el hada percibía como el vínculo que los conectaba se iba desvaneciendo rápidamente hasta desaparecer por completo.

Se dejó caer de rodillas sobre la hierba, sin poder asimilar lo que estaba sucediendo. Tenía un espantoso agujero en el corazón, una carencia insoportable, un dolor agudo y profundo, como si las palabras de Simón le hubiesen arrancado las entrañas de un zarpazo.

Impotente, lo vio desaparecer entre la maleza, con el zurrón al hombro y la espada mal ceñida golpeándole incómodamente el muslo. Tenía menos aspecto de héroe que nunca, pero había alzado una barrera entre ambos que el hada no podía franquear en contra de su voluntad.

Camelia abrió la boca para gritar, pero solo fue capaz de proferir un angustioso gemido. Sintió las mejillas húmedas, y se dio cuenta de pronto de que estaba llorando.

Cuando el bosque se tragó definitivamente a Simón, el último hilo invisible que los unía se rompió para siempre.

Nada personal

No habría sabido decir cuánto tiempo permaneció así, bloqueada, sin reaccionar. Probablemente fueron tan solo unos minutos, pero a ella le parecieron horas. De pronto oyó tras ella la voz de Ren.

—Camelia, lo siento.

Ella se esforzó por regresar a la realidad y se volvió para mirarlo, abrumada.

—Pero ¿por qué? —pudo desgranar, todavía sin terminar de comprender lo que estaba sucediendo. La traición de Ren, el rechazo de Simón...

El zorro sacudió la cabeza. Hizo ademán de dar un paso más hacia ella, pero cambió de idea y permaneció quieto, a una respetuosa distancia.

—No fue nada personal, Camelia. Te lo juro.

Ella jadeó, incrédula.

—Entonces, es verdad... —comprendió—. Estabas aliado con el duque...

Ren agachó la cabeza y no lo negó. Camelia cerró los ojos, tratando de encajar todas las piezas del rompecabezas.

—Por eso rondabas tanto por Vestur —comprendió—. Y por eso fuiste a verme. Y te quedaste en mi casa —gimió, atormentada por la enormidad de su engaño—. Y cuando hablabas conmigo de Simón...

no era porque te interesase mi trabajo. Estabas tratando de sonsacarme información.

—En parte, sí —reconoció Ren, avergonzado—. Pero fuiste bastante discreta. Hubo muchas cosas que tuve que deducir o averiguar yo mismo.

Camelia sacudió la cabeza. Aquello no la consolaba.

—Ren —musitó—. Entonces ¿es cierto que le contaste al duque todo lo que yo te dije sobre el Espejo Vidente? ¿Y que cogiste la joya de la prueba de Asteria para entregársela a él?

—No lo voy a negar —respondió él en voz baja—. Lo siento de verdad, Camelia. No quería hacerte daño, pero es que… no tenía alternativa.

El hada dejó escapar una amarga carcajada.

—¿No querías hacerme daño? —repitió—. ¡Casi matan a Simón por tu culpa!

—No, no, eso no fue culpa mía —se defendió el zorro—. Yo jamás le hablé al duque de tu ahijado. Solo le dije que él tenía indicios sobre el paradero del Espejo Vidente, y eso fue cuando la princesa ni siquiera sabía que existía. Pero, cuando empezaron a verse en secreto…, no los delaté, Camelia, tienes que creerme. Ni siquiera cuando Asteria estuvo a punto de fugarse con él.

—¿Cómo voy a creerte? —murmuró ella, desolada—. ¿Cómo voy a volver a confiar en ti?

—Sabía lo importante que era ese chico para ti —insistió Ren—. Sabía que lo matarían si lo descubrían y que tú sufrirías por ello. Ayudé al duque a conseguir la mano de la princesa, pero nunca, jamás, he levantado una sola pata contra Simón. Lo juro.

Camelia no respondió.

—Tampoco era mi intención que el duque lo enviase a cazar al lobo —prosiguió él—. Aunque puede que eso sí fuera culpa mía, en parte —añadió, pensativo.

Ella lo miró casi sin verlo. Ren se removió, incómodo, incapaz de enfrentarse al reproche y el dolor que leía en sus ojos verdes.

—Fue por el bosque, Camelia —confesó—. ¿Cómo explicártelo? Añoraba tanto mi hogar… y no podía volver, no mientras el lobo continuase aquí. Este es el último Bosque Ancestral. El último refugio para los seres como yo. Ya no tengo a donde ir —prosiguió, con creciente angustia—. Todos los de mi raza han sido exterminados; nuestros últimos bosques han desaparecido, invadidos por los humanos, devorados por el fuego o derribados por las hachas de los leñadores. Este lugar —añadió, mirando a su alrededor con palpable nostalgia— es mi única esperanza. Lo único que me queda.

Hizo una pausa. Camelia no reaccionó.

—El duque se comprometió a dar caza al lobo si yo lo ayudaba a conseguir la mano de la princesa y, con ella, el trono de Vestur —siguió explicando Ren—. Me aseguró también que, cuando el bosque fuese de nuevo un lugar seguro, lo mantendría intacto y prohibiría la entrada a los humanos. Sería un santuario para los Ancestrales. Para siempre, Camelia. Está todo por escrito, sellado y rubricado por el duque en persona, y el documento obliga también a todos sus descendientes y a cualquiera que ostente su título en el futuro.

Camelia habló por fin y dijo, lentamente:

—¿Y cómo pensaba el duque deshacerse del lobo? ¿Enviando contra él a un simple caballerizo?

Ren suspiró con pesar.

—Esa parte no estaba en el trato —reconoció, abatido—. Si hubiese sospechado en algún momento que utilizaría a tu ahijado para hacer cumplir el pacto que había sellado conmigo…

Camelia cerró los ojos, agotada, recordando que, después de todo, ella misma se las había arreglado para convencer al duque de que Simón estaba destinado a ser un héroe.

—Lo va a matar —musitó—. El lobo lo destrozará.

Sacudió la cabeza y trató de levantarse para marcharse. Ren se inclinó junto a ella para detenerla, alarmado.

—Espera, ¿qué haces?

—Voy a ir en su busca. Para salvarlo.

Ren la cogió por los hombros y la sacudió con suavidad, obligándola a mirarlo a los ojos.

—No, Camelia —dijo, con firmeza—. No estás en condiciones. Tu magia se ha debilitado, no serás capaz de hacer frente al lobo.

Ella se miró las palmas de las manos, desorientada, como si pudiese leer en ellas el alcance de su poder.

—Es porque he estado muy ocupada… —murmuró—. No he descansado demasiado y…

—Es una razón, pero no la única —cortó Ren—. Camelia, tus sentimientos interfieren en tus poderes. A medida que se intensifica tu amor hacia ese joven, tú también te vuelves más y más humana.

Ella alzó la cabeza para mirarlo a los ojos.

—No es verdad —exclamó, aterrada—. No sabes lo que dices.

El zorro esbozó una triste sonrisa.

—Comprendo que no estés dispuesta a admitirlo —dijo con suavidad—, y no voy a insistir en ello si no quieres. Pero acepta al menos el hecho de que ahora mismo estás demasiado débil para combatir contra un Lobo Ancestral.

—Pero no puedo dejar que Simón…

—Ya no es tu ahijado, así que no le debes nada. Él mismo ha renunciado voluntariamente a tu ayuda, ¿recuerdas? Además, aunque fueras tras él, no llegarías a tiempo, y lo sabes.

El hada guardó silencio. El vínculo entre ella y Simón se había roto y, por tanto, no podía ya localizarlo mediante su magia.

—Lo sé —dijo al fin—, pero no puedo dejar que lo mate. Ya no sé si es o no culpa mía que haya llegado a esta situación…

—Es culpa mía —reconoció Ren—, y por eso voy a ir yo a rescatarlo. Yo sí puedo seguir su rastro; conozco su olor.

—Ren…

—Tú quédate aquí, ¿de acuerdo? Lo traeré de vuelta antes de que el lobo lo descubra.

Camelia no contestó. Se quedó mirándolo mientras adoptaba de nuevo su forma verdadera, sin saber todavía si podía o no confiar en él. No respondió tampoco cuando el zorro se despidió de ella, olisqueó un instante el aire y salió corriendo en busca de Simón, internándose en la espesura del bosque.

No dijo nada, porque no sabía qué decir. Se sentía vacía, como una cáscara hueca, como si el dolor que experimentaba hubiese acabado con todo lo demás.

Y entonces oyó los cascos de un caballo que se acercaba al galope por el camino.

Roja como la sangre

Como en un sueño, contempló a la doncella rubia que se detuvo junto a ella, tirando de las riendas de un caballo sudoroso que resollaba, agotado. Ella, en cambio, presentaba buen aspecto a pesar de la cabalgada. Tan solo tenía el pelo un poco revuelto y las mejillas arreboladas, pero eso solo la hacía parecer aún más hermosa si cabe.

—¡Hada madrina! —exclamó con urgencia—. ¿Dónde está Simón? No habré llegado demasiado tarde, ¿verdad?

Camelia se esforzó por centrarse en la situación.

—Asteria —pudo decir; frunció el ceño—. ¿Cómo…? ¿Qué haces aquí?

—Lo he visto todo a través del espejo —explicó ella—. Al comprender que Simón no iba a huir, que estaba decidido a enfrentarse al monstruo…, sencillamente, no he podido quedarme esperando. Me he escapado y he venido a galope tendido para llegar a tiempo. —Como Camelia no dijo nada, la princesa insistió—: ¿Dónde está Simón? ¿Por qué no está contigo?

Camelia se preguntó si la joven estaría al tanto de la discusión que había mantenido con su ahijado apenas unos momentos antes. Enseguida comprendió que no; Asteria se había puesto en camino con tanta precipitación que no había tenido ocasión de volver a espiar a su amado a través del espejo.

—Ha ido a buscar a la bestia —respondió con calma; observó con atención a la princesa, pensativa, y añadió—: Por ti.

—¡Si hubiese podido hablar con él, le habría convencido de que tratase de escapar! —gimió Asteria, angustiada.

—Lo condenaron a muerte por tu causa, en primer lugar —le recordó Camelia con calma.

—¡Fue culpa de mi hermana! —replicó la joven, con rabia—. Estaba furiosa conmigo porque la acusé de haber ayudado al duque a conseguir mi mano. Así que me espió y me vio anoche saliendo de mi habitación para reunirme con Simón. Y fue con el cuento a mi padre —concluyó, de mal humor—. Si no hubiese sido por ella, a estas alturas Simón y yo estaríamos ya muy lejos de aquí.

Camelia anotó mentalmente que, si aquello era cierto, Ren no le había mentido al asegurarle que él no había tenido nada que ver con el fracaso de aquel intento de fuga. Se preguntó si eso debía bastarle para perdonar su traición. No pudo encontrar una respuesta a aquella cuestión.

—¿Por qué le has permitido seguir adelante? —insistió Asteria.

—No he podido convencerlo de lo contrario —se limitó a responder el hada—. Está muy enamorado de ti, ¿sabes? Tal vez tú sí puedas persuadirlo de que no se enfrente a la criatura del bosque —sugirió con una media sonrisa.

Asteria asintió y descabalgó, consciente de que su caballo no podría abrirse paso entre la maleza del bosque cerrado. Camelia tomó la rienda que ella le tendía.

—Ojalá no sea demasiado tarde —murmuró la princesa, preocupada—. Tu magia lo protege, ¿verdad?

—Los héroes deben afrontar sus tareas solos —se limitó a responder Camelia—. Pero nada impide que pueda protegerte a ti —añadió, dedicándole una torva sonrisa.

Asteria no percibió el tono sombrío de su voz. Le sonrió a su vez, agradecida, mientras el hada movía su varita sobre su cabeza. La joven se vio de pronto envuelta en una cálida capa que había aparecido mágicamente en torno a ella.

—Este es mi regalo para ti —dijo Camelia aún sonriendo—. Buena suerte.

—¡Muchas gracias! —respondió Asteria cubriéndose la cabeza con la capucha—. ¡Encontraré a Simón y lo traeré de vuelta, lo prometo!

Camelia asintió. Se quedó mirándola mientras la muchacha se internaba en la espesura en busca de su amado. El hada aún sonreía cuando la figura de Asteria, envuelta en aquella capa roja como la sangre, desapareció entre los árboles.

Desde el bosque profundo resonó un largo y pavoroso aullido.

Un nuevo poder

Ren encontró a Simón cuando las primeras sombras de la noche se abatían ya sobre el bosque. El muchacho andaba atareado, anudando entre dos árboles una cuerda con un lazo corredizo. El zorro recuperó su forma humana y lo observó unos momentos con atención antes de decir:

—Eso no funcionará, y lo sabes.

Simón se sobresaltó y se volvió bruscamente hacia él mientras trataba de desenvainar la espada. Se relajó al reconocerlo en la penumbra.

—Ah, eres tú —murmuró, molesto—. Déjame en paz, ¿quieres?

—No caerá en una trampa tan burda —reiteró Ren.

—Sé cómo poner una trampa para lobos, muchas gracias —gruñó Simón—. Mi familia cría cerdos, y en invierno los lobos rondan a menudo cerca de las granjas. Aunque debo admitir que hemos perdido más lechones por culpa de los zorros —añadió, disparándole una mirada irritada.

Ren se limitó a olisquear en el aire.

—Bueno, tengo que reconocer que, por lo menos, no te has equivocado al escoger el lugar —reconoció—. ¿Has visto las huellas?

—Sí —se limitó a responder Simón sin mirarlo.

—¿Has tomado nota del tamaño de esas zarpas? —insistió Ren—. Una simple cuerda no lo retendrá.

—La cuerda no debe retenerlo, sino colgarlo por el cuello. Cuanto más pesado sea, más rápido morirá.

Ren suspiró con impaciencia.

—Entonces no estás poniendo el lazo a la altura adecuada —replicó—. Si quieres que meta la cabeza por ahí, deberías elevarlo por lo menos hasta aquí —añadió, alzando la mano por encima de su propia cabeza.

Los ojos de Simón se abrieron al máximo al imaginar el tamaño de la criatura. En aquel mismo instante, casi como si lo hubiesen invocado, los dos oyeron con total claridad un escalofriante aullido que parecía elevarse desde alguna oscura región de ultratumba. El zorro esbozó una breve sonrisa.

—¿Oyes? —dijo—. Está más cerca de lo que creías, ¿verdad? Y seguro que ya ha captado nuestro olor.

El joven palideció, y Ren aprovechó para añadir:

—Escucha, sé que tienes motivos para estar enfadado conmigo. Pero ella no tiene la culpa. He sido yo quien ha saboteado tu relación con la princesa… prácticamente desde el principio.

—Y sigues haciéndolo —hizo notar Simón—. Así que lárgate de una vez y déjame en paz.

Ren suspiró.

—¿Por qué eres tan obstinado? Te va a matar, y lo sabes. Ahora ni siquiera cuentas con la protección de un hada madrina.

Simón se volvió para mirarlo a los ojos.

—¿Qué otra cosa puedo hacer? ¿Huir como un cobarde? La quiero, y ella me quiere a mí.

—Hay muchas maneras —repuso Ren—. Podrías haber pedido a tu hada madrina que os ayudase a escapar juntos, en lugar de hacerlo sin avisarla. Seguro que, de haber contado con su magia entonces, no os habrían descubierto.

Simón sacudió la cabeza.

—Contaba con su magia antes y todo ha ido de mal en peor —le recordó—. Por tu culpa, por la suya o por la de ambos, me da igual.

—Creo que exageras un poco, ¿no te parece? —protestó Ren—. Las cosas no están tan mal. O, por lo menos, no lo estarían si no te empecinases en dejarte matar por un Lobo Ancestral.

—¿No están tan mal? —repitió Simón, boquiabierto—. ¿De veras crees que mi situación podría empeorar todavía más?

Y, justamente entonces, un grito de espanto resonó entre los árboles. Una voz femenina que chillaba, aterrorizada, y que Simón conocía muy bien. Se quedó boquiabierto, incapaz de creer lo que acababa de oír.

—No —musitó—. ¡Asteria!

La chica gritó de nuevo, en alguna parte. Inmediatamente después, como si se burlara de ella, el aullido del lobo le respondió desde las profundidades del bosque.

—No —repitió Simón.

No comprendía cómo era posible que su amada se encontrase allí, tan cerca, pero no se detuvo a reflexionar sobre ello. Dio media vuelta y echó a correr en dirección al lugar donde, según parecía, la princesa Asteria luchaba por su vida.

—¡Eh! —exclamó Ren.

Hizo ademán de correr tras él pero, de pronto, algo lo aferró con fuerza por el pie y lo levantó súbitamente en volandas. Cuando quiso darse cuenta, colgaba boca abajo de la rama de un árbol.

—¡Eh! —repitió, esta vez más enfadado.

Simón se volvió solo un momento para echar un vistazo.

—¿No te lo he dicho? —se burló—. ¡También sé poner trampas para zorros!

Ren lanzó una maldición mientras veía al muchacho desaparecer entre los árboles. Se transformó en zorro y se escurrió con habilidad del lazo que aferraba su pata trasera; dio un salto en el aire y aterrizó blandamente en el suelo, sobre sus cuatro patas. Se sacudió y jadeó, molesto.

—Tratar con ese humano empieza a resultar de lo más irritante —murmuró para sí mismo.

Bajó el morro al suelo para recuperar su rastro, pero no llegó a partir en su busca; lo alertó una presencia que se materializó súbitamente tras él y le hizo alzar la cabeza, con las orejas erguidas.

—Camelia —dijo; antes de mirarla siquiera, detectó algo diferente, algo que le erizó el pelaje del lomo sin saber por qué—. ¿Cómo has llegado hasta aquí?

—Os he seguido —respondió ella con calma.

Ren se volvió y reculó instintivamente. El hada llevaba el cabello suelto y revuelto, y sus ojos verdes parecían más oscuros, del color del musgo en los rincones más umbríos del bosque profundo. Se mostraba inquietantemente serena. Y había algo extraño en su expresión, aunque Ren no habría sabido precisar de qué se trataba.

—Deberías marcharte de aquí —le dijo.

Camelia le dedicó una fría media sonrisa.

—No, Ren. Eres tú quien debe marcharse.

El zorro entornó los ojos y retrocedió un paso, con cautela.

—Oh, Camelia —murmuró—. ¿Qué te ha pasado?

El hada sacudió la cabeza, y sus cabellos flotaron en torno a ella. Desvió la mirada hacia la espesura, hacia el lugar por donde, momentos antes, se había marchado Simón. Se oyó de nuevo el grito de Asteria, pidiendo auxilio, y una enigmática sonrisa iluminó brevemente el rostro del hada.

Ren la contemplaba, horrorizado.

—Camelia, ¿qué has hecho?

—Vete, Ren —ordenó ella—. Yo me ocuparé.

—No. —La voz del zorro pretendía ser firme, pero era una súplica, y los dos lo sabían—. Camelia, no permitas que te pase esto. Por él, no.

—Vete, Ren —repitió el hada—. Ve a buscar a Rosaura y llévatela lejos. No debe estar en casa cuando yo regrese.

Él iba a replicar, pero la mención a la niña lo hizo detenerse y reflexionar un instante. Camelia aprovechó su silencio para añadir:

—No te preocupes más por mí. Puedo encargarme de este asunto sola. Preocúpate por ella, porque, si no lo haces tú, ya nadie más lo hará.

El zorro tragó saliva. Percibía un nuevo poder en Camelia, una energía turbadora cuya intensidad aumentaba por momentos.

—Camelia, déjalo, te lo ruego. No vale la pena. No por un humano.

Ella se volvió para mirarlo. Sus ojos eran más fríos y oscuros que nunca.

—¿Crees que es por él? —Se rió brevemente—. No, amigo mío. Se trata de mí.

Se puso en marcha otra vez sin volver la vista atrás. Ren la siguió unos pasos, indeciso. El lobo aulló por tercera vez, y el zorro se estremeció. Dudó un instante. Avanzó un poco más y se detuvo de nuevo. Finalmente sacudió la cabeza, dejó escapar una maldición y gritó:

—¡Volveré a buscarte, Camelia!

Ella no respondió, ni dio muestras de haberlo oído siquiera. Ren resopló, abrumado, y finalmente dio media vuelta y escapó corriendo de allí.

Sola en el bosque

La princesa Asteria se había internado en la espesura, llamando a Simón. También ella había oído el aullido del lobo, pero apenas le prestó atención. Ignoraba qué clase de criatura habitaba en aquel bosque y, por lo que ella sabía, los lobos solitarios raramente atacaban a los seres humanos en aquella época del año.

Oyó entonces un sonido entre los árboles y se detuvo, alerta. Al volver la vista descubrió, aliviada, una figura humana avanzando hacia ella.

—Buenas tardes —saludó—, estoy buscando a un muchacho… debe de haber pasado por aquí. —Pronunció estas palabras con incertidumbre, ya que el camino que seguía había desaparecido hacía un buen rato, engullido por la maleza.

El desconocido se abrió paso entre los matorrales y se dejó ver por fin. Las últimas luces del crepúsculo iluminaron su silueta, alta, robusta y ligeramente desgarbada. A Asteria le pareció que caminaba un poco encorvado, y que había un cierto brillo siniestro en sus ojos oscuros y en su sonrisa, enmarcada por una barba de varios días. Su cabello era también negro, veteado de gris; la princesa, no obstante, no pudo determinar su edad porque, si bien sus rasgos eran juveniles, había algo en él, tal vez su gesto, o quizá su mirada, que sugería que se trataba de alguien mucho más viejo.

—No debe de andar muy lejos —dijo el hombre con voz profunda y gutural—. Puedes quedarte conmigo hasta que aparezca, ¿verdad? Una chica guapa como tú no debería estar sola en el bosque. Es peligroso.

A Asteria no le gustó su tono, ni tampoco la forma en que la miraba. Se envolvió todavía más en su capa roja y se percató entonces de que las viejas ropas del desconocido estaban sucias y ajadas, como si llevase semanas enteras vagando por allí. Retrocedió.

—Muchas gracias, pero creo que sabré encontrarlo sin ayuda —respondió; se las arregló para que no le temblase la voz y dio media vuelta, dispuesta a alejarse antes de que aquel hombre descubriese lo asustada que se sentía.

Avanzó un par de pasos y, súbitamente, chocó de nuevo contra él. Gritó, espantada, sin comprender cómo era posible que se hubiese movido tan deprisa.

El hombre solo sonrió. Asteria trató de retroceder, pero él alargó una mano similar a una garra y enredó sus dedos en el cabello de la muchacha.

—No me toques —advirtió ella, temblando de miedo y de ira; nadie, y menos aún un plebeyo mugriento como aquel, se había atrevido jamás a ponerle la mano encima sin su consentimiento.

El desconocido no le hizo caso. Parecía fascinado por el contraste entre la melena rubia de Asteria y el color rojo encendido de su capa. Tiró de ella, arrancándole un gemido de dolor, y olisqueó un mechón de su pelo como si fuese un animal.

—Basta ya —advirtió la princesa; se desasió con un gesto brusco y retrocedió un par de pasos más—. No vuelvas a tocarme.

El hombre se rió; era una risa baja, casi un jadeo. Asteria se estremeció de terror y, por primera vez, comprendió que estaba en grave peligro.

No se entretuvo más. Dio media vuelta y salió corriendo.

El desconocido se rió otra vez. No la persiguió o, al menos, no enseguida; y Asteria creyó que tal vez tendría una oportunidad de salvarse. Se abrió paso como pudo entre las ramas, los arbustos y las raíces, recogiéndose aquel incómodo vestido; la capa roja delataba su posición y reducía las posibilidades de hallar un escondite entre los árboles, pero ella no fue consciente de aquella circunstancia. Miró hacia atrás, inquieta, y comprobó que el hombre no se había movido. Pero, justo en ese momento, lo vio cambiar.

Fue instantáneo. Pareció que su figura aumentaba de tamaño, pero aquel estado intermedio entre una forma y otra duró menos que un parpadeo. Asteria gritó, aterrorizada, al descubrir de pronto que una inmensa bestia, negra como la noche, se abalanzaba sobre ella con las zarpas por delante. Sus ojos, amarillos y brillantes como ascuas, rezumaban una maldad antigua y sanguinaria, y sus colmillos relucían en las sombras, ávidos de carne humana.

Asteria gritó de nuevo, con toda la fuerza de sus pulmones. El espanto se detuvo un momento, con las orejas erguidas y un gruñido subiéndole por la garganta; alzó la cabeza y aulló, como si respondiera a la llamada de auxilio de la muchacha, y Asteria sollozó, paralizada de miedo. La bestia avanzó entonces hacia ella, paso a paso, como si la desafiara a volver a pedir ayuda. La joven echó a correr nuevamente, tropezando con las ramas y raíces, gimiendo de pura desesperación. Chocó contra el tronco de un árbol y trató de trepar por él. Logró subir lo suficiente para que la zarpa del lobo no la alcanzase. Sí desgarró, no obstante, los bajos de su capa, y Asteria jadeó y siguió subiendo, luchando por no perder el equilibrio.

La bestia apoyó sus patas delanteras en el tronco y la observó fijamente, con la lengua colgando entre los dientes y los ojos reluciendo como carbones encendidos. Asteria alcanzó una rama superior y gimió al darse cuenta de que no podría seguir subiendo más, porque las ramas más altas eran demasiado estrechas para soportar su peso. El lobo trató de alcanzarla de nuevo y sus uñas se clavaron en el tronco, sacudiéndolo. Asteria se acurrucó en la horquilla formada por dos ramas más gruesas y miró a su alrededor, buscando una vía de escape.

Detectó entonces una silueta blanca avanzando hacia ellos entre los árboles.

—¡Asteria! —resonó entonces la voz del Duque Blanco—. ¿Dónde estáis?

La princesa sollozó de alivio. Había visto al duque y a sus hombres acampados junto al camino en su loca cabalgada hacia el bosque, y era vagamente consciente de que su prometido se había puesto en pie al reconocerla. Sin duda la había seguido hasta allí.

El duque entró en el claro, con la espada en alto. Se detuvo, paralizado de espanto, al ver que el lobo se volvía lentamente hacia él.

302

Cabe decir en su defensa que al menos lo intentó. Tal vez habría dado media vuelta para salir huyendo si hubiese tenido tiempo de pensar en lo que hacía; pero su instinto guerrero lo llevó a interponer su espada entre su propio cuerpo y la bestia que se lanzó sobre él.

Asteria chilló de nuevo cuando el lobo arrojó a un lado el cuerpo del duque, ensangrentado y roto, como si fuese un mero despojo. Después, se volvió lentamente hacia su presa, atrapada en la copa del árbol, y ella habría jurado que se relamía, a pesar de que no había mostrado el menor interés en devorar al duque. Apenas había tardado unos segundos en matarlo de forma brutalmente eficaz; en cambio, inexplicablemente, Asteria continuaba con vida, y se le ocurrió de pronto que aquel monstruo podía estar sometiéndola a algún tipo de extraño y retorcido juego. Lo vio inclinar la cabeza y olfatear el jirón de la capa que le había arrancado de un zarpazo, y que ahora yacía en el suelo, como un charco de sangre. El lobo dejó escapar un sonido gutural y cerró los ojos un instante antes de volver a clavarlos en ella.

Asteria comprendió que no tenía escapatoria. Aun así, trepó por el tronco lo más alto que pudo. El lobo gruñó y se abalanzó sobre su árbol; chocó brutalmente contra él, y la joven gritó, alarmada, y se aferró con fuerza para no caer. Un nuevo pliegue de su capa roja flotó en el aire, y el lobo trató de alcanzarlo, gruñendo con oscuro deleite.

Entonces la muchacha oyó otra voz, pero en esa ocasión no sintió alivio al escucharla.

—¿Asteria? —la llamó Simón desde la espesura—. ¿Estás bien?

El lobo irguió las orejas y la observó, con una malévola sonrisa. Ella lloró, comprendiendo que no había nada que hacer; la criatura mataría a Simón, igual que había hecho con el duque, y seguiría jugando con ella hasta que la hiciese caer del árbol como a una fruta madura.

Cualquier cosa que me pidas

Camelia se aseguró de que Ren se había marchado, respiró hondo y cerró los ojos. Buscó en su interior su vínculo con Rosaura, el último hilo invisible que la ataba a una mortal... y lo cortó de golpe. Aguardó un instante mientras su magia regresaba a ella, y entonces se puso en marcha de nuevo, avanzando directa hacia el lugar donde Asteria luchaba por su vida. El vínculo que la había ligado a Simón ya no existía, pero podía percibir con total claridad la presencia de la bestia, porque su poder era antiguo y oscuro, y lo había desatado para perseguir a la joven de rojo.

No temía enfrentarse al Lobo Ancestral. A cada paso que daba, su propia magia se arremolinaba en su interior, alentada por una siniestra determinación que la ayudaba a crecer y a fortalecerse. Una parte de ella lloraba por lo que había perdido; otra, en cambio, gritaba de júbilo, sintiéndose libre y poderosa por primera vez en mucho tiempo.

Cuando llegó a su destino, se encontró con una escena estremecedora: Asteria continuaba en lo alto del árbol, con su capa hecha jirones. El lobo trataba de alcanzarla a zarpazos, y en sus ojos danzaba un brillo de locura asesina.

Camelia miró a su alrededor. Reparó en el cuerpo sin vida del duque, en su blanca ropa teñida de sangre. Percibió a Simón antes de que este susurrase, desde un rincón en sombras:

—Madrina…, has venido…

Su voz sonaba dolorida y esperanzada. Camelia lo localizó entre unos matorrales, con un aspecto lamentable. Tenía una pierna rota y la huella sangrienta de una enorme zarpa marcándole el pecho. Daba la impresión de que el lobo se había limitado a apartarlo a un lado de un solo golpe, sin preocuparse de rematarlo. Camelia comprendió por qué al observar con atención el árbol al que estaba encaramada la princesa. Ella temblaba de puro terror, pero aun así se las estaba arreglando bastante bien para continuar provocando al lobo, manteniéndose al mismo tiempo lejos de su alcance. La criatura se había entregado al juego con salvaje entusiasmo. Gruñía y aullaba, saltando hacia ella, lanzando zarpazos hacia lo que quedaba de la capa, loco de ansia, obsesionado con la muchacha de rojo.

—No… no aguantará mucho tiempo —musitó Simón; hizo un gesto de dolor al tratar de ponerse en pie, pero era obvio que no estaba en condiciones.

Camelia se limitó a observarlo con frialdad.

—Tú tampoco —hizo notar.

—Madrina… —imploró el joven—, te lo ruego…, ayúdala.

—Ya no soy tu madrina, ¿recuerdas? —replicó ella—. Tampoco la suya —añadió, lanzando una mirada de soslayo a la princesa, que gritó cuando el último zarpazo del lobo estuvo a punto de hacerla caer.

Las pupilas de Simón se dilataron de espanto al comprender lo que implicaban aquellas palabras.

—Por favor… —suplicó—. Por favor, déjame morir a mí si quieres, pero sálvala a ella.

Camelia lo contempló un instante con expresión indescifrable.

—¿Qué me darás a cambio? —preguntó por fin.

Simón parpadeó.

—¿Cómo… dices?

—Las hadas madrinas ayudan a los mortales sin esperar retribución por ello —explicó ella con calma—. Lo hacen por el simple afán de ayudar, pero, vaya…, sienta tan bien que al menos te den las gracias de vez en cuando…

Simón no supo qué decir.

—Hum… ¿gracias? —pudo farfullar por fin, vacilante.

Pero Camelia sacudió la cabeza.

—Demasiado tarde —respondió—. Porque, ¿sabes?, resulta que yo ya no soy un hada madrina.

Se incorporó para marcharse, pero Simón se aferró al borde de su vestido con desesperación, dejando sobre la tela verde una huella de sangre.

—Por favor… —rogó de nuevo—, sálvala. Si lo haces…, haré todo lo que me pidas.

Camelia casi sonrió.

—¿Estás seguro? —preguntó sin embargo—. ¿No te habló tu madre de los peligros de establecer un pacto con una criatura sobrenatural?

—No me importa. Si puedes salvarla, por favor, hazlo… y yo te daré a cambio cualquier cosa que me pidas.

Camelia ladeó la cabeza y siguió mirándolo con una amarga sonrisa pintada en los labios.

—No sabes lo que dices —concluyó por fin—. Huye ahora que puedes, Simón. Escapa mientras el lobo está distraído. Puede que logres alcanzar la linde del bosque y…

Los dedos de Simón se aferraron con más fuerza al vestido de Camelia.

—Por favor —insistió—. Cualquier cosa, ¿me oyes? Cualquier cosa…, pero sálvala.

El hada permaneció en silencio unos instantes. Finalmente asintió, sonriendo, y sus ojos se iluminaron brevemente con un destello siniestro.

—Muy bien. Tú lo has querido.

Simón empuñaba aún su espada desnuda, y Camelia alargó la mano para cogerla. Cuando sus dedos se cerraron en torno a los del joven, este sintió una súbita opresión en el pecho, como si una fuerza invisible lo hubiese golpeado para introducirse en su cuerpo y rebuscar en lo más profundo de sus entrañas.

—¿Qué…? —pudo decir por fin, aterrado.

—Es un pacto —respondió Camelia—. Recuerda que esta ha sido tu elección, Simón. Y que los pactos siempre deben cumplirse.

Liberó la espada de entre los dedos agarrotados del muchacho. El arma se había iluminado de pronto con un tenue brillo sobrenatural. En manos de Camelia pareció agrandarse y alargarse, como si se tratase de un arma legendaria largo tiempo olvidada. El hada la alzó en alto, irguió sus alas y se elevó en el aire. El viento pareció arremolinarse a su alrededor, confiriéndole el aspecto de una antigua diosa feroz y vengativa.

En el árbol, Asteria se quedó contemplándola, boquiabierta. Se olvidó por un instante del lobo, que tomó impulso para saltar hasta ella, aprovechando su breve instante de distracción, y se lanzó hacia arriba, con las fauces abiertas, dispuesto a poner fin al juego y a hacer caer a su presa.

En aquel preciso momento, Camelia invocó a su propio poder, reforzado por la magia del pacto que había sellado con Simón, y se lo imprimió a la espada que blandía con ambas manos; y, con un único y formidable golpe en horizontal, cortó la cabeza de la bestia en pleno salto.

Asteria gritó mientras la sangre del lobo, espesa y oscura, brotaba a borbotones de su cuerpo decapitado, que cayó pesadamente al suelo. La cabeza de la criatura rebotó una vez y rodó hasta detenerse a los pies de Simón, que se arrastraba hacia el árbol como podía.

Camelia se mantuvo suspendida en el aire un instante. Su cuerpo brillaba suavemente en la noche, imbuido de un nuevo poder. Sus cabellos sueltos flotaban en torno a ella, como una aureola, y la luz de la luna jugaba con ellos.

No ayudó a Asteria a bajar del árbol, sin embargo. La muchacha, sollozando, descendió a trompicones hasta el suelo y se abrazó a Simón con todas sus fuerzas.

El joven recostó la espalda sobre el tronco de un árbol para no perder el equilibrio y la estrechó entre sus brazos, maravillado de seguir vivo. Camelia se posó suavemente en el suelo ante ellos y le devolvió la espada teñida con la sangre del último Lobo Ancestral.

—Ya está —le dijo fríamente—. Ya eres un héroe.

Asteria lloraba, con el rostro enterrado en el hombro de él. Simón, aún confuso y desorientado, recogió el arma con cierto recelo. Con el otro brazo todavía rodeaba la cintura de Asteria.

—Yo… —murmuró— supongo que debo darte las gracias.

Pero ella negó con la cabeza.

—No quiero tu agradecimiento, ni tampoco lo necesito —replicó—. Porque vas a cumplir tu parte del pacto.

Simón se enderezó. Trató de mostrarse firme a pesar de sus heridas, aunque su rostro estaba desfigurado por un rictus de dolor.

—Por supuesto —asintió con esfuerzo—. ¿Qué es lo que quieres a cambio de tu ayuda? Es poco lo que puedo darte, pero…

—Es algo que está en tu mano, créeme —repuso ella con una media sonrisa.

Sus ojos relucieron cuando añadió, señalando a Asteria:

—Quiero el primer hijo que ella te dé.

Simón se quedó helado y la miró, anonadado, como si no hubiese oído bien.

—¿Qué...? —empezó; le falló la voz y prosiguió, a duras penas—: ¿Qué quieres decir?

—Es fácil de entender —respondió ella—. Vendré a buscar a vuestro primer hijo, sea niño o niña, poco después de su nacimiento. Me despido hasta entonces, joven Simón, princesa Asteria... —añadió con una breve reverencia—. Volveremos a vernos, sin duda. Que seáis felices... y comáis perdices —concluyó con una breve carcajada.

Después dio media vuelta y los dejó allí, solos, confusos y heridos, sin terminar de asimilar todo lo que había sucedido, sin tener claro si las últimas declaraciones del hada madrina que ya no lo era habían sido algo más que una broma pesada.

Camelia se alejó de ellos, sintiéndose libre como el viento, con las manos manchadas de sangre, el corazón repleto de espinas y una siniestra sonrisa en los labios.

Un hombre y una doncella

Los caballeros del Duque Blanco habían oído el aullido del lobo y los gritos de terror de la princesa, pero no se habían atrevido a entrar en el bosque. Habían soportado con la cabeza gacha la mirada recriminatoria que les había dirigido el duque antes de internarse en la espesura en solitario para acudir al rescate de su prometida.

Con todo, eran hombres leales, aunque no tan valientes como su señor habría deseado. Por ello, al caer la noche encendieron las antorchas, recuperaron los caballos que la princesa y el palafrenero habían abandonado por las inmediaciones y siguieron aguardando, dispuestos a esperar al duque el tiempo que fuese necesario.

Mucho tiempo más tarde, cuando ya nada se oía en el bosque y las primeras luces de la aurora acariciaban las copas de los árboles, dos siluetas emergieron de la espesura, y los caballeros contuvieron el aliento.

Los vieron salir a ambos, apoyados el uno en el otro, tan juntos que parecían un solo ser. Un hombre y una doncella.

Alguien se precipitó y lanzó un hurra por el Duque Blanco; pero las palabras murieron en sus labios cuando el alba iluminó los rostros de los supervivientes.

El muchacho que avanzaba cojeando, apoyado en la princesa, era el reo, no el duque. Presentaba un estado lamentable, con la ropa desgarrada y manchada de sangre y suciedad, el pelo enmarañado y el rostro pálido y mugriento. Arrastraba tras de sí un saco que parecía incapaz de cargar al hombro. Había tratado de entablillarse la pierna, de forma torpe y bastante precaria, pero resultaba evidente que necesitaba una cura urgente y más cuidadosa.

Y, pese a todo, seguía vivo.

—¡Tú…! —exclamó uno de los caballeros—. ¿Cómo…? ¿Qué ha sucedido?

Simón miró a Asteria, pero no respondió. Ella también se mostraba cansada y un poco demacrada; se cubría los hombros con lo que quedaba de su capa roja y estrechaba entre los brazos un lío de ropa sucia.

—Alteza —murmuró el más veterano de los caballeros con cautela—. ¿Os encontráis bien? ¿Dónde está el duque?

Asteria tragó saliva y les mostró lo que llevaba entre las manos.

Una capa blanca, desgarrada y teñida de sangre.

Los hombres lanzaron exclamaciones horrorizadas, se llevaron la mano al pomo de sus espadas e hicieron ademán de correr a internarse en el bosque para rescatar al duque. Pero Asteria negó con la cabeza, con los ojos anegados en lágrimas. Los caballeros respiraron hondo, abrumados por la tristeza pero aliviados en parte, para su vergüenza, porque no se verían obligados a acudir en ayuda de su señor.

—Todos lamentamos tan terrible pérdida --declaró el caballero con gravedad—. Y os acompañamos en vuestro dolor, alteza. El duque fue un gran señor y, ante todo, un hombre valiente.

Los vasallos inclinaron la cabeza y se llevaron la mano al pecho en señal de duelo. Tras un breve silencio, uno de los más jóvenes se atrevió a decir:

—Pero… ¿qué ha pasado con el monstruo? ¿Cómo habéis podido sobrevivir?

Simón se enderezó y, reprimiendo una mueca de dolor, extrajo el contenido del saco que traía consigo. Alzó la mano en alto para que lo vieran bien, y los caballeros profirieron una unánime exclamación de espanto ante la cabeza del Lobo Ancestral. Aquel rostro de pesadilla resultaba aterrador incluso después de muerto; su boca permanecía entreabierta, exhibiendo dos hileras de mortíferos dientes; sus ojos aún relucían con un inquietante brillo de odio y locura.

Simón arrojó la cabeza a los pies de los caballeros, con indiferencia. Algunos retrocedieron, alarmados, pero el joven no les prestó atención.

Extrajo la espada del cinto y señaló con ella lo que quedaba de la criatura del bosque.

—Este ser ya no derramará más sangre —anunció—. Mi tarea ha concluido.

Los hombres contemplaron la cabeza del lobo y después la espada de Simón, que aún conservaba aquel tenue brillo sobrenatural que el pacto con el hada le había conferido. Por último, alzaron la mirada hacia el joven y, todos a una, hincaron la rodilla ante él para jurarle fidelidad.

Simón estrechó a Asteria con el brazo que le quedaba libre y asistió a aquella escena como si estuviese viviendo entre las brumas de un extraño sueño.

En su mente martilleaban las palabras de su hada madrina:

«Ya está. Ya eres un héroe».

Arbustos espinosos

Tal y como había imaginado, Camelia encontró su casa vacía. La huella de Rosaura seguía allí, en las sábanas perfectamente estiradas, en los suelos impolutos y la vajilla brillante. Pero ella se había ido.

Camelia buscó en su interior algo parecido a la tristeza, pero no lo encontró. O tal vez estuviera oculto en alguna parte, por debajo de aquel electrizante cúmulo de energía oscura que la recorría por dentro. En cualquier caso, no se molestó en seguir pensando en ello. Vació el contenido de la faltriquera en el interior de uno de los cajones, desvalijó la despensa y sacó los víveres al jardín, para que los animales del bosque dieran buena cuenta de ellos.

Ella no iba a necesitarlos en mucho, mucho tiempo.

Cuando finalizó con todos los preparativos, cerró bien la puerta de la casa y se tendió en la cama.

Y no tardó en sumirse en un profundo sueño.

El día transcurrió lentamente, y después llegó la noche, y de nuevo la mañana, sin que Camelia mostrase indicios de querer despertarse. Y así cayó la tarde, y pasó otra noche, y amaneció sobre el bosque…, y el hada seguía durmiendo.

Mientras tanto, en torno a la casa comenzaron a crecer arbustos espinosos. Primero asomaron de la tierra tímidamente, como si no osaran mostrarse a la luz del sol. Pero, poco a poco, fueron alzando sus ramas hacia lo alto, unas ramas que se enredaron unas con otras, desarrollaron nuevos tallos y se erizaron con negras y afiladas espinas. Lentamente, a medida que pasaban los días y las noches, los zarzales treparon por las paredes de la casa y la envolvieron en un abrazo amenazante y protector al mismo tiempo.

Transcurrieron las semanas, y después los meses, y los espinos continuaron creciendo hasta ocultar por completo la casita del bosque.

Finalizó el otoño, y el frío invierno trajo consigo las primeras nieves y cubrió la espesura con un manto de blancura y silencio.

Una tarde, un zorro se acercó a la casa; avanzaba a pequeños saltos, intentando evitar que sus patas se hundiesen sobre la nieve. Se detuvo ante el muro de espinos y lo olisqueó con precaución. Trató de penetrar entre las ramas, pero no vio ningún espacio por el que pasar. Dio varias vueltas a la casa, inspeccionando las zarzas con atención, hasta que creyó hallar un hueco y se deslizó por él.

Las espinas se hundieron en su suave pelaje rojizo, pero el zorro continuó avanzando. El hueco era cada vez más estrecho; el animal se encogió cuanto pudo, pegó las orejas a la cabeza y siguió arrastrándose, sin prestar atención a los mechones de pelo que dejaba enganchados en las zarzas. Ignoró el dolor de las espinas que se clavaban en su piel e insistió, reptando por el túnel, hasta que, finalmente, los zarzales le cerraron el paso y lo obligaron a desistir.

El zorro reculó y salió de entre los espinos, cojeando. Buscó más resquicios, pero la muralla vegetal parecía infranqueable. El animal sacudió la cabeza, entristecido, y se alejó de allí, dejando tras de sí un reguero de gotas de sangre sobre la nieve virgen.

En el interior de la casa, ajena a todo, el hada seguía durmiendo, como si no tuviese intención de despertar nunca más.

Un gran acontecimiento

Meses después, una mañana de primavera, una visitante apareció ante la casita rodeada de zarzales. Pasó de puntillas sobre el jardín infestado de matojos y malas hierbas y se detuvo ante la áspera barrera de espinas.

—Pero ¿qué es esto? —murmuró desconcertada, tocando las zarzas con la punta de su varita.

Estiró el cuello en busca de algún modo de atravesar aquellos matorrales tan fieramente espinosos, pero no lo encontró. El camino hasta la puerta se había vuelto totalmente infranqueable.

La recién llegada chasqueó la lengua con disgusto y gruñó al descubrir que los bajos de su precioso vestido dorado se habían desgarrado por culpa de aquellos enojosos pinchos. Utilizó la magia para tratar de eliminar los zarzales, pero su poder rebotó en ellos de alguna manera y la obligó a retroceder, con una exclamación de alarma.

—Camelia, ¿a qué estás jugando? —profirió entonces, molesta—. Sé que estás ahí. Vamos, déjame pasar.

Aguzó el oído, pero no obtuvo respuesta. Movió la cabeza con desaprobación y volvió a insistir.

—Soy yo, Orquídea. Ya veo que estás dolida, pero seguro que no es para tanto. Si no vas a dejarme entrar, al menos sal de ahí de una vez.

Nadie contestó. Orquídea suspiró y lo intentó por tercera vez:

—Mira, sé que no te gustan los eventos cortesanos, pero a la boda de Simón sí deberías haber acudido, ¿sabes? A pesar de que la organizaron de forma un tanto precipitada, todo hay que decirlo, fue un gran acontecimiento, una de las celebraciones más fastuosas a las que he tenido el placer de asistir; y créeme, no he asistido a pocas fiestas, precisamente. —Hizo una pausa y prosiguió, algo más animada—. Mi ahijado se disgustó bastante cuando se enteró del compromiso, pero reconozco que yo sí me alegré por Simón. Sabía que conseguirías hacer realidad sus sueños. ¡Y de qué manera! —sacudió la cabeza con admiración—. Solo tú podrías haber encontrado para él una hazaña lo bastante heroica para hacerle merecedor de un título nobiliario. ¡El nuevo Duque Blanco, nada menos! Bueno, sé que hay muchos nobles y príncipes rabiando por la boda de Asteria, pero este tipo de cosas le dan emoción a nuestro trabajo, ¿verdad?

Silencio. Orquídea inspiró hondo.

—Te informo de que estás empezando a resultar irritantemente grosera —le advirtió al muro de espinos—. Todas te conocemos y te disculpamos por no haber hecho acto de presencia en la boda de Simón y Asteria, pero esto… esto ya comienza a ser excesivo, hasta para ti.

Resopló, indignada, al comprobar que la dueña de la casa continuaba ignorándola.

—Muy bien, ya me marcho —capituló—. Pero al bautizo sí deberías asistir. Como hada madrina de Simón, lo mínimo que debes hacer es otorgarle un don a su primogénito. El feliz acontecimiento está previsto, por lo que parece, para principios del próximo otoño, así que no faltes, ¿de acuerdo?

Orquídea no esperó a recibir respuesta, porque estaba acostumbrada a decir siempre la última palabra; de modo que dio la espalda a la casa y desapareció de allí con su habitual estallido de luz multicolor.

Tras ella, el gigantesco arbusto de espinos se estremeció casi imperceptiblemente.

Campanas

Una dorada tarde de finales de septiembre, las campanas del castillo de Vestur comenzaron a voltear alocadamente, desparramando por el cielo su jubilosa canción de bronce. Otras campanas se unieron a ellas, contagiadas por su alegría, y una oleada de tañidos recorrió la ciudad, alertando a todos sus habitantes.

La gente dejó lo que estaba haciendo y salió a la calle a celebrarlo. Hubo danzas y risas, se lanzaron vítores en honor de la familia real y se propusieron brindis por la salud y la felicidad del recién nacido.

Porque era aquello lo que se festejaba con tanto alborozo: la princesa Asteria había dado a luz a su primer hijo, y todo había ido bien en el parto.

Esto era lo único que se sabía por el momento; pero el heraldo real no tardó en hacer acto de presencia en la plaza mayor para confirmar y ampliar el mensaje que habían anticipado las campanas. Allí se había congregado ya un buen número de ciudadanos, que se apresuraron a abrirle paso. No había habido tiempo de instalar una tarima apropiada, por lo que el heraldo subió de un salto al pilón de la fuente y desde allí comunicó que Su Alteza Real había dado a luz a una preciosa niña, a la que llamarían Felicia.

La plaza entera estalló en ovaciones y exclamaciones de júbilo y entusiasmo. Los vesturenses corearon los nombres de sus soberanos y también el de la princesita Felicia, a quien inmediatamente auguraron un radiante futuro repleto de amor, salud y prosperidad.

Nada parecía empañar la deslumbrante alegría de todo un reino. Pero, mientras Vestur celebraba la llegada al mundo de aquella niña, lejos de allí, en el interior de un corazón de espinas, un hada despertó por fin de su sueño, dispuesta a hacer cumplir una promesa.

Rumores

Dos semanas más tarde, no obstante, el entusiasmo por el nuevo vástago real se iba ya enfriando con inusitada rapidez. Era costumbre en Vestur que la madre, ya fuese reina o princesa, saliese al balcón del palacio para mostrar a su retoño al pueblo, pero Asteria aún no lo había hecho. Según fueron pasando los días, y dado que la joven continuaba obstinadamente encerrada en sus aposentos junto a su hija, los rumores florecieron de forma inevitable. Hubo quien dijo que Asteria no había superado el parto tan satisfactoriamente como se había afirmado; que estaba débil o enferma, o tal vez muerta. Otros hablaban de un bebé imperfecto, lastrado por alguna deformación que avergonzaba a sus padres y les impedía presentarlo ante el mundo.

Circulaba aún una tercera historia sobre el particular. La fuente, según parecía, era una de las criadas del palacio, que afirmaba que tanto Asteria como la pequeña Felicia estaban en perfecto estado de salud; pero que la princesa, por algún motivo desconocido, se encontraba aterrorizada y temía sufrir alguna clase de ataque en cualquier momento. Se negaba a separarse de su bebé y había redoblado la vigilancia en torno a sus aposentos.

Huelga decir que este último cotilleo fue el que menos éxito tuvo. Probablemente porque se trataba de la verdad.

Marido y mujer

uando Simón entró en la alcoba, Asteria estaba amamantando a su hija. Se había obstinado en hacerlo ella misma, en contra de lo que dictaba la costumbre, porque no se fiaba de las amas de cría. Tampoco confiaba en nadie más que en su propia madre y en Fidelia, su doncella más leal; y hasta había seleccionado personalmente a los hombres de su guardia, que ahora aguardaban en el pasillo, a una distancia respetuosa, para dejarle intimidad.

Además de su marido y de sus padres, Asteria no permitía que nadie más entrase en sus aposentos; ni siquiera su hermana Delfina, a quien aún no había perdonado la indiscreción que casi le había costado la vida al padre de su hija. Y su ansiedad no se reducía con el paso de los días. Muy al contrario, se angustiaba todavía más al leer la incomprensión en el rostro de sus seres queridos. Incluso Simón estaba comenzando a relajarse, y Asteria opinaba que aquello era un grave error. No debían confiarse jamás. No cuando se trataba de *ella*.

Alzó la mirada para contemplar al joven, que se había detenido junto a la puerta. Simón había cambiado mucho desde su nombramiento como Duque Blanco. En aquellos últimos meses, y en especial desde su boda, se había esforzado por aprender todo lo que un noble de su categoría debía saber. Todavía conservaba un atisbo de aquellos andares toscos y hablaba con un leve acento pueblerino, pero sus modales habían mejorado notablemente, y su forma de vestir, aunque jamás alcanzaría la elegancia de su predecesor, podía calificarse como aceptable. Por alguna razón, también él iba siempre ataviado de blanco. Le había explicado a Asteria que era lo que sus vasallos esperaban de él. A ella no le parecía mal; después de todo, encontraba muy atractivo el intenso contraste que ofrecía su cabello negro con aquellas ropas blancas.

En aquel momento, sin embargo, no estaba de humor para fijarse en los encantos de su marido.

—¿Cuándo pensabas decírmelo? —le reprochó, antes incluso de que él pudiese abrir la boca para saludarla.

Simón se encogió de hombros.

—Ibas a enterarte de todas formas —hizo notar.

—¿Cómo no iba a enterarme? ¡Se trata de mi hija!

Simón cerró la puerta tras de sí y avanzó con calma hasta ella.

—También es mi hija, Asteria. Pero, dime, ¿pretendes que se quede sin bautizar?

Ella reflexionó, sorprendida. Hasta ese mismo momento no se había planteado aquella cuestión.

—No… —murmuró—. Por supuesto que no.

—Entonces ¿cuál es el problema?

—Podríamos organizar un bautizo privado —protestó Asteria—. En realidad, ni siquiera haría falta sacarla de esta habitación. Bastaría con llamar a un sacerdote y…

—Asteria —cortó él, con cierta impaciencia—, eres la heredera de Vestur. Yo no entiendo mucho de estas cosas todavía, pero sí sé lo que el pueblo espera de nosotros con respecto a nuestra hija. El bautizo no es solo un bautizo: es la presentación de Felicia en sociedad.

—¿Y por eso piensas enviar invitaciones a todas las cortes del mundo? —replicó ella con amargura—. ¡Ni siquiera estoy segura de que tengamos suficientes platos para todos en la vajilla!

Simón frunció el ceño, evocando sin duda las interminables filas de piezas de porcelana que se guardaban en los aparadores del castillo.

—Yo juraría que… —empezó, pero Asteria lo interrumpió, irritada:

—¡No estamos hablando de platos!

—Ah, ¿no?

—¡No! Se trata de los asistentes, Simón. ¿Es necesario invitar a tanta gente?

—Eso en realidad ha sido idea de tu madre —admitió Simón—. Ella ha elaborado la lista.

—Pero no podemos exponer a Felicia a semejante riesgo. Durante la celebración habrá muchos desconocidos en la sala. Cualquiera de ellos podría llevársela en un descuido.

—Vigilaremos todos los accesos, Asteria. Reforzaremos la guardia…

—¡No será suficiente! *Ella* tiene poderes mágicos, ¿recuerdas?

Simón respiró hondo.

—Ya hemos hablado de esto otras veces. Fue solo un arrebato; por supuesto que no va a llevarse a nuestra hijita. Es un hada madrina, está en el mundo para ayudar a la gente.

—Yo vi cómo te miró, Simón. Fue algo más que un arrebato. Ni siquiera parecía ella misma.

Simón no replicó. Habían mantenido aquella discusión en otras ocasiones y ya había aprendido que no valía la pena continuar con ella porque, cada vez que hablaban del tema, ambos se limitaban a repetir los mismos argumentos una y otra vez, sin avanzar un solo paso en una u otra dirección.

—Bueno —concluyó—, de todos modos la organización del bautizo está en marcha, la lista de invitados ya está confeccionada…

—¡Sin mi consentimiento!

—Sin tu conocimiento —corrigió Simón con suavidad—. Pero estoy seguro de que le habrías dado el visto bueno. Si no hemos contado contigo es porque… bueno, porque tenías que recuperarte.

—Estoy perfectamente recuperada, muchas gracias —informó Asteria con frialdad—. Y en cuanto a las invitaciones… lo siento, pero no doy mi aprobación.

Simón arrugó el entrecejo.

—¿Nos hemos olvidado de alguien, acaso? Tienes un árbol genealógico un tanto complicado, la verdad, así que es posible que…

—No —interrumpió Asteria de nuevo—. Lo que ocurre es que sobra gente. Mucha gente, pero especialmente todas las que son como *ella*.

Simón tardó unos instantes en comprender lo que quería decir.

—¿Te refieres a las hadas? Pero hay que invitar a todas las hadas del reino, Asteria. Es la tradición. Ya hubo una en nuestra boda, ¿recuerdas? Y no pasó nada malo. Y en cuando a *ella*…, bueno, ni siquiera se presentó —añadió en voz baja.

—¡E hizo muy bien! —estalló la princesa entonces—. No la queremos aquí. Y, por descontado, no vamos a invitar al bautizo de nuestra hija a la misma criatura que ha amenazado con secuestrarla.

Simón no respondió enseguida. Una parte de él sentía remordimientos por no haber contado con su antigua hada madrina. Era consciente de que, sin su magia y sus consejos, nunca habría obtenido el título de Duque Blanco y la mano de Asteria; sin ella, en definitiva, jamás habría llegado a ser otra cosa que un triste mozo de cuadra.

Pero también recordaba el pacto que le había obligado a establecer aquella aciaga noche. Y, aunque no creía en el fondo que el hada fuese a cumplir su promesa, Asteria había plantado en su corazón las semillas del miedo y de la duda.

—Nos salvó la vida, Asteria —le recordó Simón—. Mató al lobo…

—Deberíamos empezar por preguntarnos quién nos llevó a aquella situación, en primer lugar.

El joven duque no dijo nada. En su memoria aleteaba ominosamente el jirón de una capa roja. Sacudió la cabeza, resistiéndose aún a creer que su hada madrina pudiese ser tan retorcida.

Aun así, hacía tiempo que había decidido que lo mejor para todos sería extirparla de sus vidas para siempre. Por el bien de su hija y la tranquilidad de su esposa.

Y… por si acaso.

—De todas formas —murmuró—, el hecho de que no viniera a nuestra boda quizá signifique que no vamos a volver a verla nunca más —añadió, esperanzado.

Lo cierto era que no se percató en su momento de la ausencia de su hada madrina. Tras su aventura en el bosque, los acontecimientos se habían precipitado. Los caballeros del Duque Blanco le habían jurado fidelidad, instándole a tomar posesión del título cuanto antes, dado que el anterior duque había muerto sin descendencia. Las primeras semanas habían resultado caóticas: tanto que aprender, tanto que asimilar, tanto que organizar…

Después, se había presentado en Vestur para solicitar formalmente la mano de la princesa. Lo había sorprendido la rapidez con que los reyes habían aceptado su petición; era consciente de que las noticias sobre su hazaña corrían de boca en boca, despertando la admiración de los habitantes del ducado, y también de Vestur y los reinos vecinos. Parecía claro que los vesturenses no verían el cambio de prometido con malos ojos, y poco les importaba que Simón no fuese de sangre noble; su juventud, apostura y valentía, por no hablar del título y las tierras que acababa de obtener, bastaron para despertar las simpatías del pueblo y hacer caer a su predecesor en el olvido.

No obstante, el joven jamás habría imaginado que los reyes lo verían del mismo modo. Hasta el último momento creyó que las cosas se torcerían, que cambiarían de opinión o le confesarían que todo había sido un terrible error…, porque, por descontado, un caballerizo no podía aspirar a obtener la mano de una princesa. Solo cuando ambos salieron juntos de la iglesia, ya como marido y mujer, Simón asumió que era cierto, que su sueño se había hecho realidad… y solo entonces se acordó de su hada madrina. La boda se había organizado con sorprendente celeridad, y su vida había dado tal vuelco en las últimas semanas que, para hacer honor a la verdad, Simón no había tenido tiempo de pensar con calma en todo lo que ello implicaba. Se preguntó entonces si detrás de aquel casamiento tan precipitado no estaría la mano de su madrina, y se sintió culpable por no haber pensado siquiera en invitarla personalmente. Vio al hada rubia en el banquete, la primera madrina que había tenido, que fascinaba a todos los presentes con sus alas cristalinas, su varita mágica y su vestido centelleante, pero no se atrevió a preguntarle por el hada del sencillo traje verde, aquella que lo había acompañado en sus aventuras y lo había ayudado a convertirse en el esposo de la princesa Asteria.

Tiempo después se enteró de que, en realidad, lo que había llevado a los reyes de Vestur a aceptarlo como yerno no habían sido las habilidades de su hada madrina, sino el hecho público y notorio de que ambos jóvenes habían pasado una noche en el bosque, solos. Por descontado, que Simón hubiese heredado el título, las propiedades y las riquezas del Duque Blanco también había sido un aspecto determinante en su decisión.

Una vez pasado todo el trajín de la boda, e instalados ya en su nuevo hogar en el ducado, la pareja acabó por olvidarse de la extraña madrina de Simón. Pero, poco después, Asteria descubrió que estaba embarazada… y evocó aquella noche, meses atrás, en que el hada había matado al Lobo Ancestral a cambio del primer hijo que trajesen al mundo.

Simón estaba convencido de que ella exageraba; pero Asteria insistió en regresar a Vestur, al castillo de sus padres, para dar a luz, porque allí, según decía, se sentía más segura. Sin embargo, su inquietud aumentó con el nacimiento de Felicia, hasta el extremo de que las primeras noches no durmió, temiendo que en cualquier momento el hada regresara para llevarse a su hijita.

—¿Por qué razón querría *ella* venir a nuestra boda? —planteó entonces Asteria, devolviéndolo a la realidad—. Felicia no había nacido todavía; no había nada que pudiera interesarle. Pero el bautizo... ah, el bautizo es una cosa muy distinta.

Simón se sintió herido e inquieto al mismo tiempo. No le gustaba que su esposa tuviese tal concepto de su hada madrina; pero, por otra parte, le aterrorizaba la simple posibilidad de que ella tuviese razón.

Tomó asiento a su lado y la rodeó con los brazos, tratando de calmarla.

—No pasa nada —le aseguró—. No vamos a invitarla. Los guardias no la dejarán entrar. —Reflexionó un tanto y añadió—: Ni a ella, ni a ninguna otra criatura con extraños poderes. Así que eliminaremos a las hadas de la lista de invitados, ¿de acuerdo? A todas ellas.

Asteria asintió, reticente, pero Simón pudo leer en su rostro lo que pensaba en realidad:

«Como si eso pudiese detenerla».

Viejas costumbres

Llegó el día del bautizo, y en Vestur se celebró la fiesta más fastuosa y rutilante que se había visto en décadas. La lista de invitados, no obstante, no se hizo pública hasta el día anterior, en contra de la tradición que recomendaba difundirla como mínimo con una semana de antelación. Esto se hacía así porque, si bien los anfitriones podían hacer llegar invitaciones personalizadas a la mayoría de los convidados, siempre resultaba más difícil localizar a los seres sobrenaturales. De este modo, y para no ofender a ninguno de ellos, era costumbre desde tiempo inmemorial que la lista pública estuviese encabezada por una invitación abierta a «Todas las hadas que puedan hallarse en el Reino». Se trataba de una referencia al Antiguo Reino, lo cual daba una idea del carácter arcaico de esta tradición; sin embargo, se seguía acatando escrupulosamente en todos los pequeños territorios derivados de él.

Hasta aquel momento, que se supiera, ningún noble o soberano había osado quebrantar la costumbre. Por eso, cuando los reyes de Vestur hicieron pública la lista de invitados al bautizo de su nieta, hubo un gran revuelo entre sus súbditos cuando detectaron que las hadas no estaban incluidas en ella. Mucha gente trató de ponerse en contacto con los funcionarios del palacio para señalarles lo que sin duda debía de ser un error o un descuido…, pero nadie obtuvo respuesta.

Algunos vaticinaron grandes males para el reino si las hadas se sentían insultadas por aquella negligencia. Otros, más optimistas, comentaron que ellas ya sabían que estaban invitadas y que, en realidad, no era necesario incluirlas sistemáticamente en las listas. Y hubo quien afirmó, no sin cierto escepticismo, que de todos modos quedaban ya pocas hadas en el mundo, y que no había que dar por sentado que estaban interesadas en asistir a todos los eventos cortesanos, como si no tuviesen nada mejor que hacer.

De modo que la mañana en que debía celebrarse el bautizo, el principal tema de conversación en la ciudad no fue el precioso vestido de la reina ni el cortejo de los reyes, príncipes y nobles visitantes, sino la ausencia de las hadas en los festejos. De todos era sabido que estas criaturas no siempre se dignaban presentarse en todos los fastos convocados por los mortales; pero eran conscientes de que podían asistir si así lo deseaban. ¿Cómo era posible que los soberanos de Vestur se hubiesen atrevido a eliminarlas de la lista de invitados?

A medida que iba transcurriendo el día, no obstante, los rumores fueron acallándose. Los invitados llegaron puntualmente, y la ceremonia comenzó y se desarrolló con normalidad. Todos pudieron comprobar entonces que la princesa Asteria se encontraba en perfecto estado de salud, si bien se mostraba más seria e inquieta de lo que habría cabido esperar en un acontecimiento como aquel; y que, sin duda, la pequeña Felicia era un bebé hermoso y sano, sin ningún defecto visible.

Ninguna hada asistió al bautizo; ni siquiera Orquídea, que había estado presente en la boda de Simón y Asteria, y que no solía perderse los eventos cortesanos más interesantes.

No obstante, Orquídea conocía muy bien la etiqueta aristocrática y era un perfecto modelo de elegancia: jamás se habría molestado en presentarse en una fiesta a la que no había sido invitada.

Camelia, sin embargo, no tuvo en cuenta las formalidades. Nunca se había sentido obligada a asistir a ninguna celebración, aunque entre la lista de invitados se encontrasen siempre «Todas las hadas que puedan hallarse en el Reino». Para aquellos asuntos, sencillamente, ella no tenía el menor interés en ser hallada.

Quizá por este motivo no prestó atención a aquella lista que, en esta ocasión, la excluía de forma tan flagrante. Poco le importaba lo que las viejas costumbres tuviesen que decir al respecto. Ella había sellado un pacto con Simón, y había una magia muy poderosa en aquel tipo de acuerdos; una magia mucho más antigua que el protocolo de cualquier corte del mundo.

De modo que, justo cuando algunos invitados daban las primeras muestras de querer retirarse, y los felices padres de la criatura se atrevían a sonreír un poco, las puertas se abrieron de par en par.

Última oportunidad

Sobrevino un súbito silencio, y los reyes, príncipes y nobles se volvieron hacia la entrada, desconcertados. La recién llegada avanzó por el salón, y todos retrocedieron para abrirle paso. Simón se adelantó para intentar averiguar qué estaba sucediendo. Al otro lado de las puertas, los guardias continuaban en sus puestos, impertérritos, como si no hubiesen visto llegar a la visitante.

El joven duque se detuvo de golpe al verla.

La reconoció al instante, aunque Camelia estaba muy cambiada. Parecía un poco mayor, y más seria; llevaba el pelo castaño claro suelto por la espalda, como un manto indomable y salvaje, y Simón habría jurado que había algunas espinas enredadas entre sus bucles, aunque no se acercó lo suficiente para poder confirmarlo. Los ojos del hada parecían mucho más sombríos y, desde luego, ella no sonreía. También estaba más pálida y delgada de lo que él recordaba.

Llevaba un traje de color verde tan oscuro que parecía negro. Era más elegante que su sencillo vestido de siempre; sin duda se había arreglado para la ocasión, aunque de un modo discreto y nada extravagante.

Simón, no obstante, recordó la noche en que aquella muchacha, en apariencia frágil y menuda, había decapitado a un Lobo Ancestral de un solo golpe. Sabía que no debía subestimarla; que ya entonces su magia era antigua y poderosa. Ahora, un año después, la que había sido su hada madrina irradiaba un aura de siniestra energía que angustió su corazón y lo hizo estremecerse de miedo.

Camelia se detuvo ante él y sonrió por fin. Fue una media sonrisa que insinuaba más de lo que pretendía mostrar.

—Buenas tardes, señor duque —saludó con una burlona reverencia—. Ya estoy aquí. Lamento la demora; espero no haberos causado ningún inconveniente.

Simón vaciló un instante, sin saber qué responder. Entonces Asteria, abriéndose paso entre la gente, se reunió con él; al reconocer a Camelia, lanzó un grito de espanto y se precipitó hacia la cuna de Felicia, que reposaba sobre un estrado, custodiada por media docena de guardias que se aseguraban de que ningún invitado se acercase a ella más de lo conveniente.

La princesa apartó el dosel de un manotazo y se inclinó sobre la niña. Y profirió un chillido aterrorizado al descubrir que la cuna estaba vacía.

—¡Mi hija! —aulló—. ¿Dónde está mi hija?

Los guardias, confusos, se amontonaron en torno a ella, sin acabar de comprender lo que estaba sucediendo. Asteria se los quitó de encima y se volvió hacia Camelia, que esbozaba una enigmática media sonrisa mientras sostenía con delicadeza un bulto envuelto en una suave manta blanca, que acababa de aparecer entre sus brazos como por arte de magia.

Asteria gritó de nuevo y se abalanzó hacia ella. Los guardias trataron de seguirla, pero, inexplicablemente, se encontraron paralizados en el sitio, incapaces de moverse. La princesa, de todos modos, tampoco llegó mucho más lejos. Una fuerza invisible la frenó bruscamente junto a Simón, que tuvo que sostenerla para evitar que perdiera el equilibrio.

—¿Qué está ocurriendo aquí? —se oyó entonces la voz del rey de Vestur—. Oh, sois vos —profirió al identificar a Camelia—. El hada madrina del joven Sim… quiero decir, del Duque Blanco. Me alegro de que finalmente hayáis podido acudir a la celebración —prosiguió, ante la mirada horrorizada de su hija—. Recuerdo el día en que dijisteis que mi yerno había nacido con la marca del héroe y estaba destinado a realizar grandes hazañas…, porque había sido profetizado por las estrellas. Y, ¿sabéis una cosa?, ¡teníais razón! —concluyó con una carcajada; estaba de tan buen humor que no resultaba difícil adivinar que se había pasado un poco con el ponche.

—¡Padre! —pudo decir Asteria, finalmente—. Ella no es bien recibida aquí. Ya no es el hada madrina de Simón.

El rey pestañeó, confuso. Se tambaleó y estuvo a punto de caerse, pero se apoyó en el último momento sobre los hombros de su hija Delfina, que había acudido junto a él.

—¿Cómo…?

—¡Ha venido a llevarse a nuestra hija! —gimió Asteria, con los ojos llenos de lágrimas.

Un coro de exclamaciones de consternación se elevó entre los presentes, que comprendieron por fin lo que implicaba el hecho de que la pequeña Felicia se hallase ahora en brazos del hada que, obviamente, no había acudido a su bautizo para otorgarle un don.

Camelia movió la cabeza con disgusto y alzó la mano. Y todo se detuvo en torno a ella, como si el mundo entero estuviese conteniendo el aliento. Asteria y Simón, dueños todavía de sus movimientos, miraron a su alrededor, asombrados; se sentían en el interior de una frágil pompa de jabón que los mantenía al margen de un universo congelado en el tiempo. En cuanto comprendieron que nadie estaba en situación de ayudarlos, avanzaron hacia el hada para recuperar a su hija; pero una barrera invisible les impidió el paso. Simón trató de derribarla, sin éxito, mientras Asteria mantenía su mirada fija en el bebé que manoteaba entre los brazos de Camelia, como si de esa manera pudiese retenerla a su lado.

—Ya veo que queréis hacer esto por las malas —observó ella con frialdad—. Lástima; y yo que creía que erais gente razonable…

—¡No puedes llevarte a mi niña! —exclamó de nuevo Asteria.

Camelia la miró fijamente.

—Ya no es tu niña, princesa Asteria —le recordó con severidad—. Su propio padre me la entregó… a cambio de que salvara tu vida. ¿O es que ya no lo recuerdas?

Asteria sacudió la cabeza, con las mejillas bañadas en lágrimas. Simón, pálido como un espectro, volvió su mirada horrorizada a Camelia.

—Yo… yo… no estaba hablando en serio —farfulló—. Yo no sabía… ¿Qué otra cosa podía hacer?

—Podrías haber hecho muchas cosas, para empezar —respondió el hada con suavidad—. Seguir los consejos de tu hada madrina, tal vez. O, si tan convencido estabas de que podías arreglártelas sin mi ayuda… quizá deberías haberte comportado como el héroe que pretendías ser.

330

Simón no encontró palabras para rebatirla. Asteria lloraba amargamente, y Camelia le dedicó una serena media sonrisa.

—No temas, Asteria. La cuidaré bien. Crecerá lejos de aquí, a salvo de los pérfidos mortales, y nunca le faltará nada mientras esté bajo mi protección. A partir de hoy, yo seré su madrina.

—¡No! —gritó el joven duque, desesperado—. Por favor… no te la lleves. Yo… no sé qué hice mal…, pero si dudé de ti…, lo lamento mucho. Te lo ruego…, dame otra oportunidad.

Camelia se volvió lentamente hacia él.

—No es tan sencillo romper un pacto como el que nos une a los dos. Y no lo formulaste a la ligera. Fue tu promesa lo que reforzó mi magia aquella noche, no lo olvides. Si no hubieses estado dispuesto a renunciar a tu primogénito, yo no habría sido capaz de salvar a tu amada entonces. Ese tipo de vínculo… no se puede deshacer.

—¡Entonces llévame a mí! —intervino Asteria, avanzando un paso—. Considera que no debiste salvarme aquella noche. Déjame morir para que el pacto pueda romperse.

—¡No! —exclamó Simón, alarmado.

Camelia sonrió.

—Muy noble por tu parte, Asteria —comentó—. Pero no es algo que dependa de ti. También es la hija de Simón, y él me la ofreció a cambio de tu vida. Y no fue eso lo único que le regalé, ¿no es cierto? —añadió, echando una mirada burlona a su alrededor—. Lo transformé en un héroe, en un duque, en tu esposo y futuro rey de Vestur. Todos sus sueños se hicieron realidad… gracias a mí. Y este es el precio que debe pagar por ello —concluyó, estrechando al bebé entre sus brazos.

Asteria sollozaba con desesperación. Camelia movió la cabeza desaprobadoramente.

—No sufras, princesa. Disfruta de lo que tienes y de lo que te ofrece el futuro: una larga existencia junto a tu amado… y el resto de vuestra descendencia. Pero vuestra primogénita me pertenece, y no hay más que hablar —decretó, dándoles la espalda para marcharse.

—Por favor… —suplicó Simón—. Te lo ruego… No te lleves a mi hijita. Tú no eres así…

Camelia ladeó la cabeza y se volvió para mirarlo con curiosidad.

—¿No soy así? —repitió—. ¿Y cómo soy, pues? ¿Acaso sabes algo de mí?

—Sé que tienes buen corazón, y que te esforzaste mucho para ayudarme —respondió Simón con aplomo—. Aunque tú no lo creas, yo te conozco. Y sé…

—No sabes nada —cortó Camelia con sequedad—. Pero, aun así, voy a darte una última oportunidad. ¿Quieres a tu hija? Pronuncia entonces mi nombre.

—¿Tu… nombre? —repitió Simón, desconcertado.

Camelia asintió.

—Di cómo me llamo. Si lo adivinas, te devolveré a la niña. Si no lo haces, me la llevaré y no habrá vuelta atrás. No será muy difícil, ¿no es cierto? —añadió con una sonrisa sardónica—. Después de todo, me conoces bien.

—Simón, es una trampa… —susurró Asteria, aterrada.

Pero el joven había fruncido el ceño, tratando de concentrarse.

—No, espera, seguro que lo sé.

Camelia rió con amargura.

—Te doy tres intentos —ofreció—. Para que veas que puedo ser generosa.

—Simón… —susurró Asteria, angustiada.

—Espera, sí que lo sé —insistió él—. Era un nombre muy bonito. El nombre de una flor.

Las pestañas de Camelia aletearon un instante, pero ella no dijo nada.

—¿Margarita, tal vez? —tanteó Simón, inseguro.

Los labios del hada se fruncieron casi imperceptiblemente.

—No —se limitó a responder.

Asteria gimió, aterrorizada. Simón sacudió la cabeza, impaciente.

—Estoy seguro de que la bruja del castillo encantado mencionó su nombre —murmuró, esforzándose por evocar los detalles de aquella desastrosa aventura—. ¡Magnolia! —exclamó por fin.

Camelia negó con la cabeza.

—Ese era el nombre de la bruja que pretendía transformarte en cerdo —le recordó con frialdad—, no el del hada que te salvó la vida.

Asteria aferró a su marido del brazo y lo sacudió con urgencia.

—¡No hables sin pensar! Solo nos queda una oportunidad. Vamos, intenta recordar… si tú no conoces su nombre, ¿quién puede saberlo?

—Su amigo, el zorro —respondió Simón—, pero no lo he visto desde la noche en que vencimos al lobo. Aunque estoy convencido de que también él la llamó por su nombre. —Apretó los dientes, forzando a su memoria a recordar aquella conversación—. ¡Creo que ya lo tengo! —exclamó de pronto.

—¡Espera, Simón...! —trató de detenerlo Asteria; pero él ya había pronunciado la palabra que sellaría el destino de Felicia para siempre:

—¡Orquídea!

El hada lo miró con fijeza; por un instante, un brillo de decepción destelló en sus ojos verdes. Pero enseguida sacudió la cabeza y rió. Y su risa resonó por toda la sala y serpenteó hasta los corazones de Simón y Asteria, donde halló cobijo desde aquel mismo instante... para congelarlos lenta e inexorablemente en el largo invierno en que iban a convertirse sus vidas sin su pequeña Felicia.

—Tres intentos, tres fallos —hizo notar Camelia—. Lo cual demuestra que no me conocías tan bien como pensabas. Lo siento, Simón; Asteria —añadió, con una breve inclinación de cabeza—. Vuestro bebé ahora me pertenece. Pero estoy segura de que no tardaréis en tener otro. Después de todo, os amáis profunda y apasionadamente, ¿no es cierto?

Y, con una nueva carcajada preñada de amargura, el hada desapareció de allí, llevándose consigo a la pequeña princesa.

Instantes después, el tiempo volvió a discurrir con normalidad, y los invitados recuperaron su capacidad de movimiento. Pero el hada y la niña se habían esfumado. Sus desconsolados padres se habían dejado caer de rodillas sobre el suelo de mármol y, estrechamente abrazados, lloraban la irrevocable pérdida de su hija.

Nada que proteger

Días después, tres hadas se presentaron ante la casita rodeada de espinos. Pocas cosas habían cambiado allí desde que Orquídea la visitara meses atrás. La primavera había abandonado el bosque para dejar paso al verano, y este se retiraba ya para ceder su puesto a los primeros vientos del otoño. Pero la casa continuaba igual, envuelta en el abrazo de los zarzales, sin ninguna señal que indicase si habitaba alguien en su interior.

—Qué… extraño —comentó Lila, tocando una de las espinas con precaución; a pesar de ello, se pinchó en un dedo, y apartó la mano con un respingo—. ¿Cómo es posible que haya sucedido esto? —añadió, chupándose el dedo dolorido.

—¡Ya os lo dije! —exclamó Orquídea, girando sobre sus talones para mirar a sus compañeras—. No sé cuánto tiempo lleva aquí dentro, pero no parece que haya salido desde la primavera pasada. Ni siquiera para darse una vueltecita por Vestur.

—Tuvo que ser ella quien se llevó a la niña, Orquídea —replicó Lila—. La descripción encaja.

—Yo no lo vi con mis propios ojos, porque no estaba allí —admitió ella de mal humor—. A las hadas no se nos invitó.

La venerable Gardenia movió la cabeza con disgusto y opinó:

—Qué desconsideración.

Lila arrugó el entrecejo.

334

—Qué extraño —repitió—. ¿Por qué se llevaría Camelia a la hijita del duque?

—Es lo que pasa cuando los mortales olvidan invitar a las hadas a sus festejos —comentó Gardenia—. Algunas no se lo toman demasiado bien.

Orquídea negó con la cabeza.

—A Camelia nunca le han interesado los festejos de los mortales —recordó con un suspiro—. Siempre hay que llevarla a rastras a los bautizos de sus propios ahijados.

—Exacto, Simón era el ahijado de Camelia —confirmó Lila—. ¿Por qué razón no la invitaría al bautizo de su hija?

—Quizá le molestó que Camelia no se presentara en su boda —apuntó Orquídea—. Al fin y al cabo, todo se lo debe a ella.

Lila entornó los ojos, pensativa. Pero, antes de que pudiera comentar nada más, Gardenia carraspeó para llamar la atención de sus compañeras y dijo:

—Bueno, ¿y a qué estamos esperando? ¿Por qué no entramos y le preguntamos a Camelia si sabe dónde está esa niña que se ha perdido?

Lila echó un vistazo dubitativo a los zarzales erizados de espinos, pero no respondió. Orquídea esbozó una sonrisa benevolente.

—Porque parece que ella no quiere que entremos en su casa —explicó—. Así que no será sencillo entrar; por si no lo habías notado, en esta ocasión no podremos abrirnos paso a mordiscos.

El rostro de Gardenia se iluminó con un lejano recuerdo.

—Oh, bizcocho —comentó, relamiéndose con fruición.

—Espinas —la corrigió Orquídea—. Que pinchan. Y no se comen.

—De todos modos —intervino Lila—, quizá podamos derribar esta barrera entre las tres, ¿no?

—Yo ya lo intenté en su momento —respondió Orquídea—, y debo señalar que la casa se defendió con bastante saña.

Lila enrojeció levemente.

—Bueno…, no cuesta nada intentarlo de nuevo, ¿verdad? —dijo, sin embargo.

Gardenia sacó su varita y avanzó con decisión, como si se dispusiese a luchar contra un ogro malvado. Orquídea puso los ojos en blanco, suspiró y dijo:

—De acuerdo, probemos otra vez.

Las tres se alinearon frente a la muralla de espinos, se tomaron de las manos y combinaron su poder para ordenar al hechizo protector que se doblegara ante ellas. Buscaron en su interior toda la fuerza de su magia y la volcaron sobre la muralla de espinos, esperando hallar resistencia. Pero, ante su sorpresa, los zarzales se desintegraron súbitamente, liberando la casa de su asfixiante abrazo en apenas unos instantes.

Las hadas retrocedieron, alarmadas, cuando una lluvia de polvo y espinas cayó sobre ellas.

—Pero… ¿cómo es posible? —farfulló Orquídea, sacudiéndose el vestido. Ahogó una exclamación consternada al descubrir su dorada melena salpicada de pinchos y trató de quitárselos con precaución.

—¡La barrera ha desaparecido! —exclamó Lila con alegría—. ¡Camelia nos deja pasar!

—Bah, bah —tosió Gardenia, avanzando con cuidado sobre los restos de los zarzales—. Bobadas. No es tan difícil deshacer un hechizo de protección que ya no tiene nada que proteger.

Lila tardó unos instantes en comprender lo que quería decir. Cuando lo hizo, corrió hacia la puerta y la empujó con cautela. Se sobresaltó cuando esta se abrió sin más.

—Mirad…, ¡podemos entrar! —exclamó, aún sin salir de su asombro.

—¿Qué esperabas? —refunfuñó Orquídea, todavía luchando contra las espinas enredadas en su cabello—. ¿Que la casa sacara de pronto unas patas de gallina y huyera despavorida?

—Las gallinas pueden correr muy deprisa si se lo proponen —apuntó Gardenia—. A mí se me escapó una del corral y nunca la volví a ver. —Reflexionó un instante antes de añadir—: Claro que era una gallina muy traviesa; estuvo revolviendo entre mis cachivaches y debió de verse afectada por algún tipo de magia residual, porque desde entonces tomó la extravagante costumbre de poner huevos de oro. —Movió la cabeza con desaprobación—. Los huevos de oro no sirven para hacer tortillas.

—¡Sabía que tú habías tenido algo que ver con esa historia! —acusó Orquídea, disparándole una mirada irritada.

—Chicas, chicas, no discutáis —intervino Lila, distraída; había asomado la cabeza al interior de la casita de Camelia, aún sin atreverse a entrar—. Parece que no hay nadie —anunció por fin.

—Entonces ¿a qué estás esperando? —se impacientó Orquídea; la apartó a un lado y cruzó el umbral con decisión.

Sus compañeras se reunieron con ella dentro de la casa y miraron alrededor.

Tal y como Lila había advertido, el hogar de Camelia se encontraba vacío. Demasiado vacío, en realidad, como si su dueña hubiese optado por abandonarlo definitivamente.

—No… no se habrá marchado para siempre, ¿verdad? —preguntó Lila, vacilante.

—Quizá haya vuelto al país de las hadas —opinó Gardenia alegremente mientras curioseaba en los cajones—. Se está muy bien allí en esta época del año.

—No lo creo —dijo entonces Orquídea, inclinándose para recoger algo que reposaba sobre la cama.

Cuando se volvió hacia sus compañeras, sostenía entre las manos una pequeña mantita blanca. Les mostró con gesto sombrío el bordado que lucía en una esquina, labrado con hilo de oro.

—Es el escudo de armas de los reyes de Vestur —informó, por si Lila y Gardenia no lo habían reconocido—. Teníais razón: Camelia se ha llevado a la hija de Simón y Asteria.

Lila dejó escapar una exclamación consternada.

—Pero… pero… no lo entiendo. ¿Por qué haría una cosa así? ¿Y a dónde se la ha llevado?

De pronto las sobresaltó un movimiento inesperado junto a la puerta. Se dieron la vuelta y descubrieron allí, recortada contra la luz del exterior, la esbelta silueta de un joven que parecía humano, pero no lo era.

—¡Maldita sea! —exclamó Ren, frustrado—. He llegado tarde, ¿verdad?

Orquídea ladeó la cabeza y le lanzó una mirada acusadora.

—¿Qué sabes tú de todo esto? —preguntó, mostrándole la manta que Camelia había dejado atrás.

El zorro suspiró.

—Es una larga historia —respondió—. Llevo meses tratando de hablar con Camelia para hacerla entrar en razón, pero el conjuro protector me ha impedido el paso… hasta hoy.

—El conjuro ha dejado de funcionar porque Camelia se ha ido —informó Gardenia.

—Ya lo veo —murmuró él, paseando la mirada por la estancia—. Solo se me ocurre un sitio al que puede haberse llevado a esa niña; y, si tengo razón, me temo que no habrá forma de recuperarla…, al menos hasta que ella crezca lo suficiente para querer marcharse.

Las hadas meditaron acerca de sus palabras.

—Oh, Camelia… —musitó Lila, desolada—. ¿Qué le ha pasado? ¿Y por qué?

Orquídea declaró, muy convencida:

—Está claro que eso de trabajar tanto le ha recalentado los sesos. Y no me digáis que no lo veíais venir.

Nuevos dominios

El castillo de Magnolia continuaba abandonado, silencioso y vacío. Tal vez la gente que habitaba en los alrededores se había dado ya cuenta de que la bruja había desaparecido; pero no osarían adentrarse en aquel bosque encantado, habitado por animales tristes y taciturnos, y mucho menos aventurarse por los lóbregos pasillos del castillo que custodiaba aquellas inquietantes estatuas.

Por este motivo, cuando Camelia entró en su interior, lo halló completamente vacío y listo para ser ocupado. Y, aunque parecía que Rosaura no había tenido ocasión de adecentarlo por completo en el breve lapso de tiempo que había permanecido prisionera en él, Camelia no veía inconveniente en finalizar el trabajo en su lugar. Después de todo, no tenía la menor intención de vivir, como su predecesora, entre polvo y telarañas.

Aún con el bebé en brazos, se volvió para mirar a la cierva que la había seguido desde lo profundo del bosque. Camelia no la había elegido por casualidad; el animal tenía las ubres llenas de leche, pero ningún cervatillo trotaba tras sus esbeltas patas. Probablemente lo había perdido días atrás, víctima de un depredador, o tal vez a causa de alguna enfermedad. El hada la observó unos instantes, pensativa, y la cierva le devolvió una mirada confusa y suplicante.

—No puedo devolverte a tu cría —le dijo Camelia—, pero tu pérdida no será en vano. Claro que... —añadió, con una breve sonrisa—, habrá que hacer algunos cambios primero. Sé que ya no recuerdas lo que era ser humana. Pero tampoco fuiste nunca una cierva feliz.

La cierva seguía mirándola, sin comprender una palabra de lo que decía. El hada suspiró y utilizó su magia para deshacer el maleficio del que había sido víctima tiempo atrás.

Poco a poco, la figura del animal fue transformándose hasta que recuperó la forma de una joven mujer. No llevaba ropa, y el cabello castaño le caía en ondas hasta más abajo de la cintura.

—Bienvenida de nuevo al mundo de los seres humanos —la saludó Camelia.

Pero la mujer la contempló aterrorizada, y el hada advirtió que no quedaba nada humano en aquellos ojos enormes y húmedos. La estudió con atención mientras ella trataba de ponerse de nuevo a cuatro patas para huir, tal vez de aquel sombrío castillo, o del hada que ya no lo parecía, o quizá del cuerpo que había recuperado demasiado tarde para reconocerlo como propio. Cuando las puertas se cerraron de golpe ante ella, atrapándola en el interior de la fortaleza, la cierva que volvía a ser mujer se acurrucó contra la pared, aterrorizada. Camelia sacudió la cabeza.

—Tal vez no llegues a sentirte humana nunca más —le dijo—. Pero espero que aún conserves algunos de los instintos de tu especie —añadió.

Avanzó hacia ella, tendiéndole al bebé. La mujer retrocedió al principio, asustada. Pero el suave llanto de la princesita pareció despertar algo dormido en su interior, porque sus ojos se detuvieron en el pequeño bulto que sostenía Camelia… y ya no se apartaron de él. Alargó los brazos, casi como si estuviera en trance, y el hada le entregó al bebé, sonriendo al comprobar que la mujer-cierva lo cogía con sumo cuidado. Lenta, muy lentamente, se lo puso al pecho. Y casi sonrió cuando la niña comenzó a mamar.

—Enhorabuena, Felicia: ya tienes ama de cría —anunció el hada—. Probablemente no es lo que tu madre habría querido para ti, pero… —Se encogió de hombros con indiferencia—, ahora soy yo quien decide.

Se quedó contemplando un momento a la princesita entre los brazos de la mujer-cierva y después les dio la espalda bruscamente.

—Te buscaré ropas humanas que puedas ponerte —dijo a media voz, pese a que sabía que la joven no podía entender ya sus palabras—. Y será lo último que haga que tenga relación con los humanos —decretó.

Subió la escalera lentamente, decidida a explorar sus nuevos dominios. Mientras lo hacía, en torno al castillo comenzaron a crecer matas de espinos muy similares a los que habían rodeado su casita del bosque.

Para cuando el sol se puso, el nuevo hogar de Camelia y Felicia estaba totalmente envuelto por zarzales mágicos.

Pocos días después comenzaron a llegar guerreros, héroes y caballeros de toda índole. Se había corrido la voz de que en aquel castillo se hallaba presa la princesita secuestrada, y no pocos aventureros trataron de llegar hasta ella. Los primeros en intentarlo fueron, naturalmente, los soldados del ejército de Vestur. Pero los que no se vieron transformados en animales, hechizados por la magia vestigial del bosque, murieron atravesados por los feroces espinos, que defendían el castillo con inusitada violencia. Los soberanos de Vestur enviaron al lugar sucesivas olcadas de guerreros… hasta que asumieron que todos los intentos por conquistar la fortaleza estaban condenados al fracaso, y entonces, simplemente, dejaron de hacerlo.

De vez en cuando, sin embargo, aún se acercaba algún aspirante a héroe lo bastante loco o valiente para intentar llegar hasta la princesa cautiva…, pero nadie fue capaz de conseguirlo, por lo que, con el paso del tiempo, el castillo del bosque de zarzales fue cayendo en el olvido, junto con la niña y el hada que habitaban en él.

La puerta cerrada

En el interior del castillo, el tiempo discurría lenta y perezosamente. El ama de cría nunca llegó a recuperar del todo su identidad humana, pero alimentó a la pequeña Felicia hasta que Camelia pudo encargarse de ella personalmente. Después, y en vistas de que la mujer añoraba el bosque, el hada optó por devolverle su forma animal y permitir que regresara a la naturaleza; una vez transformada en cierva, se internó en la espesura de un brinco y no volvieron a verla nunca más.

A veces Camelia sentía que también echaba de menos su bosque y la casita que había dejado atrás. Pero entonces recordaba su relación con los mortales y todas las decepciones, desvelos y preocupaciones que le había ocasionado su trabajo como hada madrina; y en tales ocasiones respiraba hondo y se sentía feliz y aliviada por haber abandonado aquella vida. Ahora llevaba una existencia plácida y tranquila, sin verse obligada a atender al incesante torrente de exigencias de sus ingratos ahijados. Sin tener que afrontar el hecho de que solo la apreciaban en función de lo que pudiese hacer por ellos.

No obstante, si no había regresado al país de las hadas, como había hecho Dalia tiempo atrás, se debía a que su vínculo con los mortales no había desaparecido por completo. A través de Felicia, Camelia seguía siendo consciente del paso del tiempo. La pequeña princesa de Vestur era ahora su única ahijada, y Camelia disfrutaba viéndola crecer. Era una niña despierta e inteligente, aunque se parecía más a su padre de lo que al hada le habría gustado. Ella era consciente de que su corazón aún se estremecía ante el recuerdo de Simón, y quizá por este motivo se mostraba con Felicia más fría de lo que habría deseado en realidad.

La niña, que no guardaba recuerdos de su extraña ama de cría, y mucho menos de la mujer que le había dado a luz, no conocía otra madre. Camelia, no obstante, le había enseñado a llamarla «madrina» y no «mamá». Era otra forma de mantener las distancias.

Aunque los espinos mantenían el castillo aislado del exterior, Felicia tenía mucho espacio para jugar y explorar. Cuando comenzó a corretear de aquí para allá, Camelia se aseguró de poner fuera de su alcance todos los objetos que pudiesen suponer un peligro para ella. Y más adelante, cuando la niña manifestó su deseo de recorrer todos los rincones de su hogar, Camelia se ofreció a acompañarla.

Había muchas cosas interesantes en el castillo pero, inevitablemente, a Felicia le llamó la atención la puerta cerrada que conducía al sótano.

—¿Qué hay ahí, madrina? —preguntó con su vocecita infantil.

—Algo muy peligroso —respondió ella—. Por eso nunca debes cruzar esta puerta.

En cuanto hubo pronunciado estas palabras, comprendió que la niña desobedecería tarde o temprano. De modo que suspiró y rectificó:

—Me temo que no lo entenderás hasta que lo veas con tus propios ojos. Vamos, entra —la invitó, abriendo la puerta de par en par.

Felicia pasó ante ella, intimidada. Juntas descendieron por la escalera hasta el sótano donde Magnolia había acumulado docenas de héroes petrificados. La niña se detuvo en seco al ver las estatuas y se quedó mirándolas.

—¿Verdad que parece como si estuviesen vivas? —preguntó Camelia con suavidad; Felicia asintió en silencio, sobrecogida—. Se debe a que una vez fueron personas de carne y hueso. Todos ellos.

Felicia lanzó una exclamación de asombro y se volvió para mirar a su madrina, preguntándose si estaba hablando en serio.

—Fueron hechizados hace mucho tiempo —prosiguió ella, asintiendo a su muda interrogación—. Por una bruja malvada que vivía en este mismo castillo. Ven, te lo enseñaré.

Camelia condujo a su ahijada en un recorrido por aquel museo estremecedor. Permitió que se detuviera ante cada una de las estatuas, que apreciara el horror en la mirada de piedra de aquellos hombres hechizados, sus expresiones de súplica, sus últimos e inútiles gestos de auto-protección.

—¿No… volverán a ser personas nunca más? —susurró la niña al cabo de un rato.

Camelia negó con la cabeza.

—No lo creo —respondió—. La bruja que los encantó era muy poderosa.

—Pero ella ya no está, ¿verdad? —insistió Felicia.

Camelia vaciló. Su memoria evocó el momento en que, varios años atrás, Rosaura la había mirado de la misma forma, rogándole que ayudara a aquellos jóvenes a los que Magnolia había transformado en frías estatuas sin vida.

—Todavía sigue aquí, en cierto modo —contestó sin embargo—. ¿Quieres verla?

Felicia se estremeció, pero siguió a su madrina por aquel laberinto de almas atrapadas en piedra. Camelia sonrió para sí al comprobar que la niña se pegaba a ella, buscando su amparo.

Finalmente se detuvieron ante la efigie de Magnolia.

—¿Es… ella? —se atrevió a preguntar Felicia—. ¿La bruja que vivía en nuestro castillo?

—Sí —confirmó Camelia en voz baja—. Su magia se volvió contra ella y acabó igual que sus víctimas. Pero era una bruja poderosa, así que…, quién sabe…, es posible que algún día sea capaz de liberarse del hechizo por sí misma. Especialmente si percibe que hay niñas curiosas revoloteando a su alrededor —añadió con una media sonrisa.

Felicia se aferró con fuerza a sus faldas.

—Y… ¿qué pasará si vuelve a la vida? —siguió preguntando.

Su madrina se encogió de hombros.

—Probablemente nos convertiría en piedra a nosotras también, para añadirnos a su colección —respondió—. Por eso voy a sellar bien la puerta de este sótano y nunca más volveremos a entrar, ¿de acuerdo? El hechizo que pesa sobre ella durará mucho más tiempo si nadie la molesta.

Felicia asintió. Temblaba de miedo, pero Camelia la obligó a mirarla a los ojos e insistió:

—¿Has comprendido? Ya sabes lo que hay en este sótano; ahora debes prometer que no volverás a poner los pies aquí jamás. ¿Queda claro?

—S-sí —tartamudeó la niña—. Y ahora, vámonos de aquí, por favor —imploró.

Camelia sonrió, satisfecha, y complació a la niña. Una vez se encontraron fuera de la estancia, el hada cerró la puerta con llave y, ante los asombrados ojos de su ahijada, la hizo desaparecer como si nunca hubiese existido.

—Ya no hay llave —anunció—. Y voy a sellar esta puerta con un poderoso hechizo protector. Cuando lo haya formulado, nada en este castillo podrá volver a abrirla; ni siquiera la bruja que duerme allá abajo. Tampoco tú podrás volver a entrar.

—No quiero volver a entrar —le aseguró la niña con vehemencia—. Además…, no podría. Porque ya no hay llave.

—Exacto —corroboró Camelia.

Y no volvieron a mencionar el tema.

Asuntos sin resolver

El palacio de Orquídea estaba situado en lo alto de un pico montañoso coronado de nubes. Era todo lo que cabría esperar de un palacio habitado por las hadas, o al menos eso pensaban los mortales que habían tenido la fortuna de visitarlo alguna vez.

Pero lo cierto era que la única hada que vivía allí era la propia Orquídea. Su hogar, en contra de lo que se creía, estaba situado muy lejos del país de las hadas. Después de todo, las hadas madrinas debían habitar entre los humanos para poder atender mejor a sus ahijados.

Mantener aquel palacio requería un esfuerzo mágico notable, pero Orquídea estaba acostumbrada y, por otro lado, consideraba que su labor resultaba más eficaz si cuidaba mucho aquel tipo de detalles. Había frecuentado a los mortales bastante más que sus compañeras, y sabía hasta qué punto se dejaban seducir por las apariencias. La mayor parte de las veces, opinaba, sus ahijados no precisaban de su magia en realidad; solamente necesitaban creer que contaban con ella.

Aquella tarde, no obstante, su palacio iba a recibir una visita especial, por lo que se esmeró mucho en engalanar los salones en los que atendería a sus invitadas. Por primera vez en mucho tiempo, no sería la única hada que recorrería aquellos pasillos.

Le costaba recordar cuándo había sido la última vez que le había tocado organizar la reunión de las hadas madrinas. Antes era sencillo calcularlo: había siete hadas, y eran siete los años que transcurrían entre una reunión y la siguiente; de modo, que, cuando despedía a sus amigas al finalizar la velada, sabía que volverían a encontrarse todas allí cuarenta y nueve años después. Pero, desde que el grupo había comenzado a reducirse, los turnos saltaban con mucha rapidez.

Suspiró mientras terminaba de adornar la mesa en la que había colocado siete servicios, como tenía por costumbre. En realidad, en aquella ocasión la anfitriona debería haber sido Azalea…, ¿o tal vez Dalia? Orquídea no lo recordaba. Sí sabía que la última reunión, aquella en la que la propia Dalia se había despedido para regresar al país de las hadas, había tenido lugar en la humilde casita que Camelia mantenía en lo profundo del bosque.

Ahora Camelia vivía en un lúgubre castillo rodeado de espinos.

Orquídea inclinó la cabeza, pensativa. ¿Habían pasado ya siete años? Qué deprisa transcurría el tiempo cuando una frecuentaba a los mortales.

Terminó de preparar la sala y, antes de que se diera cuenta, sus amigas estaban ya llamando a la puerta. Orquídea las hizo pasar; Lila entró la primera y dejó su varita en el suelo del vestíbulo, cuidadosamente apoyada contra una columna. Gardenia le tendió la suya a la anfitriona para que le evitara a su dolorida espalda la tortura de tener que agacharse.

Orquídea contempló las tres varitas alineadas, y recordó con nostalgia la época en que eran siete. Pero no formuló aquel pensamiento en voz alta.

Inusualmente silenciosas, Lila y Gardenia siguieron a su compañera hasta el salón donde ya las aguardaba una exquisita merienda, elegantemente dispuesta sobre un mantel de seda bordado con hilos de oro.

—No tendrías que haberte molestado, Orquídea —murmuró Lila, contemplando la mesa—. Ya sabías que solo íbamos a ser nosotras tres. Y en algún momento habrá que asumirlo, ¿no?

Orquídea restó importancia al asunto con un gesto displicente.

—¡Oh, pero si no es molestia! —exclamó, risueña—. Ya sabéis que me encanta mimaros cuando venís de visita. Además —añadió, bajando la voz—, Camelia también solía poner siete platos.

Lila abrió la boca para decir algo, pero finalmente cambió de idea y se limitó a asentir, conmovida.

Gardenia ya había tomado asiento y masticaba lentamente una pasta con forma de corazón. Orquídea sonrió, condescendiente, y ella y Lila se sentaron también.

Durante un rato, hablaron de las cosas que les habían sucedido en los años anteriores. Historias de sus ahijados, relatos divertidos, entretenidos y con final feliz. Pero cuando se les acabaron las anécdotas, un largo e incómodo silencio se abatió sobre ellas.

—Tenemos que hablar de Camelia —dijo entonces Lila, sin poder callarse por más tiempo.

—Sí, sí —convino Gardenia con placidez—. Camelia es una buena chica. Aunque anda siempre demasiado atareada.

—Por supuesto —concedió Orquídea automáticamente—. ¿Qué quieres que hagamos? —le preguntó a Lila—. No ha salido de ese castillo en seis años. Ni ella, ni la niña que se llevó, si es que sigue viva.

Lila se estremeció.

—No digas esas cosas.

—¿Por qué? Eras tú la que quería hablar de Camelia, ¿no es cierto? Pues hablemos —concluyó, desafiante.

Lila vaciló y optó por abordar la cuestión desde otro ángulo:

—¿Qué sabes de sus antiguos ahijados?

Orquídea suspiró.

—Uf… tuvo tantos… —se quejó—. Resulta difícil seguir la pista a todos ellos. Pero, la verdad, dejó muchos asuntos sin resolver. Podría haber pensado en eso antes de convertirse en la Emperatriz de las Espinas —comentó con cierto resquemor.

—¿Asuntos sin resolver? —repitió Lila—. ¿Te refieres a Simón?

—Su Majestad el rey Simón de Vestur —corrigió Orquídea.

—Ah, es cierto. Fue una lástima lo del viejo rey Leobaldo.

—Me hubiese gustado presentar mis condolencias a la familia —siguió parloteando Orquídea—, pero no nos invitaron a las exequias. Ni tampoco a la coronación de Simón y Asteria. Parece que en Vestur han decidido que las hadas ya no somos bienvenidas —concluyó, con una mueca de disgusto.

—No es de extrañar; al fin y al cabo, Camelia todavía tiene a la princesita en su poder —murmuró Lila.

—¡No comprendo su obsesión con esa niña! Sobre todo teniendo en cuenta que dejó al resto de sus ahijados sin protección. ¿Cómo se le ocurriría emparejar a Verena de Rinalia con ese príncipe holgazán?

—Dicen que Alteo ha cambiado mucho desde que se casó con ella —apuntó Lila con cierta timidez—. Que es mucho más… enérgico.

—Ya puede serlo —replicó Orquídea desdeñosamente—. Si se ha embarcado en una guerra por los derechos de sucesión de Rinalia, desde luego no la resolverá quedándose en la cama hasta el mediodía.

—¿Es cierto eso que dicen… acerca de la princesa Verena? ¿Es verdad que no puede tener hijos?

Orquídea asintió con gravedad.

—Su tío le envió un melocotón envenenado cuando estaba embarazada —explicó en voz baja—. Perdió al bebé, y desde entonces no ha vuelto a quedarse en estado.

—Oh, no —susurró Lila, horrorizada—. ¿Cómo pudo hacer algo así?

—Desde luego —convino Gardenia con gravedad—. ¡Un melocotón! ¿Dónde se ha visto eso?

—Bueno, si le hubiese enviado una manzana, sus intenciones habrían resultado descaradamente obvias hasta para una cabeza de chorlito como Verena —opinó Orquídea.

—Pero Camelia habría sospechado —musitó Lila—. Aunque no se tratase de una manzana.

—Exacto. Y aunque solo fuera porque cualquier hijo de Verena estará por delante de su tío en la línea sucesoria. Todo el mundo dice que cometió un grave error casándose con Alteo antes de su mayoría de edad. Si hubiese heredado la corona de Rinalia antes de convertirse en la reina consorte de Zarcania…

—Camelia ya sabía todo esto —asintió Lila—. No entiendo cómo pudo permitirlo.

—¡Y la que armó en Corleón! —añadió Orquídea, escandalizada—. Con dos príncipes adolescentes que se odian y que luchan por el poder. Esto desencadenará una guerra civil a la larga.

—No lo entiendo —suspiró Lila—. No entiendo qué le pasó para volverse tan…

—… ¿desquiciada? —la ayudó Orquídea—. Tú deberías saberlo. Eras su mejor amiga, ¿no?

Lila se ruborizó.

—Pero últimamente teníamos muy poca relación. A veces tengo la sensación de que hasta Ren la conocía mejor que yo, y… —vaciló un instante.

—¿Sí?

—Bueno…, él insinuó que ella podría… haberse enamorado de Simón. Me refiero a su ahijado, el que es ahora rey de Vestur.

La risa pura y cristalina de Orquídea se desparramó por el salón.

—¡Qué disparate! —exclamó—. ¿Cómo iba Camelia a enamorarse de un humano tan… ordinario?

Lila enrojeció todavía más.

—Bueno, hizo con él uno de aquellos viejos pactos… —argumentó.

Orquídea se calló de golpe. Ambas recordaron el momento en que Ren les había hablado del trato que Camelia había hecho con Simón, y cómo había derrotado al lobo gracias al poder de la promesa que le había arrancado a su ahijado.

«Un Pacto de la Vieja Sangre —había explicado el zorro, muy alterado—. Hace siglos que nadie recurre a algo así, y hay buenas razones para ello. Es mucho mejor hacer los pactos a la manera de los humanos, aun con todas sus trampas y engaños, que arriesgarse a vincular tu alma a la de un mortal por una promesa que él no desea cumplir. Es algo que los cambia para siempre a los dos. Y no hay vuelta atrás.»

Habían discutido mucho al respecto, pero la conclusión a la que llegaban era siempre la misma: Felicia era ahora propiedad de Camelia. Las leyes mágicas le daban la razón. Y, mientras el Pacto de la Vieja Sangre estuviese vigente, el poder del hada sería prácticamente ilimitado cuando se tratara de retener a la niña junto a ella.

—De acuerdo, sí, Camelia selló un pacto con Simón —reconoció Orquídea, devolviendo a Lila a la realidad—. Pero eso no significa que sienta algo por él. Cuando un hada se enamora de un mortal… —se estremeció solo de pensarlo—, pierde sus poderes. No los amplifica.

—Porque un hada enamorada se entrega, Orquídea —replicó Lila con ardor—. Pero Camelia ha hecho lo contrario: ha obligado a Simón a entregarle algo suyo. Algo que los unirá mientras Felicia viva. —Sacudió la cabeza—. No parece casual que se haya instalado en el viejo castillo de Magnolia, ¿no crees? También ella se enamoró, pero transformó ese sentimiento en odio y rencor… y ya vimos en qué se convirtió después.

—No puede ser —insistió Orquídea—. Ambas conocemos a Camelia: es demasiado cabal para cometer una estupidez así.

—No sé —respondió Lila, dubitativa—. Yo pensaba que la conocía, pero… ya no estoy tan segura. Abandona a sus ahijados, sella un Pacto de la Vieja Sangre, se lleva consigo a una princesa recién nacida… Nada de todo esto es propio de ella.

—Y no hay manera de acceder a ese castillo para hacerla entrar en razón. Si pudiéramos…

—Pero eso del pacto no tiene nada que ver con ella —intervino entonces Gardenia.

—¿Qué…? —Lila pestañeó, desconcertada—. ¿Cómo que no tiene que ver con ella? Fue Camelia quien lo estableció…

—No, no, no —insistió Gardenia; las contempló a ambas con una calmosa sonrisa antes de explicar—: Es la niña. Ella no forma parte del pacto.

—Claro que sí, es el objeto del pacto.

—No, no, no. Es una persona; un sujeto, no un objeto.

—No tiene sentido que perdamos el tiempo discutiendo matices lingüísticos —suspiró Orquídea—. Si me permitís una sugerencia…

—Espera —cortó Lila—. Creo que ya entiendo lo que quiere decir Gardenia. —La contempló con cierto asombro—. El pacto se hizo sin el consentimiento de la propia Felicia.

—¿Cómo iba a consentir nada? ¡Si ni siquiera había nacido! Y era un bebé cuando Camelia se la llevó.

—Pero ya no lo es —apuntó Lila—. ¿Qué fue lo que dijo el zorro? Que debía crecer lo suficiente para querer marcharse…

—… porque entonces puede que su voluntad sea lo bastante fuerte para convertirse en la tercera voz, en un sujeto del pacto —comprendió Orquídea—. Pero ¿cómo va a querer marcharse, si nunca ha salido del castillo y no conoce otra cosa?

—Hay que llegar hasta ella —decidió Lila—. De alguna manera. Aunque solo sea para mostrarle todo lo que hay en el exterior.

—Nosotras no podemos atravesar la protección mágica de Camelia, ya lo sabes.

—No —convino Gardenia—. Los hechizos de las brujas solo entienden el lenguaje de las brujas.

Sus dos compañeras cruzaron una mirada.

—Por lo que sé, Magnolia sigue petrificada en su propio castillo —comentó Orquídea—. Y Camelia se asegurará de que continúe así.

Lila respiró hondo.

—Entonces, solo nos queda una opción —declaró.

Sobrevino un tenso silencio.

—Quizá valga la pena intentarlo —admitió Orquídea finalmente.

Huellas pegajosas

Varias semanas después, una joven pareja se abría paso por la espesura de un enorme bosque. Sabían que corrían el riesgo de perderse en él para siempre, pero estaban desesperados y dispuestos a cualquier cosa con tal de encontrar a la persona que, según se decía, había ubicado allí su extraña morada.

Se toparon con ella justo cuando ya comenzaban a perder la esperanza. Boquiabiertos, se detuvieron a contemplar aquella construcción imposible. A simple vista parecía una cabaña más… pero despedía un inquietante olor dulzón y, cuando se aproximaron a ella lo suficiente para poder apreciar con detalle sus paredes de bizcocho, sus ventanas glaseadas y sus tejas recubiertas de chocolate, comprendieron que habían encontrado lo que buscaban.

Ella se llevó una mano a los labios, sobrecogida.

—¿Crees que… hacemos lo correcto? —susurró.

Su compañero sacudió la cabeza, derrotado.

—No tenemos otra opción.

Se tomaron de la mano y avanzaron con aprensión por un sendero empedrado con ladrillos de caramelo. Se detuvieron ante una puerta que parecía una galleta gigante y comprobaron, atónitos, que se trataba precisamente de eso. El joven alzó la mano, dubitativo, y llamó suavemente a la puerta, desprendiendo algunas migas con cada golpe.

No hubo respuesta. El visitante iba a intentarlo de nuevo cuando, de pronto, la puerta se abrió con un curioso crujido, y un aroma empalagoso inundó sus fosas nasales y les hizo olvidarse momentáneamente de lo que habían ido a hacer allí.

—¿Sí? —preguntó entonces la dueña de la casa, devolviéndolos a la realidad.

Parecía bastante joven, aunque tenían entendido que hacía décadas que vivía en aquel lugar. Su rostro, redondo y lustroso, estaba enmarcado por una melena de rizos castaños salpicados de granos de azúcar. Sonreía, y las arrugas que se formaban en las comisuras de su boca indicaban que estaba acostumbrada a hacerlo a menudo. Sus ojos azules parecían amables, si bien en el fondo de sus pupilas anidaba un profundo brillo de amargura, como las gotas de licor en el corazón de un bombón.

El joven carraspeó y tomó la palabra.

—Nosotros... nos preguntábamos...

—¿Os habéis extraviado? —interrumpió la mujer, contemplándolos con curiosidad.

—No, en realidad... buscábamos precisamente este lugar. —Titubeó un instante, cruzó una mirada con su compañera y añadió—: Tenemos entendido que se le da bien encontrar niños perdidos.

El rostro de la mujer se iluminó con una amplia sonrisa.

—¡Naturalmente! —exclamó—. Todos vienen a parar aquí, tarde o temprano. Los niños son muy golosos, ¿sabéis?

—No —respondió la joven, con acritud—. No lo sabemos, porque nos robaron a nuestra hija cuando era un bebé.

—Está en el castillo de una bruja —añadió él—. Y no hay manera de sacarla de allí. Hicimos un pacto...

No llegó a terminar la frase. Las palabras murieron en sus labios al tiempo que su esposa se separaba un poco de él, tensa.

—Comprendo —dijo la dueña de la casa asintiendo pensativa—. Pero ¿qué os hace pensar que yo puedo rescatarla?

—Pagaremos lo que haga falta —aseguró la joven.

—Sois gente noble, ya lo veo. Príncipes, o tal vez reyes. No pongáis esas caras —añadió la mujer, riendo ante el gesto de sorpresa de la pareja—. El chico sí pasaría por alguien de extracción humilde, con esas ropas. Pero tú, querida mía..., no podrías ocultar tu origen ni vestida con harapos mugrientos.

Ella alzó la barbilla con orgullo.

—Soy la reina Asteria de Vestur —anunció—. Probablemente has oído hablar de mí.

—Pues no, la verdad —replicó la dueña de la casa, aún sonriendo—. Pero eso no cambia nada. No me importan el oro o las joyas que podáis atesorar en vuestro castillo. No significan nada para mí.

—Ya… ya suponíamos que no —vaciló Asteria, insegura de pronto—. Por eso… había pensado que quizá podría aceptar esto… como pago por sus servicios —añadió, sacando un espejo dorado del interior de la bolsa que pendía del costado de su marido.

—Oh —se limitó a decir su interlocutora. Tomó el espejo y lo examinó con curiosidad; sus dedos dejaron huellas pegajosas sobre su lisa superficie, pero Asteria prefirió fingir que no se percataba de aquel detalle.

—Puede mostrarte cualquier cosa que esté sucediendo en cualquier lugar lejano —aclaró, no sin cierta amargura—. Cualquier lugar, salvo el interior del castillo en el que se encuentra mi hija.

—Las brujas sabemos guardar bien nuestros secretos —repuso la dueña de la casa, y tanto Simón como Asteria se estremecieron ante aquel reconocimiento implícito.

—Entonces ¿nos ayudará? —preguntó Simón, impaciente.

Ella estrechó el espejo contra su pecho y asintió enérgicamente.

—Os ayudaré —prometió—. Pero me quedo con el espejo. Ya tendréis noticias mías —concluyó, cerrándoles la puerta en las narices.

La pareja permaneció aún unos instantes frente a la casa de la bruja, desconcertados.

—¿Piensas que de verdad es una bruja? —preguntó entonces Asteria en voz baja.

—Ya has oído lo que ha dicho —respondió Simón con el mismo tono.

—Ojalá no tuviésemos que recurrir a ella —suspiró ella, recostándose contra el pecho de su marido.

—Lo sé, Asteria —asintió él—. Pero han pasado seis años, y nada ha cambiado. Si ella no puede ayudarnos… ya no sé qué otra cosa intentar.

Caramelo líquido

Azalea cerró la puerta y esperó hasta asegurarse de que los visitantes se habían ido. Entonces volvió a observar el espejo con atención.

—Hummm… —murmuró para sí misma; volvió la cabeza hacia el interior de la casa y llamó—. ¡Muchacha! Muchacha, ¿dónde estás?

—¡Ya voy! —respondió una voz dulce y cantarina.

Instantes después, una joven de unos diecisiete o dieciocho años entró en la habitación, secándose las manos en un paño. Lucía una hermosa sonrisa, y su cabello oscuro estaba recogido en dos trenzas que le caían sobre los hombros.

—Necesito que traigas un cubo de agua del pozo —ordenó la bruja—. Y, cuando termines, baja al sótano a buscar un saco de azúcar. Tenemos trabajo por delante.

—Muy bien —asintió la chica, y salió de la casa, ligera como un cervatillo.

Azalea no sabía el nombre de la muchacha, y nunca se lo había preguntado. Había llegado a su casa una noche, un mes atrás, y la bruja había estado a punto de echarla sin contemplaciones, porque era demasiado mayor. Pero ella le había suplicado que le diese cobijo al menos hasta el amanecer, y a cambio la había ayudado con las tareas de la casa. Azalea había decidido mantenerla a su lado unos días más, porque se le ocurrió que podía ser un buen momento para llevar a cabo una limpieza general en su hogar, hacer algunas reformas y sustituir los ladrillos de bizcocho que los pájaros habían picoteado y las tejas de chocolate que se habían desprendido a causa de las inclemencias del tiempo.

Habían transcurrido varias semanas desde entonces, y la joven aún vivía en su casa. Azalea sabía que la echaría tarde o temprano, y por este motivo no se había molestado en averiguar su nombre; pero realmente le hacía un buen servicio, y estaba aprendiendo muy deprisa el arte de la repostería. Aunque en los últimos tiempos no llegaban muchos niños al bosque, pese a que la bruja se esforzaba por engalanar su casa con nuevos y deliciosos dulces cada día.

La chica volvió a entrar, cargada con un cubo con agua, y Azalea no perdió más tiempo: alzó el espejo por encima de su cabeza y lo arrojó al suelo con violencia.

Su pupila dio un respingo, sobresaltada, cuando el cristal se rompió en miles de fragmentos.

—¡Pero, señora…! ¿Por qué…? —empezó, contemplando lo que quedaba del extraordinario Espejo Vidente.

—Tú calla y tráeme el azúcar que te he pedido —replicó la bruja.

La muchacha corrió a acatar la orden. Mientras tanto, Azalea barrió el suelo y recogió meticulosamente todos los cristales en un mortero. Después los machacó hasta convertirlos en un fino polvillo brillante; cuando la chica regresó, arrastrando el saco de azúcar, la bruja anunció:

—Vamos a hacer caramelo líquido.

—¡Ah, comprendo! —respondió la joven—. ¿Hay que barnizar la empalizada?

—No —replicó ella—. Vamos a fabricar nuestro propio espejo mágico. Ven, ayúdame.

Entre las dos vertieron buena parte del azúcar en el interior del caldero. Después, Azalea echó también el polvo de cristal que reservaba en el mortero.

Encendieron el fuego, y pronto la bruja estuvo concentrada en dar vueltas con el cucharón a la mezcla que se calentaba en el puchero. El cubo con agua pendía también de otro gancho sobre la hoguera, y, cuando alcanzó la temperatura adecuada, Azalea derramó parte de su contenido sobre el azúcar fundido.

La muchacha se había sentado junto a ella y la observaba en silencio. La había visto hacer todo tipo de delicias: el chocolate más cremoso, los bollos más tiernos, el caramelo más dulce, el bizcocho más esponjoso, las tartas más suculentas. A menudo pensaba que si Azalea viviese en una gran ciudad, sería su repostera más afamada; probablemente, sus pasteles se servirían en las mejores fiestas de la realeza. Pero su esfuerzo no salía nunca de aquella casa, y la joven sabía muy bien por qué.

Desde que ella vivía allí, varios niños se habían acercado a la casa de la bruja, atraídos por las golosinas que exhibía por todos y cada uno de sus rincones. La muchacha se las había arreglado para advertirlos antes de que Azalea los viera. A menudo bastaba con indicarles el camino a casa y regalarles un pedazo de bizcocho y un puñado de dulces para la vuelta, pero algunos, obnubilados por el delicioso aroma de aquella insólita casita, se mostraban reticentes a abandonarla. Hasta el momento había logrado ahuyentarlos a todos, pero cada vez le resultaba más complicado. Llegaría un día en que la bruja descubriría que era ella quien le saboteaba la caza, y entonces…

Se estremeció sin poderlo evitar y se obligó a centrarse en las evoluciones de Azalea ante el puchero. La bruja se había quitado el manto que siempre llevaba sobre los hombros y que le servía para ocultar sus alas, que antaño habían sido transparentes, pero que ahora se veían empañadas por una ligera capa de harina, cacao en polvo y azúcar glas.

—Ya está —anunció de pronto, sobresaltando a su joven aprendiza—. Tráeme dos espátulas, ¿quieres?

La chica asintió, se levantó del taburete de un salto y corrió a buscar lo que la bruja le había pedido. Le tendió una de las espátulas y se quedó con la segunda, suponiendo que era para ella. Azalea se envolvió las manos en gruesos trapos, apartó el puchero del fuego con cuidado y lo depositó en el suelo, en un rincón.

—Y ahora, ayúdame —indicó—. Tenemos que extender el caramelo por la pared.

La chica se mostró dubitativa.

—¿Habrá suficiente para cubrir todo el muro? —preguntó.

—No será necesario —respondió Azalea—. Solo necesitamos un espejo de medio cuerpo. ¿Has entendido?

La joven asintió lentamente. Observó cómo su compañera hundía la espátula en el interior del puchero y la sacaba untada en caramelo líquido. Azalea extendió el caramelo sobre la pared y su pupila se quedó mirando, esperando que el bizcocho se empapara de él.

Por descontado, eso no sucedió. El caramelo se endureció casi inmediatamente, formando una capa cristalina salpicada de puntos brillantes que no eran otra cosa que los restos del Espejo Vidente. La muchacha suspiró para sus adentros. Nadie que no fuera Azalea podría haber construido una casa como aquella, eso era evidente. La bruja empleaba una buena dosis de su magia para asegurarse de que se mantuviera en pie, de que fuera lo bastante sólida para soportar los rigores del invierno… y de que las paredes de bizcocho no absorbieran la sustancia con la que planeaba construir su espejo mágico.

—¿A qué estás esperando? —la riñó entonces la bruja, y ella se apresuró a introducir su propia espátula en el caldero.

Momentos después, ambas estaban ocupadas extendiendo la mixtura por la pared. En apenas un rato habían cubierto una superficie considerable, y se dedicaron a tapar los huecos hasta que la capa de caramelo fue completamente lisa y uniforme. Cuando se endureció, para sorpresa de la muchacha, se parecía bastante a un espejo de un desvaído color dorado.

—Bien, bien —murmuró Azalea, frotándose las manos—. Ahora solo nos queda esperar.

—Esperar… ¿a qué? —se atrevió a preguntar su pupila.

Ella recuperó de nuevo aquella beatífica sonrisa que había dedicado a los padres de la princesa perdida.

—A que nuestro espejo mágico conecte con alguno de los espejos que hay en ese castillo —explicó—. Y lo hará, no te quepa duda.

—Y entonces… ¿podremos ver lo que sucede en su interior?

—No; pero los que viven allí sí podrán vernos a nosotras. Por eso —añadió, ensanchando su sonrisa—. Vamos a hacer un pastel. El pastel más delicioso que hayamos hecho nunca. Lo bastante apetecible para que una niña lo deje todo atrás con tal de probarlo.

Hambre

Felicia estaba enfadada.

Sabía que su madrina tenía razones para mostrarse molesta con ella; era consciente del aprecio que sentía por sus viejos libros de cuentos, que guardaba cuidadosamente en la estancia del castillo, cálida y acogedora, que había habilitado como biblioteca. Felicia no tenía prohibido el paso a la habitación predilecta de Camelia; de hecho, ella misma la había enseñado a leer, y juntas habían compartido innumerables tardes cargadas de historias mágicas y emocionantes. Felicia estaba creciendo con aquellos cuentos; adoraba sumergirse entre sus páginas amarillentas, aspirar el olor a libro viejo y dejarse llevar por el poder de las palabras. Los libros la transportaban a mundos mágicos, lejanos, infinitos, repletos de aventuras y emociones.

A veces, Felicia se sentaba junto a la ventana y trataba de atisbar un rayo de sol o un pedazo de cielo a través de la maraña de espinos que protegía el castillo. Sabía que más allá de aquellos muros existía un mundo nuevo, muy diferente al hogar que conocía. En algunas ocasiones se imaginaba a sí misma explorando sus más recónditos rincones; pero no era un sueño recurrente, ni una posibilidad que le llamase particularmente la atención.

Conocía los cuentos. En ellos habitaban brujas y dragones, ogros y lobos feroces, gigantes y duendes malvados. Aquellos relatos siempre le brindaban un final feliz, pero la niña sabía que esto no sucedía así en la vida real. Su madrina poseía grandes poderes, ella lo había constatado con sus propios ojos. Podía hacer aparecer con su magia cualquier cosa que a su ahijada se le antojara. No obstante, ambas vivían recluidas en aquel castillo, y Felicia no podía dejar de preguntarse qué clase de espantos las aguardarían en el exterior, capaces de hacer vacilar a alguien como Camelia hasta el punto de obligarla a aislarse de aquel mundo tan peligroso y hostil.

Los cuentos eran algo muy diferente. Gracias a ellos podía viajar y soñar sin riesgo alguno. Su madrina lo sabía, y por este motivo le permitía leerlos sin restricciones.

Sin embargo, aquella tarde Felicia había cometido un grave error. Como tenía hambre, se había servido una rebanada de pan tostado con miel para comérsela mientras leía. Al principio había tenido buen cuidado de no manchar las preciadas páginas. Pero, un rato después, se había quedado contemplando una bella ilustración, tan extasiada que no se había dado cuenta de que una lágrima de miel resbalaba lentamente desde el pan. Para cuando se percató del peligro, ya era demasiado tarde: un enorme goterón aterrizó fatalmente sobre el rostro del hada del dibujo. Horrorizada, la niña trató de limpiarla, pero lo único que consiguió fue extender todavía más aquella mancha pegajosa.

Jamás había visto a Camelia tan enfadada. La había enviado a su habitación sin cenar y le había prohibido entrar en la biblioteca en una buena temporada. Después se había encerrado con sus libros, como si solo ellos pudiesen ofrecer consuelo a todos sus males.

Felicia, consciente de haber disgustado a su madrina, se había quedado en su cuarto sin rechistar. Pero las horas pasaban; se hizo de noche y Camelia no salió de la biblioteca, ni siquiera para comprobar que su ahijada había seguido sus instrucciones.

Poco a poco el arrepentimiento fue dejando paso al disgusto en el corazón de Felicia, a medida que aumentaban los aguijonazos del hambre. Cuando se enfadaba con su ahijada, Camelia solía dedicar un tiempo a explicarle los motivos de su castigo; hablaban mucho, y siempre terminaban haciendo las paces. Felicia no estaba acostumbrada a que su madrina la ignorase deliberadamente durante tantas horas. La había desobedecido en otras ocasiones, la había desafiado con travesuras de diversa índole…, pero lo de aquella tarde había sido un accidente. Por supuesto que la niña no había manchado el libro a propósito.

Cuando llegó la hora de dormir, Camelia aún no había salido de la biblioteca, de manera que Felicia se metió en la cama con un suspiro y las tripas rugiendo de hambre. Allí, no obstante, siguió rumiando sobre el asunto, dando vueltas en la cama, incapaz de conciliar el sueño. Finalmente llegó a la conclusión de que la reacción de su madrina había sido desproporcionada. Y la indignación barrió cualquier rastro de culpabilidad que pudiera quedar en su interior.

Se levantó de nuevo, dispuesta a quebrantar un castigo que para entonces ya consideraba injusto. Se deslizó fuera de la habitación, descalza y en camisón, y se encaminó a la despensa, esforzándose por no hacer el menor ruido. Un poco más allá, pasillo abajo, divisó el resquicio de luz que se filtraba por debajo de la puerta cerrada de la biblioteca, la única señal que indicaba que su madrina todavía se encontraba en su interior. Se detuvo, dudosa. Temía que Camelia la descubriera si se acercaba más, de modo que, finalmente, dio media vuelta y regresó por donde había llegado, en busca de un itinerario alternativo hasta la despensa.

Tuvo que dar algunas vueltas más, pero terminó redescubriendo una escalera de servicio que casi nunca utilizaba y que la conduciría hasta su objetivo.

Cuando se detuvo un momento al pie de la escalera para recuperar el aliento, algo llamó su atención.

Fue tan solo un instante, pero habría jurado que había algo en el interior de la habitación que se abría a su derecha. La puerta estaba entornada, y Felicia entró, intrigada.

La luz de la luna se filtraba por entre las espinas que cubrían el ventanal y bailaba, juguetona, sobre el espejo de cuerpo entero que adornaba la pared del fondo. Felicia contempló su reflejo, pensativa. Era una niña de aspecto despierto, con una rebelde mata de cabello negro ensortijado y bonitos ojos azules, protegidos por aquellas cejas arqueadas que, aunque ella lo ignorara, había heredado de su padre. Pero nada de aquello llamó su atención. Había muchos espejos en el castillo, de modo que sabía perfectamente qué aspecto tenía. Sin embargo, por un instante le había parecido que…

Frunció el ceño, extrañada, al comprobar que la imagen parpadeaba. Se acercó al cristal para examinarlo con atención y dejó escapar una exclamación de asombro cuando su reflejo desapareció para mostrarle el pastel más apetitoso que había visto jamás.

Su estómago gimió de hambre mientras la boca se le hacía agua. Se acercó todavía más y casi pudo percibir el aroma dulce que emanaba de aquella delicia. Tragó saliva y fue a apoyar las manos en el espejo, convencida de que se trataba de un cristal que ocultaba la habitación secreta donde, por algún motivo desconocido, su madrina guardaba semejante exquisitez.

Para su sorpresa, el cristal se desvaneció como si no existiera, y la niña cayó hacia delante con un grito, luchando por conservar el equilibrio.

Unas manos la sostuvieron antes de que llegara al suelo. Felicia alzó la cabeza, confundida, y se topó con la mirada de unos ojos castaños que le sonreían con amabilidad.

—Bienvenida, pequeña. Te esperábamos.

Muy delgada

Felicia retrocedió sobresaltada y observó a la desconocida con suspicacia. Era una joven mayor que ella, de largas trenzas oscuras, rostro redondo y agradable, y expresión amistosa. La niña abrió la boca, pero no fue capaz de decir nada: no recordaba haber visto a otra persona que no fuera su madrina. Se dio la vuelta para mirar atrás, pero el espejo que había atravesado volvía a ser simplemente un espejo. Parpadeó, desconcertada.

—¿Dónde estoy? —acertó a preguntar.

—En mi casa —respondió otra voz; sonaba dulce y amable, y Felicia sonrió sin poderlo evitar—. ¿Quieres pastel? Puedes comer; lo hemos hecho para ti.

Felicia descubrió entonces a la mujer que había hablado, de pie junto al enorme pastel que la había tentado. Se sintió aliviada al comprobar que tenía alas, como Camelia. Pensó que tal vez había ido a parar a otro castillo habitado por un hada madrina y su ahijada. Aquello, al menos, le resultaba familiar, aunque debía reconocer que aquel lugar no se asemejaba precisamente a un castillo. Si no fuese imposible, Felicia habría asegurado que hasta las paredes parecían comestibles.

La joven le ofreció un pedazo de pastel, y Felicia se lo llevó a la boca sin pensar. Comprobó, maravillada, que era lo más delicioso que había probado jamás.

—¿Cómo he llegado hasta aquí? —preguntó con la boca llena.

—A través del espejo mágico —respondió la chica, señalando el extraño espejo adherido a la pared.

—Se ve que tienes hambre —comentó su compañera; pronunció la palabra con una entonación especial, y Felicia se estremeció de pronto—. No me extraña, estás muy delgada. Apenas te daban de comer, ¿no es cierto?

Felicia vaciló. Camelia la había enviado a la cama sin cenar aquella noche, pero habitualmente no le escatimaba la comida. Por otro lado, nunca le había ofrecido ninguna golosina tan exquisita como aquel pastel.

—Lo que yo sospechaba —dijo la dueña de la casa—. Ven, sígueme; guardo muchas más cosas ricas en el sótano. Seguro que querrás probarlas, ¿verdad?

Felicia asintió y se puso en pie de un salto. Siguió a la bruja escaleras abajo, no sin antes procurarse otro buen pedazo de pastel para el camino.

Del sótano ascendía un delicioso olor dulzón, y Felicia aspiró hasta llenarse los pulmones con él. No dejaba de salivar, anticipando las exquisiteces que la aguardarían en aquel lugar encantado, por lo que dio un gran mordisco a su pastel y lo paladeó con un suspiro de satisfacción.

Siguió a Azalea sin dudar. Se parecía tanto a su madrina que en ningún momento desconfió de sus intenciones. Por eso, cuando ella cerró de golpe una puerta de reja tras la niña, esta se sobresaltó y la miró sin comprender.

—¿Por qué...? —empezó, desconcertada.

—Estás muy delgada, pequeña —respondió la bruja dulcemente—. Tienes que engordar. Y no lo conseguiremos si te pasas el día correteando de aquí para allá, ¿verdad?

Felicia soltó el pastel y se aferró a los barrotes con ambas manos.

—Dejadme salir de aquí —suplicó—. Por favor, no me gusta este sitio.

La bruja se volvió para mirarla con una sonrisa.

—Bueno, eso es porque todavía no has probado mis magdalenas. Están cociéndose en el horno; te traeré unas cuantas cuando estén listas, ¿de acuerdo? Mientras tanto, termínate el pastel y procura descansar.

Felicia echó un vistazo desolado a su celda; había un pequeño camastro contra la pared del fondo, con un orinal debajo y una jarra de agua en un rincón. Nada más.

—Gracias por el pastel, pero ya no tengo ganas de comer. Quiero volver a casa —rogó con los ojos cuajados de lágrimas.

Azalea pareció sorprenderse por la petición.

—¿A casa? ¿Tan flaca como un pajarillo? Oh, no puedo permitirlo. ¿Qué pensarían tus padres de mí? Creerán que te he hecho pasar hambre. —Y, al pronunciar esta palabra, sus ojos relucieron de forma extraña.

Felicia gimió, llorosa.

—No tengo padres —explicó a trompicones—, pero mi madrina estará muy preocupada por mí…

—Estoy segura de que así es —cortó la bruja—. Pero sin duda entenderá que has de quedarte aquí el tiempo que sea necesario. Ya verás qué bien vas a estar —concluyó con voz cantarina, dedicándole una amplia sonrisa.

Después dio media vuelta y subió la escalera, tarareando para sí misma, sin prestar atención a las lágrimas, gritos y ruegos de la niña a la que acababa de encarcelar.

No siempre fue así

Felicia resbaló hasta el suelo y se quedó allí de rodillas, aferrada a los barrotes y llorando con desesperación. Alzó la cabeza, sobresaltada, cuando sintió una presencia junto a ella.

—No tengas miedo —susurró la aprendiza de la bruja—. Yo voy a ayudarte.

La niña hipó un par de veces antes de poder balbucear:

—¡Sácame de aquí, por favor! Quiero volver a casa.

La muchacha volvió la cabeza hacia la escalera, inquieta. Cuando se aseguró de que la bruja no estaba cerca, respondió:

—Shhh, no alces la voz. No debe oírnos. Si sospecha algo, no me permitirá volver a acercarme, y entonces ya no podré hacer nada por ti.

Felicia respiró hondo y asintió con energía, tratando de tranquilizarse.

—¿Vas a… sacarme de esta jaula?

Pero ella negó con la cabeza.

—Todavía no puedo. Aunque lograse abrir la puerta, la bruja no nos permitiría salir de su casa. Tenemos que esperar un poco más.

Felicia se estremeció como si la hubiese golpeado una corriente de aire gélido.

—¿Bruja…? —repitió, casi sin aliento. La joven asintió—. ¡Pero… se parece tanto a mi madrina…!

La otra no respondió; la miró fijamente, y Felicia comprendió por fin lo que quería insinuar.

—Mi madrina no es una bruja —declaró con calor—. Ella me cuida y me protege, y ha velado por mí desde que nací.

—¿Te ha hablado de tus padres? —preguntó la aprendiza con suavidad.

—Yo no tengo padres.

La joven suspiró e hizo una pausa antes de explicar:

—Sí que los tienes, y llevan seis años buscándote; desde que tu madrina te secuestró el día de tu bautizo para encerrarte en su castillo, lejos de tu familia.

Felicia la miró con estupor.

—No te creo —replicó—. Mi madrina jamás haría una cosa tan horrible.

—Ella no siempre fue así —admitió la aprendiza—. En realidad…

La interrumpió de pronto un sonido extraño procedente del piso superior, un chasquido similar al del hielo al quebrarse. La chica frunció el ceño y se apresuró a incorporarse para acudir junto a la bruja.

—Volveré más tarde, Felicia —susurró a modo de despedida.

—¿Cómo sabes mi nombre? —se sorprendió la niña.

—Ya te lo he dicho: tus padres te están buscando.

Ella no supo qué contestar.

—Yo me llamo Rosaura —añadió la joven con una fugaz sonrisa—. Recuerda que quiero ayudarte.

Y, sin una palabra más, subió con ligereza la escalera, dejando a Felicia sola en su prisión. La niña suspiró y fue en busca de la vieja manta que había sobre el camastro para echársela sobre los hombros.

En aquel sótano húmedo hacía frío, de modo que se envolvió en la manta todo lo que pudo y se acurrucó sobre el lecho, deseando que su madrina encontrase el modo de llegar hasta ella y rescatarla de aquel inquietante lugar.

Setenta y siete días

Encontró a Azalea barriendo el suelo, salpicado de fragmentos del mágico espejo de caramelo. La bruja lo había destrozado por completo y la pared volvía a mostrarse desnuda. Rosaura abrió la boca para preguntarle a su maestra al respecto, pero comprendió entonces que se trataba de una medida de precaución para evitar que Camelia tomara aquel mismo camino si pretendía seguir a su ahijada. Se le encogió el corazón de angustia.

No tuvo ocasión de pensar más en ello, sin embargo, porque Azalea requirió su ayuda para adornar las magdalenas que acababa de sacar del horno.

—Úntalas bien con chocolate, muchacha —le indicó—. Cuantas más coma esa pobre niña, mejor.

Ella no respondió, pero se aplicó a la tarea con diligencia mientras Azalea terminaba de cortar el pastel en porciones más pequeñas. Contra todo pronóstico, la trampa de la bruja había funcionado, aunque para ello habían tenido que esperar tres largas semanas. Durante aquel tiempo, el pastel había permanecido intacto, perfecto y esponjoso, como recién hecho. Rosaura no dudaba de que la magia de Azalea había tenido mucho que ver con ello.

Hasta que, finalmente, había sucedido lo improbable: Felicia había acudido a ellas, seducida por la dulce creación de la bruja.

No obstante, y a pesar de que Azalea había acordado con sus afligidos padres que recuperaría a la niña para ellos, Rosaura sospechaba que, si ella no intervenía, era muy posible que Felicia jamás saliese con vida de aquella casa.

Conocía muy bien los siniestros rumores que circulaban en torno a su maestra y sabía que, aunque resultaran difíciles de creer, contenían un poso de verdad.

Ren le había contado que, en tiempos pasados, Azalea había sido la más amable y cariñosa de todas las hadas madrinas. Adoraba a los niños; tenía muchos ahijados de corta edad y disfrutaba obsequiándolos con los más deliciosos dulces y haciendo realidad todos sus deseos. Los niños, naturalmente, estaban encantados con ella. Pero pronto aprendían que no había nada que no pudiesen obtener de Azalea, porque era completamente incapaz de negarles cualquier antojo. No soportaba verlos llorar; su corazón se angustiaba si alguno de sus ahijados se sentía triste o decepcionado por cualquier motivo, de modo que dedicaba toda su magia, tiempo y esfuerzo a complacerlos.

Muchos se aprovecharon de ello. La mayoría lo hacían sin malicia; eran niños que comenzaban a explorar el mundo en busca de sus límites, y no tardaban en comprender que con Azalea no existía ninguno.

Ella trabajaba intensamente para satisfacerlos a todos. Creía de veras que en algún momento alcanzarían la felicidad que buscaban y dejarían de formularle tantas peticiones. Pero lo que sucedía la mayor parte de las veces era que, cuando sus ahijados crecían y se hacían mayores, no querían volver a saber nada más de su hada madrina. La consideraban un mero entretenimiento infantil, que existía solo para concederles todos sus caprichos, pero con la que no podían contar para asuntos que juzgaban de mayor importancia. Azalea se engañaba a sí misma diciéndose que el hecho de que ya no la necesitaran era señal de que estaba haciendo bien su trabajo.

Los años pasaron en un suspiro, y después las décadas y los siglos. Doscientos cincuenta años después, Azalea seguía invirtiendo su magia en hacer realidad los deseos de sus ahijados. Cada vez tenía más, porque, en vistas de que nunca le negaba nada a nadie, se había convertido en un hada madrina muy solicitada. Podía pasar semanas enteras sin dormir, volando de un lado para otro, cada vez más angustiada por no ser capaz de llegar a atender a todos los que requerían su presencia.

En alguna ocasión trató de frenar aquella espiral en la que se había visto atrapada; intentó decir que no..., pero casi nadie la tomó en serio, y los pocos que lo hicieron se sintieron profundamente molestos por haber recibido la primera negativa que balbuceaba el hada en veinticinco décadas. Como no le gustaban los conflictos, Azalea terminó por ceder y, simplemente, se esforzó todavía más.

Pero en algún momento algo se quebró en su interior.

Por lo que Rosaura sabía, el séptimo cumpleaños del príncipe Adalberto podría haber sido ese punto de inflexión que había convertido a Azalea en lo que era ahora. Adalberto había convencido a sus padres para celebrar una gran fiesta que duraría setenta y siete días, a la cual fueron invitados setecientos setenta y siete niños, todos ellos príncipes y nobles de un centenar de reinos. El joven homenajeado hizo que su hada madrina pasara todo aquel tiempo, día y noche, haciendo aparecer dulces y pasteles para deleite de los convidados.

Posteriormente, algunos testigos presenciales relataron que el hada dijo en algún momento, con voz débil, que estaba muy cansada. Pero nadie la creyó. Al fin y al cabo, era una criatura sobrehumana. Hacía magia, algo que no requería ningún esfuerzo físico. No le habían pedido que acarreara cubos de agua ni que cargara pesadas piedras a la espalda. Solamente tenía que agitar la varita para que los deseos del príncipe se hiciesen realidad y, después de todo, ¿no se suponía que en eso consistía su trabajo?

Según las crónicas, Azalea soportó heroicamente los setenta y siete días de festejos. Después, cuando el príncipe le dio permiso para retirarse, el hada hizo una reverencia y se esfumó sin más.

No volvieron a verla en aquella corte, ni en ninguna otra. Pero aquella misma noche, el príncipe Adalberto desapareció sin dejar rastro.

Lo buscaron incansablemente por todo el reino, sin éxito. Setenta y siete días después, alguien depositó en su habitación los restos de un pequeño esqueleto blanco. Los médicos que los examinaron no pudieron confirmar que pertenecieran al príncipe perdido, o tal vez no se atrevieron a hacerlo para no exterminar las débiles esperanzas de sus padres.

Pero de alguna manera todo el mundo acabó por enterarse del detalle más macabro de aquel descubrimiento: había marcas de dientes humanos en aquellos huesos, como si alguien los hubiese roído.

Mereces saber la verdad

Rosaura se estremeció al recordar aquella historia, y miró a Azalea de reojo. La bruja mostraba un aspecto inofensivo, con aquella sonrisa plácida, aquellas mejillas sonrosadas y aquella mancha de chocolate en la punta de la nariz. Quizá por ello el resto de las hadas se habían mostrado reacias a creer lo que se contaba acerca de ella.

Secretamente, Rosaura temía que su añorada Camelia hubiese seguido el mismo camino. Echaba mucho de menos la casita del bosque en la que el hada la había acogido tiempo atrás; recordaba muy bien aquella noche en que Ren se había presentado para llevársela de allí con tanta precipitación. Rosaura llegó a creer que Magnolia había regresado a la vida de alguna manera; pero aquella bruja, por lo que sabía, seguía transformada en piedra. La muchacha tardó años en comprender de qué la estaba protegiendo Ren exactamente. Y, como les había sucedido a las hadas con Azalea, le costó mucho dar crédito a los rumores que circulaban en torno a su madrina.

Recorrió los caminos junto a Ren, aprendiendo distintos oficios en los pueblos por los que pasaba. Llegó a convertirse en una jovencita fuerte e independiente. Pero jamás olvidó a Camelia.

Y, por lo que ella sabía, su amigo el zorro tampoco lo había hecho.

—¿Ya has acabado? —La voz de Azalea la sobresaltó.

Fue entonces cuando se percató de que, sumida en sus pensamientos, había concluido su tarea sin darse cuenta. Asintió y la bruja, conforme, colocó tres magdalenas en una bandeja, junto con una taza de chocolate caliente y un pedazo de pastel.

—Puedo llevárselo yo, si le parece —se ofreció Rosaura.

Pero Azalea sacudió la cabeza.

—No hace falta. Vete a dormir, muchacha. Hoy ha sido un día muy largo.

Ella obedeció, con el corazón en un puño, mientras su maestra descendía por la escalera que conducía al sótano cargada con la bandeja de dulces que había preparado para Felicia.

El lecho de Rosaura consistía en un montón de mantas dobladas en el suelo, en un rincón, a los pies de la cama de Azalea. Se envolvió en ellas y fingió que caía en un profundo sueño; pero aguzó el oído para tratar de escuchar lo que sucedía en el piso inferior. Desde allí le llegó un murmullo amortiguado en el que pudo distinguir la voz de la bruja y los sollozos y súplicas de Felicia. Pero permaneció en la misma posición, simulando estar dormida, y así se quedó hasta que oyó los pasos de Azalea en la escalera y el crujido de su cama cuando se echó sobre ella. Mucho después, cuando ya hacía un buen rato que la bruja roncaba suavemente, Rosaura se levantó y se deslizó en silencio hasta el sótano.

Halló a Felicia acurrucada sobre su camastro, y por un momento pensó que estaba dormida; pero el cuerpo de la niña se sacudía levemente, y Rosaura comprendió que seguía llorando. Carraspeó en voz baja para llamar su atención, y al instante una cabeza despeinada emergió de debajo de la manta.

—¡Rosaura! —susurró la niña. Se levantó de un salto y corrió a aferrarse a la puerta enrejada—. ¿Has venido a sacarme de aquí?

—Ya te he dicho que no tengo la llave —suspiró ella—, pero encontraremos una manera, no te preocupes.

Echó un vistazo al interior de la celda y descubrió la bandeja intacta, con el chocolate ya frío y las magdalenas primorosamente dispuestas en torno al trozo de pastel.

—¿No tienes hambre?

Felicia negó con la cabeza.

—No quiero comer nada que ella me dé. ¿Por qué dice que estoy delgada? ¿Y por qué le molesta tanto?

Rosaura tenía una teoría al respecto, pero prefirió no compartirla con ella.

—No tienes que comer si no quieres —la tranquilizó—. Además, espero poder sacarte muy pronto de aquí.

—¿Por qué quieres ayudarme? —quiso saber Felicia—. ¿No eres amiga de la bruja?

La joven sonrió.

—Solo dejo que ella lo crea —le confió en voz baja—. En realidad, si estoy aquí es precisamente por ti.

—¿Para llevarme de vuelta con mi madrina?

—No. —Rosaura frunció el ceño—. Al contrario; la idea era sacarte de allí… Espera, déjame terminar —se apresuró a añadir al ver que ella iba a empezar a protestar—. Lo que te he contado antes es cierto, Felicia. Tienes unos padres que llevan años buscándote. Pero es imposible entrar en el castillo de Camelia, y por eso tus padres tuvieron que pedirle ayuda a la bruja.

Felicia la miró, absolutamente horrorizada, y Rosaura comprendió que, si quería convencerla de que estaba de su parte, desde luego no estaba utilizando los argumentos adecuados.

—Camelia te trata bien, ¿verdad? —preguntó suavemente.

La niña asintió con energía. Rosaura sonrió.

—Fue mi madrina también, hace algunos años —confesó—. Antes de que tú nacieras. La recuerdo con mucho cariño. Pero entonces… —suspiró antes de proseguir, abrumada por los recuerdos—, entonces sucedió algo… y ella te secuestró y se encerró contigo en ese castillo. Y ya no ha vuelto a salir.

Felicia la miró con suspicacia, dividida entre el escepticismo y los celos.

—Tienes que conocer a tus padres —insistió Rosaura—. Quizá ahora no signifiquen nada para ti, pero tu madrina jamás te ha hablado de ellos, y creo que mereces saber la verdad.

La niña negó con la cabeza.

—No quiero conocerlos —lloriqueó—. Si es verdad que por su culpa estoy aquí encerrada…

—Las cosas no tenían por qué suceder así —interrumpió Rosaura—. La bruja les prometió que te sacaría del castillo y te devolvería con ellos. Se enfadarán mucho cuando sepan que te ha metido aquí.

—¿Se lo vas a decir? —inquirió Felicia; Rosaura asintió—. Y, cuando se enteren, ¿me sacarán de este sitio?

—No desean otra cosa que llevarte con ellos a casa, Felicia. Son los reyes de un país muy hermoso, y tú, su única hija, eres la princesa heredera. Esto tampoco te lo ha contado nunca tu madrina, ¿verdad? —añadió la joven con una sonrisa, al advertir el asombro de la pequeña prisionera.

Pero ella sacudió la cabeza con obstinación.

—Esas cosas solo pasan en los cuentos —declaró.

—Tendrás tiempo para comprobarlo por ti misma —replicó Rosaura alegremente—. Lo importante ahora es que tienes una familia que te quiere y que está deseando volver a abrazarte.

—¿Tú los conoces? —quiso saber Felicia.

—No personalmente – –admitió Rosaura—. Pero tengo un amigo que los está ayudando a recuperarte. Fue él quien les sugirió que pidieran ayuda a la bruja. Por descontado, sabíamos que existía la posibilidad de que las cosas se torcieran. Y por eso estoy aquí.

Le contó cómo se había presentado ante Azalea fingiendo ser una muchacha perdida, y cómo se había ganado su confianza poco a poco, hasta que juzgó que había llegado el momento de poner en marcha la segunda parte del plan. Cuando Simón y Asteria llamaron a su puerta y la bruja accedió a ayudarlos, Rosaura llegó a creer que tal vez no sería necesario que interviniera; pero estaba claro que el hecho de que Azalea hubiese encerrado a la niña con la intención de engordarla era, cuando menos, sospechoso.

—Ya no estoy segura de que tenga intención de llevarte con tus padres, como prometió que haría —confesó—. Así que seré yo quien te saque de aquí. Si tienes un poco de paciencia, iré a pedir ayuda.

Felicia se aferró con más fuerza a los barrotes.

—Por favor, no me dejes aquí sola —rogó.

—No me iré muy lejos —prometió Rosaura—. En un rato estaré de vuelta. Intenta descansar mientras tanto, ¿de acuerdo?

Felicia asintió, con un nudo en la garganta. Tenía muchísimo miedo; jamás había abandonado el castillo de los espinos ni la sombra protectora de su madrina, y se sentía tan aterrorizada que una parte de ella se esforzaba por creer que todo aquello no era más que un mal sueño. Con todo, Rosaura le inspiraba confianza, de modo que se aferró a la esperanza que ella le brindaba como un náufrago a un tablón mecido por las olas.

Cuando la joven desapareció escaleras arriba, Felicia luchó por no dejarse llevar por el pánico. Volvió a acurrucarse en la cama y, temblando como una hoja, esperó.

Una simple muchacha humana

R osaura se aseguró de que la bruja seguía durmiendo y después se echó un chal sobre los hombros y salió en silencio de la casa, cerrando suavemente la puerta de galleta tras de sí. Se adentró en la espesura, sin temor a la oscuridad; cuando juzgó que estaba lo bastante lejos, extrajo de su bolsillo un pequeño silbato de madera y lo sopló con fuerza.

Aparentemente no emitió ningún sonido. Pero, no muy lejos de allí, alguien fue alertado por la llamada de aquel instrumento.

Rosaura no tuvo que esperar mucho. Apenas unos minutos después, una pequeña sombra se deslizó por entre los árboles, tan ligera como si cabalgase sobre los rayos de la luna. La joven se inclinó para quedar a la altura del zorro.

—¿Y bien? —preguntó este, inquieto—. ¿Ha funcionado?

—Sí —respondió la joven, aún perpleja—. La niña vino a través del espejo para probar el pastel, tal y como la bruja dijo que haría. Pero ahora lo ha destruido para que nadie más pueda utilizarlo.

Ren batió la cola con nerviosismo.

—Contaba con ello —dijo sin embargo—. ¿Ha avisado ya a sus padres?

—No, y no creo que tenga intención de hacerlo. La ha encerrado en el sótano para engordarla.

Ren dejó escapar un gruñido de disgusto.

—Hay que sacarla de allí cuanto antes.

—Ya lo sé, pero yo no puedo enfrentarme a ella —replicó Rosaura con creciente angustia—. No tengo tus poderes, ni tampoco puedo compararme con las hadas. Solo soy una simple muchacha humana.

—Y esa es tu mejor cualidad —la consoló el zorro—, porque ella no sospecha de ti.

Rosaura asintió. Habían hablado largamente de ello; ni Ren ni las hadas podrían acercarse a la bruja, que se cuidaría mucho de dejar entrar en su casa a alguien cuyo poder pudiese llegar a amenazarla.

—Pero ¿cómo voy a rescatar a Felicia, si ni siquiera soy capaz de abrir la puerta de su jaula? —planteó.

—A las brujas hay que derrotarlas con sus propias armas —respondió Ren—. Ha de ser ella quien saque a la niña de ahí.

—Pero, cuando lo haga…

—Lo sé, lo sé. Esto es lo que vamos a hacer: te prepararé un saquillo con unos polvos especiales. Tendrás que echarlos en el horno cuando lo encienda, ¿comprendes? Y encerrarla dentro.

Rosaura se quedó mirando a su amigo, incapaz de creer lo que estaba oyendo.

—¿Cómo pretendes que yo…?

—Es más sencillo de lo que parece. Las brujas son especialmente vulnerables a las armas que utilizan. Y, si cree que tiene atrapada a su presa y que tú no supones una amenaza, se volverá descuidada.

La joven no dijo nada. Ren advirtió su gesto alicaído y le dio un lametón en la mano, con afecto.

—No temas —la animó—. Ya sabes que no estás sola.

—Allí dentro sí que estoy sola —murmuró Rosaura.

El zorro la miró fijamente, con seriedad.

—Siento haberte metido en esto, Rosaura. No tienes que hacerlo si no quieres.

Pero ella sacudió la cabeza.

—Sí que quiero hacerlo, Ren —replicó—. Por Camelia.

El zorro asintió con energía. Rosaura sabía perfectamente que él no se había embarcado en aquella misión de rescate a causa de los reyes de Vestur, y tampoco por Felicia. En opinión del Ancestral, si Simón había sido lo bastante estúpido para preferir sellar un Pacto de la Vieja Sangre antes que aceptar la ayuda desinteresada de su hada madrina, tenía exactamente lo que se merecía. Las leyes mágicas eran poderosas e inflexibles, y aquel obstinado muchacho había ignorado deliberadamente todas las advertencias. Ren, a diferencia de Camelia, no se consideraba obligado a sacarle las castañas del fuego.

No obstante, estaba sumamente preocupado por el hada. No la había vuelto a ver desde la noche en que Camelia había establecido el pacto con Simón. En todo aquel tiempo no había dejado de buscar un modo de llegar hasta ella, y finalmente había llegado a la conclusión de que, si lograba sacar a Felicia del castillo, quizá su madrina saliese en su busca.

Rosaura estaba al tanto de las tribulaciones del zorro, y compartía su inquietud por el destino del hada. Se sentía en deuda con Camelia y estaba dispuesta a hacer cualquier cosa para ayudarla.

—Pero no hablemos más de mí —concluyó, decidida—. ¿Qué hay de esa cosa mágica que tienes que darme?

—Al amanecer ve a buscarla junto al pozo, bajo el adoquín de caramelo que está un poco suelto. —Rosaura asintió; sabía a qué lugar se refería el zorro—. Y, mientras tanto, encuentra la manera de que Azalea saque a la niña de la jaula.

—Creo que ya sé cómo —declaró ella, y Ren sonrió con la lengua colgándole entre los dientes.

—Esa es mi chica.

Un gran banquete

Cuando Azalea bajó hasta el sótano a la mañana siguiente para ver cómo se encontraba su prisionera, se sorprendió agradablemente al comprobar que, en efecto, había engordado durante la noche. Su rostro estaba visiblemente más lleno, y su camisón se tensaba sobre su cuerpo como si ya no pudiese contenerlo.

La bruja examinó la celda con la mirada y descubrió la bandeja totalmente vacía. Tan solo unas migas delataban las exquisiteces que había contenido horas atrás. La boca de la niña estaba manchada de chocolate salpicado de brillantes puntitos de azúcar.

—Pido disculpas por haberme entrometido —dijo de pronto tras ella la voz de su joven aprendiza, sobresaltándola—. La niña lloraba mucho anoche, así que le recordé que no podrá ver a sus padres hasta que no haya alcanzado el peso adecuado —explicó cuando la bruja se volvió para mirarla, inquisitiva—. Entonces empezó a comer para conseguirlo cuanto antes y, cuando acabó con las magdalenas, el chocolate y el pastel, pidió más. He pasado toda la noche alimentándola —se quejó—. Parece un saco sin fondo.

—Sí, ¿eh? —respondió la bruja, complacida. Examinó la carita de Felicia, redonda como una luna llena, y sonrió—. Bien, bien, esto hay que celebrarlo —concluyó—. Muchacha, sube arriba y enciende el horno.

Le pareció que la chica vacilaba, pero fue solo un instante; enseguida volvió a mostrarse tan jovial y complaciente como de costumbre.

—¡Ya está encendido, señora! —respondió—. Lo hice nada más levantarme, cuando usted me lo ordenó. Para el bizcocho que vamos a preparar.

La bruja negó con la cabeza.

—No, muchacha, ya no vamos a preparar ningún bizcocho —anunció alegremente—. Tenemos que celebrar que nuestra pequeña invitada por fin se ha convertido en una niña bien hermosa. Así que vamos a cocinar algo muy especial. Echa más leña al horno; necesito que esté muy caliente. ¿Sabrás hacerlo?

—Sí, señora —contestó la joven, y voló escaleras arriba para cumplir su encargo.

Azalea centró su atención en la niña.

—Bien, bien —murmuró con una sonrisa de satisfacción—. Así está mucho mejor.

La pequeña sonrió a su vez, pero no respondió una sola palabra. La bruja detectó el miedo en su mirada, lo olió en cada poro de su piel.

—Mucho mejor —repitió—. No queremos niños famélicos, ¿verdad que no?

La princesita negó con la cabeza. La bruja la contempló unos instantes y finalmente declaró:

—Has sido una buena niña. Voy a sacarte de ahí.

Esperaba que ella llorara de emoción o se deshiciera en palabras de agradecimiento, pero solo le dedicó una tímida sonrisa, pese a que todo su cuerpo temblaba de emoción, o tal vez de puro terror. Su actitud debería haber hecho sospechar a Azalea que había algo extraño en ella; pero estaba impaciente por ver realizados sus planes, y lo pasó por alto.

Abrió la puerta de la prisión e invitó a la niña a salir. Su rostro se iluminó de alegría y dio algunos pasos al frente antes de detenerse y mirar a la bruja, interrogante.

—Adelante —la invitó Azalea con una afable sonrisa—. Ya estás preparada. Pero, antes de marcharte…, prepararemos un gran banquete. Una comilona que nunca olvidarás.

Le pareció que la pequeña se ponía pálida, como si sintiese arcadas de repente, pero no se lo tuvo en cuenta. Después de todo, había pasado toda la noche comiendo para poder mostrar aquel aspecto lustroso y espléndido.

Azalea encabezó la marcha, tarareando una alegre melodía. La niña la siguió, caminando con cierta torpeza, como si aún no se hubiese acostumbrado a su nuevo volumen.

Desde el piso superior se oían ya las llamas crepitando con fuerza.

El horno

Rosaura había encontrado el saquillo con su misterioso contenido en el lugar que Ren le había indicado. Se lo guardó en el corpiño y, siguiendo las instrucciones de la bruja, se apresuró a acarrear más leña para el horno.

Para cuando Azalea y Felicia subieron a la planta baja de la casa, las llamas ya habían alcanzado un tamaño considerable, y Rosaura temblaba de miedo. Sabía que debía aprovechar aquella oportunidad o, de lo contrario, las cosas podían acabar muy mal para la pobre Felicia.

—¿Ya está listo el horno, muchacha? —preguntó entonces la bruja.

Rosaura titubeó. Había algo diferente en ella, un nuevo brillo siniestro en su mirada, un gesto perverso en su rostro habitualmente amable. Respiró hondo. No podía fallar.

—Creo que sí, señora —respondió.

La bruja avanzó unos pasos hacia ella y, de pronto, se detuvo y recorrió la estancia con la mirada, olisqueando en el aire.

—¿A qué huele aquí? —inquirió—. Hay algo diferente. No me gusta.

Rosaura luchó por disimular el pánico que sentía y se esforzó por no llevarse las manos al pecho, donde guardaba el saquillo cuyo contenido había detectado la bruja. Se las arregló para componer una expresión afligida y exclamó:

—¡Ay, señora! Me parece que se trata del horno. Quizá se haya metido algo extraño entre los leños.

Se apresuró a darle la espalda para abrir la puerta del horno con la intención de mostrárselo. Una llamarada emergió del interior, iluminando el rostro aterrorizado de Felicia, que retrocedió instintivamente. La mano de la bruja salió disparada hacia ella y la atrapó antes de que tuviera ocasión de alejarse más. La niña lanzó una exclamación de alarma y luchó por desasirse, pero Azalea la aferró con más fuerza y la atrajo hacia sí, mirándola con suspicacia.

—¿Qué es esto? —murmuró, alzando el brazo de Felicia para observar su mano con atención.

Rosaura sintió que se le caía el alma a los pies. La niña cerró el puño instintivamente, pero la bruja ya había visto sus dedos finos y su delgada muñeca, que no casaban con el aspecto rollizo con el que se había levantado aquella mañana. Felicia, horrorizada, trató de escapar. Cuando Azalea la sujetó por el camisón, un gran fardo cayó al suelo con un sonido sordo. La bruja contempló, atónita, el saco de harina que su prisionera había mantenido oculto bajo la ropa para fingir aquella súbita corpulencia. Sin previo aviso, dio una fuerte palmada en la espalda de la niña; ella tosió, a punto de atragantarse, y escupió las dos bolas de miga de pan que inflaban sus carrillos.

—Delgada —susurró Azalea, y había tanto veneno en aquella simple palabra que Felicia se echó a llorar de puro terror.

La bruja se volvió hacia Rosaura, asaltada por una súbita sospecha.

—Tú has hecho esto —acusó—. ¿Por qué?

Ella no supo cómo reaccionar. Su plan había fracasado, y lo único que poseía para defenderse de la bruja era el saquillo que Ren le había dado. Lo extrajo de su escote, con dedos temblorosos, dispuesta a rociar a Azalea con su contenido, pese a que no era aquel el modo en que le habían indicado que debía usarse. Los ojos de la bruja se clavaron en el saquillo. Rosaura se estremeció al verla olisquear en el aire y torcer su rostro en una mueca de odio.

—Tú —repitió Azalea—. ¿Quién eres?

Avanzó un paso hacia ella, pero Rosaura retrocedió, alzando el saquillo en alto como advertencia.

—Deja marchar a la niña —exigió; aunque su voz temblaba tanto que la orden sonó más parecida a una súplica desesperada.

La bruja no respondió. Sus ojos seguían clavados en el saquillo que Rosaura sostenía.

—¿Quién te ha dado esa cosa? —siseó.

—Déjala marchar —repitió la joven, y en esta ocasión logró imprimir un tono más firme a sus palabras.

Azalea se abalanzó sobre ella, dispuesta a arrebatarle el objeto que tanto la perturbaba. Rosaura gritó y trató de apartarse. Forcejearon apenas un instante. La joven sintió las manos de la bruja en torno a sus muñecas, aferrándolas como garras pegajosas. Una debilidad instantánea la recorrió por dentro; las piernas le temblaron y creyó desfallecer bajo el oscuro poder de la bruja.

Y entonces Felicia corrió hacia ellas, con toda la fuerza de su desesperación, y cargó contra Azalea, haciéndole perder el equilibrio. Rosaura reaccionó deprisa. Se apartó de la bruja y la empujó al interior del horno.

Azalea manoteó, tratando de estabilizarse. Sus alas vibraron, en un vano esfuerzo por desplegarse; pero la fina película de harina y azúcar que las recubría las mantuvo firmemente pegadas entre sí. Con un grito, Azalea cayó hacia atrás, hacia el corazón ígneo del horno, y Rosaura lanzó el saquillo tras ella.

De pronto, las llamas se tornaron de un violento color azulado y envolvieron a la bruja con unas garras fantasmales que parecían poseer vida propia. Ella lanzó un espantoso chillido y Rosaura cerró la puerta de golpe, incapaz de seguir mirando.

—¡Ayúdame a correr los cerrojos! —urgió a Felicia; pero la niña estaba tan aterrorizada que ni siquiera pudo moverse.

Mascullando por lo bajo una maldición que había aprendido de Ren, Rosaura atrancó la puerta ella misma y luego empujó la pesada mesa hacia el horno para asegurarla, mientras trataba de ignorar los alaridos que se oían desde el interior. Cuando finalizó, se apoyó contra la mesa con todo su peso. Y allí se quedó, a pesar del intenso calor que la golpeaba en oleadas, hasta que se hizo el silencio en la casa de la bruja. Entonces Rosaura, temblando de horror y agotamiento, se secó el sudor de la frente y se volvió hacia Felicia, que lloraba silenciosamente en un rincón. Abrió los brazos, y la niña corrió a refugiarse en ellos.

—Se acabó, Felicia —murmuró—. Ya estás a salvo.

—Quiero irme a casa —sollozó ella.

Rosaura comprendió que no podía negarle aquello. Después de todo lo que había sucedido, era poco probable que quisiera dejar atrás el único hogar seguro que había conocido.

—Lo siento mucho —susurró, enternecida—. Siento que hayas tenido que pasar por esto.

Felicia respondió, pero sus palabras quedaron ahogadas por un siniestro crujido. De pronto empezó a caer sobre ellas una fina lluvia de migas de bizcocho y pedazos de caramelo, y Rosaura comprendió que, sin la magia de Azalea, su casa no tardaría en venirse abajo.

—Tenemos que salir de aquí —urgió, tomando a la niña de la mano—. Vamos, ven.

Franquearon la puerta de galleta segundos antes de que aquella construcción imposible, proyectada para recrear los sueños más dulces de todos los niños del mundo, se derrumbara para siempre sobre sus endebles y esponjosas paredes.

Los dones de las hadas

Felicia se abrazó a Rosaura como si el suelo fuese a ceder bajo sus pies si la soltaba. La joven la aferró con fuerza y contempló, con el corazón desbocado, cómo terminaba de hundirse la casa de Azalea. Solo quedó en pie la estructura del horno de piedra, cubierta por una fina capa de chocolate fundido. Las dos le dieron la espalda, incapaces de seguir mirando.

Una figura se acercó entonces a ellas, con pasos largos y ligeros. Rosaura suspiró de alivio al reconocer a Ren.

—¿Estáis bien las dos? —preguntó el Ancestral, tomando entre sus manos el rostro de Rosaura para examinarlo, con un brillo de preocupación en sus ojos castaños. Ella tenía aún las mejillas húmedas por el llanto, pero se esforzó en asentir con energía.

Ren se acuclilló para mirar a Felicia a los ojos.

—Todo ha pasado ya, pequeña —le dijo con dulzura—. Tus padres están de camino.

—No quiero irme con ellos —respondió la niña, escondiéndose tras la falda de Rosaura—. No los conozco.

Ren asintió, comprensivo.

—Es natural —respondió—. Pero debes verlos antes de tomar una decisión definitiva.

—No quiero —insistió ella—. Me obligarán a irme con ellos.

—Si después de conocerlos aún quieres regresar con tu madrina, podrás hacerlo —le aseguró el zorro.

Ella lo miró con desconfianza.

—No te creo —replicó.

Ren sonrió.

—No hace falta que lo creas para que sea verdad —respondió—. Lo dictan las leyes de la magia. Según el pacto que sellaron tu padre y tu madrina hace siete años, le perteneces a ella… a no ser que tú decidas lo contrario.

Felicia no respondió. El Ancestral se incorporó de un salto y se dio la vuelta, instantes antes de que tres siluetas se materializaran súbitamente en el claro. La niña las contempló, maravillada. Dos de ellas eran jóvenes, y la tercera, muy anciana. Todas tenían unas alas vibrantes y diáfanas y portaban varitas, y la del cabello rubio lucía, además, un bellísimo vestido muy similar a los que llevaban las hadas representadas en los grabados de sus libros favoritos.

No obstante, no podía olvidar que también la bruja de la casita de dulce le había parecido un hada buena en un principio; de modo que se ocultó todavía más detrás de Rosaura.

Las tres hadas avanzaron hacia ellos. Ren las saludó con una inclinación de cabeza y Rosaura hizo una pequeña reverencia.

—¿Dónde están los padres de Felicia? —preguntó el zorro con impaciencia—. Ella debe tomar su decisión.

—No tardarán —respondió Orquídea con una sonrisa—. Nosotras hemos venido a hacer nuestro trabajo.

—Las hadas madrinas deben conceder un don a sus ahijados —recitó Gardenia con voz cadenciosa—. Así lo manda la tradición.

Ren frunció el ceño y las miró sin comprender.

—¿Todas vosotras sois madrinas de Felicia?

—Bueno… —intervino Lila, sonrojándose—, no exactamente. Camelia es su madrina, por supuesto. Pero nosotras deseamos concederle un don. Uno cada una, como se hacía antiguamente.

—Lo habríamos hecho hace mucho tiempo si hubiésemos estado presentes en el bautizo —declaró Orquídea, frunciendo la nariz con desagrado—. Pero, como todo el mundo sabe, a las hadas no se nos invitó.

—Ni hemos sido invitadas ahora tampoco —le recordó Lila con cierta urgencia—. Debemos darnos prisa, antes de que lleguen los padres de Felicia.

Ren asintió. Era consciente de que Simón y Asteria desconfiaban de las hadas madrinas desde aquel aciago día en que una de ellas había secuestrado a su hija.

Felicia, que no había perdido detalle de la conversación, alzó la cabeza para lanzar una mirada dubitativa a Rosaura.

—Las hadas quieren hacerte regalos —le explicó la joven con una sonrisa.

—Ya lo sé —respondió ella.

Pero no se fiaba de los presentes que aquellas criaturas pudieran ofrecerle. Después de todo, la bruja la había engañado con algo tan simple como un pedazo de pastel.

No obstante, y aunque tratara de aparentar lo contrario, el hada rubia del precioso vestido la tenía completamente deslumbrada. Así que, cuando ella se inclinó para mirarla a los ojos con una dulce sonrisa, Felicia enrojeció a su pesar.

—Buenos días, preciosa —saludó el hada con voz cantarina—. ¿Estás ya lista para ver el mundo por primera vez?

La niña reunió todo su valor para responder:

—No. Quiero irme a casa con mi madrina.

—Y así se hará, si es lo que realmente deseas —le prometió Orquídea—. Pero nuestros dones irán contigo…, por si en un futuro cambias de opinión.

Alzó la mano y, de pronto, se materializó en ella una brillante llave dorada. Felicia la contempló con admiración.

—¿Qué es eso? —se atrevió a preguntar.

—Una llave —respondió Orquídea—. Pero no se trata de una llave cualquiera. Es una llave mágica. Con ella serás capaz de abrir cualquier puerta del mundo, por muy bien cerrada que esté. Guárdala bien; es un tesoro muy preciado.

Felicia volvió a mirar a Rosaura, y ella asintió. La princesita avanzó entonces unos pasos y tomó la llave con cierta cautela. Sonrió cuando la magia del objeto le cosquilleó entre los dedos.

Lila se adelantó, y sus rizos pelirrojos bailaron sobre sus hombros cuando se acuclilló ante Felicia.

—Este es mi regalo para ti —le dijo, y le mostró una pequeña redoma de cristal con un líquido transparente en su interior—. Es una poción que cura cualquier herida, por grave que sea. Solo tienes que bebértela y sanarás… Pero solo puedes utilizarla una vez, porque, para que surta efecto, tienes que tomártela toda. ¿Has entendido?

—Sí —respondió ella, muy impresionada.

Finalmente, Gardenia se situó ante ella y le ofreció su presente con gesto grave.

—Esto, niña —anunció solemnemente—, es una varita mágica.

Felicia abrió mucho los ojos y, sujetando la llave y la botella con una mano, alargó la otra para sostener la varita que ella le tendía. Parecía una rama pulida normal y corriente; pero Felicia había leído muchos cuentos, y sabía que las hadas obraban su magia por medio de objetos como aquel.

—¿Una… varita mágica? —repitió para asegurarse.

La anciana asintió con seriedad.

—Su poder te sacará de grandes apuros —anunció—, pero solo podrás utilizarlo una vez. Guárdala bien, y elige con sabiduría cuándo emplearla.

Felicia asintió, tan sobrecogida que no se dio cuenta de que Lila y Orquídea habían enrojecido de vergüenza y desviaban la mirada, abochornadas por el regalo que ofrecía su compañera.

—Sí… ¡Ejem! —carraspeó Orquídea—. Cuida bien de los dones de las hadas, Felicia. Vayas a donde vayas, nuestra bendición te acompañará —concluyó con una sonrisa.

Se oyó de pronto un sonido de cascos entre la espesura, y el relincho de un caballo que se acercaba. Las hadas cruzaron una mirada significativa y, todas a la vez, desaparecieron.

Felicia pestañeó, desconcertada. Se quedó mirando el lugar que habían ocupado las hadas hasta que Ren llamó su atención.

—Yo también tengo algo para ti —le dijo; se llevó la mano al cinto y desprendió de él una pequeña bolsa de cuero que parecía vacía—. Guarda aquí tus regalos —concluyó, entregándosela—. Así estarán protegidos y, si escondes bien la bolsa, nadie detectará el poder de lo que ocultas en su interior.

Felicia entendió a medias lo que quería decirle, pero le pareció un regalo muy práctico, al menos para no tener que cargar con los objetos entre los brazos. La bolsa tenía un cordón para cerrarla, lo bastante largo para que pudiese atárselo a la cintura. La niña introdujo sus regalos en el interior y se la ciñó bien para que no se le cayera.

—Cuídala —le recordó el zorro con seriedad. .

Entonces alzó la cabeza y olfateó el aire, en un gesto animal muy impropio del aspecto humano que mostraba. Después se limitó a decir:

—Ya están aquí.

Las leyes de la magia

En aquel momento entró una pareja de jinetes en el claro. Felicia contempló, aturdida, cómo la mujer desmontaba y corría hacia ellos, con su bello rostro dividido entre la preocupación y la esperanza. Parecía realmente una reina muy joven y muy desdichada.

El hombre se quedó un poco más rezagado, indeciso, como si Ren y Rosaura fuesen a desaparecer en cualquier momento, cual animales silvestres, si daba un solo paso en falso.

—¡Felicia! —exclamó Asteria; se detuvo de golpe, a unos pasos de ellos, como si no se atreviera a avanzar más; miró al Ancestral y osó preguntar, con cierta timidez—. ¿Es…?

Rosaura empujó suavemente a la niña hasta colocarla ante ella. Asteria se llevó las manos a los labios para ahogar un grito de emoción. Sus ojos azules se llenaron de lágrimas.

—¿Eres tú… mi niña perdida? —murmuró; le falló la voz y se dejó caer de rodillas ante ella para examinar su rostro.

—No puede negar que es idéntica a su padre —comentó Ren.

Asteria le dirigió una mirada preñada de desconfianza. Alzó la mano para acariciar la mejilla de Felicia, pero ella retrocedió, alarmada. La reina dejó caer el brazo y la contempló, desolada.

—Felicia —susurró—. ¿Eres tú de verdad?

—Ella es tu madre, Felicia —indicó Rosaura, con suavidad.

La niña respiró hondo y avanzó un paso hacia ella. Fue la única señal que Asteria necesitó para abrazarla con todas sus fuerzas y echarse a llorar de pura alegría.

Para Felicia, sin embargo, aquella mujer era una completa desconocida. Se puso rígida cuando la estrechó contra su pecho, y miró a cualquier otra parte para que su recién descubierta madre no advirtiera lo incómoda que se sentía. Sus ojos se cruzaron con los del hombre que, según decían, era su padre. Se había atrevido a acercarse unos pasos, y las contemplaba a ambas profundamente conmovido, con los ojos húmedos.

Felicia fue a decir algo, pero entonces su madre la abrazó con más fuerza y le susurró al oído:

—Shhh, mi pequeña… No tengas miedo… La pesadilla ya ha terminado.

Sus palabras le evocaron los espantosos momentos que había vivido en la casa de la bruja, y parpadeó para retener las lágrimas mientras un escalofrío recorría su espalda. Asteria lo notó, y la miró a los ojos, preocupada.

—No temas… No sufras —le dijo con dulzura—. Todo ha pasado ya. Esa horrible bruja no volverá a amenazarte nunca más.

Felicia no pudo reprimir un sollozo de angustia. Asteria la abrazó de nuevo, y Simón corrió a reunirse con ellas y se arrodilló a su lado. Se quitó su propia capa para echársela a la niña sobre los hombros y, cuando ella notó la mano de su padre acariciando su cabello, se sintió a salvo por un instante.

Asteria siguió hablando:

—Ahora que te hemos recuperado, te garantizo que haremos lo posible por atrapar a la bruja y hacérselo pagar.

Felicia frunció el ceño, confundida, y volvió la mirada hacia los restos de la casa de dulce y la silueta del horno en el que, suponía, se había quemado la bruja. Se le encogió el corazón al imaginar la posibilidad de que ella hubiese podido escapar de alguna manera.

—Pero… —empezó, con cierta timidez.

Asteria selló sus labios con la yema de su dedo índice.

—No te preocupes, la encontraremos —le aseguró—. Ya hemos enviado al ejército de Vestur a rodear ese maldito bosque en el que vive. En algún momento tendrá que salir de su castillo, y entonces…

Felicia palideció, y su madre la abrazó de nuevo.

—Mi pobre niña —susurró—, tantos años encerrada en ese lugar espantoso. Cuánto debes de haber sufrido a manos de esa bruja infame. Ojalá las cosas hubiesen sucedido de otra manera —suspiró—. Desde el día en que ella te secuestró no he dejado de soñar con el momento en que volverías con nosotros. Y te juro que jamás permitiré que vuelva a acercarse a ti.

—¡No! —exclamó ella, y se apartó de Asteria, espantada. La reina la miró sin comprender.

—¿Temes que no seamos capaces de protegerte? —inquirió—. No volveremos a cometer el mismo error, te lo prometo. Buscaremos a esa bruja por todos los rincones del mundo y, cuando la capturemos, será ejecutada de inmediato. Nunca más volverás a soportar su maligna presencia.

—No hables así de ella —replicó Felicia con cierta rabia; y fue entonces cuando su madre se dio cuenta de que no temblaba de miedo, sino de ira—. Mi madrina es una buena persona. Me quiere mucho, y yo también a ella. No quiero que le hagáis daño.

Asteria se volvió hacia Simón, desconcertada. Él se encogió de hombros.

—Te dije que no es tan malvada como tú crees —se limitó a señalar.

La reina montó en cólera.

—¿Cómo puedes decir eso? —estalló—. ¡Secuestró a nuestra hija!

—Ese fue el precio que pagué por salvarte la vida —le recordó él; parecía evidente que no era la primera vez que mantenían esa discusión.

—No me importa qué clase de retorcido acuerdo sellaras con ella. No descansaré hasta que esa criatura haya sido prendida y ejecutada.

—No —repitió Felicia, horrorizada. Se separó de ella y se aferró de nuevo a las faldas de Rosaura—. No quiero ir con ellos —declaró—. Quiero volver a casa con mi madrina.

El rostro de Asteria se tornó pálido como la nieve. Comprendió de pronto que no debería haber dicho aquellas cosas delante de su hija; pero ya era demasiado tarde para hacer desaparecer las palabras que acababa de pronunciar.

—No —susurró; alzó las manos hacia Felicia, suplicante—. Tu casa está en Vestur, con nosotros.

Ella negó con la cabeza y elevó la mirada hacia Ren, que observaba la escena sin intervenir.

—Dijiste que podría volver a casa si quería —le recordó.

El Ancestral asintió.

—Y así es, princesita. Si es el destino que quieres para ti, basta con que lo formules en voz alta. Tu madrina escuchará. Y las leyes de la magia también —añadió con una breve sonrisa.

Asteria ahogó un grito y se abalanzó sobre su hija, pero Ren se interpuso entre ambas.

—Ella ha elegido —le recordó.

—¡Es una niña! —estalló la reina—. ¡No sabe lo que quiere!

—Niña o no, se le ha dado la posibilidad de decidir por sí misma —replicó él . Os advertí de que lo más inteligente sería aguardar unos años más… pero no quisisteis escucharme. — Su mirada abarcó ahora al rey Simón, que desvió la vista, incómodo—. Como de costumbre —concluyó el Ancestral.

—Quiero volver a casa —declaró Felicia con firmeza. Inspiró hondo y añadió—: Con mi hada madrina.

Súbitamente, un viento helado sacudió las ramas de los árboles, arrancándoles un murmullo espectral que sonó como si todos ellos susurrasen su aprobación.

Simón miró alrededor, alarmado, y llevó la mano al pomo de su espada. Asteria se acurrucó contra él y lanzó un grito desesperado.

—¡No! Otra vez no, por favor —suplicó.

Ren sacudió la cabeza.

—Las leyes de la magia deben cumplirse —dijo sin más.

—No —musitó la reina de Vestur. Buscó a su hija con la mirada, pero ella se había refugiado detrás de Rosaura y no parecía tener la menor intención de salir de allí—, No lo decía en serio. No haremos daño a la bruja si tú no quieres.

—¡No vuelvas a llamarla así! —exigió la niña desde su escondite.

Fue entonces cuando una voz femenina se oyó por todo el claro, una voz fantasmal que parecía proceder de todas partes y de ninguna.

—En efecto, no deberías llamarme así, reina Asteria de Vestur. Entre otras cosas, porque la verdadera bruja es aquella a quien solicitasteis ayuda para arrebatarme a Felicia y que, por lo parece, tenía intención de devorarla. ¿No es así?

Aquellas últimas palabras sonaron con más concreción, como si hubiesen sido pronunciadas por una persona corpórea. Todos se volvieron hacia el lugar desde el que se aproximaba alguien a quien conocían muy bien.

—Camelia —murmuró Ren, y su voz fue más bien un sordo gruñido preñado de nostalgia.

Ella sonrió.

—¡**M**adrina! —chilló Felicia, loca de alegría. Corrió hacia ella y se le echó a los brazos. Camelia, sonriente, se inclinó para estrecharla contra su pecho.

—¿Estás bien, mi niña? —le preguntó en voz baja.

Ella asintió, temblando.

—No te enfades conmigo, madrina —susurró, bajando la cabeza.

—Tú no tienes la culpa —replicó Camelia—. Te tendieron una trampa.

Se incorporó de nuevo; no miró a Asteria para regodearse en su triunfo, porque juzgó que no valía la pena. Pero sí clavó sus ojos en Simón y lo contempló largamente.

Aún era un joven atractivo, pero era obvio que el tiempo había pasado por él, arrancándolo de la adolescencia quizá de una forma demasiado repentina.

Camelia, en cambio, estaba exactamente igual que siempre. Tenía mejor aspecto, en realidad, porque el cabello suelto le favorecía mucho más que el rígido peinado al que solía recurrir en sus tiempos de hada madrina precisamente para parecer mayor y más seria. Ahora se mostraba como el hada que era, insultantemente joven, eternamente hermosa.

Sus ojos verdes, no obstante, dejaban entrever una dureza que restaba dulzura a sus rasgos. Solo aquellos que la conocían bien podían descubrir en ellos una huella de profunda tristeza, como el reflejo de una moneda que destella en el fondo de un pozo.

Simón le devolvió la mirada con gesto sombrío.

—Por favor, no lo hagas otra vez —dijo con voz ronca—. No te la lleves.

Ella no respondió. Se limitó a inclinarse de nuevo hacia Felicia para preguntarle:

—¿Qué quieres hacer?

La niña se aferró con fuerza a su mano y respondió, resuelta:

—Quiero volver contigo a casa.

Camelia dirigió una última mirada a Simón, ignorando el sollozo angustiado de Asteria.

—¿Lo ves? No soy yo quien se la lleva —se limitó a señalar—. Es su decisión.

—Alguien me dijo una vez —respondió Simón lentamente— que, a veces, cuando alguien te importa de verdad... lo mejor que puedes hacer es renunciar a él y dejarlo marchar.

Camelia no respondió enseguida. Sus ojos parecían profundas lagunas sin fondo, pero Simón sostuvo su mirada sin pestañear.

Finalmente, ella le dedicó una sonrisa felina y dijo:

—Es una lástima que no asimilaras esa enseñanza en su momento, rey Simón de Vestur. Si lo hubieses hecho, no estaríamos aquí hoy. Así que no pretendas impartir las lecciones que tú no has sido capaz de aprender.

Dio media vuelta para marcharse, con Felicia bien aferrada a su mano. Asteria dejó escapar un grito y trató de correr tras ella, pero, de nuevo, tropezó con alguna clase de obstáculo invisible y se precipitó hacia el suelo con una exclamación de sorpresa. Simón la sostuvo para evitar que cayera y abrió la boca para llamar a Camelia... pero Ren se le adelantó:

—¡Espera! —la detuvo—. No te marches aún. Tenemos que hablar.

Camelia se volvió hacia él con los ojos tan llameantes de ira que el Ancestral retrocedió un paso, sorprendido.

—¿Cómo has podido hacer algo así? —le reprochó ella—. No me lo esperaba de ti. Y mucho menos de ti —añadió, dirigiendo su mirada hacia Rosaura, que permanecía tras el zorro, sin atreverse a hacerse notar.

La muchacha inspiró hondo, herida por la dureza de sus palabras. Ren frunció el ceño, desconcertado; pero entonces Camelia se volvió hacia los restos de la casa de Azalea, y los dos comprendieron lo que quería decir. Rosaura enrojeció y los ojos se le llenaron de lágrimas.

—Yo… lo-lo siento mucho —tartamudeó.

Pero la mirada de Camelia volvía a centrarse en el Ancestral.

—Este retorcido plan lleva tu sello, Ren —señaló—. ¿En qué se supone que estabas pensando? ¡Sabes de sobra que la niña es mía!

—¡Tenía que hacerte salir de allí de alguna manera! —se defendió él—. ¿Cómo, si no, iba a volver a verte? Debía hablar contigo a cualquier… —Se interrumpió de pronto, pero era demasiado tarde; los ojos de Camelia llamearon de nuevo.

—¿A cualquier precio? —completó ella, con gélida calma, mientras estrechaba a Felicia con más fuerza.

No añadió más, y Ren tampoco respondió a sus acusaciones. Se limitó a sostenerle la mirada hasta que ella movió la cabeza con disgusto y se dio la vuelta.

Solo entonces reaccionó.

—¡Espera, Camelia…!

Demasiado tarde: la princesa perdida y su madrina desaparecieron de allí de forma instantánea, en medio de una súbita ráfaga de viento que sonó como un lejano suspiro.

La reina Asteria lanzó un grito de dolor y desesperación que se elevó por encima de las copas de los árboles como si quisiera alcanzar el lejano país de las hadas para implorar su clemencia o su perdón. Rosaura sollozaba, y Ren dejó escapar una maldición por lo bajo y se quedó contemplando, impotente, el lugar donde había estado Camelia apenas unos instantes atrás.

Simón exclamó, angustiado:

—¡Se ha ido! ¡Y se ha llevado a nuestra hija! —constató, lanzando una mirada acusadora a Ren.

El zorro sacudió la cabeza y se volvió para mirarlo con indiferencia.

—Ya os dije que la niña le pertenece —hizo notar—. Agradeced el hecho de que habéis podido verla y comprobar que está bien. Otros mortales que cometieron la imprudencia de pactar con seres mágicos no han vuelto a saber de sus hijos jamás.

Simón se desinfló, como si sus fuerzas le hubiesen abandonado de repente. Pero Asteria no se resignó. Alzó la cabeza y, con las mejillas aún húmedas por el llanto, preguntó al Ancestral:

—¿Y esto es todo? ¿Todo lo que hemos luchado… todo lo que hemos sufrido… solo para ver cómo ella se la lleva otra vez?

Simón trató de calmarla con un gesto y añadió:

—Tiene que haber algo más que podamos hacer.

Ren suspiró y sacudió la cabeza.

—Solo esperar, me temo. Sí, ella se la ha llevado otra vez…, pero en esta ocasión no va sola. Los dones de las hadas la acompañan, y también la certeza de que hay algo más allá de los muros de espino que las aprisionan a las dos.

¿Por qué...?

—¿Por qué nunca antes me habías hablado de mis padres, madrina? —preguntó la princesa perdida.

—Porque no te merecen, mi niña —fue la respuesta.

Y no se habló más del asunto.

De duelo

Horas después, cuando los afligidos reyes habían partido de regreso a Vestur con el corazón repleto de tinieblas y desesperanza, y cuando Ren y su pupila se habían internado ya en el bosque, de vuelta a los caminos que pocas veces abandonaban, tres figuras se materializaron de nuevo en el claro, ante los restos de la casa de la bruja.

Orquídea parpadeaba para contener las lágrimas, que se enjugaba con un pañuelo de seda. Lila lloraba sin disimulo. Solo Gardenia se mostraba tranquila, como si hubiesen acudido a una excursión campestre.

—Azalea se ha… se ha ido, ¿verdad? —hipó Lila.

Orquídea asintió con gravedad.

—No había muchas cosas capaces de matarla. Pero ese condenado Ancestral… —añadió con un estremecimiento.

No hizo falta que terminara la frase. A menudo olvidaban lo antiguo y poderoso que era Ren en realidad.

—¿Qué era eso que le dio a Rosaura? —siguió indagando Lila.

—¿De verdad quieres saberlo? —se limitó a responder su compañera.

El hada decidió que, en realidad, no quería. Pero continuó reflexionando al respecto.

—Jamás imaginé que pudiese dañar a Azalea —comentó—. ¿Cómo es que todavía no ha sido capaz de llegar hasta Camelia?

—Hay algunos poderes aún más antiguos que los de los Ancestrales —hizo notar Orquídea—. Como los que alientan los Pactos de la Vieja Sangre.

—Y no hay fuerza más poderosa y antigua que la del corazón —intervino Gardenia alegremente—. Qué lástima que incluso los Ancestrales cometan el error de subestimarla en ocasiones.

Ninguna de las dos se molestó en responder. Lila se inclinó ante las ruinas de bizcocho y caramelo y tocó el suelo con la punta de los dedos. Inmediatamente, de entre los restos brotó un macizo cuajado de las flores que evocaba su propio nombre.

Orquídea la imitó. La planta que hizo germinar del suelo, al lado de la de su compañera, se abrió en una única flor de rara belleza, junto a la cual las lilas parecían humildes y simplonas. Pero ninguna de las dos hizo comentarios al respecto.

—Oh, ya veo —asintió Gardenia.

Sin agacharse, dio un pequeño toque en el suelo con el extremo de su bastón e hizo brotar un arbusto que enseguida se llenó de hermosas y elegantes flores blancas.

Lila y Orquídea se incorporaron para reunirse con ella, y las tres contemplaron en silencio el lugar donde reposaban los restos de Azalea.

Al cabo de unos instantes, Lila se atrevió a preguntar, vacilante:

—¿Creéis que… se lo merecía?

Orquídea reprimió un escalofrío.

—Nadie se merece esto, Lila.

—¿Ni siquiera ella? —insistió el hada.

Orquídea no respondió.

—Azalea era un hada —dijo entonces Gardenia—. Y fue un hada muy buena y amable.

Los ojos de Lila se llenaron de lágrimas otra vez.

—Pero eso fue hace mucho tiempo —objetó—. ¿Cómo debemos recordarla? ¿Como el hada buena que conocimos, o como la malvada bruja en la que se convirtió?

Orquídea despegó los labios por fin.

—No lo sé —admitió—, pero nosotras no podemos juzgarla.

Lila se volvió hacia ella con curiosidad.

—¿Por qué no?

—Porque éramos sus amigas, y la queríamos —respondió Orquídea con voz queda—. No podríamos ser objetivas, por mucho que lo intentásemos.

Lila se secó los ojos con el dorso de la mano y sorbió por la nariz, conmovida.

—Oh, por la memoria de Morgana, no seas desagradable —se quejó Orquídea—. Ten, toma mi pañuelo.

—Gracias —respondió su compañera débilmente, recogiendo el pañuelo que ella le tendía. Orquídea torció el gesto cuando Lila se sonó la nariz con fuerza—. Yo —murmuró después— lamento mucho todo lo que le ocurrió. No solo lo de hoy, sino… todo.

Orquídea parpadeó lentamente, pero no respondió.

—Y la pobre Magnolia —prosiguió Lila, cada vez más angustiada—. Y Camelia… ¿qué será de ella? ¿Creéis que habríamos podido ayudarlas… si hubiésemos estado más pendientes de ellas?

Orquídea sacudió la cabeza.

—Ellas escogieron su propio camino —respondió—. No nos correspondía a nosotras elegir en su lugar.

—Sí, pero…

—Acéptalo, Lila. Cualquiera de las tres podría haber seguido el ejemplo de Dalia, haberse marchado mientras aún estaba a tiempo. Pero decidieron quedarse.

Ella rumió sus palabras.

—Entiendo —claudicó por fin—. Entonces ¿por qué te quedas tú?

Orquídea le dedicó una dulce sonrisa; dirigió una breve mirada a Gardenia y después se centró de nuevo en Lila, y dijo solamente:

—Porque alguien tiene que hacerlo, querida. ¿No te parece?

Lila sonrió a su vez. Pero sus labios se fruncieron de pronto al recordar un detalle.

—Entonces… ¿estamos condenadas a terminar como ellas, si no abandonamos el mundo de los humanos?

Orquídea no supo qué contestar. Gardenia habló por ella, sin embargo.

—¿Como ellas? —repitió, como si la idea la escandalizara—. Oh, no. No, de ninguna manera.

Orquídea suspiró y compuso una amable sonrisa antes de preguntarle:

—¿Y eso por qué, si puede saberse?

La anciana le devolvió la sonrisa y respondió con placidez:

—Porque estamos aquí, querida. ¿No es evidente?

—No —replicó Lila, desconcertada.

—Hemos venido —explicó Gardenia—. Y estamos de duelo.

Lila tragó saliva, evocando cuánto les había costado fingir aquella mañana que no les impresionaba la visión de la casita en ruinas. Durante mucho tiempo se habían esforzado en ignorar a las de su clase cuando mostraban comportamientos inadecuados, para que no relacionaran a las hadas madrinas con aquellas criaturas malvadas en que se habían convertido algunas de ellas. Habían aparecido ante Felicia para hacerle entrega de sus dones, tal y como se esperaba que hicieran, pese a que la horrible muerte de Azalea las había conmovido en lo más hondo. Con una sonrisa en el rostro, como si nada hubiese sucedido. Y después se habían esfumado sin dedicar una sola mirada al lugar donde reposaba Azalea.

Pero Gardenia tenía razón: habían regresado. Para honrar no a la bruja que había habitado en aquel lugar, sino a la dulce hada madrina que todas habían conocido.

No habían hecho aquello por Magnolia cuando su propia magia la había convertido en piedra.

—¿Quieres decir que por fin nos estamos implicando? —le preguntó a la anciana.

Ella la contempló un largo rato, perpleja.

—¿Implicando…? —repitió por fin—. Oh, no. Una nunca debe enredar la varita en los asuntos de los demás, si nadie le ha pedido que lo haga.

—¿Entonces…?

—Bueno. La cuestión es que estamos aquí. De duelo.

—Sí, Gardenia, eso ya lo has dicho —intervino Orquídea, impaciente.

—Y eso significa —prosiguió ella sin escucharla—, que sabemos.

Lila asintió, muy atenta. Pero Gardenia no dijo nada más.

—¿Sabemos…? —la animó el hada—. ¿Qué es lo que sabemos?

—Sabemos —reiteró Gardenia con aire críptico—. No nos limitamos a ignorar.

Orquídea luchó por reprimir un suspiro exasperado.

—Bien, sí, estamos aquí —concluyó—; y la cuestión es que ya hemos hecho lo que habíamos venido a hacer, así que sugiero que nos marchemos ya. ¿Lila? —preguntó, volviéndose hacia su amiga.

—Estoy lista —contestó ella, parpadeando para retener una última lágrima indiscreta.

—Y yo también, queridas —dijo entonces Gardenia con una sonrisa—. Ha sido un placer veros a todas, como siempre. ¡Hasta dentro de siete años! —se despidió y, con un airoso movimiento de varita, desapareció de allí.

Todos los niños se hacen mayores

Siete años no suponían gran cosa para las hadas y otros seres sobrenaturales.

En el mundo de los humanos, no obstante, podían suceder muchas cosas en ese lapso de tiempo. Los reinos guerreaban entre ellos o establecían alianzas, las cosechas podían ser escasas o abundantes, las personas nacían y morían.

Y los niños crecían y se hacían adultos.

Las hadas, por lo general, no eran muy conscientes de esta circunstancia. Por tanto, a menudo se sorprendían al descubrir que el bebé humano al que prestaron un instante de su atención se había convertido en un hermoso joven con el correr de los años. Algunas no se sentían cómodas con los cambios y, por esta razón, jamás abandonaban su mundo encantado.

Las hadas madrinas eran una excepción. Trataban estrechamente con humanos, especialmente con niños y jóvenes, y conocían bien las transformaciones que el tiempo obraba en todos ellos. Por este motivo, el hecho de que los niños crecieran no solía despertar su interés.

Aquella reunión fue diferente. En Corleón había estallado una guerra civil, mientras que la contienda entre los reinos de Rinalia y Zarcania se había tornado todavía más sangrienta y no tenía visos de acabar en breve. El antaño floreciente reino de Vestur languidecía lentamente, porque sus soberanos mostraban menos interés en gestionarlo que en mantener sitiado el Bosque Maldito en el que habitaba su hija perdida. Y, por descontado, había otros reyes y reinas, príncipes y princesas, nobles y plebeyos, para los que la vida continuaba, y cuyas acciones y decisiones marcaban el curso de la historia.

Pero aquella tarde solo se habló del hecho obvio de que una niña humana se hacía mayor.

—¿Cuántos años tiene ya? —preguntó Lila, inquieta—. ¿Catorce? ¿Quince?

—Trece, si las matemáticas no nos fallan —respondió Orquídea.

Se habían reunido las tres en la casita del hada pelirroja, una simpática construcción situada en las afueras de un tranquilo pueblo y rodeada de un jardín fragante y colorido. En esta ocasión, Lila había preparado la mesa para tres personas, y no para siete, rompiendo la tradición. Pero Gardenia no pareció percatarse de este hecho, y Orquídea, aunque arqueó las cejas significativamente, no hizo el menor comentario.

—No habéis sabido nada más de ella, ¿verdad? —siguió indagando Lila—. No ha vuelto a salir del castillo.

—Ni ella, ni su madrina, al menos que yo sepa —confirmó Orquídea.

Lila suspiró con preocupación.

—¿Es que piensan quedarse allí encerradas para siempre?

—Para siempre, no —intervino Gardenia, mordisqueando un pastelillo relleno de mermelada de arándanos—. Todos los humanos se mueren tarde o temprano.

Sus compañeras se estremecieron ante la posibilidad de que Camelia y Felicia permanecieran recluidas en su castillo hasta que la princesa muriese de vieja.

—No será capaz —murmuró Lila.

Orquídea se encogió de hombros.

—¿Quién sabe? Es muy cabezota. Pero eso no es lo peor; imagínate que decide quedarse allí dentro incluso después de la muerte de Felicia.

Lila sacudió la cabeza.

—Espera, espera, no vayas tan deprisa. Felicia solo tiene trece años. Aún falta mucho para que eso suceda, ¿verdad?

—No es tanto tiempo para las hadas, ya lo sabes —señaló su amiga.

—Es demasiado tiempo para las hadas que vivimos en el mundo de los mortales —replicó ella—; además, nunca resulta agradable verlos envej… —Se interrumpió en mitad de la frase, incómodamente consciente, de pronto, de la presencia de Gardenia. Su rostro se encendió de vergüenza y Orquídea le dirigió una mirada de reproche.

No obstante, Gardenia no se dio por aludida, aunque sí se dio cuenta del embarazoso silencio que se había apoderado de la estancia. Alzó la mirada, aún masticando, y les sonrió con placidez.

—Esta tarta de manzana es exquisita, querida —afirmó, sinceramente admirada—. Cada vez te sale mejor. ¿Cómo lo haces?

—Utilizo manzanas verdes, y no rojas —murmuró Lila; tragó saliva y añadió en voz más baja todavía—: Es un truco que me enseñó Azalea.

Gardenia ladeó la cabeza y frunció el ceño, pensando todavía en las manzanas. Orquídea alargó la mano por encima de la mesa para estrechar la de Lila, en señal de consuelo.

—Todo esto está siendo muy duro para todas nosotras —le dijo con tono comprensivo; Lila asintió—. Pero no podemos vivir siempre pendientes de lo que haga Camelia, ¿no es cierto? Después de todo, a ella no parece importarle lo que nosotras hacemos.

—Pero no se trata solo de Camelia —protestó Lila—. También está Felicia. Se hace mayor y…

—Todos los niños se hacen mayores —cortó Orquídea—. No hay ningún misterio en ello.

Lila calló un momento, pensativa. Después dijo:

—Entonces ¿qué hacemos?

—Esperar —respondió Orquídea.

—¿Siete años más?

—O setenta y siete, quién sabe…

—No, no, no —cortó Gardenia, negando enérgicamente con la cabeza—. Una niña no tarda setenta y siete años en hacerse mayor.

—Pero…

—Cuando se hacen mayores, los niños deben partir en busca de aventuras —sentenció la anciana—. Es…

—¿Lo que manda la tradición? —completó Orquídea.

—No. —Gardenia le dirigió una mirada reprobatoria por haber osado interrumpirla—. Es lo que les pide el corazón.

Lila y Orquídea cruzaron una mirada, pero no hicieron ningún comentario.

—Bien —suspiró finalmente Orquídea—. Imagino que dentro de siete años volveremos a tener esta conversación, o una muy parecida. Y tú, Gardenia —añadió—, no olvides que serás la próxima anfitriona.

Gardenia no respondió. Parecía muy interesada en inspeccionar los restos de chocolate de su taza, como si en ellos pudiese leer el destino de todos los mortales.

Algo interesante

En efecto, Felicia crecía. Los años se deslizaban perezosamente por entre los espinos que rodeaban el castillo, y la pequeña princesa perdida vivía feliz y despreocupada junto a su madrina, cuya magia le ofrecía nuevos juegos y entretenimientos cada día. A medida que fue haciéndose mayor, sin embargo, el castillo empezó a quedársele pequeño. Pero en ningún momento se planteó escapar de allí, puesto que no se sentía prisionera. Si en alguna ocasión se preguntó por el mundo que se extendía al otro lado de los zarzales, sin duda el recuerdo de lo que había vivido durante su breve y aterradora excursión al exterior había bastado para borrar cualquier rastro de curiosidad que pudiera quedar en su corazón.

No obstante, era inevitable que terminara por aburrirse. Con trece años conocía el castillo como la palma de su mano, la magia de su madrina ya no la divertía y había leído todos los libros de la biblioteca docenas de veces. Camelia, que podía proporcionarle todos los juguetes y vestidos que se le antojasen, no era capaz, sin embargo, de hacer aparecer nuevos libros. En cierta ocasión lo intentó, pero los volúmenes que entregó a su desconcertada ahijada resultaron tener las páginas en blanco.

—Es porque todos los cuentos que conozco están en esta biblioteca —murmuró, un tanto avergonzada—. No puedo hacer aparecer historias nuevas si no soy capaz de imaginarlas.

De modo que Felicia optó por inventarlas ella misma. Utilizaba sus muñecas para desarrollar nuevos cuentos en los que la protagonista siempre derrotaba a la malvada bruja, al principio con ayuda de su madrina, más adelante con la colaboración de sus amigas. Porque, aunque jugaba con Camelia a veces, lo cierto era que, sin ser apenas consciente de ello, echaba de menos la compañía de otros niños de su edad. En ocasiones se acordaba de Rosaura y se preguntaba si, a pesar de los años de diferencia que las separaban, podrían haber llegado a ser buenas amigas. Pero daba por hecho que jamás volverían a encontrarse, y terminaba por concluir que no valía la pena seguir pensando en ello.

Aquella tarde estaba especialmente aburrida. Cogió a Anabella, su muñeca favorita, y juntas exploraron el castillo por enésima vez.

—¡Oh, Anabella, no te atrevas a subir a esa montaña! —exclamó de pronto, deteniéndose al pie de una escalera. Hizo que su muñeca se volviese hacia ella y fingió una conversación entre ambas, como solía hacer cuando su madrina no estaba presente.

—¿Por qué, Felicia? —preguntó con voz aguda.

—Porque allá arriba se encuentra la oscura cueva donde habita el ogro Barbaverde…

—¿Barbaverde? —interrumpió la muñeca—. ¿No es ese el ogro al que derrotamos el mes pasado?

—Sí —admitió la niña a regañadientes—. Pero ahora en su cueva vive Feroz, un terrible lobo que…

—… un terrible lobo al que también hemos vencido ya —se quejó la muñeca—. Siete veces.

—Pero en esta ocasión está acompañado de una bruja…

—¿Otra bruja? —protestó Anabella.

Felicia se recluyó en un silencio ofendido. En ocasiones, su muñeca favorita podía ser realmente irritante.

Sin embargo, en su fuero interno tuvo que admitir que tenía razón. No se le ocurría ninguna aventura nueva que imaginar.

—Exploremos el castillo una vez más —propuso con escaso entusiasmo.

La muñeca no respondió. No había nada que contestar a eso.

Felicia paseó por su hogar como alma en pena. Recorrió de nuevo todas las estancias, pasillos y rincones. No encontró nada nuevo que pudiese entretenerla o por lo menos interesarle.

Se detuvo en el descansillo de la escalera que conducía al sótano. Sabía lo que había al final: una puerta completamente cerrada.

Tras ella se ocultaba una colección de estatuas que, según le había contado su madrina, eran personas encantadas. De pequeña, la idea de que aquella gente pudiese volver a la vida de repente le había producido escalofríos. Pero ahora tenía trece años y era mucho menos impresionable. O eso pensaba.

Recordaba vagamente que entre aquellas esculturas había una bruja petrificada, y ese era el motivo por el cual su madrina había decidido cerrar la puerta para siempre. No obstante, desde entonces Felicia había tenido ocasión de tratar con una bruja de verdad, y había salido con vida. ¿Qué daño podía hacerle una simple estatua de piedra?

—¿Sabes…? —le comentó a Anabella—, me gustaría volver a ver esas esculturas.

—No puedes —respondió la muñeca—. La puerta está cerrada, y tu madrina hizo desaparecer la llave.

—Llave —repitió Felicia, pensativa.

Un recuerdo aleteó un instante al borde de su conciencia; pero desapareció, y Felicia se encogió de hombros y se alejó de allí, en busca de algo interesante que hacer hasta la hora de la cena.

La llave mágica

Esa misma noche se despertó de madrugada, con el corazón desbocado. Un súbito recuerdo la había asaltado en sueños…, algo relacionado, precisamente, con una llave mágica.

Se levantó de un salto y, aún descalza, corrió hasta el arcón donde guardaba la ropa. Rebuscó en su interior hasta que localizó, al tacto, una áspera bolsa de cuero. La sacó de debajo del montón de prendas y la contempló, pensativa, en la penumbra.

Aparentemente, aquella bolsa no tenía nada de particular. Parecía burda y vulgar y, no obstante, albergaba en su interior el mayor tesoro que Felicia poseía.

La muchacha se llevó una mano a los labios, maravillada. Se había olvidado por completo de ella. Habían pasado siete años, si la memoria no le fallaba, desde que fuera secuestrada por la bruja de la casa de dulce. Al regresar a su hogar, había escondido la bolsa con los dones de las hadas en el fondo del arcón, por miedo a que su madrina la encontrara. Sabía lo que ella opinaba de todo lo que procedía del exterior; la propia Felicia, después de aquella espantosa experiencia, no podía menos que estar de acuerdo con ella. Y sin embargo había guardado la bolsa, ocultando su existencia ante su madrina.

Después de tanto tiempo… ¿Por qué?

Felicia acarició el ajado cuero, fascinada. La asaltó de pronto la idea de que tal vez lo hubiese soñado todo o, al menos, una parte importante de ello. Estaba bastante segura de que una malvada bruja había estado a punto de comérsela. No solo lo recordaba con claridad, sino que, además, había hablado con su madrina sobre el tema en alguna ocasión. Pero jamás le había mencionado a las tres amables hadas que le habían concedido sus dones encantados.

¿Y si ese recuerdo no fuera más que un sueño?

Con dedos temblorosos, desanudó la cuerda que cerraba la bolsa e introdujo una mano en su interior.

Palpó tres objetos, y los recuerdos afloraron a su mente.

Una varita mágica.

Un recipiente que contenía una pócima capaz de sanar cualquier herida.

Una llave que podía abrir cualquier clase de puerta.

El corazón le latió más deprisa. Se acordó de pronto de que las hadas le habían dicho que solo podría usar la varita y el bebedizo en una única ocasión. Inspiró hondo al evocar a la bellísima hada rubia que le había entregado la llave dorada. Se esforzó por recordar si le había dicho en algún momento que solo pudiese emplearla una vez. Frunció el ceño. Estaba casi segura de que no le había dado ninguna indicación al respecto.

Sus dedos acariciaron brevemente la varita y la redoma, dubitativos; después se cerraron en torno a la llave.

Felicia había decidido que no había ninguna necesidad de malgastar su magia, de modo que guardaría aquellos objetos para otro momento. No obstante, la llave sí podía utilizarla. Y sabía exactamente cómo.

«Te voy a llevar a un rincón del castillo que no has visto jamás», le dijo en silencio a Anabella.

La muñeca no respondió; pero Felicia imaginó que adoptaba un cierto aire de escepticismo.

Observó la llave en la penumbra y sintió un cosquilleo en el estómago al descubrir que conservaba aquel mágico centelleo que ella recordaba. La oprimió con fuerza en su mano y salió de la habitación, estrechando a Anabella contra su pecho.

Un rato después estaba ya ante la puerta prohibida, con un candil encendido en una mano, la llave mágica en la otra y la muñeca bajo el brazo. Tenía vagos recuerdos de la única vez que había traspasado aquel umbral, hacía ya varios años. La colección de estatuas encantadas había poblado algunas de sus peores pesadillas antes de ser sustituida por imágenes de la espantosa noche que había pasado en la casa de la bruja. Ahora, con los detalles distorsionados por la bruma del tiempo, lo que se ocultaba tras aquella puerta ya no le producía miedo… sino curiosidad.

Depositó con cuidado el candil en el suelo y alzó la llave mágica para contemplarla con atención. Se sintió decepcionada al comprobar que era demasiado grande para caber por el ojo de la cerradura. Pero decidió intentarlo de todos modos, ya que estaba allí y parecía que su madrina no andaba cerca.

Ante su sorpresa, la llave dorada encajó en la cerradura como si hubiese sido forjada para ella.

Felicia inspiró profundamente, emocionada. Aferró a la muñeca con más fuerza y, con el corazón a punto de salírsele del pecho, giró la llave y empujó la puerta.

Esta se abrió con un chirrido que sonó como el bostezo de algo muy antiguo que despertaba tras largos años de olvido.

Con la discreción y la sutileza de una sombra, Felicia recogió su candil y entró en la sala de las estatuas.

Historias que jamás nos han contado

Recorrió sobrecogida el laberinto de héroes encantados. La luz del candil arrojaba siluetas inquietantes sobre las paredes, espectros danzantes que parecían alargar sus oscuras garras hacia ella. En varias ocasiones, Felicia estuvo a punto de dar media vuelta y echar a correr hacia la seguridad de su habitación. No obstante, pronto comprobó que el horror que se reflejaba en aquellos rostros de piedra no le inspiraba temor, sino una profunda compasión.

Casi todos eran jóvenes varones, apuestos y valientes. La mayor parte de ellos encaraban a su oponente con gesto resuelto, aunque su mirada delataba el terror que se había apoderado de sus corazones en el momento de ser petrificados. Algunos habían sido congelados en plena acción de ataque, con la espada en alto, o habían tratado de protegerse tras un escudo que no los había salvado de la oscura magia de la bruja. A otros, en cambio, el hechizo de Magnolia los había sorprendido en plena huida.

—Mira, Anabella —dijo Felicia.

Su voz resonó por todos los rincones de la sala, y la muchacha dio un respingo, sobresaltada. Aguardó a que reinara de nuevo el silencio y entonces repitió, en un murmullo apenas audible:

—Mira, Anabella. Aquí hay muchísimas historias nuevas. Historias que jamás nos han contado.

—Eso no puede ser —discutió la muñeca con el mismo tono—. La madrina nos ha relatado todas las historias que conoce.

—Es que estas historias no las conoce —explicó Felicia—. A todas estas personas las hechizó la bruja que vivía aquí antes que nosotras. Y cada uno de ellos…

No llegó a concluir la frase. Sus ojos se habían quedado clavados en un joven héroe de piedra que alzaba la vista con orgullo para mirar a la bruja a la cara. Mantenía la espada baja; pero no había rendición en aquel gesto, sino la serena aceptación de quien sabe que las armas corrientes no sirven de nada ante la magia y, pese a ello, aún es capaz de conservar un destello de desafío en la mirada.

Los labios de la princesa perdida formaron un círculo sin que ella fuera consciente de ello. Dejó caer la muñeca al suelo y se puso de puntillas para contemplarlo con más intensidad, ladeando el candil sin darse cuenta.

—¿Quién eres tú? —le susurró al muchacho petrificado.

En aquel momento, una gota de aceite resbaló fuera del candil y fue a caer sobre el pie descalzo de Felicia. La muchacha lanzó un grito de dolor, y su eco rebotó por toda la estancia antes de que ella acertara a taparse la boca, aterrada.

Se quedó un instante en silencio, alerta, pero nada sucedió; ni su madrina apareció para reprenderla por haber entrado en la habitación prohibida ni la estatua de la bruja volvió a la vida por haber sido importunada en su eterno descanso. Pese a ello, Felicia decidió que no podía quedarse allí ni un instante más. Recogió a Anabella y, ligera como un corzo, escapó por entre las esculturas hasta llegar a la puerta.

Una vez allí, sin embargo, volvió la vista atrás para lanzar una última mirada al joven de piedra que tanto la había fascinado. Y, antes de salir de aquella siniestra estancia, se prometió a sí misma que regresaría.

Oficialmente amigos

Y así lo hizo. Desde entonces visitó en más ocasiones la habitación prohibida, pero solo por la noche. Felicia era muy consciente de que Camelia poseía la rara habilidad de encontrarla siempre que lo deseaba, sin importar con cuánto afán tratara de ocultarse de su mirada. Por esta razón optaba por escabullirse cuando su madrina estaba durmiendo.

Y en los últimos tiempos dormía muy a menudo, como si se hubiese sumido en un perezoso letargo. Cuando estaba despierta, por otro lado, Camelia rondaba por los pasillos, aparentemente sin otra finalidad que la de deambular sin rumbo, dejando pasar las horas. Felicia sabía que antaño había sido la madrina de muchos otros jóvenes; tiempo atrás, la muchacha había encontrado su viejo cuaderno de notas, cuyas páginas repletas de apuntes denotaban una intensa actividad que no se ajustaba a la imagen que tenía de ella. ¿Cómo era posible que un hada tan laboriosa se hubiese transformado en aquella criatura apática y melancólica?

Porque, aunque Felicia no podía asegurarlo, tenía la sensación de que Camelia estaba siempre triste, por alguna razón que no acertaba a comprender. De niña tendía a pensar que era culpa suya, y se esforzaba por ser buena y obediente solo para poder arrancarle de vez en cuando alguna sonrisa fugaz. Ahora comprendía que la pasividad de su madrina no tenía nada que ver con ella. Había renunciado a preguntarle al respecto, porque no obtenía otra cosa que evasivas y sonrisas ausentes. Con el paso del tiempo, las dos habían acabado por evitarse cordialmente, como si, a pesar del cariño que las unía, no tuviesen ya nada que decirse.

No obstante, Felicia no quería forzar ninguna clase de enfrentamiento con ella. Y por eso acudía a escondidas a la sala prohibida.

No tardó en preguntarse cómo era posible que aquel lugar le hubiese dado tanto miedo cuando era niña. Allí se encontraba la bruja, naturalmente; la localizó en su segunda visita a la colección de estatuas, y tuvo que admitir que su presencia resultaba inquietante, aunque no diese muestras de querer volver a la vida en breve. En cualquier caso, y solo por precaución, la vez siguiente se llevó al sótano una sábana grande y cubrió con ella a la bruja petrificada, para no tener que volver a verla.

Y no tardó en olvidarse de ella.

La sala de las estatuas encantadas se convirtió, con el tiempo, en su rincón secreto, hogar de mil y una historias, secretos y aventuras. Le gustaba imaginar las vidas que habían llevado aquellas personas antes de ir a parar a su castillo; los viajes que habían emprendido, los peligros a los que se habían enfrentado. Se deslizaba entre ellas como si fuese una más y hubiese cobrado vida de repente; escenificaba con ellas diálogos ficticios y las hacía protagonistas de sus cuentos favoritos.

Su escultura predilecta era, sin duda, la del joven que le había llamado la atención la primera noche. No sabía nada de él y, por descontado, tampoco se atrevía a preguntarle a su madrina al respecto. Pero eso no supuso un obstáculo para ella. Después de mucho pensarlo, le puso por nombre Gris, debido al color de su piel de piedra, y decidió que ya eran oficialmente amigos.

Juntos, Felicia y Gris vivieron las más asombrosas aventuras imaginarias. Para la muchacha, el joven petrificado era mucho más real que Anabella, a la que también incluía a menudo en sus juegos. No obstante, con el correr del tiempo, la muñeca fue quedando cada vez más apartada, hasta que hubo una noche que se la dejó olvidada en su habitación.

Y no la echó de menos.

Un vago presentimiento

Camelia empezó a sospechar que sucedía algo extraño con su ahijada. Dormía hasta tarde, y la mayoría de las veces no se levantaba hasta la hora de comer. Pasaba el resto del día rondando por el castillo con gesto aburrido, y volvía a animarse al caer la tarde. Durante las cenas, apenas podía contener su excitación, aunque se retiraba muy pronto a su cuarto, fingiendo un sopor que no sentía en realidad.

Su madrina, inquieta, registró su habitación una tarde que sabía que ella estaba leyendo en la biblioteca. Prestó especial atención a sus zapatillas y las examinó con suspicacia, pero no tenían las suelas desgastadas. Hurgó entre sus pertenencias en busca de cualquier cosa inusual; pero la magia de Ren funcionó como debía y el hada pasó por alto la ajada bolsa de cuero que contenía los tesoros de Felicia.

Finalmente, los ojos de Camelia se detuvieron en la muñeca Anabella, cuidadosamente depositada sobre la cama. Evocó la época en la que su ahijada no se separaba de ella, y sonrió.

«Debe de ser eso —pensó con cierta melancolía—. Mi niña se hace mayor.»

De todos modos, a la mañana siguiente, mientras Felicia dormía, su madrina recorrió todo el castillo para asegurarse de que la magia de los espejos continuaba inactiva. Retiró algunos de ellos, por si acaso, recordando la forma en que Azalea se las había ingeniado para arrebatarle a la niña años atrás. Se detuvo un momento ante la habitación de las es-

420

tatuas y frunció el ceño un momento, asaltada por un vago presentimiento. Pero la puerta continuaba sellada y no había manera de que Felicia pudiese abrirla por sus propios medios. Sonrió para sí misma y sacudió la cabeza ante lo absurdo de aquella idea.

«Es lo que sucede con los mortales —se dijo—. Todos los niños se hacen mayores y cambian de hábitos. No tengo por qué preocuparme.»

Más calmada, regresó a su habitación y no concedió mayor importancia a la nueva rutina diaria de su ahijada.

No es asunto tuyo

Una noche, no obstante, Felicia se quedó dormida en la sala de las estatuas. No había tenido intención de hacerlo, por supuesto. Desde que iniciara sus escapadas nocturnas, siempre se había asegurado de encontrarse en su cama como muy tarde al amanecer. No obstante, cada vez prolongaba más sus sesiones de juegos en la habitación prohibida, y por las mañanas no dormía lo suficiente para recuperarse del todo. De este modo, y pese a su juventud, Felicia se sentía casi siempre cansada y con sueño. Procuraba disimularlo, porque temía que Camelia se diese cuenta; pero su madrina le prestaba cada vez menos atención. Pasaba los días perdida en ensoñaciones de tiempos pasados, y Felicia no podía evitar preguntarse si eso se debía a que ella era una criatura destinada a vivir para siempre. ¿Cómo podía entretenerse alguien que tenía por delante todo el tiempo del mundo, encerrada en aquel limitado castillo? La muchacha se preguntaba a menudo cómo sería su propia vida sin su refugio secreto del sótano, y se estremecía al pensar que su madrina no disponía de nada semejante. Sin duda, había leído los libros de la biblioteca muchas más veces que ella, y tampoco utilizaba su magia para procurarse nuevos entretenimientos. Felicia no podía dejar de pensar que la actitud apática de Camelia era tan solo una manera de sobrevivir al tedio que conllevaba una larga existencia de reclusión en aquel lugar.

Con el paso del tiempo, el hada comenzó a mostrar cada vez menos interés en lo que hacía su ahijada. Así que ella se fue relajando…, hasta el día en que la clara luz de la mañana la sorprendió dormida a los pies de Gris.

—¡Ay… no puede ser! —exclamó, muy apurada; se frotó los ojos, aún un poco aturdida y se incorporó para mirar a su alrededor—. ¡Ya ha amanecido!

Apenas tuvo tiempo de despedirse de su estático amigo; se puso de pie a toda prisa y salió corriendo hacia la puerta de la sala.

Mientras recorría el castillo a paso ligero, con la esperanza de poder llegar hasta su cuarto antes de que su madrina notase su ausencia, se tropezó con ella al doblar una esquina. Felicia retrocedió un paso, reprimiendo una exclamación de alarma. Camelia detectó la culpabilidad en su expresión y una chispa se encendió en sus ojos, habitualmente ausentes.

—¡Felicia! —exclamó—. Cuánto has madrugado hoy.

La muchacha enrojeció hasta las orejas.

—Sí, yo… ya sabes… tengo muchas cosas que hacer esta mañana —improvisó.

Nada más decirlo, supo que había cometido un error. Su madrina podía mostrarse indiferente a veces, pero no era tonta.

Camelia entornó los ojos y la observó con mayor atención.

—No me mientas, Felicia —le advirtió—. Puedo saber cuándo mientes.

—Yo… yo no… —balbuceó ella.

Camelia no le permitió continuar.

—Un hada madrina que conozco tenía un método infalible para quitarles a sus ahijados el feo vicio de mentir —comentó con frialdad—. Los encantaba para que les creciera la nariz cada vez que faltaban a la verdad.

Felicia se cubrió su propia nariz, alarmada. En la mirada de Camelia brilló un destello de ira.

—No te has acostado todavía, ¿verdad? —adivinó—. ¿Se puede saber por qué has estado rondando por el castillo toda la noche?

A Felicia le molestó que la tratase como si fuese una niña. Era cierto que había desobedecido a su madrina, pero ella no lo sabía. Y no había nada de malo en pasar la noche fuera de su habitación.

—No es asunto tuyo —replicó—. No tengo por qué estar siempre encerrada en mi cuarto. Bastante tengo ya con no poder salir nunca de este castillo.

Los ojos verdes de Camelia se abrieron al máximo, como si su ahijada hubiese pronunciado alguna clase de atrocidad. A Felicia le pareció ver una sombra de temor en su rostro justo antes de que ella la aferrara bruscamente del brazo y la mirara con severidad.

—Se acabó, jovencita —la reprendió—. No pienso tolerar más impertinencias. Si no te gusta tu habitación, lo siento mucho, porque vas a quedarte allí durante una semana por lo menos.

—¡¿Qué?! —exclamó Felicia sin poder creer lo que estaba oyendo.

Se sentía tan desconcertada ante la desmesurada reacción de su madrina que no encontró palabras para contradecirla. Aún aturdida, se dejó arrastrar por el pasillo, y solo fue capaz de resistirse cuando la puerta de su dormitorio se cerró de golpe tras ella.

—¡Madrina! —gritó entonces; oyó el sonido de la llave girando en la cerradura y se precipitó hacia la puerta para tratar de abrirla, sin éxito—. ¡No puedes dejarme aquí encerrada! —protestó.

—Acabo de hacerlo, Felicia —respondió Camelia desde fuera—. Que pases un buen día.

La muchacha, furiosa, indignada y dolida a partes iguales, se dejó caer en su cama y dio un par de puñetazos a la almohada antes de estallar en llanto.

No tardó en quedarse profundamente dormida, ignorante de que, en otro lugar del castillo, un hada madrina también derramaba lágrimas amargas.

Regresar a la realidad

Camelia tenía miedo. En realidad, el hecho de que Felicia hubiese pasado la noche fuera de su habitación era lo de menos. Lo que le aterrorizaba de verdad era que no lo hubiera visto venir.

No podía imaginar qué había en el castillo que pudiese interesar tanto a la muchacha para mantenerla en vela toda la noche. Qué clase de pasatiempo era ese que no podía esperar hasta el día siguiente. Qué secreto podía incitarla a mentir a su hada madrina.

Nada más plantearse estas cuestiones, se dio cuenta por fin de lo mucho que ella y Felicia se habían distanciado. No solo porque su ahijada hiciese cosas a sus espaldas o le ocultara la verdad acerca de aquellas misteriosas actividades nocturnas. Después de todo, tenía ya quince años; quizá aquella no era más que una forma de reclamar su espacio, un atisbo de la rebeldía propia de la adolescencia.

No; lo que realmente inquietaba a Camelia era que, si Felicia insistía en mentirle sobre lo que hacía por las noches —porque, ahora que lo pensaba, probablemente no era aquella la primera vez—, el hada no tenía modo de conocer la verdad. Se había percatado, de pronto, de que el vínculo que la unía a ella se había debilitado tanto que apenas lo sentía ya. Por este motivo la había encerrado en su habitación; si hubiese conservado el vínculo intacto, le habría bastado con recurrir a él para localizarla en su siguiente excursión nocturna. Pero había dejado de prestar atención a la muchacha, y ahora sentía que se le escapaba de entre los dedos, como el hilo de una cometa arrastrada por el viento. Necesitaba un tiempo para volver a centrarse en el presente, regresar a la realidad y reforzar su relación con Felicia. Mientras no lo consiguiese, su ahijada estaría más segura en su habitación, sobre todo si, como parecía, empezaba ya a sentir deseos de abandonar el castillo.

Camelia sacudió la cabeza, con el corazón encogido. Por alguna razón, las palabras de Felicia le recordaban a las que, mucho tiempo atrás, había pronunciado una princesa rubia encerrada en una torre sin puertas. La simple idea de que Felicia pudiera abandonarla le producía una extraña ansiedad. «No puedo perderla a ella también —se dijo—. No voy a permitirlo.»

Hablaría con ella y todo se aclararía. Verena se le había escapado porque no le había prestado suficiente atención. Pero ahora no tenía más ahijados; podía dedicarle a Felicia todo el tiempo que hiciera falta.

Y así lo haría. No obstante, su discusión estaba todavía muy reciente. Sin duda, Felicia estaría aún disgustada y se mostraría poco receptiva, sin mencionar el hecho de que necesitaría recuperar el sueño perdido. Camelia decidió, pues, que dejaría pasar un tiempo prudencial antes de mantener una conversación seria con ella.

Habían pasado varios años distanciadas; podían esperar un par de días más.

Después de todo, Felicia no iba a ir a ninguna parte.

La estatua de piedra

Felicia despertó bien entrada la tarde. Había dormido muchas horas seguidas y, cuando se incorporó sobre la cama, vio que su madrina le había dejado una bandeja con la comida sobre la mesa. No obstante, ella no tenía apetito. Sentía un nudo en el estómago y ni siquiera encontraba fuerzas para levantarse.

Se dejó caer de nuevo sobre el lecho, pensativa y melancólica. Nunca antes había discutido con Camelia de aquel modo. Aún le dolía la manera en que ella la había regañado por lo que consideraba una falta menor. Y eso que ni siquiera sabía que tenía por costumbre pasar las noches en la habitación prohibida. ¿Qué haría si llegaba a enterarse?

Felicia se estremeció de miedo. No; ella nunca debía saberlo. Era consciente de que, si volvía a mentirle al respecto, Camelia lo descubriría todo. De modo que lo que debía hacer era pedir perdón humildemente y jurar que no volvería a rondar por el castillo cuando debería estar durmiendo. Y dejar de acudir a la sala de las estatuas en una buena temporada, varias semanas, o quizá varios meses. El tiempo que hiciera falta para que a su madrina se le pasase el enfado, relajase su vigilancia sobre ella y olvidase por completo el incidente de la noche anterior.

Se le encogió el corazón solo de pensar en cómo iba a pasar los largos días en el castillo sin poder visitar a sus amigos de piedra, y especialmente a Gris. Tragó saliva, tratando de retener las lágrimas. No podría soportarlo.

Se le ocurrió de pronto que tal vez pudiese pasarse por allí una vez más, antes de que su madrina continuase indagando. Solo una última visita, muy corta, lo justo para despedirse. Se le aceleró el pulso; la idea la seducía mucho, pero ¿y si Camelia la descubría?

Reflexionó. No sabía si su madrina pretendía mantenerla recluida en la habitación el resto del día pero, en cualquier caso, tal vez pudiera escaparse de nuevo por la noche, cuando ella estuviese dormida. Había cerrado la puerta por fuera, pero Felicia podía tratar de abrirla con su llave mágica. Camelia no sabía que la tenía; después de todo, si hubiese sospechado algo al respecto, no se habría limitado a encerrarla en su cuarto.

Estuvo dándole vueltas a aquella posibilidad mientras las horas pasaban. Camelia no se presentó ante la puerta de su habitación para hablar con ella o preguntarle siquiera cómo se encontraba. Al caer la noche, la bandeja desapareció mágicamente y fue sustituida por otra con la cena recién preparada. Lo mismo sucedió con el bacín, que reapareció completamente limpio. Felicia suspiró y pensó: «Esto es ridículo». Y tomó una decisión.

El tiempo que tuvo que esperar hasta que se hizo noche cerrada y calculó que Camelia debía de estar ya durmiendo se le antojó eterno. Pero por fin se atrevió a emprender lo que, según planeaba, sería su última visita al sótano de las estatuas.

Respiró hondo, aferró bien la llave mágica y la introdujo en la cerradura. Hasta aquel momento solo la había utilizado para entrar en la habitación prohibida y, aunque en teoría era capaz de abrir cualquier puerta, todavía no lo había comprobado. Pero la llave giró sin problemas, y Felicia empujó la puerta, sonriendo ampliamente y dedicando un silencioso agradecimiento al hada que le había entregado aquel regalo tan útil.

Se aseguró de que el castillo estaba a oscuras y en silencio antes de dirigirse a la sala de las estatuas. Recorrió los pasillos con ligereza, atenta a cada sonido, dejándose guiar únicamente por la luz de la luna que se filtraba por entre la barrera de espinos que envolvía el único hogar que conocía. Se detuvo frente a la puerta de su escondite secreto y aguardó un instante, alerta; pero el castillo permanecía en silencio. Respiró hondo y giró la llave mágica dentro de la cerradura. Una vez más, la puerta se abrió ante ella.

No se entretuvo. Había muchas estatuas a las que consideraba amigas, pero no quería perder tiempo ni arriesgarse a que su madrina la descubriera. De modo que fue directa a Gris y lo abrazó, sintiendo la dureza de la fría piedra contra su piel.

—Mi madrina me sorprendió ayer cuando volvía a mi habitación —le confió en voz baja—. Aún no sabe que vengo a verte por las noches, y no quiero que se entere. Así que durante un tiempo no podré venir.

Hizo una pausa, como si escuchase la respuesta de Gris. Negó con la cabeza, con los ojos húmedos.

—No, no, no puedo —prosiguió—. Si paso un tiempo sin verte, tal vez dentro de unos meses ella deje de sospechar y yo pueda volver a visitarte como antes. Pero ahora no puede ser, es demasiado peligroso. Así que esta noche he venido a despedirme.

Lo abrazó con más fuerza, imaginando que él la estrechaba contra su pecho y le susurraba cariñosas palabras al oído.

—Yo también te echaré de menos —musitó ella, con los ojos llenos de lágrimas—. Te quiero.

Y, tras un instante de vacilación, posó sus labios sobre los de la estatua de piedra y la besó con ternura.

De pronto, algo sucedió. Fue como si el aire se llenara de chispas diminutas que estallaron súbitamente en torno a los dos y envolvieron por completo al héroe encantado. Felicia lanzó un grito y retrocedió de un salto, atemorizada, mientras observaba cómo aquella luz mágica parecía devorar la pétrea piel de su adorado Gris.

Y entonces, ante sus asombrados ojos, el héroe movió la cabeza, recolocó los hombros para desentumecerlos y miró a su alrededor, desorientado. Su rizos cobrizos volvieron a caer sobre su frente después de años de rígida solidez, y sus ojos parpadearon un par de veces antes de que pudiera fijarlos en Felicia y preguntar con voz ronca:

—¿Qué… qué ha pasado? ¿Quién eres tú?

Cálido y vivo

—**G**ris… —susurró por fin Felicia, maravillada—. ¡Estás vivo!

El joven frunció el ceño con desconcierto.

—¿Gris…? —repitió—. No…, me temo que te equivocas, muchacha. Yo soy el príncipe Cornelio de Gringalot, a tu servicio —añadió, inclinándose galantemente ante ella.

Felicia se ruborizó, sin tener en cuenta la torpeza de aquel movimiento ni el sonoro crujido de sus articulaciones. Después de todo, había pasado mucho tiempo petrificado en la misma posición. No obstante, el hecho de que Gris tuviese un nombre le produjo un extraño desasosiego. Había imaginado tantas aventuras con su amigo de piedra que le costaba asimilar que no eran amigos en realidad. Felicia había construido para él una historia, un pasado, una personalidad. Pero aquel Cornelio bien podía ser muy diferente al joven que ella había soñado.

—Es un honor —pudo decir al fin—. Yo soy Felicia.

Él apenas la escuchaba. Estaba mirando a su alrededor, sobrecogido ante el silencioso museo de héroes encantados. Los recuerdos acudían a su mente, uno detrás de otro, y Felicia, turbada, lo vio alzar su espada, dispuesto a defenderse.

—¿Cómo he llegado hasta aquí? —susurró el príncipe, inquieto—. ¿Dónde está la bruja?

—La bruja ya no puede hacernos daño —respondió Felicia.

Cornelio se volvió para mirarla, pero no bajó el arma.

—¿Estás segura?

La muchacha asintió.

—Ven, te lo mostraré.

Guió al príncipe a través del laberinto de estatuas. Cornelio la siguió, con pasos un tanto rígidos y aún con la espada en alto, observando a los aventureros petrificados con aprensión y desconfianza. Felicia se detuvo al fin ante la escultura que había ocultado dos años atrás y, de un fuerte tirón, apartó la sábana que la cubría. Una nube de polvo flotó un instante sobre ellos y los hizo estornudar. Cuando Magnolia apareció, Cornelio retrocedió un paso, alarmado, y alzó su espada para protegerse de la bruja de piedra. Pero nada sucedió. La estatua permaneció inmóvil, y Felicia suspiró, aliviada. Su compañero bajó el arma, lentamente.

—¿Qué le ha pasado? —susurró, muy impresionado.

—No lo sé —respondió Felicia—. La petrificaron antes de que yo naciera.

Cornelio se volvió hacia ella bruscamente.

—¿Qué quieres decir? ¿Cuánto tiempo…?

No terminó de formular aquella cuestión, y Felicia, aunque sabía muy bien qué era lo que le inquietaba, no se atrevió a responder.

—¿Cuántos años tienes? —preguntó por fin Cornelio, con un estremecimiento.

—Quince —respondió ella en voz baja.

El joven dejó caer la espada, anonadado. Felicia permaneció en silencio mientras él asimilaba aquella información.

—¿Quieres decir —planteó por fin, con lentitud— que he pasado quince años… convertido en piedra?

Felicia tragó saliva.

—Probablemente más —contestó—. No lo sé con seguridad.

Cornelio se sentó sobre el pedestal de una de las estatuas, atónito. Se palpó la cara con las manos, como si temiese no reconocer sus rasgos.

—¿Y yo… sigo siendo…?

—Joven y atractivo —confirmó Felicia; se dio cuenta demasiado tarde de lo que había dicho, y trató de ocultarlo hablando más deprisa—: quiero decir… has pasado todos estos años encantado en este sótano. El tiempo ha transcurrido para todo el mundo, salvo para ti y para todas las personas a las que la bruja convirtió en piedra.

—Quince años… —repitió Cornelio, todavía desconcertado.

—Como mínimo —le recordó Felicia.

El príncipe sacudió la cabeza.

—¿Y qué habrá sido de mi familia? ¿De mi reino? ¿De todas las personas a las que he conocido?

—No lo sé —respondió ella con sinceridad.

Cornelio la miró casi sin verla. Felicia navegaba entre la compasión que le inspiraba aquel joven y la decepción que le producía el hecho evidente de que no se trataba de su querido Gris.

—Tengo… tengo que ir a ver qué ha pasado —murmuró entonces Cornelio, levantándose de un salto.

Felicia lo detuvo, alarmada, cuando ya salía corriendo.

—¡Espera! No… no se puede salir de aquí.

—¿Por qué? —preguntó el príncipe desconcertado—. La bruja…

—No se trata de la bruja —interrumpió la muchacha—. Sígueme y lo entenderás.

Tomó a Cornelio de la mano y lo guió por entre las estatuas. En esa ocasión, el joven prestó más atención a las efigies de piedra, sintiéndose profundamente sobrecogido ante el horror que reflejaban sus rostros.

—Oye…

—… Felicia —le recordó ella.

—Oye, Felicia —prosiguió él—, todas estas estatuas son aventureros hechizados por la bruja, ¿no es cierto?

La joven asintió, sin una palabra.

—Entonces ¿por qué no han vuelto a la vida? —siguió indagando el príncipe.

Felicia se ruborizó.

—Porque…, bueno, porque yo solo te he desencantado a ti.

Cornelio se detuvo y la contempló con sorpresa.

—¿Tú… has roto el hechizo?

—El tuyo, sí —precisó Felicia.

El príncipe seguía observándola, maravillado, como si la viese por primera vez.

—¿Y por qué solo me has salvado a mí?

La muchacha se puso más colorada todavía.

—Bueno…, no lo he intentado con los demás —confesó en voz baja; la intensidad de la mirada de Cornelio la ponía muy nerviosa, y deseó que aquel incómodo interrogatorio terminase cuanto antes.

Pero él aún tenía preguntas pendientes.

—¿Acaso tienes poderes mágicos? ¿Eres una hechicera… o tal vez una bruja?

—¡No, no, en absoluto! —se apresuró a aclarar Felicia, alarmada—. Soy una chica normal y corriente… aunque, en realidad, algunos dicen que soy una princesa —añadió de pronto.

No sabía por qué había dicho aquello. Recordaba vagamente haber conocido a sus padres durante su única salida al exterior, y que tanto ellos como Rosaura y su amigo, el joven pelirrojo, habían afirmado que ella era nada menos que una princesa perdida. Los cuentos hablaban a menudo de princesas que vivían en palacios hermosos; casi siempre había jóvenes apuestos y valientes que aspiraban a casarse con ellas. Pero allí, en el castillo de los espinos, el hecho de ser hija de reyes no tenía la menor importancia, de modo que Felicia no había vuelto a pensar en ello.

No obstante, Gris había resultado ser en realidad un príncipe. Tal vez no se fijaría en ella si pensaba que no era de noble cuna. Y mucho menos si creía que se trataba de una bruja.

Pero en aquel momento Cornelio no estaba tan interesado en su rango como en la magia que le atribuía.

—¿Cómo has podido romper el hechizo si no eres bruja? —insistió.

Felicia inspiró hondo. «Bueno —se dijo— se va a enterar tarde o temprano.»

—Así —respondió.

Se plantó delante de una de las estatuas y, tras dirigir una tímida mirada a Cornelio, besó al héroe de piedra en los labios.

Nada sucedió.

Felicia se apartó de la escultura, colorada como una cereza y sin atreverse a levantar la vista del suelo.

—Contigo sí ha funcionado —se limitó a comentar.

Cornelio se quedó contemplando a la avergonzada muchacha, pensativo.

—Ya veo —dijo solamente. Su mirada se dulcificó cuando añadió—: Te debo la vida, entonces. ¿Cómo has dicho que te llamas?

—Felicia —respondió ella por tercera vez.

—Felicia —repitió él; la tomó de las manos y la atrajo hacia sí, y la chica sintió un agradable cosquilleo en el pecho—. Muchas gracias por haberme elegido. He sido muy afortunado.

Ella no supo qué decir. Cuando Cornelio sostuvo su rostro entre sus manos y la miró a los ojos, las emociones amenazaron con desbordarla por completo. Entreabrió los labios, casi sin saber lo que hacía, y el joven la besó con suavidad. Felicia suspiró, cerró los ojos y le echó los brazos en torno al cuello.

Permanecieron unos instantes así, abrazados, hasta que el príncipe habló de nuevo.

—Querida mía —susurró al oído de Felicia—, cuéntame, ¿cómo has llegado hasta aquí? ¿Y por qué razón me has escogido a mí?

Ella recostó la cabeza sobre el hombro de Cornelio. Lo había hecho infinidad de veces cuando él estaba encantado, pero, por lo que parecía, el joven no lo recordaba. De todos modos, aquella estatua tan dura y fría no tenía nada que ver con el cuerpo cálido y vivo de Cornelio. Cerró los ojos un instante para escuchar, maravillada, el sonido de su respiración y los latidos de su corazón.

—He vivido aquí desde que tengo memoria —respondió por fin—. Hace ya tiempo que visito esta habitación; cuando era niña solía jugar entre las estatuas. Sabía que erais personas encantadas, pero no tenía ni idea de cómo romper el hechizo. Lo de hoy ha sido… un feliz accidente —concluyó con una sonrisa.

Cornelio sonrió a su vez, imaginando sin duda qué le debía de haber pasado por la cabeza a aquella muchacha para besar con tanta pasión a una escultura de piedra.

—Veo que han sucedido muchas cosas mientras yo estaba aquí hechizado —comentó—. Vendrás conmigo a mi reino, ¿verdad? Tengo que recuperar el tiempo perdido.

Felicia recordó de pronto que aún quedaban muchas cosas por explicar.

—No podemos salir de aquí —objetó—. El castillo entero está protegido por una muralla de espinos.

Cornelio frunció el ceño, extrañado.

—¿De veras? No había ningún espino cuando vine hasta aquí para desafiar a la bruja.

—Ha pasado mucho tiempo desde entonces —le recordó ella con una sonrisa—. Vamos, te lo enseñaré.

El mundo exterior

Lo condujo hasta un extremo de la sala; en la parte superior de la pared se abría una ventana y, al otro lado de la reja, el príncipe distinguió con claridad una maraña de zarzales que apenas dejaba pasar la luz de la luna.

—Qué extraordinario —comentó, sorprendido—. ¿Y dices que todo el castillo está rodeado por esos espinos? ¿Cómo es posible?

—Es una protección —explicó Felicia—. Nos defiende de los horribles monstruos que acechan al otro lado.

Cornelio se volvió para mirarla, extrañado.

—¿Protección? —repitió—. ¿Monstruos? ¿Quién más vive aquí contigo? —preguntó de pronto, suspicaz.

—Mi madrina —respondió la joven—. Ella sí posee grandes poderes. Me trajo aquí cuando era niña para protegerme de la gente que quería hacerme daño, y por eso hizo crecer los zarzales en torno al castillo. Para que nadie pudiese entrar…

—… ni salir —concluyó Cornelio con un estremecimiento—. ¿Quieres decir que has estado aquí encerrada desde entonces… sin ver el mundo exterior?

Parecía sinceramente horrorizado, y Felicia se sintió en la obligación de defender a Camelia.

—Sí que salí —precisó—. Una vez, hace muchos años. Me capturó una bruja y estuvo a punto de devorarme. Aquí estoy a salvo —insistió—. Aquí nadie puede hacerme daño: ni ogros, ni dragones, ni lobos… ni brujas.

El príncipe permaneció un momento en silencio, pensando. Después habló, escogiendo con cuidado las palabras.

—Es cierto que al otro lado existen todas esas criaturas —reconoció—. Pero son pocas, y hay muchas otras cosas que ver. El mundo ahí fuera es inmenso y maravilloso. No puedes quedarte toda tu vida aquí encerrada, Felicia.

Ella se estremeció.

—Así es como debe ser —respondió sin embargo.

Cornelio respiró hondo.

—Bien; no sé qué extraños motivos puede tener tu madrina para mantenerte recluida en un castillo encantado…, pero yo no puedo quedarme aquí. Si no quieres acompañarme hasta mi reino, ¿me mostrarás al menos la salida al exterior?

Felicia tragó saliva.

—No hay salida —insistió—. Todo el castillo está rodeado de espinos, ya te lo he dicho.

—Bien, pues guíame hasta tu madrina. Le pediré que me deje salir. No hay ninguna razón por la que yo deba quedarme aquí toda la vida, ¿verdad?

Ella lo miró, profundamente herida.

—¿No… no quieres quedarte conmigo? —osó preguntar.

—Felicia, sí que deseo estar contigo, conocerte mejor…, iniciar una nueva vida a tu lado, si eso fuera posible —añadió, con una tímida sonrisa—. Pero no aquí. Compréndelo; he pasado muchos años encerrado en este sótano. Necesito regresar a casa y comprobar por mí mismo cuánto ha cambiado el mundo desde que fui encantado.

Felicia no dijo nada. Una parte de ella deseaba ardientemente acompañarlo al exterior. Pero tenía miedo de lo que pudiera encontrar y, por encima de todo, temía enfrentarse a Camelia.

Como si pudiera leer sus pensamientos, Cornelio añadió:

—Le pediré a tu madrina que te permita venir conmigo. Prometo protegerte de todos los peligros que nos acechen en el camino.

Felicia ladeó la cabeza, pero no respondió. Imaginaba perfectamente lo que diría Camelia: que no podía dejar a su ahijada en manos de un héroe incapaz de protegerse a sí mismo, como probaba el hecho de que había pasado los últimos lustros petrificado en un rincón del sótano. En cualquier caso, Cornelio parecía muy dispuesto a presentarse ante su madrina, y la muchacha decidió que no podía permitirlo; si ella descubría que no solo había entrado en la habitación prohibida, sino que además se las había arreglado para desencantar a una de las estatuas…

Tragó saliva, pensando a toda velocidad. Estaba claro que Cornelio tendría que marcharse. Ella todavía no había decidido si lo acompañaría o si, por el contrario, se quedaría allí para verlo partir y alejarse de su vida para siempre. Comprendió que aún no estaba preparada para hacer una elección al respecto.

De todos modos, primero tenía que averiguar si era tan difícil escapar del castillo como siempre había creído. Lo cierto era que jamás lo había intentado.

—Te puedo llevar hasta la entrada principal —dijo, despacio—. Tengo una llave mágica que abre todas las puertas.

El rostro de Cornelio se iluminó con una amplia sonrisa que aceleró el corazón de la muchacha.

—¡Espléndido! —dijo—. En tal caso, no tendremos problemas para salir de aquí.

Pero Felicia negó con la cabeza.

—No se trata solo de la puerta. Aunque lograse abrirla…

Se interrumpió, dudosa. No estaba segura de lo que sucedería después. Pero sí tenía claro que los espinos no estaban ahí solo para adornar los muros del castillo.

Recordó de pronto el ajado saquillo que guardaba en el fondo de su arcón. Tal vez hubiese en su interior algo que pudiera utilizar para sacar a Cornelio de allí.

—Tengo una idea —le dijo—; creo que puedo ayudarte, pero necesito algo que he dejado en mi habitación. Voy a ir buscarlo, ¿de acuerdo? Tú espérame aquí; no tardaré en regresar.

Zarzales

Un rato después, Felicia se reunió con Cornelio de nuevo en la sala de las estatuas. En esta ocasión había llegado hasta su alcoba sin tropezarse con nadie por el camino, y ahora regresaba con la bolsa que contenía los dones de las hadas. También había preparado un hatillo con un ligero equipaje, por si finalmente decidía acompañar al príncipe al exterior. Se había reído de sí misma solo de pensarlo. Sabía que, en el fondo, jamás se atrevería a abandonar aquel lugar, y mucho menos sin el beneplácito de su madrina.

Pero de todos modos se lo había llevado todo consigo, y Cornelio le sonrió ampliamente cuando la vio pertrechada de aquella manera. Felicia lo tomó de la mano y lo guió por fin fuera de la habitación prohibida.

—¿Te has despedido ya de tu madrina? —le preguntó el príncipe en un susurro, mientras caminaban por el castillo en penumbra.

—No —respondió ella con el mismo tono—. Todavía no sé si voy a ir contigo. Quizá, después de todo, no podamos abrir esa puerta —añadió esperanzada.

Cornelio sacudió la cabeza.

—En tal caso, exigiré a tu madrina que la abra para mí —declaró con firmeza—. Y lucharé, si es necesario…

—¿Igual que luchaste contra la bruja del sótano? —concluyó ella, burlona.

Cornelio calló, ofendido, pero Felicia no se disculpó. Unos instantes después, el joven preguntó con suavidad:

—¿Acaso tu madrina me convertiría en piedra si no acato sus deseos?

—¡Por supuesto que no! —replicó Felicia, escandalizada—. Mi madrina no es una bruja.

Cornelio no respondió; pero la muchacha leyó la duda en su expresión, y se sintió molesta... y también confundida.

Por primera vez se planteó hasta qué punto estaba Camelia en lo cierto cuando le hablaba de los peligros del exterior. Después de todo, no podía ser tan malo si Cornelio procedía de allí y estaba tan ansioso por regresar.

Por fortuna, no tardaron en llegar al vestíbulo y pudo centrar sus pensamientos en otro asunto más urgente: la imponente puerta de entrada al castillo, que permanecía firmemente cerrada. Cornelio se detuvo para contemplarla, impresionado.

—Recuerdo cuando entré aquí —musitó—. Fue hace muchos años, pero para mí es como si hubiese sucedido ayer mismo.

Felicia oprimió suavemente su mano.

—Debe de ser muy extraño que te hayan robado tantos años de tu vida sin que te hayas dado cuenta —susurró.

Cornelio se volvió para mirarla.

—Para mí ha sido solo un instante —respondió—, y no he cambiado en todo este tiempo. Pero a ti... ¿quién te devolverá los años que has pasado aquí encerrada?

—Deja de hablar de mi vida como si fuera algo malo —protestó ella—. Yo soy feliz en este castillo.

Pero su voz carecía de convicción, y los dos lo sabían. Cornelio, no obstante, no volvió a mencionar el tema. Se limitó a tratar de abrir la puerta, sin éxito.

—Déjame probar —dijo entonces Felicia.

Introdujo su llave mágica en la cerradura y la giró sin dificultad. Cornelio sonrió y empujó la puerta, que se abrió con un chirrido.

—¿Lo ves? —preguntó, volviéndose hacia Felicia—. No era tan complicado.

Felicia no tuvo ocasión de detenerlo. Vislumbró en el exterior la maraña de zarzales, que se estremecían, amenazadores, como si tuvieran vida propia. En cuanto Cornelio puso un pie fuera del castillo, una rama erizada de espinas se precipitó sobre él y lo atravesó de parte a parte, ensartándolo con tanta facilidad como si estuviese hecho de mantequilla.

—¿A dónde pensabas que ibas, Felicia? —inquirió de pronto una voz a sus espaldas, helada como la escarcha—. ¿Y quién es ese hombre que pretendía llevarte lejos de mí?

Todos los héroes corren riesgos

Felicia lanzó un grito de horror y se precipitó hacia Cornelio en cuanto el zarzal lo dejó caer al suelo como un fardo. La muchacha lo sostuvo sobre su regazo y comprobó con alivio que todavía respiraba. Pero la vida se le escapaba rápidamente, por lo que se volvió hacia su madrina y suplicó:

—¡Ayúdalo, por favor! ¡Se está muriendo!

Camelia los observaba a distancia, al pie de la escalera, aparentemente sin la menor intención de intervenir.

—¿Cómo ha llegado hasta aquí? —exigió saber—. ¿Y por qué quieres irte con él?

—Te prometo que te lo explicaré todo —sollozó ella, estrechando al príncipe agonizante entre sus brazos—. Pero sálvalo, te lo suplico.

Camelia negó con la cabeza.

—No debería haber entrado en el castillo. Es peligroso. Para él… y para ti.

Felicia no tenía tiempo de seguir discutiendo con su madrina. Hundió la mano en la bolsa de cuero que pendía de su costado, buscando algo que pudiese ayudarla. Pensó primero en la varita mágica, pero sus dedos toparon antes con la redoma que le había entregado el hada pelirroja, y sus palabras regresaron a su mente como si ella misma estuviese susurrándoselas al oído: «Es una poción que cura cualquier herida, por grave que sea. Solo tienes que bebértela y sanarás…».

Había llegado la hora de comprobar si aquel regalo era tan eficaz como la llave dorada. Extrajo el frasco del saquillo y lo destapó sin esfuerzo.

Junto a la escalera, Camelia dejó escapar una exclamación de sorpresa.

—¿Qué es eso? —exigió saber—. ¿Cómo lo has conseguido?

Felicia no le prestó atención. Levantó la cabeza del exánime Cornelio y vertió el contenido de la redoma entre sus labios lívidos. Recordó oportunamente que el hada le había indicado que debía beber toda la poción para que surtiera efecto, de modo que levantó el frasco para apurar hasta la última gota. Cornelio tragó el líquido con dificultad y tosió como si estuviese a punto de ahogarse. La muchacha lo ayudó a incorporarse y, cuando se recuperó un poco, le abrió la camisa para asegurarse de que la poción mágica había funcionado. Tuvo que limpiar un poco la sangre con la tela, pero suspiró profundamente al comprobar que, en efecto, la herida se había cerrado. Tan solo quedaba una cicatriz que se estrechaba poco a poco ante los ojos de los dos jóvenes.

—¿Qué ha sido eso? —pudo decir por fin Cornelio, aturdido, cuando la señal desapareció por completo.

Felicia no lo escuchaba. Se había girado para mirar a su madrina, que los contemplaba con gesto sombrío.

—Hay muchas cosas que debes explicarme, Felicia. ¿Por qué querías escapar del castillo?

—Yo no… —empezó ella.

Pero el hada la interrumpió con severidad:

—¡No me mientas! Te he descubierto abriendo la puerta…, quién sabe cómo…, en compañía de este… este…

—Es un príncipe, madrina —declaró Felicia con orgullo.

—Naturalmente —replicó ella, como si no esperara otra cosa.

—Pero no iba a marcharme con él. Solo…

—¿Crees que soy estúpida? ¡Si hasta te has tomado la molestia de hacer el equipaje! ¿Y de dónde has sacado esos… objetos mágicos?

Felicia iba a responder, pero Cornelio se puso en pie y se enfrentó a Camelia para intervenir en la discusión.

—Ella solo trataba de ayudarme —explicó con serenidad—. He pasado mucho tiempo encantado y…

Se interrumpió, porque Camelia había dado un paso atrás y lo contemplaba con la turbación de quien acaba de ver un fantasma.

—No puede ser —murmuró, atónita—. ¿Cornelio?

Él la observó con mayor atención y la reconoció por fin. Sus ojos se redondearon por la sorpresa.

—¿Madrina? ¿Cómo… cómo es posible?

Felicia los miró a los dos, boquiabierta.

—¿Es… tu hada madrina también? —le preguntó a Cornelio, sin terminar de creerlo.

Camelia ladeó la cabeza, entornó los ojos y lo contempló con suspicacia.

—La última vez que te vi aún seguías petrificado en el sótano. —Volvió la mirada hacia Felicia e inquirió—. ¿Has sido tú quien lo ha desencantado?

Pero la joven aún seguía asimilando las implicaciones de aquel descubrimiento.

—¿Tú eras su hada madrina? —quiso asegurarse, por si no lo había entendido bien—. ¿Y permitiste que la bruja lo convirtiera en piedra? ¿Y que se quedara así durante… décadas?

Camelia se encogió de hombros.

—Todos los héroes corren riesgos —murmuró—. Y no fue culpa mía que no pudiera desencantarlo. Es obvio que hasta ahora no lo había besado la persona adecuada —añadió, burlona.

Felicia enrojeció, pero Cornelio logró reponerse de su desconcierto y se interpuso entre ambas, indignado.

—¿Esto es obra tuya? —exigió saber, señalando los espinos que los aguardaban al otro lado de la puerta. Camelia lo miró con indiferencia.

—Es una precaución necesaria.

—¿Necesaria? —repitió el príncipe, estupefacto; se llevó las manos al vientre, donde la rama espinosa lo había atravesado.

Felicia sollozó, devorada por la angustia.

—Es tu ahijado —insistió—. ¿Por qué has hecho que los zarzales lo atacaran?

—No debería haber intentado salir sin mi permiso —replicó Camelia fríamente—. Nadie sale de este castillo sin mi permiso. ¿Ha quedado claro?

—No —contradijo Cornelio; extrajo su espada del cinto y la alzó ante ella con gesto resuelto—. No te reconozco, madrina. No comprendo qué te ha sucedido en todo el tiempo que he estado encantado… pero esto no está bien. Déjanos marchar. He de volver a casa, y Felicia vendrá conmigo.

Camelia respondió con una carcajada.

—No está en tu mano tomar ese tipo de decisiones, Cornelio —respondió—. Y no puedes soñar siquiera con hacerme frente. Tu fuerza y tu valor no tienen nada que hacer ante mi magia —concluyó, y los príncipes contemplaron, boquiabiertos, cómo la espada del joven se deshacía súbitamente, como si su madrina la hubiese pulverizado con sus palabras.

Ella sonrió y tendió la mano hacia la muchacha.

—Vamos, Felicia —indicó—. Vuelve a tu cuarto. Si lo haces ahora, olvidaré esta ridícula… rebelión.

Felicia, que se había quedado mirando estupefacta la inútil empuñadura que sostenía Cornelio, se volvió entonces hacia ella con los ojos llenos de lágrimas.

— ¿Y qué pasará con él?

—Puede quedarse aquí, si lo desea. Pero, si trata de poner un solo pie fuera del castillo, los espinos lo atacarán. Y si eso llega a suceder, me temo que no podrás hacer nada para salvarlo. ¿Me equivoco?

Felicia se estremeció, al tiempo que dirigía una rápida mirada a la redoma vacía. Recordó que aún conservaba el último regalo de las hadas, aquella varita mágica que solo podría utilizar en una ocasión, y rebuscó en su bolsa de cuero para recuperarla. Cuando sus dedos se cerraron en torno a ella, sintió que todo el valor que había perdido regresaba a su corazón para infundirle fuerzas.

—No, madrina —replicó entonces—. No voy a volver contigo. Déjanos marchar a los dos. De lo contrario…

Las palabras murieron en sus labios. La sonrisa burlona de Camelia se acentuó.

—¿De lo contrario…? —repitió.

Felicia tragó saliva y sacó la varita de un tirón. La alzó ante ella, en un gesto que esperaba que fuese resuelto y desafiante, mientras daba un paso al frente para proteger a Cornelio de la ira de su madrina.

Los ojos de Camelia se centraron en la varita.

Y entonces, ante el desconcierto de sus dos ahijados, el hada estalló en carcajadas.

Polvo y espinas

Felicia se sintió ofendida ante el desprecio de su madrina.

—¡Esto es una varita mágica! —le espetó, agitándola ante ella; su voz sonó algo temblorosa, sin embargo, lo cual restó firmeza a sus palabras—. Me la regaló un hada madrina. Una de verdad.

Camelia entornó los ojos y fingió que no le molestaba aquella observación.

—¿En serio?

—S-sí —respondió Felicia, insegura de pronto—. Ella dijo… dijo que tiene grandes poderes.

Camelia esbozó una media sonrisa sardónica.

—Y luego dicen que yo soy cruel —comentó.

Avanzó un paso hacia ella, pero Felicia retrocedió y alzó todavía más la varita. Camelia suspiró, exasperada.

—¿Qué pretendes hacer con eso? Se acabó el juego, Felicia. Me he cansado de ser paciente. No vas a salir del castillo, y no se hable más. ¿O acaso has olvidado lo que sucedió la última vez que abandonaste mi protección?

La muchacha se estremeció al evocar a la bruja de la casa de dulce, pero se esforzó en parecer valiente.

—No, pero no me importa —declaró; y las palabras brotaron de sus labios como si recitase un antiguo conjuro olvidado—. Deseo ser libre, y desde hoy renuncio a tu protección.

En cuanto hubo pronunciado esta sentencia, el mundo pareció paralizarse de pronto. Los espinos dejaron de susurrar al otro lado del muro; Camelia palideció y su rostro quedó un instante congelado en una mueca de auténtico horror.

—No… puedes… hacer eso —susurró por fin con un hilo de voz.

Felicia parpadeó y contempló la varita, maravillada. Camelia trató de avanzar hacia ella, pero la muchacha se apresuró a interponerla de nuevo entre ambas y repitió atropelladamente:

—¡Deseo ser libre, y desde hoy renuncio a tu protección!

Camelia lanzó un grito desesperado, se abalanzó sobre ella y le arrebató la varita con una mano, mientras con la otra trató de aferrarla por la muñeca. Cornelio intervino para detenerla. Mientras forcejeaban, el joven exclamó:

—¡Dilo otra vez, Felicia! ¡Pronuncia las palabras!

Camelia luchó por impedirlo. Se levantó de pronto un viento huracanado que lanzó a Cornelio hacia atrás, precipitándolo contra el muro, y sacudió los zarzales que rodeaban el castillo. Felicia sollozaba, aterrorizada al ver la varita en manos de su madrina.

Camelia avanzó hacia la muchacha, que retrocedía hacia la puerta abierta y la amenaza de los espinos vivientes.

—No puedes hacer eso —le advirtió—. Tu padre te entregó a mí. Me perteneces para siempre.

Felicia estaba paralizada de espanto. El viento sacudía su cabello negro y secaba las lágrimas en sus mejillas. Los zarzales murmuraban a sus espaldas y alargaban sus garras erizadas de espinos, dispuestos a atraparla si trataba de escapar.

—Solo tienes que pedir disculpas —prosiguió Camelia con una torcida sonrisa—, y lo olvidaré todo. Y, en cuanto a esto… —añadió.

Alzó la varita ante ella con la clara intención de romperla. Pero súbitamente su mirada se quedó prendida en el objeto y su boca se abrió en un gesto de genuina sorpresa.

—¿Cómo… cómo ha llegado esto a tus manos? —musitó, anonadada.

Felicia no tuvo fuerzas para responder. Camelia se volvió bruscamente hacia ella, y sus hombros se convulsionaron en una risa desquiciada:

—Han sido ellas, ¿verdad? —exclamó con voz aguda—. No podían dejarme en paz. Oh, normalmente se les da muy bien mirar para otro lado, así que... ¿por qué no dejan de atormentarme? ¿Por qué no se han olvidado de nosotras, dime? ¿Por qué?

Felicia no supo qué contestar. Camelia se volvió hacia todos lados, como si esperase ver aparecer a las hadas en cualquier momento.

—¡Sé que me estáis espiando! ¡Salid y dad la cara! ¡Orquídea! ¿Ha sido idea tuya, pretenciosa entrometida?

Prestó atención, pero solo oyó el gemido de los zarzales sacudidos por el viento.

—¡Las leyes de la magia me dan la razón! —bramó Camelia—. En virtud del pacto, la chica me pertenece. ¿No es así? —añadió, volviéndose con brusquedad hacia Felicia—. ¡Vamos, habla! Eres mía, ¿no es cierto?

Felicia estaba muerta de miedo. Camelia se vio de pronto reflejada en sus ojos, y algo se rompió en su interior cuando advirtió que ella, su ahijada, la niña a la que había criado, la miraba ahora con el horror con el que contemplaría a un monstruo que hubiese hallado de pronto bajo su cama.

La soltó, confundida, desbordada por la situación. Quiso volver atrás, devolver al monstruo al lugar del que nunca debería haber salido; pero entonces Felicia entreabrió los labios y dijo con esfuerzo:

—Deseo... ser... libre...

Camelia la miró, horrorizada.

—... y desde hoy... —prosiguió la muchacha.

—¡No! —gritó el hada; alzó las manos hacia ella para tratar de retenerla, pero Felicia dio un paso atrás y se apresuró a concluir:

—¡Renuncio a tu protección!

El viento cesó súbitamente; Camelia jadeó y se tambaleó, como si una fuerza invisible la hubiese golpeado de pronto. Ante su atónita mirada, los zarzales se detuvieron y, con un estremecimiento, se desintegraron y cayeron al suelo, cubriendo el exterior con una lluvia de polvo y espinas.

Un pedazo de madera

Camelia se dejó caer de rodillas sobre las baldosas del vestíbulo; sintió que su poder la abandonaba poco a poco mientras la magia del Pacto de la Vieja Sangre se disolvía lentamente en su interior. Apenas percibió cómo Felicia ayudaba a levantarse a Cornelio y ambos jóvenes, tan juntos que sus siluetas parecían una sola, abandonaban para siempre el castillo, en pos de la libertad. Cerró los ojos para afrontar el dolor que le producía la ruptura del vínculo que la unía a la pequeña princesa perdida. Una parte de ella deseaba vengarse, correr tras la pareja y emplear su magia contra ellos. Una vez roto el pacto, su poder había menguado súbitamente; pero Camelia aún era una criatura sobrenatural y, si se proponía hacerles daño, no habría nada que aquellos simples mortales pudiesen hacer para evitarlo.

Sin embargo, decidió quedarse allí, sola, porque no encontraba fuerzas para reaccionar. Sus manos se cerraron en torno a la varita que le había arrebatado a Felicia. Abrió los ojos para contemplarla con detenimiento.

No se había equivocado. Era la varita que procedía del árbol de Flor de Avellano. La misma que Dalia había dejado abandonada en su casita del bosque en la última reunión de hadas que la propia Camelia había organizado hacía... ¿cuánto tiempo...? ¿Dieciséis años, diecisiete? No lo sabía con exactitud.

Lo que sí recordaba era que había guardado aquella varita en su faltriquera durante los caóticos días que precedieron al pacto que había sellado con Simón. Meses después, cuando se llevó consigo a la heredera de Vestur el día de su bautizo, había abandonado su casa, y estaba bastante segura de que la varita se había quedado allí. ¿Cómo la había obtenido Felicia? Estaba casi convencida de que tenían que haber sido sus antiguas amigas, las hadas. Se indignó al imaginar a aquellas tres entrometidas husmeando en su casa para llevarse sus efectos personales. No obstante, aunque entraba dentro de lo posible que alguna de ellas hubiese encontrado la varita de Dalia, aquello no explicaba cómo había ido a parar a manos de Felicia. Ni cómo había obtenido su ahijada la pócima mágica con la que había curado a Cornelio; ni de qué manera había logrado acceder a la sala de las estatuas, en primer lugar.

Camelia sacudió la cabeza. Se había asegurado de que nadie entrara en el castillo en todos aquellos años, y los espinos habían cumplido su papel a la perfección. Solo había una explicación: las hadas habían contactado con Felicia durante su breve estancia en la casa de Azalea. Pero, en ese caso, ¿cómo era posible que la muchacha se las hubiese arreglado para guardar aquellos objetos durante tanto tiempo? Camelia debería haberlos descubierto mucho tiempo atrás. Solo una magia más poderosa que la suya podría haberlos ocultado a su percepción. Magia Ancestral, tal vez.

Se cubrió el rostro con las manos, aturdida. Detrás de aquel plan intuía la huella de Ren. Y, sin embargo, el zorro no podía saber lo que aquella varita significaba para ella. Nadie podía comprenderlo... salvo otra hada madrina.

Sostuvo la varita entre las manos. No era más que un pedazo de madera sin ningún tipo de poder y, no obstante...

Un eco lejano susurró en su mente unas palabras más poderosas que cualquier hechizo: «Por la memoria de Flor de Avellano».

Y los recuerdos la inundaron súbitamente con la fuerza de la marea rompiendo contra los acantilados; memorias de días pasados, de su infancia en el país de las hadas, de las promesas que ella y sus compañeras habían hecho, primero ante la reina de las hadas y después ante la tumba de Flor de Avellano. Instantes fugaces de su vida como hada madrina, de todos los jóvenes mortales a los que había brindado su magia, su apoyo y su consejo.

Y, entre todos ellos... Simón. Camelia gimió, angustiada, al reconocer de pronto lo mucho que Felicia le recordaba a su padre, al sentir, por primera vez en dieciséis años, el agudo dolor que le producía evocar el rostro del joven mozo de cuadra al que había conducido hasta el trono de Vestur.

—Simón… —susurró, y sus ojos se llenaron de lágrimas.

Así que era aquello. Tanto tiempo, tanto sufrimiento, tantas tribulaciones… para reconocer lo que Ren había adivinado desde el principio: que se había enamorado perdidamente de Simón, su ahijado mortal. Y que él no sentía lo mismo por ella.

El hada sacudió la cabeza. Nunca antes se había atrevido a admitirlo, ni siquiera ante sí misma. Quizá porque recordaba muy bien la clase de criatura en la que se había convertido Magnolia después de una decepción similar. Miró a su alrededor; aquel oscuro castillo, el silencio sepulcral, los restos de los espinos barridos por la brisa del amanecer…

—¿Por qué he hecho esto? —se preguntó, aturdida—. ¿Quién soy yo? Felicia…

No se atrevió a llamarla en voz alta. Sabía que no regresaría.

Y no podía reprochárselo, porque ¿acaso era Camelia muy diferente de la bruja que había habitado aquel lugar antes que ella? ¿Cuántos valientes habían perecido entre los espinos por su culpa?

No obstante, no podía ser algo tan simple como un desengaño amoroso. Cierto, podía resultar devastador para el corazón de un hada, pero había mucho más. El trabajo, el cansancio, la decepción, la ingratitud de sus ahijados, las dudas…, el dolor de la traición…

«Ren», recordó de pronto. Y evocó la voz del zorro y su torpe disculpa: «No fue nada personal, Camelia».

Dejó caer la cabeza y, por primera vez en mucho tiempo, lloró.

Y las lágrimas llenaron por fin el oscuro vacío de su corazón.

Una nueva vida

Cornelio y Felicia cruzaron lo que quedaba del bosque en silencio, cogidos de la mano. Hacía mucho tiempo que los zarzales habían ahogado toda la vegetación en torno al castillo; ahora, los dos jóvenes caminaban sobre un suelo árido y polvoriento, salpicado de espinas negras. Aquí y allá divisaban huesos humanos medio sepultados entre los restos de los zarzales, lo único que quedaba de todos los héroes y aventureros que habían tratado de rescatar a la princesa de Vestur a lo largo de los años.

Felicia avanzaba muy pegada a Cornelio, que la rodeaba con un brazo mientras sostenía ante sí una espada herrumbrosa que había arrebatado a uno de los esqueletos. Pero nada quedaba en aquel paraje desolador que pudiera amenazarlos. Un poco más lejos se extendía un anillo verde que rodeaba el castillo y el cementerio de espinos.

—Al otro lado se encuentra el mundo, querida —susurró Cornelio al oído de su compañera—. Y tú y yo lo recorreremos juntos.

Felicia sonrió por primera vez desde su enfrentamiento con Camelia, y sintió una nueva emoción palpitando en su pecho.

Alcanzaban ya la primera hilera de árboles cuando un grupo de soldados les salió al encuentro. Todos ellos llevaban la enseña del reino de Vestur, pero Felicia no la conocía y se ocultó tras Cornelio, temerosa.

Los hombres se detuvieron ante ellos y los observaron con atención. Cornelio mantuvo la espada en alto, cauteloso.

—¿Quiénes sois, y qué hacéis aquí? —exigió saber uno de los soldados.

—Yo soy el príncipe Cornelio de Gringalot —respondió el joven—, y esta doncella es la princesa Felicia, que ha roto el hechizo que me mantenía prisionero en el castillo encantado.

Hubo un murmullo entre los hombres de armas cuando Cornelio pronunció el nombre de la muchacha. El que parecía el capitán cruzó una mirada de entendimiento con los demás y se adelantó unos pasos para dirigirse a Felicia.

—¿Sois vos acaso —preguntó, inclinándose ante ella— la princesa Felicia de Vestur, a quien tanto tiempo llevamos buscando?

Ella titubeó un momento.

—No lo sé —respondió por fin—. Solo sé que me llamo Felicia y que un hada me separó de mis padres cuando era un bebé. He vivido en el castillo desde entonces.

El capitán le alzó la barbilla para estudiar sus rasgos.

—El parecido es notable, en efecto —murmuró para sí mismo.

Sus hombres aguardaban tras él, expectantes. Uno de ellos no pudo soportar más la tensión y rompió el silencio para preguntar, con cierta timidez:

—¿Entonces… se trata de ella? ¿De la princesita perdida?

El capitán sonrió, y las lágrimas empañaron sus ojos cansados.

—Sí, es ella. No me cabe ninguna duda.

Entonces hincó la rodilla en el suelo, se llevó la mano derecha al corazón e inclinó la cabeza ante ella.

—¡Salve, Felicia, princesa heredera de Vestur! —proclamó con voz potente.

Todos sus hombres lo imitaron; se postraron ante ella y exclamaron, todos a una:

—¡Salve, Felicia, princesa heredera de Vestur!

La joven, aturdida, no pudo reaccionar. Permaneció en pie ante ellos, sin saber qué decir, hasta que una figura se aproximó corriendo desde la espesura. Felicia clavó la vista en el hombre que se abría paso entre los soldados con la angustia pintada en su rostro y la esperanza brillando en sus ojos; lo vio llegar hasta ella, como en un sueño, y apartar al capitán para contemplarla, maravillado, como si acabara de hallar un oasis en pleno desierto. La muchacha le devolvió la mirada, pensando que le resultaba extrañamente familiar. Tendría unos treinta y cinco años; pero su cabello negro estaba prematuramente veteado de gris, lucía una descuidada barba de varios días y en sus ojos había un poso de tristeza y amargura que lo hacía parecer mayor de lo que era. Felicia se dio cuenta de que los soldados le cedían espacio con grandes muestras de respeto. El capitán dio un paso atrás y se inclinó ante él, murmurando:

—Majestad…

El recién llegado no le hizo caso. Seguía con la mirada fija en la joven, ignorando también a su acompañante.

—Felicia —susurró con la voz rota por la emoción.

Y entonces ella recordó dónde lo había visto antes. Apenas había pensado en aquel hombre a lo largo de todos aquellos años, pero aún conservaba en su arcón la capa con la que él la había cubierto para protegerla del frío, no muy lejos de aquella siniestra casita de dulce.

—Padre —dijo por fin.

Los ojos de Simón, rey de Vestur, se llenaron de lágrimas. La estrechó entre sus brazos, y Felicia apoyó la cabeza en su hombro, sintiéndose reconfortada y segura por primera vez desde que había roto el hechizo que pesaba sobre Cornelio.

Apenas se percató de que el capitán daba unas breves órdenes a sus soldados, y tampoco se fijó en el grupo armado que poco después se adentró en el erial de espinos, en dirección al castillo. Ni vio los extraños artefactos de metal que llevaban con ellos.

Porque una nueva vida la aguardaba al otro lado del Bosque Maldito, y por primera vez creía en la posibilidad de que pudiese ser mejor que todo cuanto dejaba atrás.

Zapatos de hierro

Camelia tampoco prestó atención en un principio a la tropa de hombres armados que irrumpió súbitamente en el castillo. Había dejado de llorar, pero seguía allí, en el vestíbulo, postrada sobre las frías baldosas, con la varita sobre el regazo, vencida por las intensas emociones que despertaban los recuerdos en su corazón. Contempló con desgana a los soldados que se acercaban a ella, rodeándola con cautela, con las armas en alto.

—¿Qué habéis venido a hacer aquí? —preguntó, aunque no le importaba en realidad.

El que parecía el líder de todos ellos vaciló un instante; después carraspeó y anunció con tono autoritario:

—Hemos venido a detenerte en nombre de los reyes de Vestur, por haber secuestrado a su hija, la princesa Felicia, y haberla retenido en este mismo castillo durante quince largos años. Entrégate ahora, bruja, y serás juzgada por tus crímenes. De lo contrario…

No terminó la frase, pero la amenaza quedó flotando sobre ellos. Camelia, sin embargo, lo miró y se echó a reír a carcajadas.

Los soldados se mostraron desconcertados un momento; pero no tardaron en abalanzarse sobre ella para arrebatarle la varita de las manos. Camelia no se defendió. Seguía riendo, como si el mundo entero le pareciese un chiste, una broma que había que celebrar.

Pero de pronto se oyó un chirrido metálico y un chasquido, y Camelia dejó de reír. Contempló con horror e incredulidad el aparatoso zapato de hierro que aprisionaba su pie izquierdo, y que le produjo un súbito e intenso dolor que ascendió por su pierna hasta sacudir cada célula de su cuerpo. El hada gritó y trató de debatirse, pero los hombres no se lo permitieron. La sujetaron entre todos mientras uno de ellos le colocaba el otro zapato en el pie derecho.

El primer impulso de Camelia fue tratar de desaparecer de allí. Pero entonces descubrió, aterrada, que su magia ya no la obedecía, como si aquel incómodo calzado hubiese neutralizado de golpe todo su poder.

—¿Qué... me habéis hecho? —gimió.

Como a todas las criaturas sobrenaturales, no le gustaban los objetos de hierro. Pero jamás había imaginado que algo así pudiese anularla de aquel modo.

Camelia se revolvió de nuevo, pero no pudo evitar que los soldados la ataran y amordazaran. Los zapatos de hierro le pesaban como si tuviese los pies encadenados a sendas balas de cañón.

—Funciona —dijo el capitán, sorprendido.

—Ya os lo dije —respondió una voz conocida desde las sombras, con suavidad—. Ahora ya no podrá haceros daño. Ni tampoco escapar.

Camelia, tratando de sobreponerse al dolor, volvió la cabeza para ver el rostro de su verdugo. En la penumbra distinguió una silueta alta y esbelta y una cabellera rojiza, y hasta le pareció vislumbrar una cola de zorro batiendo el aire con cierto nerviosismo.

«No puede ser —pensó con desesperación mientras un dolor agudo le traspasaba el corazón como una daga de fuego—. No puede ser. Él, no.»

Pero no tuvo ocasión de comprobar la identidad de su captor, porque el dolor y la tristeza la hicieron desvanecerse y, un instante después, todo se puso negro.

Él se encargará

Un par de días más tarde, tres hadas se reunieron con urgencia, acudiendo a la llamada de una de ellas. No se trataba de una cita corriente; la prueba era que solo habían transcurrido dos años desde la reunión anterior.

Gardenia, no obstante, saludó a sus compañeras con una sonrisa y comentó:

—¡Qué rápido pasa el tiempo! No puedo creer que ya se hayan cumplido siete años desde nuestro último encuentro, queridas.

—Esta no es una de esas reuniones, Gardenia —replicó Orquídea frunciendo el ceño—. Si lo fuera, estaríamos las tres en tu casa, y no en la de Lila —dejó caer.

—Bueno, no importa el lugar, siempre que la merienda esté a la altura —replicó la anciana tomando asiento ante la mesa; echó un vistazo al mantel y frunció el ceño al comprobar que solo había zumo de arándanos.

—No he tenido tiempo de preparar nada —se justificó Lila— y, de todos modos, no os he llamado para merendar.

—Ah, ¿no? —dijo Gardenia, decepcionada.

—No —reiteró Lila con firmeza—. Tenemos que hablar de Camelia.

—No comprendo qué pasa con ella —planteó Orquídea—. Está claro que la niña ha decidido regresar con sus padres, y por eso se ha roto el pacto. Pero no entiendo cómo han logrado capturar a Camelia esos mortales. Si es cierto que sigue en las mazmorras del palacio de Vestur, ¿por qué no se ha escapado todavía?

Lila vaciló antes de responder en voz baja:

—Dicen que le han puesto unos zapatos de hierro.

Las hadas callaron, horrorizadas. Orquídea palideció.

—No es posible —susurró—. ¿Cómo han podido saber…?

—No lo sé, pero hay que rescatarla. A cualquier precio.

—A cualquier precio, no —replicó Orquídea—. Ya sabes por qué no intervinimos cuando Magnolia y Azalea se volvieron locas. Las hadas madrinas no debemos mezclarnos en esos asuntos.

—¿Por qué no? —se rebeló Lila.

—Ya lo hablamos en su momento, por si no lo recuerdas. Esas brujas eran demasiado parecidas a nosotras. Los humanos no debían relacionarnos con ellas, porque, si lo hacían, podían dejar de confiar en las hadas madrinas. Además, cada cual debe pagar las consecuencias de sus propios actos, Lila. Nadie obligó a Camelia a secuestrar a esa niña.

—Pero…

—Sé lo que sientes; yo también estoy preocupada por Camelia y…

—No, no lo estás —estalló Lila—. Todo esto es culpa tuya, reconócelo: si no la hubieses obligado a cargar con tu ahijado, ella nunca…

—¡Un momento! No es culpa mía. Lo único que tenía que hacer Camelia era emparejar a ese chico con la princesa, no enamorarse de él. ¿Cómo iba yo a saber que se fijaría en un humano tan vulgar?

—Por favor, bajad la voz —intervino Gardenia; pero sus compañeras no la escucharon.

—¡Por lo menos deberías mostrar un poco más de interés por ayudarla! —le reprochó Lila a Orquídea—. Si te preocupa más tu reputación que la vida de Camelia…

—¡Por supuesto que no! —se defendió ella—. Pero también me importaban Magnolia y Azalea, igual que a todas. Y en su momento estuvimos de acuerdo en dejar que siguieran su propio camino, ¿recuerdas?

—¡Pero Camelia no es una bruja!

—¿Eso crees? ¿Es que ningún ahijado tuyo ha muerto estrangulado por ese horrible espino que rodeaba su castillo?

—¡Silencio! —exclamó entonces Gardenia; las dos hadas se callaron un momento, y justo entonces se oyeron unos golpes apremiantes en la puerta—. Lleva un rato llamando —explicó la anciana con placidez—. No vamos a dejarla fuera, ¿verdad?

Lila y Orquídea cruzaron una mirada.

—¿Esperabas a alguien más? —preguntó Orquídea, intrigada.

—No —respondió Lila, tan desconcertada como ella.

Corrió a abrir la puerta. Fuera se encontró con una mujer de entre veinticinco y treinta años, de cabello oscuro recogido en una larga trenza y mirada dulce y serena que contrastaba con la seriedad de su gesto.

—Hola —saludó Lila, vacilante—. ¿Nos… conocemos?

La mujer sonrió.

—Sí —respondió—, pero es muy posible que no me recuerdes. Soy Rosaura.

El hada se quedó mirándola un instante, completamente perdida.

—Soy la pupila de Ren, el zorro —aclaró ella—. Fui la última ahijada de Camelia antes de que… bueno, antes de que cambiara.

Lila la reconoció por fin y enrojeció como una cereza.

—¡Oh, por supuesto! Pasa, por favor. Discúlpame; los mortales cambiáis mucho con el paso de los años.

—Lo sé —convino ella—. A mí, en cambio, me resulta extraño que vosotros no lo hagáis. —Frunció el ceño, pensativa—. Casi parece que te doblo la edad y, sin embargo, sé que tienes cientos de años. Y en cuanto a Ren…, bueno, cada vez le cuesta más mangonearme como si fuese mi hermano mayor, porque hace mucho tiempo que ya no lo aparenta —añadió con una alegre sonrisa.

Lila sonrió, un tanto incómoda.

—Claro, Ren —respondió—. Imagino que es él quien te envía, ¿no es así?

Rosaura asintió, entrando en la casa tras ella. Dirigió una mirada pensativa a Gardenia y Orquídea, que permanecían sentadas en torno a la mesa, y aguardó a que Lila hiciese las presentaciones. Después saludó y dijo:

—No voy a quedarme mucho tiempo. No quiero interrumpir vuestra reunión, pero traigo un mensaje de Ren.

Orquídea frunció el ceño.

—Otra vez ese zorro intrigante —se quejó—. ¿Puede saberse por qué no ha venido él mismo, si tanto interés tenía en hablar con nosotras?

—Está ocupado —respondió Rosaura—, pero me ha pedido que os diga que no debéis inquietaros por Camelia. Él se encargará de ella.

Lila entornó los ojos, suspicaz.

—¿En serio? ¿Y cómo piensa hacerlo?

Rosaura se encogió de hombros.

—Eso no me lo ha dicho.

—Bueno, pues ya está solucionado, ¿no es así? —dijo Orquídea visiblemente aliviada—. Ren se ocupará de rescatar a Camelia.

—Pero… —quiso protestar Lila, no muy convencida.

—Yo voto por dejar todo este asunto en las patas de Ren —cortó su compañera, alzando alegremente la mano—. ¿Alguien más?

Ante el horror de Lila, Gardenia también levantó la mano con aire distraído.

—Bueno, pues ya está —concluyó Orquídea con una amplia sonrisa—. Ren se encargará de salvarla. Después de todo, es un Ancestral —le recordó a Lila—. Cuenta con muchos recursos que a nosotras se nos escapan.

—Qué bien se te da escurrir el bulto —murmuró el hada entre dientes. Alzó la mirada hacia Rosaura y le preguntó—: ¿No hay nada que nosotras podamos hacer? He oído que van a celebrar un juicio… Si buscáis testigos, yo…

—Las hadas no somos bienvenidas en Vestur, ya lo sabes —interrumpió Orquídea.

—¿Y desde cuándo los humanos imponen sus normas a las hadas?

—No te preocupes; seguro que Ren no permitirá que los humanos lleguen tan lejos. ¿No es verdad, Rosaura?

Ella se limitó a sonreír.

La bruja debe morir

Camelia jamás se había sentido tan indefensa y asustada. Llevaba varios días encerrada en las mazmorras del palacio real de Vestur, incapaz de utilizar su magia para escapar. Aquellos zapatos de hierro mordían su esencia sobrenatural de la misma forma que laceraban su piel, debilitándola día tras día, volviéndola tan vulnerable como una humana cualquiera.

Nadie había ido a visitarla en todo aquel tiempo; tan solo el carcelero acudía a su celda dos veces al día para llevarle comida que ella apenas tenía fuerzas para tocar. Empezaba a pensar que tal vez la imaginación le había jugado una mala pasada, y Ren no había tenido nada que ver con su captura. Al principio había deseado fervientemente que todo aquello, y en especial la implicación de Ren, no fuese más que un mal sueño. Pero lo cierto era que a aquellas alturas ya todo le era indiferente. Se limitaba a dejar pasar los días, acurrucada sobre el pequeño camastro de la celda, sin osar preguntarse siquiera qué le depararía el futuro.

Una mañana, el carcelero acudió acompañado de varios guardias, y entre todos la sacaron de su celda y la arrastraron por el pasillo. Camelia los siguió como pudo, con aquellos pesados zapatos martirizando sus pies, repletos de llagas y cortes que su magia ya no era capaz de curar. La condujeron hasta una amplia sala donde se había reunido una multitud de personas que la observaban con una mezcla de miedo, odio y rencor. Al fondo había un estrado sobre el que se hallaba la familia real de Vestur, con la notable ausencia de Felicia. Los guardias hicieron sentar a Camelia en un banco, en uno de los flancos de la estancia, y el hada pudo contemplar por fin a Simón.

Había cambiado mucho. Era ya un hombre maduro, como atestiguaba su barba negra, en la que ya se vislumbraban algunas hebras plateadas. Parecía severo y cansado, aunque había aprendido a adoptar la actitud regia y serena que sus súbditos esperaban de él.

Camelia era consciente de que ella misma, por el contrario, aún tenía el aspecto de una muchacha adolescente, a pesar de sus largos siglos de existencia. Por un momento se preguntó cómo habría sido compartir su vida con Simón, o con cualquier otro humano, y verlo envejecer… o renunciar a su inmortalidad para encanecer a su lado.

Simón sorprendió su mirada, pero no le dedicó ningún gesto de simpatía, ni tan siquiera de reconocimiento. Se limitó a mantenerse serio e imperturbable, como si fuera aquella la primera vez que se veían.

Camelia no intentó comunicarse con él de ninguna manera. Tampoco miró a la reina Asteria, sentada en su trono junto a Simón, aunque podía adivinar que el tiempo también habría dejado huella en su rostro, y que probablemente no sentiría hacia ella mayor simpatía que su esposo.

Cuando todos hubieron ocupado sus puestos, un hombre bien vestido subió al estrado y comenzó a hablar. Camelia lo escuchó solo a medias, como si fuese una espectadora más de la vida de alguien a quien no conocía. Comprendió que se encontraba en algo parecido a un juicio y captó vagamente que se trataba del suyo propio. Pero se sentía atrapada en una especie de burbuja de irrealidad, como si nada de lo que decían tuviese la menor relación con ella. A lo largo de varias horas una serie de personas subieron al estrado a hablar ante el rey. Relataron historias escalofriantes acerca de un bosque de espinos vivos que había asesinado a alguno de sus seres queridos; hablaron de una princesita a la que habían conocido cuando era solo un bebé, y que después había sido secuestrada por una bruja malvada el mismo día de su bautizo. Incluso hubo un anciano que contó que, mucho tiempo atrás, la bruja del castillo había convertido a su hija en un ruiseñor y a su yerno en una estatua de piedra. Camelia vio que Simón vacilaba y se preguntó vagamente si sacaría de su error al anciano, si le diría que se había equivocado de bruja; pero el rey no habló, y a Camelia no le importó.

La última en intervenir fue la reina. Con la voz quebrada por la emoción, Asteria relató a los presentes los largos años de angustia sin su hija, las vidas que el bosque de espinos se había llevado consigo, los años que la joven princesa había perdido encerrada en aquel lúgubre castillo. Cuando calló, todos en la sala tenían los ojos llenos de lágrimas.

Entonces Simón preguntó:

—¿Hay alguien que quiera hablar en favor de la prisionera?

Camelia no reaccionó, pero en su interior evocó a todos aquellos que le importaban: sus amigas las hadas, todos sus ahijados…, el propio Simón… Felicia… Rosaura… Ren…

«Ren», suplicó en silencio. No esperaba que él la salvara, pero sí deseaba verlo una última vez. Escuchar su voz. Cerciorarse de que no era su enemigo. De que él la apreciaba de algún modo, aunque solo fuera un poco.

Pero nadie habló para romper el denso silencio que pesaba sobre la sala, y la débil esperanza que aleteaba en el corazón de Camelia se apagó como una de aquellas ominosas velas que ardían en la mansión de la Muerte.

—Hemos escuchado todos los testimonios —declaró entonces Simón—. Vamos a pronunciar el veredicto.

Un murmullo de impaciencia recorrió la sala.

—¡Sacadle los ojos! —gritó alguien desde el fondo.

Y enseguida se le unieron otras voces:

—¡Encerradla en un barril repleto de clavos y echadla por un precipicio!

—¡No, llenad el barril de víboras y culebras!

—¡Que pongan sobre las brasas esos zapatos de hierro y la hagan bailar con ellos hasta que reviente!

Los asistentes continuaron sugiriendo castigos para Camelia, a cual más cruel y espeluznante. Pero entonces Simón alzó la mano y todos callaron de inmediato.

El rey de Vestur se puso en pie y contempló largamente a la prisionera. Y no le tembló la voz, ni hubo el menor destello de compasión en sus ojos cuando declaró:

—La bruja debe morir.

Un buen maestro

Después de vitorear a sus soberanos, y de que los guardias se llevaran a la bruja de vuelta al calabozo, los vesturenses fueron abandonando la sala para regresar a sus quehaceres. El rey había declarado que la criatura sería incinerada al amanecer en la plaza mayor de la ciudad, y todos se mostraban satisfechos y entusiasmados ante la perspectiva del espectáculo que iban a presenciar.

Rosaura había asistido al proceso entre la multitud que se agolpaba al fondo de la sala; pero, aunque había sido de las primeras personas en salir al patio, ahora se había demorado a propósito hasta quedar entre los últimos rezagados. Sus ojos estudiaban los rostros de los asistentes con inquietud, pero no reconoció a nadie; por fin, cuando los guardias la obligaron a abandonar el castillo para tomar el camino que conducía a la ciudad, se dio por vencida y asumió que la persona a la que buscaba no se hallaba allí.

Se encontró con él, sin embargo, cuando ya no lo esperaba. Ren la aguardaba junto a un recodo del camino, pasado el puente de piedra, al pie de un gran castaño. Rosaura se detuvo para mirarlo, maravillada de lo joven que parecía. Siempre había sabido que se trataba de una criatura inmortal, pero era diferente comprobarlo por sí misma, descubrir que todo cambiaba a su alrededor con el paso de los años mientras él permanecía igual.

Se detuvo frente al Ancestral y tragó saliva antes de decir:

—Ya han dictado la sentencia.

—Lo sé —respondió él.

—La van a quemar en la hoguera.

Ren asintió de nuevo, sin una palabra. Rosaura guardó silencio un momento y finalmente murmuró, incómoda:

—Entonces… supongo que esto es una despedida.

El zorro sonrió.

—Ya lo sabías —dijo—. Pero no me echarás de menos. Ya has aprendido todo cuanto podía enseñarte; te irá bien en la vida.

—¿Es una predicción? —quiso saber ella—. ¿Se trata de otro de tus… poderes de Ancestral?

Los ojos castaños de Ren relucieron con picardía.

—Tal vez —respondió, deliberadamente ambiguo. La contempló con una sonrisa preñada de cariño y añadió— : Has sido una buena alumna, Rosaura.

—He tenido un buen maestro —respondió ella—. Dime, Ren: ¿no volveremos a vernos?

—No lo creo.

Se abrazaron con fuerza.

—Te echaré de menos —susurró Rosaura—. Gracias por todo.

—Gracias a ti —replicó él—. Sé feliz, ¿de acuerdo? Y no te fíes de los zorros. Ya sabes que son criaturas volubles y engañosas.

Rosaura respondió con una alegre carcajada.

—Lo tendré en cuenta.

Ren se separó de ella y le dedicó una elegante reverencia antes de dar media vuelta para desaparecer en la espesura. Rosaura lo contempló con el corazón encogido, pero no pudo evitar preguntarse por qué, después de tanto tiempo, el Ancestral había decidido adoptar una forma humana completa, sin aquella cola roja que traicionaba su naturaleza mágica, y de la que tan orgulloso se había sentido siempre.

Todos merecemos un final feliz

Camelia había escuchado su sentencia sin pronunciar una sola palabra ni tratar de defenderse. Todo aquello le parecía demasiado extraño, demasiado irreal.

Los guardias la arrastraron de nuevo hasta su celda. Iba tan aturdida que estuvo a punto de tropezar con el gato del carcelero, que se apartó de su camino con un maullido irritado. Camelia no pidió perdón. Ella no tenía la culpa de que aquellos espantosos zapatos entorpecieran sus pasos.

Cuando los humanos cerraron la puerta de nuevo, el hada se dejó caer sobre su camastro y enterró el rostro en la áspera manta que lo cubría.

Y rompió a llorar suavemente.

No sabía exactamente por qué. Quizá por el dolor que le producían los zapatos de hierro, tal vez por el hada que había sido, o por las personas a las que había querido, o por el hecho de que iba a morir al día siguiente. O por todo al mismo tiempo.

—¿Piensas dejar de autocompadecerte? —dijo entonces una voz a sus pies—. Porque tengo algo que decirte, y no dispongo de todo el día.

Camelia alzó la cabeza, sobresaltada, y miró a su alrededor. Estaba sola en la celda... con la excepción del gato del carcelero, que se las había arreglado para colarse por entre los barrotes y ahora se acicalaba con parsimonia en un rincón.

—Oh, eres tú —murmuró el hada; el gato dejó de lamerse la pata y alzó hacia ella sus ojos intensamente verdes—. Oh —repitió Camelia, sorprendida.

—¿Ya sabes quién soy? —maulló el animal.

—Ahora sí —contestó ella—. Disculpa que no te haya reconocido antes, pero es que estoy en una situación un tanto crítica, no sé si me entiendes. ¿Qué ha sido de tus botas?

—Hace tiempo que dejé de usarlas —respondió el gato con indiferencia—. Corren malos tiempos para nosotros, los Ancestrales, ¿sabes? Es mejor ir de incógnito. Pero no creo que tengas ganas de hablar de botas ahora mismo, ¿me equivoco? —concluyó, echando un vistazo de soslayo a los pies de Camelia.

Ella suspiró y sacudió uno de sus pesados zapatos.

—Los mortales ya no tienen respeto por nada —opinó el gato.

Camelia no respondió. Su mirada se nubló de tristeza al recordar el juicio al que acababa de asistir.

—Me han condenado a muerte —murmuró, ligeramente sorprendida.

—Se veía venir —respondió el gato—. ¿Sabías que han enviado a la princesa Felicia a Gringalot con su prometido? Ella no sabía que te habían capturado. Todo esto se está haciendo a sus espaldas, porque los reyes temían que hablase a tu favor en el juicio. No ha dejado de repetir desde que regresó que no eres tan mala en realidad.

Camelia lo miró con incredulidad.

—¿De veras? ¿Felicia no me odia?

—Pero eso no significa que quiera que vuelvas a ser su madrina.

—Ya supongo que no —murmuró ella—. Deseo que sea muy feliz con Cornelio.

—Todos merecemos un final feliz. Salvo las brujas, claro —añadió el gato con una sonrisa—. Las brujas deben morir.

Camelia inspiró hondo.

—¿Has venido a burlarte de mí?

—¿Quién se está burlando?

Camelia no se molestó en responder. Se dejó caer de nuevo sobre el camastro y clavó la vista en el techo de piedra, dando a entender que la conversación había terminado.

—Solo he venido a despedirme —prosiguió el gato, impertérrito—. Y a traerte un regalo de parte de un amigo.

—Yo no tengo amigos —murmuró Camelia.

—Ahora sí estás hablando como una bruja —señaló el felino, satisfecho—. Eso está bien; es lo que todo el mundo espera de ti.

—Muchas gracias por la información.

—De nada —respondió el gato; bostezó y se estiró cuan largo era sobre el frío suelo de piedra—. Adiós, Camelia. Mira bajo tu cama. Él dijo que sabrías apreciarlo.

Ella no respondió, ni se despidió del gato cuando este se escurrió por entre los barrotes de la puerta con un elegante movimiento.

Sin embargo, después de que el Ancestral desapareciera por el corredor, se inclinó para recoger el paquete que había dejado bajo su camastro. Lo abrió, intrigada, y, cuando descubrió lo que contenía, lanzó una exclamación de sorpresa.

Se acabó

A la mañana siguiente, cuando la primera uña de sol asomaba por el horizonte, una lúgubre comitiva salió del palacio y enfiló el camino de la ciudad. La encabezaba la carroza real, en la que viajaban los reyes de Vestur; los seguía la guardia en pleno, custodiando el carro en el que llevaban a la bruja, maniatada.

A ambos lados del camino se había reunido una multitud. Al principio aguardaban en silencio y se limitaban a ver pasar a la bruja con gesto hosco. Pero algunos comenzaron a abuchearla, y solo la presencia de la guardia impidió que le lanzaran huevos o la atacaran de alguna otra manera.

Recorrieron las calles de la ciudad hasta llegar por fin a su destino; los soldados se vieron obligados a abrir un paso entre la muchedumbre que abarrotaba el lugar para que la carroza pudiese llegar hasta el pie del estrado. Los reyes subieron a los sitiales que se habían dispuesto para ellos mientras el carro que transportaba a la bruja de los zapatos de hierro avanzaba hacia la pira erigida en el centro de la plaza.

Los guardias obligaron a Camelia a bajar del carro y luego la condujeron hasta el poste que se alzaba sobre el enorme montón de leña. La amarraron con fuerza para que no pudiera moverse, al tiempo que los vesturenses la increpaban y le deseaban la más horrible de las muertes.

Ella no reaccionó. Mantenía la cabeza baja, y su cabello castaño resbalaba sobre sus hombros, ocultándole el rostro.

El verdugo se volvió hacia el rey, aguardando la señal. En el estrado, Simón buscó la mano de Asteria y la estrechó con fuerza. Después asintió, indicando que la ejecución podía comenzar.

Y la plaza entera pareció enloquecer cuando el verdugo alzó en alto la tea encendida y la arrojó a la pira. Hubo un breve chisporroteo y la multitud contuvo el aliento. Unas tímidas lenguas de fuego lamieron los troncos y fueron, poco a poco, cobrando fuerza hasta que las llamas alcanzaron los pies de la condenada.

Los asistentes aullaron de júbilo.

Camelia sintió que el calor ascendía hacia ella, pero sobre todo percibió que sus zapatos de hierro se calentaban hasta extremos insoportables. Apretó los dientes, pero el dolor era demasiado intenso y gritó cuando aquellos zapatos al rojo vivo le abrasaron los pies.

Las llamas se alzaron más alto y envolvieron su cuerpo; Camelia abrió la boca para gritar, pero el humo inundó sus pulmones y la obligó a toser. El fuego se apoderó de sus ropas y quemó por completo sus alas, que se arrugaron y se deshicieron como la escarcha bajo el sol.

Camelia se retorció de dolor y siguió gritando en plena agonía, pero nadie hizo nada para ayudarla. El único que se aproximó fue el capitán de la guardia, y lo hizo solo para arrojar al fuego la varita de Flor de Avellano, que ardió junto con el hada que se abrasaba en la pira.

Por fin, cuando su cuerpo dejó de moverse y no se distinguía ya entre las llamas de la inmensa hoguera, cuyo intenso calor había hecho retroceder a los espectadores hasta las calles adyacentes, el rey Simón respiró por fin y cruzó una mirada con su esposa.

—Ya está —dijo solamente—. Se acabó.

Ella le sonrió; pero algo se apagó para siempre en los ojos del rey, y también en el fondo de su corazón.

No nos necesitan

No muy lejos de allí, en lo alto de una colina desde la que se divisaban la ciudad y la columna de humo que ascendía desde la plaza, Lila lloraba desesperadamente en brazos de Orquídea.

—¡Dijo… dijo que la ayudaría! —sollozaba—. ¡Dijo…!

—Dijo que él se encargaría de ella —rectificó Orquídea, abatida—. En realidad, en ningún momento afirmó que fuera a rescatarla. Nosotras interpretamos…

—¡Fuiste tú quien decidió dejarlo en sus patas! —gimió Lila—. ¡Y ahora los humanos la han matado!

Orquídea se mostraba profundamente afligida.

—Yo… lo siento, Lila. Creí que a él le importaba de verdad. Que no permitiría que le sucediese nada malo. Y además no fue Ren directamente quien habló con nosotras, sino Rosaura. ¿Cómo íbamos a dudar de ella?

—Nunca debimos confiar en él —hipó Lila—. Debimos haberla rescatado cuando tuvimos la oportunidad. Si lo hubiésemos hecho…

—No pensamos que las cosas llegaran tan lejos. Confiábamos en Ren, ¿no es así? Pero está claro que nos equivocamos.

Lila guardó silencio mientras se secaba las lágrimas.

—Si ya no podemos confiar en los humanos, y tampoco en los Ancestrales —dijo por fin—, ¿qué nos queda?

—Las hadas —intervino entonces Gardenia con gravedad.

Lila dejó escapar una risa repleta de amargura.

—¿De qué le ha servido a Camelia confiar en las hadas? Ninguna de nosotras ha movido un dedo para ayudarla.

—Todo el mundo debe seguir su propio camino —sentenció Gardenia—. Y todos llegamos al lugar al que debemos llegar. Sobre todo si contamos con el guía apropiado.

Orquídea movió la cabeza y suspiró, derrotada.

—Tal vez Dalia tuviese razón —murmuró—. Si le hubiésemos hecho caso entonces, la última vez que nos reunimos en casa de Camelia… Si hubiésemos regresado con ella al país de las hadas…

—Aún no es tarde para eso —opinó Gardenia.

Orquídea contempló su varita dorada.

—Tienes razón —asintió por fin—. Lo cierto es que no se nos ha perdido nada en el mundo de los humanos. Camelia pasó trescientos años desviviéndose por ellos… y mirad lo que le han hecho —concluyó con los ojos llenos de lágrimas—. Yo no puedo seguir así. No volvería a presentarme en ningún evento social de Vestur ni aunque me lo suplicasen de rodillas. Ni me veo capaz de seguir repartiendo dones entre los mortales. ¿Os imagináis… mirar a los ojos de un muchacho y pensar que en un futuro puede ser el rey que ordene tu muerte?

—No me lo esperaba de Simón —susurró Lila—. Camelia lo tenía en muy alta estima.

—A eso me refiero. Ya no le veo ningún sentido a esto. No sé cómo explicarlo.

—El tiempo de las hadas madrinas ya ha pasado —declaró Gardenia—. Igual que pasó el de los Ancestrales. Y se debe a que, en el fondo, los mortales no nos necesitan.

Lila la contempló con interés.

—¿Es eso lo que piensas de verdad, Gardenia?

Pero la anciana le dedicó una serena sonrisa.

—Estoy muy cansada —declaró—. Los huesos ya no me sostienen como antes. Tal vez haya llegado la hora de retirarme, ¿no creéis?

—Yo también lo dejo —anunció Orquídea; alzó su elegante varita y, con un solo gesto, la redujo a polvo de oro—. Ya está. Yo acompañaré a Gardenia al país de las hadas, y supongo que será para siempre. ¿Qué vas a hacer tú, Lila?

Ella vaciló.

—Pero ¿creéis que podemos hacerlo de verdad? ¿Y renunciar a nuestro trabajo como hadas madrinas?

—Dalia lo hizo, ¿verdad? —observó Orquídea.

Lila no supo qué contestar.

—Si no recuerdo mal —prosiguió su amiga—, la reina de las hadas nos aseguró en su momento que nuestro trato con los mortales no alteraría nuestra magia. ¿No es así?

—Es así —asintió Lila—. De hecho, hace trescientos años que vivimos entre humanos y no hemos perdido nuestros poderes ni nuestra juventud. Al menos, la mayoría de nosotras no lo ha hecho —añadió en voz baja, mirando a Gardenia de reojo.

—Tan solo quiero ayudar a los humanos con mi magia —susurró la anciana, sumida en sus recuerdos—. Y por ello deseo conservarla intacta. Si pierdo mi poder, no podré ponerlo al servicio de los mortales para tratar de hacer del mundo un lugar mejor para todos. —Alzó la cabeza para contemplar a sus compañeras con placidez y concluyó—: Eso fue lo que le dije.

—En efecto —corroboró Orquídea—. Dalia fue la primera en darse cuenta, ¿os acordáis? El mundo de los mortales nos cambia por dentro. De una manera mucho más terrible y peligrosa, porque no es evidente a simple vista.

Lila asintió, pensativa.

—Comprendo lo que quieres decir. La magia de Magnolia, Azalea y Camelia se corrompió de alguna forma cuando ellas cambiaron. Por tanto, la promesa de nuestra reina no se cumplió.

—Exacto. Estoy segura de que Dalia ya le ha explicado todo esto. Y, si ella aún no está convencida… —se le quebró la voz y carraspeó para poder finalizar la frase—, cuando le contemos lo que les ha sucedido a las demás comprenderá que este asunto de las hadas madrinas tiene que terminar en algún momento —añadió, disparando una mirada irritada a Gardenia.

Ella la contempló con una sonrisa.

—Naturalmente, querida —respondió—. Solo podemos ser hadas madrinas mientras los mortales deseen que lo seamos. Y creo que han dejado bien claro que ya no nos quieren entre ellos —señaló, indicando con un gesto la ciudad que se extendía a sus pies.

Ninguna de las tres habló durante un buen rato, Finalmente, Lila suspiró y declaró:

—Tenéis razón: voy con vosotras. Tampoco yo quiero seguir con esto.

Y las tres se tomaron de las manos y desaparecieron de allí con un soplo de brisa, abandonando para siempre el mundo al que en tantas ocasiones habían otorgado su magia y sus sueños. Regresaban al país de las hadas, donde solo algunos mortales elegidos lograrían encontrarlas.

Perdices

El zorro aguardaba con impaciencia en un claro del bosque. Las dos perdices que había cazado yacían en el suelo ante él, pero aún no las había tocado. Las reservaba para una ocasión especial. Hizo ademán de batir la cola; pero lo único que le quedaba de ella era un triste muñón, de modo que suspiró, resignado, y se tumbó con la cabeza entre las patas.

Momentos después, un movimiento en la espesura lo alertó y lo hizo erguir las orejas y husmear en el aire. Se puso en pie con ligereza y entreabrió la boca en una inequívoca sonrisa.

Por entre los matorrales surgió de pronto una extraña raposa de pelaje pardo y cola de un intenso color rojizo. Se detuvo ante él, insegura, y lo observó a una prudente distancia.

—Sabía que encontrarías la manera de llegar hasta aquí —dijo él, claramente encantado de verla—. Mira, te he traído un regalo —añadió, inquieto, al ver que ella no decía nada; entonces empujó las perdices con el morro y alzó la mirada, expectante.

La recién llegada contempló las aves con desconcierto, sin entender qué se suponía que debía hacer con ellas.

—Es la cena —aclaró el zorro.

Ella dio un respingo y retrocedió un paso, sacudiendo la cabeza.

—Oh, no —murmuró, aturdida—. No podré. Jamás me acostumbraré a vivir así.

—Claro que sí —la animó él—. Quizá te cueste un poco, pero…

No llegó a concluir la frase. La raposa se había dejado caer sobre el suelo, abatida, y su compañero se apresuró a llegar hasta ella para lamerla con afecto.

—Eh —le dijo en voz baja—. Lo siento. Sé que ha sido duro, pero era la única manera, de verdad. Te sienta muy bien ese cuerpo —añadió—. En serio.

—Podrías haberme contado antes lo que planeabas —le reprochó ella—. La cárcel, los zapatos de hierro, el juicio, la hoguera…

—Era necesario —respondió él—. Ya lo dijo Simón: la bruja debe morir. Es la única forma de que te olviden y te dejen en paz, Camelia. Has ardido en la pira, todo el mundo lo ha visto. A nadie se le ocurrirá buscarte, y menos aquí. Este es el Bosque Ancestral, ¿recuerdas? El trato que hice con el Duque Blanco aún sigue vigente, y Simón y sus descendientes lo respetarán también. Este lugar es nuestro. Aquí estaremos a salvo. Sin lobos y sin humanos.

Pero ella apenas lo escuchaba.

—He perdido mi cuerpo, Ren —gimió—. Ya nunca volveré a ser un hada.

—No sé si habrías podido serlo de nuevo, de todos modos —observó el zorro—. Pero eres una criatura inmortal. Seguirás viviendo para siempre, aunque sea de otra manera. Lejos de esos humanos que solo traen problemas —añadió con disgusto.

Camelia echó un vistazo a su cola roja, cuya tonalidad contrastaba con la del resto de su pelaje.

—Supongo que debo darte las gracias por esto —murmuró—. Sé lo mucho que te gustaba tu cola.

—No te sienta mal —reconoció Ren—, aunque a mí me quedaba mejor.

Camelia sonrió.

—Se volverá de color pardo con tu próxima muda —prosiguió el zorro—. Para entonces ya la sentirás completamente tuya, al igual que el resto de tu nuevo cuerpo.

—Supongo que sí —murmuró ella—. Aunque, cuando el gato me la dio, me costó un poco comprender qué esperabas que hiciese con ella.

Ren sonrió.

—Sabía que lo descubrirías a tiempo. Después de todo, eres una chica lista.

Camelia suspiró. Aún se sentía aterrorizada cuando pensaba en todo lo que había sucedido en la mañana de su ejecución. Cómo había ocultado aquella cola bajo su vestido y cómo, cuando el fuego amenazó con destruirla, su espíritu se había aferrado a aquel puente que Ren le tendía, utilizando parte de la magia del zorro para transformarse en el último momento. Así, cuando su cuerpo de hada pereció entre las llamas, ella había escapado de entre los restos sin que nadie lo advirtiera, bajo aquel aspecto animal que reflejaba su nueva naturaleza.

—De modo que ahora soy… ¿una Ancestral? —se atrevió a preguntar.

Ren asintió.

—Aunque te llevará un tiempo desarrollar tu poder, naturalmente —precisó—. Tal vez en una o dos décadas puedas transformarte en humana, si lo deseas. Pero no te lo recomiendo, dadas las circunstancias. Y por otro lado… no sé si ya te lo he dicho, pero estás muy hermosa con ese cuerpo —le susurró al oído.

Camelia se estremeció y se volvió para mirarlo. Los ojos del zorro estaban repletos de promesas. Ella suspiró cuando él se echó a su lado y le lamió suavemente el hocico.

—Lo he pasado mal estos días —susurró—, pero lo peor de todo fue creer que tú me habías traicionado.

—¿Traicionarte yo, Camelia? —respondió Ren con el mismo tono—. Jamás haría nada que pudiese dañarte, y lo sabes.

—¿Lo sé, realmente? —planteó ella.

—Lo sabrás —prometió él—, si me das la oportunidad de demostrártelo.

Camelia sonrió.

—Tenemos mucho tiempo por delante, ¿verdad?

Ren se incorporó, entusiasmado, con la lengua colgando entre los dientes.

—¡Sígueme! —la invitó—. Te mostraré nuestro hogar. El lugar al que perteneces, y en el que haré todo lo que esté en mi mano para que llegues a ser feliz.

Camelia parpadeó para retener las lágrimas. Su corazón latía desbocado mientras todos sus sentidos percibían la llamada del bosque y su recién estrenada naturaleza la reclamaba para sí. Contempló a Ren, feliz de encontrarse a su lado, y comprendió que estaba preparada para dejar atrás su vida anterior y comenzar una nueva andadura junto a él.

Así, cuando el zorro saltó hacia la espesura, Camelia lo siguió; y ambos se fundieron con el bosque, dos criaturas mágicas que daban la espalda a los mortales para vivir en su propio mundo encantado por toda la eternidad.